Mikkel Robrahn

Hidden Worlds

Der Kompass im Nebel

FISCHER Taschenbuch

Aus Verantwortung für die Umwelt hat sich der Fischer Kinder- und Jugendbuch Verlag zu einer nachhaltigen Buchproduktion verpflichtet. Der bewusste Umgang mit unseren Ressourcen, der Schutz unseres Klimas und der Natur gehören zu unseren obersten Unternehmenszielen. Gemeinsam mit unseren Partnern und Lieferanten setzen wir uns für eine klimaneutrale Buchproduktion ein, die den Erwerb von Klimazertifikaten zur Kompensation des CO_2-Ausstoßes einschließt.
Weitere Informationen finden Sie unter: www.klimaneutralerverlag.de

Weitere Informationen zum Buchprogramm der
S. Fischer Verlage finden Sie unter www.fischerverlage.de

FSC
www.fsc.org
MIX
Papier aus verantwortungsvollen Quellen
FSC® C083411

Originalausgabe
Erschienen bei FISCHER New Media
Frankfurt am Main, September 2020

Satz: Dörlemann Satz, Lemförde
Druck und Bindung: CPI books GmbH, Leck
Printed in Germany
ISBN 978-3-7335-5000-4

Für meinen Vater,
Jens Robrahn

PROLOG

17. August 1998, bei Rom, Italien

Cecile bewegte sich barfuß über den alten Dielenboden des Klosters. Jedes Geräusch könnte sie auffliegen lassen. Ihr Atem war flach, ihr Adrenalinpegel hoch. Nie war jemand so tief in die heiligen Mauern eingedrungen, und wenn sie fand, was sie suchte, würde es alles ändern.

Nach jedem Gang folgte ein weiterer. Sie hatte den Gebäudeplan studiert und hätte den Weg auch blind ablaufen können. Der Vollmond stand im Zenit, und das Licht schien durch die hohen, kunstvoll verzierten Fenster. Zu schwach, um ein Buch zu lesen. Aber hell genug, um auf eine weitere Lichtquelle zu verzichten.

Plötzlich hörte Cecile Schritte. Wie von Magie verschmolz sie im Schatten einer Säule und wartete. Für das menschliche Auge war sie nicht mehr zu entdecken. Zwei Geistliche eilten in ihren weinroten Roben vorbei. Man hatte ihr Eindringen noch nicht bemerkt, und Cecile würde dafür sorgen, dass es so blieb.

Als die Männer außer Hör- und Sichtweite waren, gab sie ihre Deckung auf und folgte dem Gang, bis sie an eine alte, hölzerne Treppe kam. In das Holz des Geländers waren Blüten und Zierpflanzen geschnitzt. Es handelte sich dabei eindeutig um Arbeiten von Meisterhand, mindestens zweihundert Jahre alt. Vorsichtig und auf Zehenspitzen schlich sie nach oben.

Dort, am Ende des Flures, entdeckte sie die Tür zur Bibliothek. Jahrhundertealtes Wissen lagerte dort. Briefe von den Kreuzzügen, Korrespondenz von Königen, Tagebücher vergangener Helden. Ein Wissensschatz unbekannten Ausmaßes.

Fackeln erhellten den fensterlosen Gang, und ein roter Teppich führte zu der Tür. Von den Wänden sahen die verstorbenen Äbte des Klosters auf sie herab. Sie alle waren auf je einer Leinwand mit Ölfarben verewigt, eingerahmt und hier aufgehängt worden. Cecile spürte ihre starren Blicke in ihrem Nacken.

Mit katzenhafter Eleganz schlich sie zu der Tür, die noch schöner und aufwendiger verziert war als das Treppengeländer. Auch hier hatte ein Meister Rosen, Tulpen, Ranken und Orchideen in das Holz geschnitzt. Die Tür war ein Kunstwerk und gehörte eher in ein Museum als in ein Kloster, wie Cecile fand.

Vorsichtig drehte sie den goldenen Türknauf. Es quietschte, und sie zuckte zusammen. Sie warf einen Blick über die Schulter, sah aber niemanden. Cecile wagte es nicht, die Tür mehr als einen kleinen Spalt aufzuschieben, und huschte hinein. Dann ließ sie das geschnitzte Kunstwerk leise zurück ins Schloss fallen.

Sie atmete erleichtert aus. Noch war sie unbemerkt geblieben.

Im Raum war es dunkel wie pechschwarzes Öl. Sie hätte direkt vor einem Drachen stehen können und ihn erst beim

Anblick des Feueratems bemerkt. Schnell griff sie in den Stoffbeutel, der quer über ihrer Schulter hing. Ihre Hand umfasste einen runden Gegenstand, der die Größe eines Tennisballs hatte, und holte ihn hinaus. Kurz überlegte sie, ob sie das Risiko eingehen durfte, aber laut ihrer Quelle hatte sich schon lange kein Geistlicher mehr hierher verirrt. Und selbst wenn: Im Dunkeln würde sie nie finden, was sie suchte. Dieses Risiko war also unvermeidbar.

Sie hielt den Gegenstand hoch. »Licht!«

Die Kugel fing zu schimmern und warf einen weißen Schein auf die Umgebung. Dann verließ es ihre Hand und schwebte einen halben Meter über Ceciles Kopf. Um die schimmernde Kugel waberte ein weißes Band, wie ein Asteroidengürtel um einen Planeten. Das Licht erhellte einen Umkreis von fünf Metern, und zu Ceciles großer Erleichterung stand sie nicht vor den schnuppernden Nüstern eines Drachen.

Stattdessen sah sie sich einem Meer aus Aktenschränken entgegen. Folianten, Ordner, Schriftrollen und Kartons waren scheinbar ohne jedes System chaotisch im Raum verteilt abgestellt worden. Cecile hoffte, dass ihre Quelle in einer anderen Sache ebenfalls recht behielt: wo der Umschlag lag. Ansonsten wäre das hier ein hoffnungsloses Unterfangen. Sie hatte Gerüchte gehört, dass diese Bibliothek über Hunderte Reihen mit Tausenden Schränken verfügte. Mit jedem Weitertragen des Gerüchts wuchs auch die Anzahl der Schränke, aber Cecile vermutete, dass diese ungeheuerlichen Angaben nicht allzu weit von der Wahrheit entfernt waren.

»Vierzehnter Gang, dann nach rechts und das vierte Regal zu meiner Linken, im untersten Fach«, murmelte sie.

Leichtfüßig schlich sie vorwärts. Die Kugel folgte ihr

und suchte ihren Mittelpunkt immer über Ceciles Kopf. Die Feenkugeln waren eine Erfindung der Alchemisten, die die Arbeit von allen vereinfachte, die oft im Dunkeln arbeiteten und beide Hände brauchten. An Einbrecher hatten sie dabei sicherlich nicht gedacht.

In der Bibliothek roch es nach Holz und abgestandener Luft. Mit jedem Schritt stob Staub auf. Aufmerksam zählte Cecile die Reihen ab. Nur ein Fehler, und sie würde nie das richtige Regal finden.

»… Dreizehn … Vierzehn!« Sie schaute kurz in den Gang, dann sah sie noch einmal über die Schulter nach hinten. Niemand da, sie war allein. Die Stille und Schwärze spielten mit ihren Ängsten.

Vorsichtig lief sie die Regale in Gang Vierzehn ab und ließ ihren Blick dabei über unzählige Bücher schweifen. Viele hatten einen Ledereinband, und auf den Buchrücken standen Zeichen, die nur alte Gelehrte verstanden. Gelegentlich stieg sie über Schriftrollen hinweg, die aus ihrem Regal gefallen und quer über den Gang gerollt waren. Eine Schande, wie die Inquisition mit dem Erbe der Menschheit umging.

Cecile hockte sich vor das vierte Regal. Die Feenkugel justierte die Distanz von einem halben Meter zu ihrem Kopf automatisch nach. Cecile wurde hektisch. Hier war kein Umschlag, nur ein Haufen Bücher und Manuskripte. Mit beiden Händen riss sie alles heraus, in der Hoffnung, dass nur etwas über dem gesuchten Umschlag lag. Der gesamte Inhalt befand sich nun vor ihr verstreut auf dem Boden, und langsam wuchs die Angst in ihr, dass man sie in eine Falle gelockt hatte.

Dann aber entdeckte sie etwas, und ihr Herz schlug schneller. Zwischen zwei alten Wälzern schaute eine braune Kante hervor. Konnte das der Umschlag sein? Sie zog an der Kante und hielt endlich in der Hand, was sie so lange gesucht hatte. STRENG VERTRAULICH stand in roten Buchstaben und fett gedruckt auf dem sonst unscheinbaren Brief.

Cecile wagte nicht hineinzuschauen. Sie hatte ihr Glück schon genug herausgefordert. Der Umschlag wanderte in ihre Umhängetasche.

Mit schnellen Schritten lief sie in Richtung Ausgang. Als sie um die Ecke des vierzehnten Ganges bog, blieb sie wie erstarrt stehen. Dort war jemand. Die Person war kaum zu erkennen und stand im Schatten eines Regals. Das Licht der Feenkugel reflektierte aber von ihrer Brille.

»Lange nicht gesehen, Cecile. Schön, dass du uns mal wieder beehrst!«

»Stärker«, sagte sie, und der Lichtradius der Feenkugel wurde größer. Sie sah in das jugendliche Gesicht von Salazar Montanari. Die schwarzen Haare waren nach hinten gegelt, und auf der Nase saß eine Nickelbrille. Salazar trug das weinrote Gewand der Inquisition. Die Arme waren hinter seinem Rücken verschränkt, und sie konnte nur erahnen, was er dort vor ihr versteckt hielt.

»Woher wusstest du, dass ich hier bin?«, fragte Cecile.

»Da leuchtet eine Kugel über deinem Kopf.«

»Ich meinte, wer hat mich verraten?«

Salazar schmunzelte. »Quellen haben die Angewohnheit, nicht sofort zu versiegen. Sie werden erst zu einem dünnen Rinnsal. Und falls sie doch versiegen, kann man mit einem bisschen Nachbohren neue Quellen öffnen.«

»Ist Folter nicht eine Sünde?« Sie kannte die Antwort, schindete aber Zeit, um sich einen Fluchtplan zu überlegen. Sonst wäre es mit ihrem Leben schnell vorbei.

»Nicht, wenn es den Zielen des Herrn dient.« Er zeigte

auf ihre Tasche. »Ich glaube, du hast da etwas, was uns gehört.«

»Hab mich nur umgeschaut und nichts angefasst, versprochen.«

»Also auf die harte Tour«, sagte Salazar und holte etwas hinter seinem Rücken hervor, was im ersten Augenblick wie ein Feuerzeug aussah. Er betätigte ein Zündrad, Funken stoben nach oben, und eine Flamme entstieg dem Gehäuse. Das Feuer wuchs zu einer Größe von mindestens einem Meter an, und Salazar hielt es wie ein Schwert in seinen Händen. Cecile hatte nichts, um sich zu verteidigen. Gegen die Feuerklingen der Inquisition war ohnehin jeder Stahl machtlos.

»Dunkel!«, brüllte sie, und die Feenkugel erlosch sofort. Die Bibliothek wurde nur noch von Salazars Flamme erhellt. Cecile hastete in den nächsten Gang und hoffte, ihrem Verfolger und Henker in der Schwärze entkommen zu können. Hinter sich hörte sie den Inquisitor fluchen, der sofort die Fährte aufnahm.

Sie rannte die Gänge und Reihen entlang, hatte schon nach wenigen Augenblicken die Orientierung verloren. Aber das spielte keine Rolle. Fast wäre Cecile auf einem Folianten ausgerutscht, der achtlos im Weg lag, fing sich aber wieder. Hinter sich merkte sie den Lichtkegel des Schwerts und hoffte, dass Salazar mit der Flamme keine der wertvollen Wissensträger anstecken würde. Nur ein Irrer entzündete ein Feuer in einer Bibliothek.

Sie kam an eine Gabelung, warf sich nach rechts in einen weiteren Gang und presste sich an das Regal. Sofort fuhr sie ihre Atmung auf ein Minimum herunter und lauschte, wie Salazar an den Kreuzweg kam und seine Schritte langsamer wurden. Hatte sie ihn abgehängt?

Nur Sekunden später zerstob ihre Hoffnung, als sie hörte, wie Salazar in ihre Richtung ging. Es war Zeit zu kämpfen.

Sie hockte sich hin. In der Hektik würde er sie so erst spät bemerken. Als der Inquisitor um die Ecke bog, zögerte sie nicht und warf sich mit aller Kraft gegen ihn. Salazar, auf den Angriff nicht vorbereitet, verlor das Gleichgewicht und fiel nach hinten, wobei ihm die Klinge aus der Hand fiel und die Flamme sofort erlosch. Es war finster, und ein Handgemenge brach aus. Der Geistliche versuchte, die Einbrecherin festzuhalten, die sich wehrte und mit ihren Händen immer wieder in Richtung seines Gesichts schlug.

Irgendwie gelang es ihr, einen Treffer zu landen, und für einen Augenblick ließ Salazar von ihr ab. Cecile nutzte die Chance, entwand sich seiner Klauen und sprang wieder auf.

»Licht!«, sagte sie, um nicht blindlings gegen das nächste Regal zu laufen. Die Feenkugel, die die ganze Zeit über ihrem Kopf geschwebt war, folgte dem Befehl. Cecile sah direkt in das hasserfüllte Gesicht von Salazar, der im Begriff war, sich aufzuraffen und nach seiner Klinge zu suchen.

Sie hatte zwei Möglichkeiten: Entweder zögerte sie ihre Verhaftung und Hinrichtung durch die Kirche nur weiter hinaus, in dem sie davonlief, oder sie brachte es zu Ende. Sie entschied sich für das Zweite.

Salazar, der ihr nun den Rücken zugewandt hatte und zu seiner Waffe robbte, bemerkte nicht, wie Cecile sich gegen eines der Regale stemmte. Sie waren schwer und standen vermutlich seit Jahrhunderten an ihren Plätzen wie mit der Erde verwurzelte Bäume. Aber das Adrenalin pumpte ungebremst in Ceciles Körper, und es gelang ihr, das Regal umzustoßen.

Krachend schlug es auf. Der Lärm hallte von den Wänden wider. Salazars Schrei klang wie der einer verletzten Katze.

»Du verdammte Heidin, du hast mir das Bein zerquetscht!«, spie er aus. Sein linkes Bein war unter dem massiven Holzregal begraben.

»Hätte ich ein bisschen besser gezielt, hätte ich das andere auch noch getroffen.« Sie ärgerte sich insgeheim, dass sie nur das Bein erwischt hatte. »Ich verlasse dich dann mal, mein Lieber«, sagte sie und verschwand zwischen den unzähligen Regalreihen. Spätestens jetzt war ihr Eindringen aufgefallen und das ganze Kloster alarmiert.

»Gott wird dich finden, und ich werde dich richten«, brüllte ihr der Inquisitor hinterher.

KAPITEL 1

2019, Edinburgh, Schottland

»Du bist zwei Minuten zu spät«, sagte Bill mit einem Blick auf die Uhr.

»Sorry, der Bus stand im Stau«, erwiderte Elliot, wusste aber gleich, dass das seinen Chef nicht interessierte.

»Dann nimmst du das nächste Mal einen Bus früher, verstanden? Und nun ab nach vorne, wir brauchen dringend noch jemanden an der Kasse.«

Elliot streifte sich schnell sein senfgelbes Poloshirt über. Es war ihm zu groß, und er sah darin wie ein Junge aus, der die Klamotten seines großen Bruders auftragen musste. Aber Bill weigerte sich, Geld für passende Kleidung auszugeben.

Elliot fuhr sich mit der Hand durch die dunklen, lockigen Haare und eilte dann nach vorne. Zügig lief er durch die Küche, grüßte beim Vorbeigehen die Jungs an den Grills und kam in den Gästebereich. Beim Anblick der Schlange vor dem Tresen musste er schlucken.

Es war Freitagnachmittag, und im Schnellrestaurant war die Hölle los. Von den drei Dutzend Plätzen war jeder einzelne besetzt, manche Kunden aßen ihre Mahlzeit im Stehen. Eine lange Schlange hatte sich gebildet, und Cindy, die erst vor zwei Wochen hier angefangen hatte, war hoffnungslos überfordert. Im Sekundentakt gab sie Cola, Pommes und Burger raus, trotzdem wurde die Schlange nicht kürzer. Bills Burgerbude war für einen solchen Ansturm einfach zu klein. Es war wie ein Clownauto. Bloß ohne Clowns, aber mit hungrigen Gästen und vor Fett triefenden Burgern.

Elliot meldete sich an dem Kassiergerät an.

»Sie können sich auch hier anstellen.« Als hätte er Freibier für alle angekündigt, bildete sich sofort eine große Menschentraube vor seinem Tresen. Die Leute hatten Feierabend und verlangten ungesundes Essen.

Ihm standen heute acht anstrengende Stunden bevor. Er hasste diesen Job.

Seit drei Stunden hatte er jetzt schon Fastfood ausgehändigt und Geld einkassiert, da stand ein älterer Herr vor ihm. Schicker Anzug, frisch geschnittene Haare und Aktenkoffer. Typ Bankkaufmann.

»Eine Pommes und einen Cheeseburger ohne Käse bitte.«

»Dann bestellen Sie am besten den Hamburger. Der ist wie der Cheeseburger, bloß …«

Der Mann schnitt Elliot das Wort ab. »Wenn ich einen Hamburger hätte haben wollen, hätte ich ihn bestellt, junger Mann.« Er sprach in einem Ton, als wollte er Elliot gleich kündigen. So, wie er aussah, hatte er schon vielen Menschen gekündigt und konnte nachts trotzdem, oder gerade deshalb, gut schlafen.

»Das habe ich verstanden. Ich wollte …«

»Es ist mir egal, was Sie wollten. Ich will einen Cheeseburger ohne Käse, und ich bezahle dafür. Also tun Sie endlich, was ich verlange. So schwer kann das doch nicht sein, oder bringen sie euch nicht mal mehr das bei?«

Elliot wurde definitiv zu schlecht bezahlt für diesen Job. Resigniert tippte er im Kassensystem *Hamburger* ein und schickte die Bestellung nach hinten in die Küche. Er wartete und sah dabei nach draußen, spürte aber den durchdringenden Blick des Geschäftsmanns, der auf einem Cheeseburger ohne Käse bestand. Elliot sah stoisch aus dem Fenster und beobachtete einen Vogel, der Burgerpapier aus einer Mülltonne pickte. Abgelenkt überhörte er das Klingeln aus der Küche, das verriet, dass die Bestellung fertig war.

»Wollen Sie mir das noch geben, bevor es kalt ist?« Mit der Schärfe eines Skalpells zerschnitten die Worte Elliots Gedanken.

Er schlurfte zur Durchreiche, die die Küche mit dem Verkaufsbereich verband, nahm die Pommes und den Cheeseburger ohne Käse und reichte sie dem Kunden.

»Guten Appe…«

»Sparen Sie sich das.« Eine Stimme, die Milch sauer werden ließ. Der Bankkaufmann drehte sich um und setzte sich an einen soeben frei gewordenen Tisch.

»Ich geh mal kurz vor die Tür und mach eine Pause«, sagte Elliot zu Cindy. Er marschierte nach hinten in den Mitarbeiterbereich und verließ das Restaurant durch die Hintertür. Dort lehnte er sich an einen Müllcontainer, in den sie abends immer die Reste schmissen, und atmete tief durch. Es war dunkel und die Luft angenehm kühl. Elliot brauchte einen Moment, um runterzukommen. Er durfte sich solche Begegnungen nicht zu Herzen nehmen, aber es gelang ihm nicht. Wieder zweifelte er daran, dass er das Richtige tat.

Mit Anfang zwanzig sollte man studieren, auf Partys gehen und Freunde treffen. Aber es waren weder Freunde noch Geld da, und würde er nicht arbeiten, kämen sein Vater und er nicht über die Runden. So simpel war die Rechnung.

Also brachte Elliot den Rest der Schicht hinter sich. Weitere unangenehme Begegnungen blieben ihm zum Glück erspart. Zwar kamen noch ein paar Leute, die weder Bitte noch Danke sagten, aber das war für Elliot okay.

Kurz vor Mitternacht war endlich Feierabend, er verabschiedete sich vom Team in der Küche und verließ den Laden, dann nahm er den Bus nach Hause. Eine halbe Stunde dauerte die Fahrt, und er freute sich immer darauf. Es half ihm, den Ärger und Stress von der Arbeit abzulegen, wenn er aus dem Bus starrte und seine Gedanken schleifen lassen konnte. Über Kopfhörer genoss er einen Song der Red Hot Chili Peppers, als die Musik plötzlich unterbrochen wurde. Elliot brauchte einen Augenblick, bis er realisierte, was der Grund dafür war.

In seiner Hosentasche vibrierte es. Elliot zog das Smartphone raus und sah auf das Display. »Billy«. Sein Chef. Er zögerte, immerhin hatte er Feierabend. Aber dann wischte er den Telefonhörer doch nach rechts und nahm das Gespräch an.

»Ja?«

»Hey Elliot, hier ist Billy. Wir beide haben wohl ein Problem.«

Er wusste nicht, was sein Chef meinte. »Was ist denn los?«

»Es fehlen fucking vierhundert Pfund in deiner Kasse.« Das *fucking* spuckte er regelrecht aus. »Wo ist mein Geld?«

»Ich habe keine Ahnung«, erwiderte Elliot, und das war

die Wahrheit. Er hätte es nicht vergessen, wenn er vierhundert Pfund aus der Kasse entwendet hätte. »Hast du nachgezählt?«

»Fucking drei Mal habe ich nachgezählt, Elliot!« Wieder lagen die Betonung und die ganze Wut auf dem *Fucking*.

»Das muss ein Fehler sein«, nuschelte Elliot. Die Situation überforderte ihn.

»Das ist kein Fehler, sondern Mathematik. Kann ich davon ausgehen, dass die vierhundert Pfund morgen wieder auf meinem Tisch liegen?«

»Ich hab das Geld nicht, wirklich«, beteuerte er. Elliot überlegte fieberhaft, und dann wurde ihm alles klar. Er hatte sich vor der Pause nicht von der Kasse abgemeldet. Cindy!

»Cindy hat …«

»Halt deinen Mund«, unterbrach ihn Billy. »Entweder das Geld ist morgen wieder da, oder du brauchst nicht wiederzukommen. So jemanden wie dich kann ich hier eh nicht gebrauchen. Schaffst es ja nicht mal pünktlich zur Arbeit.«

Elliot wollte etwas erwidern, ihn anflehen, ihm zuzuhören. Aber Billy hatte schon aufgelegt. Elliot hatte gerade mal fünfzig Pfund auf dem Konto und keine Möglichkeit, das restliche Geld aufzutreiben. Die Lösung aus dieser Gleichung bedeutete, dass er arbeitslos war. Und das war eine grauenvolle Nachricht.

Die Gedanken in seinem Kopf rotierten. Er dachte an seinen Vater, der seit einem Arbeitsunfall nur noch zu Hause rumsaß. Bei einer Verpuffung war er schwer verletzt worden, und sein halbes Gesicht war von Brandnarben geziert. Elliot würde zwar bestimmt in absehbarer Zeit einen neuen Job in einem Schnellrestaurant finden, aber sie waren mit der Miete im Verzug. Absehbar war zu spät.

Kurze Zeit später stieg er aus. Es war die Endhaltestelle, und wie immer war er der Letzte im Bus. Bis hierhin verirrte sich selten jemand. Mit hängendem Kopf schlurfte er nach Hause, in Gedanken, wie er aus dieser Nummer wieder rauskäme. Es schien ausweglos. Sein Vater und er würden mehr Schulden anhäufen müssen und letztlich aus dem Haus fliegen.

Gut, wegen des Hauses war er nicht sonderlich traurig. Es war total verschimmelt, die Tapeten kamen runter, und zwischen den Wänden hatten sich Ratten eingenistet. Ein Auszug war grundsätzlich also keine schlechte Sache, wenn man die Fakten betrachtete. Wenn die Alternative aber die Straße war, zog er ein verschimmeltes Loch mit Ratten als Untermieter vor.

Elliot ließ den Schlüssel ins Schloss gleiten, drückte die Türklinke runter, öffnete die Tür und wurde sofort vom Dröhnen des Röhrenfernsehers begrüßt. Das Teil lief Tag und Nacht und zog seinen Vater in den Bann. Seit dem Arbeitsunfall humpelte er, hatte Schmerzen und war auf eine Krücke angewiesen. Um die Zeit, die er einsam zu Hause verbrachte, zu füllen, saß er den ganzen Tag vor dem Fernseher und sah sich Dokumentationen über Afrika, Tiere und den Zweiten Weltkrieg an.

»Ich bin zurück.«

Aus dem Wohnzimmer kam ein Grunzen.

Elliot stand ein unangenehmes Gespräch bevor. Er zögerte es hinaus, ging in die Küche und goss sich ein Glas Wasser ein. Er trank es in einem Zug aus, dann massierte er seine Schläfen. Sein Kopf pochte mittlerweile, und er hatte das Gefühl, keinen klaren Gedanken mehr fassen zu können.

Aber es führte kein Weg daran vorbei. Die Info darüber,

dass er seinen Job verloren hatte, war nichts, was sich herauszögern ließ wie die Fünf in Mathe in der Grundschule. Die ließ sich bis zum Elternabend vor seinem Vater geheim halten. Hausarrest hatte es trotzdem eingebracht.

Er stellte das Glas in die Spüle und trottete ins Wohnzimmer wie ein Tier zur Schlachtbank. Es war übersichtlich eingerichtet. Der Fernseher stand auf einem kleinen Beistelltisch, davor der Sessel mit seinem Vater. Neben einer Couch gab es ein Regal mit Büchern, die seit Jahren keiner mehr angefasst hatte, und eine kleine Kommode, auf der ein Telefon stand, auf dem seit Ewigkeiten niemand mehr angerufen hatte.

Sein Vater schaute gerade einen Dokumentarfilm über Zebras. Elliot ließ sich auf der Couch nieder und sah eine Zeitlang zu. Zebras interessierten ihn nicht. Das waren auch nur gestreifte Pferde. Aber so konnte er noch ein wenig Zeit schinden. Als der Abspann lief, hatte er aber keine Ausrede mehr.

»Es gab heute Probleme auf der Arbeit. Ich wurde gefeuert.«

Keine Reaktion. Für einen Moment dachte Elliot, sein Vater hätte ihm gar nicht zugehört. Er sah in das ungepflegte Gesicht des Mannes, der ihn aufgezogen hatte. Seine eingefallenen Wangen zierte ein Dreitagebart, die fettigen Haare klebten ihm auf der Stirn. Die Brandnarben nahm Elliot gar nicht mehr wahr, aber er wusste, dass sie der Grund waren, warum sein Vater nicht mehr nach draußen ging oder sich mit Freunden traf.

»Und nun?« Sein Vater grunzte die Frage mehr, als dass er sie aussprach.

Elliot zuckte mit den Achseln. Ihm war zum Weinen zumute, aber er wollte sich vor seinem Vater nicht die Blöße geben. »Ich finde schon schnell genug etwas Neues«, behauptete Elliot, glaubte es aber selbst nicht.

»Das sind wirklich schlechte Nachrichten.« So einen ausführlichen Satz hatte Elliot schon lange nicht mehr von seinem Vater gehört. Oft reichte es nur für ein Nicken oder Kopfschütteln. Der vernebelte Blick wurde langsam etwas klarer. »Dann fliegen wir hier raus.«

»Uns fällt schon etwas ein«, sagte Elliot, auch wenn ihm völlig klar war, dass dieses »uns« eigentlich ein »mir« war.

Sein Vater nickte. Damit war das Gespräch beendet. Auf die Zebradoku folgte ein Film über Nilpferde, und der beanspruchte jetzt seine ganze Aufmerksamkeit.

Elliot wusste, dass sein Dad nun nicht mehr ansprechbar war, und verließ das Wohnzimmer. Er kletterte die baufällige Treppe nach oben. Die Stufen unter jedem seiner Schritte quietschten bedrohlich. Irgendwann würde er durchbrechen, da war er sich sicher.

Im ersten Stock gab es drei Zimmer: ein Badezimmer, sein Schlafzimmer und das seines Vaters. Obwohl der in der Regel vor dem Fernseher einschlief und dort auch wieder aufwachte. Nach oben verirrte er sich selten.

Elliot schlurfte ins Badezimmer und putzte sich die Zähne. Der kleine Raum ähnelte eher einer Nasszelle. Auf zwei Quadratmeter waren eine Toilette, eine Dusche und das Waschbecken untergebracht. Aber Elliot sah darin einen Vorteil: Das Bad schrubbte sich in kürzester Zeit. Er sprang noch mal unter die Dusche. Nach der Schicht hatte er immer das Gefühl, dass das Frittenfett am ganzen Körper klebte.

Frisch und sauber legte er sich ins Bett. Seine Augen wanderten über die abblätternde Deckentapete quer durch das Zimmer. Obwohl Elliot Anfang zwanzig war, sah es immer noch so aus, als würde ein heranwachsender Teenager hier wohnen. Das Bett war schmal, und dass er die bunte Dinobettwäsche cool gefunden hatte, war viele Jahre her. Der Schreibtisch war übersät mit Buntstiftkritzeleien, mit denen er sich in einem Anfall von Langeweile im Alter von Fünf drauf verewigt hatte.

Es war weit nach Mitternacht, und es sollte kein Problem sein, endlich einzuschlafen. Aber seine Gedanken rotierten wie ein Karussell. Ihm fiel einfach kein Ausweg für ihre Situation ein. Sie saßen in der Klemme und bald auf der Straße.

In seine Verzweiflung mischte sich Wut. Wut auf seine Mutter, die ihn und seinen Dad kurz nach seiner Geburt hatte sitzen lassen. Er wusste nicht viel über sie, denn sein Vater redete ungern darüber, wenn er überhaupt sprach. Aber Elliot wusste nur, dass sein Dad ihr Verschwinden nie verkraftet hatte. Es hatte keine neue Frau an seiner Seite gegeben, nur die Arbeit in einem Lagerhaus und Elliot. Es hatte eine Zeit gegeben, da war er seinem Vater wichtig gewesen.

Elliot betätigte den Schalter der Nachttischlampe und betrachtete das eingerahmte Bild auf der Fensterbank. Es zeigte einen jungen, sportlichen Mann und eine grazile Frau, die einen Säugling auf dem Arm hielt. Beide grinsten. Es war das einzige Bild von seiner Mutter und das einzige, auf dem sein Vater wirklich glücklich aussah.

Neben dem Bild besaß Elliot nur ein Kinderbuch von ihr, aus dem sie ihm immer vorgelesen hatte. Zumindest hatte ihm sein Vater das erzählt. Die Geschichte darin handelte vom Drachen Rhegad, der, von den Menschen verjagt, nach einer neuen Heimat sucht. Sein Vater hatte sich nie die Mühe gemacht, aus dem Buch vorzulesen. Als Elliot in der Schule endlich lesen gelernt hatte, hatte er das Buch verschlungen. Im Einband war eine Widmung von seiner Mutter: *»Für mein Licht am Horizont, Elliot. Mögest auch du eine Heimat in dieser Welt finden.«*

Was er aber wirklich finden wollte, war die Antwort auf die Frage, warum sie ihn und seinen Vater verlassen hatte. Aber irgendwann dämmerte Elliot dann doch weg. Es war ein unruhiger Schlaf.

Als Elliot am nächsten Morgen erwachte, hörte er das Rauschen des Fernsehers aus dem Wohnzimmer. Das Geräusch war ein ständiger Begleiter in diesem Haushalt. Gerade klang es nach Nachrichten.

Seine Gedanken schwirrten schon wieder um ihre aktuelle Lage. Wie sollte er in kurzer Zeit genug Geld für die ausstehende und für die kommende Miete auftreiben? Geldsorgen war kein neues Thema für ihn, aber so akut war es noch nie gewesen.

Sie könnten eine soziale Absicherung und sogar eine Wohnung von der Stadt bekommen, damit die Grundsicherung gewährleistet wäre. Aber dafür müsste sein Vater bei der Sozialhilfe vorstellig werden. Und diese Hoffnung hatte Elliot längst aufgegeben.

Sein Magen knurrte, und er wagte wieder den Abstieg über die einsturzgefährdete Treppe.

»Guten Morgen«, sagte er und steckte seinen Kopf durch den Türrahmen ins Wohnzimmer.

Keine Antwort, nicht mal ein Grunzen. Zu Elliots großen Überraschung saß sein Vater nicht im Sessel. Der Platz war leer. Ungewöhnlich. Er runzelte die Stirn.

»Hier drüben«, rief sein Dad. Die Stimme kam aus der Küche.

Elliot schlich hinüber und sah seinen Vater an dem kleinen Tisch sitzen, den sie vom Sperrmüll hatten. Die beiden Stühle hatte Elliot für ein paar Pfund auf einem Flohmarkt erstanden. Sie passten nicht zusammen, hatten ihre besten Jahre bereits lange hinter sich und waren mindestens so einsturzgefährdet wie die Treppe – aber man saß wenigstens nicht auf dem Boden.

Sein Vater hatte sich eine Schüssel Müsli zubereitet, aber mit der Milch gegeizt.

»Setz dich«, sagte er und Elliot kam der Bitte nach. »Ich habe heute Nacht viel nachgedacht.«

Elliot hatte keine Idee, worauf das Gespräch hinauslaufen würde. Wollte sein Vater doch endlich zum Amt gehen?

»Wir haben nicht viele Möglichkeiten. Eigentlich nur eine.«

»Ich helfe dir gerne beim Ausfüllen der Dokumente«, erwiderte Elliot, der sich nun sicher war, was sein Vater andeutete. Der schaute ihn aber nur mit verständnislosen Augen an.

»Das Amt? So weit kommt es noch, dass die Familie Craig Hilfe vom Staat annehmen wird«, spie er aus. »Nein, das ist keine Option. So tief sind wir noch nicht gesunken.«

Elliot fragte sich, ob man überhaupt noch tiefer sinken konnte.

»Es gibt da jemanden, der mir einen Gefallen schuldet. Er hat ein Geschäft in Old Town und handelt mit Kilts. Du wirst hinfahren, dich vorstellen, und er wird dich einstellen. Vielleicht wird er nicht sofort begeistert davon sein, aber dann erinnere ihn einfach, welches Opfer die Familie Craig für ihn und sein Geschäft erbracht hat. Okay?«

Elliot nickte, fühlte sich aber wie im falschen Film.

»Was für ein …«

»Das spielt keine Rolle. Wahrscheinlich wirst du es ohnehin noch früh genug erfahren. Glaub mir, ich wäre diesen Schritt nicht gegangen, wenn es nicht nötig wäre.«

Elliot sah seinem Vater tief in die Augen. Das erste Mal seit Monaten wirkten sie wach und aufmerksam.

Sein Dad hatte nie jemanden erwähnt, der ein Geschäft in Old Town besaß und der ihm auch noch einen Gefallen schuldete. Die Sache hatte einen Haken, da war er sich sicher.

»Ich würde vorschlagen, du machst dich gleich fertig. Zieh dir etwas Schickes an. Theodore legt viel Wert auf ein gutes Auftreten«, sagte sein Vater und riss ihn so aus seinen Gedanken.

Elliot nickte und kletterte wieder die Treppe hoch. Er wusch und rasierte sich, putzte die Zähne und versuchte, seine Haare mit Gel zu bändigen. Sein Outfit bereitete ihm Kopfschmerzen. Etwas Schickes besaß er nicht und einen Kilt sowieso nicht. Er hatte einen Anzug von seinem Schulabschluss, den er online gekauft hatte. Gebraucht, was eine höfliche Beschreibung war. Ein Manschettenknopf fehlte, und der Ärmel ging am Ende auseinander. Die Hose wurde nur durch einen Gürtel oben gehalten, und die nicht figurbetonte Schnittform sorgte dafür, dass er wie eine graue Tonne aussah.

Er schlüpfte in das Paar braune Anzugschuhe, die er bisher nur einmal getragen hatte. Sie waren ein Stück zu klein und zu eng. Das Leder war rissig und die Sohlen abgetreten. Zusammengefasst: Sie ergänzten den Gesamteindruck perfekt.

Elliot sah sich im Spiegel an und seufzte. Diese Klamotten gehörten in ein anderes Jahrhundert – oder am besten gleich verbrannt. Kein Wunder, dass beim Abschlussball niemand mit ihm tanzen wollte. Wobei das nicht ganz stimmte: In einer Art vorauseilendem Gehorsam hatte er gleich darauf verzichtet, überhaupt jemanden aufzufordern.

Er setzte sich an den Laptop und druckte seinen Lebenslauf aus. Zwar hatte er nichts vorzuweisen außer einem Schulpraktikum in einem Buchgeschäft und seinen Job in Bills Burgerbude, aber es war besser, als mit leeren Händen zu kommen.

Bevor er das Haus verließ, gab ihm sein Vater die genaue Anschrift. Das Geschäft lag in der George Street, eine bekannte Einkaufsstraße mit zahlreichen Läden. Ein Fachgeschäft für Kilts hatte er da aber noch nicht gesehen.

Als er sich verabschiedete, saß sein Vater schon wieder vor der Glotze und gab nur ein Grunzen von sich. Alles also wieder beim Alten.

Elliot nahm den Bus.

KAPITEL 2

In Elliots Kopf drehten sich die Gedanken im Kreis. Das ging ihm seit der Kündigung so, aber nun beschäftigte ihn etwas anders. Die Vorstellung, dass jemand seinem Vater einen Gefallen schuldete und dieser Jemand sogar ein Geschäft in der George Street besaß, kam ihm so abwegig vor, wie dass das Vereinigte Königreich bald wirklich aus der Europäischen Union austreten würde.

Der Bus hielt in der Dublin Street, und Elliot stieg aus. Von hier war es nur eine kurze Strecke bis zum Kilt-Geschäft, und die frische Luft half ihm, seine Gedanken zu sortieren. Er durchquerte den St. Andrew Square, ein kleiner, quadratischer Fleck Grün mitten im sonst so grauen Edinburgh, und stand einen Augenblick später in der George Street.

Einen Namen oder eine Hausnummer hatte er nicht, aber so viele Geschäfte für Kilts würde es hier nicht geben, vermutete er.

Elliot lief die Straße hinab und hielt die Augen offen. Erst kam er an einem Italiener und dann an einer Bank vorbei. Früher gab es hier viele Geschäfte von Einheimischen, die konnten sich die Mieten aber mittlerweile alle nicht mehr leisten. Stattdessen hatten sich hier Luxusketten und Großunternehmen niedergelassen.

Er lief weiter, fand den Laden aber nicht. Gerade wollte er auf seinem Handy nachschauen, ob es eine zweite George Street in Edinburgh gab, da entdeckte er auf der anderen Straßenseite ein kleines Holzschild über einem Fenster. *Theodore Kilts* stand darauf, *Familienbetrieb seit 1530*.

Was für eine absurd lange Zeit, dachte Elliot.

Er überquerte die Straße und stand vor dem Geschäft. Eine kleine Treppe führte hinunter, der Laden befand sich in einem Keller. Darüber waren Büros, wie Elliot den Firmenschildern entnahm. Anwälte, Notare und Unternehmensberater.

Die kleinen Fenster waren verstaubt und gewährten kaum Einblick. Ein Holzgeländer führte hinab, und Elliot zögerte für einen Augenblick. Zwischen all diesen Banken, Büros und Edelitalienern wirkte das Geschäft wie ein Fehlkörper. Wie aus einer anderen Zeit, aus einer anderen Welt. Es hatte dem Immobilienmarkt getrotzt und hielt sich seit bald 500 Jahren an diesem Ort. Zumindest, wenn man dem Schild glauben konnte. Elliot versuchte gar nicht auszurechnen, wie viele Generationen das waren.

Vorsichtig schlich er die Stufen hinab und hielt sich an dem Holzgeländer fest. Seit der einsturzgefährdeten Treppe in seinem sogenannten Zuhause hatte er ein Vertrauensproblem, wenn es um Stufen ging.

Schnell drückte er die Türklinke runter, bevor er es sich anders überlegen und umkehren konnte. Als er eintrat, erklang kein Klingeln, und es erfolgte auch keine freundliche Begrüßung. Die Tür fiel hinter ihm ins Schloss, und es herrschte Stille.

Elliot sah sich um und staunte. Wände sah man in dem

kleinen Raum nicht, denn das Zimmer war bis zum Rand mit Kilts in allen möglichen Farben und Mustern vollgestopft. Sie lagen gefaltet und gestapelt bis zur Decke. Unmöglich, dass hier jemand den Überblick behielt.

Es roch nicht muffig, aber durchgelüftet hatte schon länger niemand mehr. Eine feine Staubschicht hatte sich auf den Klamotten niedergelassen. Kein Ort, an dem Geld umgesetzt wurde. Das erkannte man sofort.

Auf dem Verkaufstresen stand eine kleine Klingel. Elliot betätigte sie und wartete ab.

Lange passierte nichts.

»Hallo«, rief er in den Flur hinter den Tresen. Scheinbar war man Kundschaft nicht gewohnt bei *Theodore Kilts*.

Keine Reaktion. Elliot betätigte die Klingel ein weiteres Mal.

Wieder sah er in den Flur hinein. Er war dunkel und das Ende nicht zu erkennen. Als er genauer hinsah, traute er seinen Augen nicht. Zwei grüne Smaragde blitzten auf und fixierten ihn. Sie hatten zwei schwarze Schlitze, und als sie für einen Sekundenbruchteil verschwanden, verstand Elliot, dass es die Augen eines Tieres waren.

Vorsichtig kamen sie näher, und in dem Zwielicht wurden die Umrisse einer Katze sichtbar. Es war ein großes und ungemein dickes Exemplar. Trotz ihrer Leibesfülle sprang sie mit der Anmut, wie sie nur Katzen besaßen, auf den Verkaufstresen.

Elliot wich einen Schritt zurück, während das Tier ihn von oben bis unten musterte. Sein Fell war lang und zottelig, und es war schwarz wie die Nacht. An seinem Hals sah er ein braunes Lederhalsband mit einer silbernen Kapsel.

Die Katze leckte sich mit der Zunge über die Lippen, ließ den Blick aber nicht vom vermeintlichen Kunden ab.

Elliot war immer mehr der Hundemensch gewesen, Katzen waren ihm unheimlich. In einem Moment freuten sie sich über Streicheleinheiten und Zuwendung, im nächsten zerbissen sie einem die Hand. Man wusste nie, woran man bei einer Katze war, und so erging es ihm auch in diesem Moment.

Das Vieh sah aus, als würde es ihn jeden Augenblick anfallen oder sich gemütlich auf dem kleinen Holztresen zusammenkringeln. Die Beweggründe einer Katze waren unergründlich.

Bevor er das Opfer einer gemeinen Hauskatze wurde, beschloss Elliot, das Geschäft verlassen. In zwei Stunden wäre der Besitzer des Ladens und des Tieres bestimmt wieder da.

Er wandte sich zur Tür, und in dem Augenblick, in dem er die Türklinke nach unten drückte, sprach ihn jemand an. »Warten Sie!«

Elliot zuckte zusammen.

Er drehte sich um, sah aber nur die pechschwarze Katze. Hatte das Tier soeben mit ihm gesprochen, oder wurde er verrückt?

»Wie kann ich dir helfen?« Neben dem Tresen stand plötzlich ein kleiner, aber adrett gekleideter alter Mann. In dem graublau gemusterten Kilt und seiner grünen Filzjacke sah er aus wie ein Zeitreisender. Oder zumindest wie jemand, der vom Land und nicht aus der Großstadt kam. Auf seinem Kopf saß eine Tweetmütze. Er erreichte gerade so die Höhe des Verkaufstresens, weshalb Elliot ihn im ersten Augenblick gar nicht wahrgenommen hatte. Der weiße Vollbart war gepflegt und frisch geschnitten. Zwei geflochtene Zöpfe hingen von seinem Kinn hinab.

Elliot stammelte eine Begrüßung. Sein Blick wechselte

dabei immer wieder zwischen dem kleinen Mann und der großen Katze.

»Bursche, du siehst mir aber nicht wie jemand aus, der einen Kilt kaufen möchte«, sagte der kleine Mann. »Ein neuer Anzug wäre die dringendere Baustelle.«

»Nein, mein Vater schuldet Sie.« Die Worte kamen ohne Sinn und Verstand aus seinem Mund. »Sie schulden meinem Vater einen Gefallen.« Elliot atmete erleichtert aus, froh, dass er einen vollständigen Satz gebildet hatte.

»Der alte Theodore soll jemandem einen Gefallen schulden? Daran würde ich mich aber erinnern«, sagte er und lehnte sich an den Verkaufstresen.

»John Craig ist sein Name.« Als Elliot diesen Namen erwähnte, wurden Theodores Augen groß.

»Du bist sein Sohn?«

Elliot nickte.

»Und warum hat er dich zu mir geschickt?«, fragte Theodore, und in seinen Augen war eine gesunde Skepsis zu erkennen. »Hätte nie gedacht, dass ich den Namen Craig noch mal höre, Bursche.«

»Damit ich für Sie arbeite, Sir. Hier in dem Laden.«

Theodore überlegte einen Moment. »Deinem alten Herren muss es sehr schlecht gehen, wenn er dich zu mir schickt. Lass uns ins Hinterzimmer gehen und da weitersprechen.«

Elliot behagte der Gedanke nicht, mit dem alten Kauz nach hinten zu gehen. Die ganze Szenerie hatte etwas Unwirkliches. Aber immerhin schien sein Familienname hier ein gewisses Gewicht zu haben.

Die dicke Katze, die sich später als dicker Kater entpuppen würde, sprang vom Tresen und führte Theodore und Elliot durch den Flur in das Hinterzimmer.

Theodore entzündete ein paar Kerzen, die Schatten an die Wände warfen.

In dem Büro stand ein großer Schreibtisch, der übersät war mit Zetteln und Dokumenten. Ein Federkiel und ein Tintenfässchen warteten auf Verwendung – vermutlich zum Unterschreiben von Unterlagen. Wer Kilts verkauft, bevorzugt es allgemein eher altmodisch, dachte Elliot.

Hinter dem Schreibtisch befand sich ein großer Kamin, und die Wände waren voll mit Regalen und Büchern. Bei einem Blick auf einen Buchrücken erahnte Elliot, dass einige von der Geschichte der Kilts in Schottland handelten.

»Setz dich«, sagte Theodore und zeigte auf den Stuhl vor dem Tisch. Er selbst wuchtete sich auf einen Ohrensessel auf der anderen Seite des Schreibtisches.

»Tee?«, fragte Theodore, aber Elliot lehnte dankend ab. Sein Magen würde gegen jede Art von Nahrung oder Flüssigkeit rebellieren. Er wollte das Ganze möglichst schnell hinter sich bringen. Theodore schenkte sich einen Becher aus einer Kanne ein, die über einem kleinen Teelicht warmgehalten wurde. Er nahm einen Schluck, nickte zufrieden und wand sich dann wieder seinem Gast zu.

»Wie ist es John ergangen?«

»Gut, er lässt grüßen«, log Elliot, überrascht von der Frage.

Theodore hob eine Augenbraue. »Jetzt mal ehrlich, Bursche. Was ist los, dass er dich hierherschickt, damit du für mich arbeitest? Du siehst nämlich nicht aus wie jemand«, er überlegte kurz, »der sich mit Kilts auskennt.«

Elliot zuckte mit den Achseln, dann entschied er sich aber, mit der Wahrheit rauszurücken. »Mein Vater hatte einen Unfall, ich wurde gestern gefeuert, und wenn nicht schnell Geld reinkommt, sitzen wir bald auf der Straße.«

Theodore nickte kaum merklich. »Das mit dem Unfall habe ich mitbekommen, tut mir schrecklich leid für ihn. Hat dir dein Vater denn etwas über dieses Geschäft hier erzählt?«

Langsam keimte in Elliot der Verdacht auf, dass er mit einem Mafiaboss sprach. Dieser Laden wurde definitiv für Geldwäsche benutzt – eine andere Erklärung gab es nicht. Er schüttelte den Kopf.

»Nun, hier ist nicht alles so, wie es scheint. Und wenn du bei mir anfängst, wirst du erst mal vieles lernen und verstehen müssen. Du wirst eine völlig neue Welt kennenlernen, in der Kilts nur eine unglaublich kleine Rolle spielen. Ich bin immer auf der Suche nach fähigen Mitarbeitern, und die Familie Craig hat mich bisher nicht enttäuscht – ganz im Gegenteil. Aber ich hatte auch nicht erwartet, noch mal jemanden von euch zu sehen, nach allem, was passiert ist.«

Elliot sah ihn mit großen Augen an. Theodore hatte in ein paar Sätzen alles zum Wanken gebracht, was er über seine Familie zu glauben wusste. Von der kannte er zwar nur seinen Vater persönlich, denn seine Großeltern waren bereits verstorben, und an seine Mutter hatte er keine Erinnerungen. Aber hier saß ihm jemand gegenüber, der lobend über die Familie Craig sprach. Er selbst hatte bisher wenig Gründe dafür gehabt.

»Sir, kennen Sie auch meine Mutter?«

Theodore nickte. »Tolle Frau, aber das spielt in einem Bewerbungsgespräch wohl keine Rolle, oder?«

Theodore hatte recht. Elliot hatte vergessen, dass er wegen eines Jobs hier war.

»Ein Großteil des Jobs wird darin bestehen, dass du tatsächlich in einem Geschäft arbeitest, das Sachen verkauft. Keine Kilts, versteht sich. Und hin und wieder werde ich dich, nach einer Einarbeitungsphase, an Orte und zu Bekannten schicken, um Dinge für mich zu beschaffen. Verstanden?«

Elliot nickte. Drogen und Waffen meinte Theodore, daran hatte er keinen Zweifel.

»Dieser Job ist nicht immer ganz ungefährlich. Wir haben es oft mit üblen Kreaturen zu tun, und uns wird nachgestellt. Nicht jeder ist mit unserer Arbeit einverstanden«, sagte Theodore und musterte Elliot aufmerksam. Die Katze an seiner Seite starrte ihn mit ihren smaragdgrünen Augen unablässig an. »Aber dafür stimmt die Bezahlung. Hast du irgendwelche Fragen?«

Er hatte Tausende Fragen. Zu seiner Familie. Zum Job bei einer kriminellen Organisation. Aber er wählte in der Aufregung die dümmste aller Fragen. »Wie viele Urlaubstage habe ich?«

Theodore lachte laut auf. »Du gefällst mir. Wann kannst du anfangen?«

Elliot überlegte. Morgen war Sonntag, aber wahrscheinlich hielt sich die Mafia nicht an Ladenöffnungszeiten. »Morgen früh. Aber ich würde gerne noch eine Nacht drüber schlafen, wenn das in Ordnung ist.«

»Gut«, sagte Theodore, »dann sehen wir uns morgen wieder. Richte deinem Vater liebe Grüße aus. Es hat mich gefreut, wieder von ihm zu hören. Kann ihm nicht verübeln, dass er untergetaucht ist nach allem, was passiert ist.«

Theodore rutschte von seinem Sessel und lief zum Regal hinüber. Er zog ein Buch raus, in dem er einen kleinen Lederbeutel versteckt hatte. »Für dich, als Anzahlung«, sagte er und warf ihn Elliot zu.

Aufgeregt wie er war, hätte er ihn fast nicht gefangen,

packte im letzten Moment aber zu. Er hörte das Klimpern von Münzen, und das Gewicht ließ vermuten, dass es nicht wenige waren.

»Mr. Hurley«, sagte Theodore und wandte sich der Katze, die ein Kater war, zu, »bring unseren Gast doch bitte zur Tür.«

Der Kater miaute, stolzierte zur Tür und warf einen vorwurfsvollen Blick über seine Schulter. Schnell setzte Elliot sich in Bewegung.

Auf der Fahrt nach Hause warf Elliot endlich einen Blick in den Beutel. Was er dort sah, verschlug ihm den Atem. Er hatte zwar noch nie Gold gesehen, war sich aber sicher, dass es sich um eine beachtliche Menge an Goldmünzen handelte. Sie hatten die Größe einer Zehn-Pence-Münze und waren mit einem Drachen geprägt. Ein Datum, wann sie hergestellt wurden, fand Elliot aber nicht. Er wunderte sich über die eigentümliche Art der Bezahlung. Aber er würde die Münzen einfach gegen Pfund eintauschen.

Zu Hause angekommen, brannten ihm viele Fragen unter den Nägeln, aber sein Vater blockte alles ab. Er schaute stoisch auf den Fernseher, während sein Sohn ihn mit Fragen zu Theodore und den vielen Andeutungen, die der kleine Mann von sich gegeben hatte, löcherte. John Craig schüttelte nur den Kopf und winkte ab. »Lass es, ich habe mit diesen Leuten abgeschlossen«, sagte sein Vater. Elliot gehorchte. Sein Dad hatte genug Probleme, da wollte er nicht ein weiteres sein.

Elliot erklomm wieder die Treppe und war sich sicher, dass sie beim nächsten Mal unter seinem Gewicht zusammenbrechen würde. Sie knirschte immer lauter. Im Zimmer warf er den Beutel voll Gold auf die Kommode. Er drehte die Musik voll auf und legte sich ins Bett. So konnte er immer am besten nachdenken, wenn ihn etwas beschäftigte. Und momentan gab es davon viel.

Das Geld war verlockend und würde all ihre Probleme lösen. Außerdem schien Theodore die Familie Craig zu kennen und wertzuschätzen. Elliot hatte noch nie erlebt, dass jemand positiv über seinen Vater sprach.

Aber er wollte niemanden umbringen oder Drogen verkaufen. Es widerstrebte ihm, auch wenn die Situation für seinen Dad und ihn bescheiden war. Er war nie mit der organisierten Kriminalität in Berührung gekommen, und sein Vater hatte nie Drogen konsumiert – zumindest, soweit Elliot das beurteilen konnte. So ein Zeug selbst zu verkaufen war unvorstellbar.

Am Nachmittag unternahm Elliot einen Spaziergang durch den Cunningham-Park. Er hätte dringend jemanden zum Reden gebraucht. Jemanden, mit dem er seine Gedanken teilen konnte. Sein Vater stand dafür nicht zur Verfügung, und richtige Freunde hatte er nicht. Als er zur Schule gegangen war, gab es ein paar Leute, mit denen er sich verstanden hatte. Alles Außenseiter wie er. Aber der Kontakt war abgebrochen, nachdem sie mit der Schule fertig waren.

Also blieb er ganz allein mit seinen Sorgen.

Den Rest des Tages verbrachte er mit Videospielen. Er sah ein, dass er sich noch so sehr den Kopf zerbrechen konnte, aber nicht zu einer Lösung kommen würde. Also schlief er buchstäblich eine Nacht drüber.

KAPITEL 3

Am nächsten Morgen wusste Elliot, was er wollte. Die Nacht hatte ihm Gewissheit gebracht. Sein Vater schien dem Mann zu vertrauen, und Theodore hielt große Stücke auf seine Familie. Das waren Argumente, den Job anzunehmen. Ein Mord oder der Verkauf von illegalen Substanzen kam für ihn aber nicht in Frage. Deswegen wollte er Theodore einen Kompromiss anbieten. Allerdings hatte er Zweifel, ob Untergrundbosse Kompromisse eingingen. Er würde es auf einen Versuch ankommen lassen müssen.

Elliot wusch sich und aß eine Schüssel Müsli zum Frühstück. Sein Vater saß ihm gegenüber am Küchentisch und starrte aus dem kleinen Fenster.

»Wer ist dieser Theodore?«, fragte Elliot. Sein Vater war heute bei besserer Verfassung.

»Ein alter Freund, mit dem ich eigentlich abgeschlossen hatte«, antwortete sein Dad. Eine Antwort, die seinem Sohn nicht weiterhalf.

»Sollte ich etwas wissen?«

Sein Vater sah ihn an. »Das wirst du noch alles schnell genug erfahren. Theodore ist kein schlechter Kerl, aber für ihn zu arbeiten und in seine Welt abzutauchen«, John Craig schaute an die Decke und atmete aus, »das stellt dein Leben auf jeden Fall auf den Kopf.«

Diese ominösen Phrasen brachten Elliot nicht weiter. Am liebsten hätte er auch gefragt, warum Theodore etwas über seine Mutter wusste, aber das Thema war ein rotes Tuch für seinen Vater. Alles, was er über diese Frau wusste, war, dass sie sich eines Nachts auf und davon gemacht hatte. Nur eine kleine Abschiedsnotiz hatte sie zurückgelassen. Sie hätte sich ihr Leben anders vorgestellt und wollte in einem fernen Land einen Neuanfang wagen. Ein Umstand, mit dem Elliot gelernt hatte zu leben, den er aber nie verarbeitet hatte.

Dann sah er auf die Uhr. In zehn Minuten fuhr der Bus ab. Am Wochenende fuhr er nur stündlich. Ihn zu verpassen war also keine Option. Er zog sich ein schlichtes schwarzes T-Shirt und eine Jeans an. Auf den Anzug und die zu engen Schuhe verzichtete er heute. Stattdessen trug er ausgelatschte zementgraue Chucks.

Elliot eilte die Treppe runter, rief seinem Vater ein paar Worte zum Abschied zu und rannte zur Busstation. Einen Augenblick später saß er im Bus in Richtung Innenstadt.

Es waren noch drei Stationen bis zu Elliots Haltestelle. Er war das, was er Theodore im bevorstehenden Gespräch vorschlagen würde, im Kopf mehrere Male durchgegangen. Plötzlich setzte sich ein Mann neben ihn. Dafür gab es keinen Grund, denn außer Elliot und dem Mann saßen nur drei weitere Personen in dem Fahrzeug. Der Mann hätte sich überall hinsetzen können. Er trug einen modernen Anzug, hatte kurze braune Haare und roch nach Rasierwasser. Um seinen Hals baumelte eine Kette mit einem Kreuz.

»Elliot Craig, wir haben dich im Auge«, flüsterte er mit italienischem Akzent.

Elliot riss die Augen auf. »Woher kennen Sie meinen Namen?« Er rückte ein Stück von dem seltsamen Mann weg, drängte sich so nah wie möglich an die Scheibe.

»Das spielt keine Rolle. Was du vorhast, wird dir großen Ärger bescheren. Hast du mich verstanden?«

Elliot nickte. Angst stieg in ihm auf.

Der Bus kam zum Stehen, der Mann stand auf und wandte sich noch ein letztes Mal an den stockstarren Elliot. »Begehe nicht denselben Fehler wie deine Eltern. Arrivederci, Elliot.« Dann verließ der Mann den Bus und verschwand genauso schnell, wie er plötzlich neben ihm aufgetaucht war.

Elliot wurde übel, und er befürchtete, dass die Portion Müsli sich wieder einen Weg nach draußen bahnen würde. Er kauerte sich auf seinem Platz zusammen. Sein Leben hatte innerhalb von achtundvierzig Stunden eine Wendung genommen, die ihm nicht gefiel. Und scheinbar war er schon mittendrin in dem Geflecht aus kriminellen Organisationen, in das er nie hineingeraten wollte.

Wieder fingen die Gedanken in seinem Kopf an, sich zu drehen. Bis eben war er sich sicher, dass er unter gewissen Bedingungen bei Theodore anfangen wollte. Er brauchte das Geld, daran gab es nichts zu rütteln. Aber er hatte den Job noch gar nicht angetreten, und schon lauerten ihm irgendwelche Typen der italienischen Mafia im Bus auf.

Und es gab noch etwas anderes, was ihn beschäftigte. Der Mann sagte, er sollte nicht den gleichen Fehler wie seine Eltern begehen. Damit meinte er nicht nur seinen Dad, er hatte ausdrücklich von seinen Eltern gesprochen. Das bedeutete, dass seine Mutter Teil von dem war, was Theodore machte. Ob ihr Verschwinden damit zusammenhing? Elliot war so sehr in Gedanken versunken, dass er seine Haltestelle verpasste und erst vier Stationen später ausstieg.

Darüber ärgerte er sich aber nicht. Er würde den Spaziergang nutzen, um seine Gedanken zu sortieren. Außerdem strahlte heute die Sonne über Edinburgh, und es war keine Regenwolke zu sehen. Das passierte selten.

Elliot war sich mittlerweile alles andere als sicher, was er machen sollte. Er hatte Angst vor Theodores Reaktion, wenn er das Angebot ablehnen würde. Zugegeben, er sah nicht unbedingt wie der Pate oder ein kolumbianischer Drogenboss aus, aber man sah den wirklich bösen Leuten ja auch nur selten an, dass sie böse waren. Solche Klischees gab es nur in Hollywood.

Als Elliot endlich wieder vor dem kleinen Kellergeschäft stand, war er in seiner Entscheidungsfindung kein Stück weitergekommen. In diesem Augenblick wehrte sich alles in ihm dagegen, den Laden zu betreten. Seine Beine drängten in die entgegengesetzte Richtung, aber er gab dem Drang nicht nach. Denn ihm fiel keine Alternative ein, und sein Vater hatte diesem Theodore genügend vertraut, um seinen Sohn zu ihm zu schicken. Das reichte, auch wenn die ganzen Umstände und Begleiterscheinungen ihm Angst bereiteten. Es war, als würde ihm ein wichtiges Puzzle-Stück fehlen, ohne das er das ganze Bild nicht verstand. Auch wenn er Angst hatte, überwogen die Neugier und der Wunsch, seinem Vater und ihm ein besseres Leben zu bieten. Also drückte er die Türklinke nach unten und betrat zum zweiten Mal Theodores Geschäft.

Drinnen war alles unverändert. Der Raum war immer noch genauso staubig und verwaist wie am Vortag. Doch dieses Mal nahm sich Elliot ein bisschen Zeit, bevor er die Klingel auf dem Tresen bediente. Er schaute sich genauer um und studierte die Kilts mit ihren verschiedenen Farben und Mustern. Im Heimatkundeunterricht hatte er mal gelernt, dass diese gar nicht auf die Clans zurückgingen, wie häufig falsch behauptet. Stattdessen konnte man an der Anzahl der Farben den Reichtum des Besitzers erkennen. Je weniger Farben, desto ärmer war sein Besitzer. Er selbst hatte nie einen Kilt getragen, und der Gedanke reizte ihn auch nicht. Er fror immer schnell.

Elliot drehte sich um und schaute in die smaragdgrünen Augen von Mr. Hurley. Der verdammte Kater hatte sich heimlich angeschlichen, während er die Ware begutachtete. Das Vieh war ihm unheimlich, etwas stimmte mit ihm nicht. Für einen Kater war Mr. Hurley sehr groß und viel zu fett. Jeder Tierarzt würde die Arme über den Kopf schlagen und die Katze sofort auf Diät setzen. Wieder fiel Elliot die kleine silberne Kapsel an Mr. Hurleys Halsband auf. Es war keine aus Plastik. Stattdessen schienen kleine Runen darauf abgebildet zu sein. So genau erkannte Elliot das aber nicht, und er würde nicht näher an die Katze herangehen als nötig.

»Elliot, schön, dass du gekommen bist«, rief Theodore. Elliot hatte ihn gar nicht kommen sehen, weil er so auf Mr. Hurley fixiert war. Der kleine Mann stand im Flur zum Hinterzimmer und war wieder äußerst vornehm gekleidet, als würde er gleich zu einem Treffen mit den englischen Royals aufbrechen. Braune Weste, braune Hose, braune Schuhe und ein schwarzes Hemd. Die Weste war eine Nummer zu klein und spannte über dem feisten Bauch, den Männer in seinem Alter, die gerne gemütliche Abende bei einem Bier verbrachten, so gut wie immer hatten. Der Bart war ordentlich gekämmt und wirkte heute noch ein Stück voluminöser.

Elliot fühlte sich sofort unwohl in seiner Jeans und den

Chucks. »Freut mich auch, Mr. …« Er bemerkte, dass er den Nachnamen von Theodore gar nicht kannte.

»Theodore genügt. Hast du es dir überlegt?«, fragte der kleine Mann. Er grinste.

Elliot nickte. »Aber ich hätte da noch ein paar Fragen.«

Das Grinsen aus Theodores Gesicht verschwand. »Dann lass uns lieber ins Hinterzimmer gehen. Hier vorne bespreche ich ungern geschäftliche Dinge.«

Sie liefen den dunklen Flur hinab. Mr. Hurley lief zuletzt, und es gefiel Elliot überhaupt nicht, den Kater im Nacken zu haben. Er schien mehr Raubkatze als Stubentiger zu sein.

»Tee?«

Wieder lehnte Elliot ab. Er hatte Magenkrämpfe vor Aufregung und war froh, wenn das Gespräch hinter ihm lag.

Theodore schenkte sich eine Tasse ein und nahm in seinem Sessel Platz.

»Also gut, was macht dir Sorgen?«

Sein Vater. Seine Mutter. Möglichen Drogengeschäfte, in die er bald verwickelt sein würde. Irgendwelche Typen in Anzügen, die ihm im Bus auflauerten und bedrohten. Aber das konnte er Theodore nicht so sagen. »Ich würde sehr gerne für Sie arbeiten, Sir. Allerdings möchte ich ein paar Bedingungen stellen«, sagte er und schluckte. Das so auszusprechen kam ihm unverschämt vor.

Theodore zog beide Augenbrauen hoch, sagte aber nichts. Elliot fuhr fort. »Ich möchte niemanden umbringen müssen und auch nicht mit Drogen dealen. Ich halte gerne Ihren Laden in Schuss und kümmere mich um Kundschaft, meinetwegen putze ich hier auch. Aber ich will nichts Illegales machen.« Es war endlich raus, und Elliot fühlte sich besser.

Man sah Theodore an, wie er Elliots Antwort verarbeitete. Erst sah er streng drein, als würde es ihn verärgern. Dann weiteten sich seine Augen. Und dann lachte er laut los. Das Lachen füllte den ganzen Raum aus, es gab für Theodore offenbar kein Halten mehr. Er griff zur Serviette in seiner Westentasche und wischte sich eine Träne aus dem Auge. »Jemanden umbringen? Bei Merlins Barte«, rief er aus. »Wir sind ein Geschäft, Elliot. Wieso solltest du jemanden umbringen? Und wir verkaufen auch keine Drogen.« Immer noch schüttelte er sich vor Lachen.

»Aber«, stotterte Elliot. Die Reaktion hatte ihn überrascht. Er wäre weniger verwundert, hätte Theodore eine Pistole gezogen und ihn zum Verlassen des Geschäfts aufgefordert. »Wer kauft denn noch Kilts?« Unmöglich, dass Theodore sein Gehalt damit finanzieren könnte.

»Hin und wieder verirren sich ein paar Touristen hier rein. Vor allem die Asiaten lieben so ein Mitbringsel. Aber du hast natürlich recht, darum geht es hier nicht wirklich«, sagte Theodore und wurde wieder ernst. »Was wir machen, ist aber nicht illegal. Ungewöhnlich? Keine Frage. Ich kann leider nicht zu sehr ins Detail gehen, bevor du deinen Arbeitsvertrag unterschrieben hast. Aber ich verspreche dir: Die Polizei wird dir keinen Ärger machen.«

Die Polizei vielleicht nicht, dachte Elliot. »Vorhin im Bus hat sich jemand neben mich gesetzt und davor gewarnt, hier anzufangen. Er kannte meinen Namen.«

Theodore setzte sich gerade im Stuhl auf. »Schicker Anzug, Sonnenbrille und italienischer Akzent?«

Elliot nickte.

»Die haben nicht lange gefackelt, das muss ich ihnen lassen.« Theodore lehnte sich in seinem Stuhl zurück und überlegte einen Moment. »Lass es mich so sagen: Es gibt ein paar Organisationen, denen nicht gefällt, wer wir sind und was wir tun. Solange wir es nicht übertreiben, haben wir nichts zu befürchten. Und sie lassen uns schon seit langer Zeit in Ruhe, weil wir keine Bedrohung mehr für sie sind. Es gab auch andere Zeiten.«

»War das jemand von der Mafia?«

»Nicht von der Mafia, aber diese Organisation verfügt über ähnliche Strukturen und Möglichkeiten«, erwiderte Theodore. »Sie sind nicht ungefährlich, das weiß deine Familie ja selbst am besten, aber …«

»Was meinen Sie damit?«, unterbrach ihn Elliot.

»Dein alter Herr hat dir nichts erzählt?«

»Nein, offenbar nicht«, sagte Elliot

Theodore überlegte einen Moment. »Man kann es ihm wohl kaum übel nehmen, nach allem, was er durchmachen musste und was er und Cecile geopfert hatten.«

Der Name seiner Mutter traf Elliot wie ein Blitz. Er erinnerte sich nicht, dass ihn jemand in seiner Gegenwart je in den Mund genommen hatte. »Wissen Sie, wo sie ist?«

Theodore nickte. »Ja, und sie lebt auch noch, falls du das wissen willst, zumindest besagen das meine Quellen. Aber mir steht es nicht zu, dir das alles zu erzählen. John soll es machen, wenn er die Zeit für reif hält. Und wenn du anfängst, für mich zu arbeiten, wird der Punkt wohl schneller kommen, als du denkst.«

Seine Mutter lebte, und Theodore wusste, wo sie war. Die Frau, die er nie getroffen hat. Die seinen Dad und ihn zurückgelassen hat. Wenn er den Job annehmen würde, hätte er vielleicht irgendwann die Möglichkeit, sie nach dem Warum zu fragen.

Diese Hoffnung schwemmte all seine Sorgen wie ein Tsunami davon. Der Mann im Bus war vergessen, genau wie die krummen Geschäfte und die geheimnisvollen und doppeldeutigen Antworten, die Theodore von sich gab.

»Ich fange an«, sagte Elliot entschlossen.

»Wollen wir nicht erst mal das Schriftliche klären?«, fragte Theodore überrascht.

»Keine Drogen und keine Auftragsmorde?«

»Keine Drogen und keine Auftragsmorde«, versicherte ihm Theodore.

»Dann können wir gleich loslegen«, antworte Elliot.

»Okay, noch eine Warnung, Elliot Craig: Du wirst an deinem Verstand zweifeln und glauben, dass du verrückt geworden bist. Aber du bist nicht verrückt geworden, vergiss das nicht.« Mit diesen Worten sprang Theodore von seinem Sessel auf und lief zum Kamin hinüber. Er löschte mit einem Wasserkübel die Glut, wandte sich Elliot zu und sah ihn auffordernd an.

Elliot hielt es erst für einen Scherz. Einen Witz, den er sich mit jedem neuen Mitarbeiter erlaubte. Wie sich aber herausstellte, war es keiner.

»Ich soll in den Kamin steigen?«, fragte Elliot und zeigte auf die Stelle, an der eben noch Glut für eine gemütlich warme Atmosphäre in der kleinen Kammer gesorgt hatte.

Theodore zuckte mit den Achseln und nickte, als hätte er ihn aufgefordert, sich die Schuhe zuzubinden oder etwas ähnlich Selbstverständliches. Dann stieg der kleine Mann in den Kamin und winkte Elliot heran. Mr. Hurley war seinem Herrchen gefolgt. Sie stellten sich mit einer Routine in den Kamin, dass Elliot sich sicher war, dass sie das nicht zum ersten Mal taten. Der Kater miaute ungeduldig und fixierte mit seinen grünen Augen Elliot.

Er wollte widersprechen, nachfragen, traute sich aber nicht. Er fühlte sich wie das eine zurückgebliebene Kind in der Klasse, das immer noch nicht kapiert hatte, was Eins plus Zwei ergab. Oder war Theodore der Zurückgebliebene? Ein Sonderling, der mitten in Edinburgh ein Geschäft für Kilts betrieb, in dem offensichtlich niemand einkaufte.

Theodore räusperte sich gespielt laut.

Elliot haderte ein letztes Mal. Aber dann dachte er wieder an seinen Vater, der bald auf der Straße sitzen würde, wenn er den Job nicht annahm, und an seine Mutter, über die er mehr erfahren konnte. Wenn es ein schlechter Witz von Theodore war, war Elliot bereit, ihn mitzuspielen. Er ging hinüber zum Kamin, atmete einmal durch und gab sich einen Ruck. Er bückte sich tief, um hereinzukommen. Im Abzug standen sie Bauch an Bauch. Es roch nach Ruß, und die Luft war dünn, er hatte Probleme zu atmen.

»Bereit?«, fragte Theodore.

Elliot zuckte mit den Schultern. Wie war man für etwas bereit, wenn man nicht wusste, was einen erwartete?

»Dann halt dich an mir fest, und los geht's«, sagte Theodore und holte ein kleines Stück Papier aus seiner Innentasche. In der anderen Hand hielt er ein Feuerzeug und fing an, eine Ecke anzuzünden. Als er sicher war, dass das Papier Feuer gefangen hatte, ließ er es zu Boden segeln. »Lieber schließt du die Augen. Besser für den Kreislauf.«

KAPITEL 4

Elliot schloss die Augen und hielt den Atem an. In dem Kamin wurde es warm, regelrecht heiß, ohne schmerzhaft zu werden. Er spürte die Hitze in seinem Gesicht. Dann plötzlich wurde er von einem Windstoß erwischt und davongetragen. Wie Aschepartikel in einem Kamin hatte er den Eindruck, dass sie nach oben gezogen wurden. Seine Füße verloren den Kontakt zum Boden, sein T-Shirt flatterte in einem Wind, der gar nicht hätte da sein dürfen.

In diesem Augenblick überkam ihn eine Angst, wie er sie nie zuvor verspürt hatte.

Nach allem, was er in Physik und Chemie gelernt hatte, war es unmöglich. Aber es passierte, und Elliot wagte nicht, seine Augen zu öffnen.

Dann wurde es kalt und frostig. Ein eisiger Sturm zerrte an seinen Klamotten. Wenn ihn seine Sinne nicht täuschten, waren sie hoch oben im Himmel. Auch das war aus gleich mehreren Gründen unmöglich: Der Kamin war zu eng, als dass sie da durch gepasst hätten, und Menschen (und Kater) flogen einfach nicht.

In seinem Inneren verkrampfte sich alles, und er verfluchte sich selbst, so blauäugig einem komischen Kauz wie

Theodore in einen Kamin gefolgt zu sein. Wenn das wirklich ein Witz war, dann ein ausgetüftelter.

So schnell, wie der Spuk begonnen hatte, hörte er auch wieder auf. Elliot spürte, wie die Schwerkraft nach ihm griff und ihn auf den Boden zurückholte. Erst mit hohem Tempo, wobei sein Shirt hochrutschte, dann immer langsamer und zum Ende hin regelrecht vorsichtig. Seine Füße nahmen wieder Kontakt mit der Erde auf. Elliot entspannte sich, wagte aber nicht, die Augen zu öffnen. Es war kalt und zu windig für eine Stadt wie Edinburgh.

»Du kannst die Augen jetzt wieder öffnen und meinen Arm loslassen, Elliot«, hörte er Theodore sagen.

Er kam der Bitte nach, und was er sah, traf ihn mit der Wucht eines Hammers. Vor ein paar Sekunden stand er in einem kleinen Geschäft mitten in Edinburgh, nun befand er sich hoch oben in den Highlands.

»Wie?«, stammelte er. Wo er hinsah, sah er weite grüne Flächen, graue Berge und weiße Wolken. Nebelschwaden kämpften sich über einen Hang. Natur bis zum Horizont und keine Menschenseele weit und breit. Auffällig war nur ein Wegweiser ein paar Meter von ihnen entfernt. Er war alt und verwittert. Ein Pfeil zeigte nach Edinburgh, der andere nach London. Eine Kilometerangabe fehlte.

Ihm wurde übel. Er übergab sich an Ort und Stelle.

»Die Menschen haben ihre Züge, Busse und Bahnen, wir bevorzugen Teleportationsschriftrollen, wenn es wirklich schnell gehen soll«, sagte Theodore zufrieden.

Elliot verstand nicht, was sein neuer Chef damit meinte, hoffte aber, dass der Witz bald ein Ende fand. »Was …?«, nuschelte er wieder und wischte sich den Mund mit dem Handrücken ab. »Sind das die Highlands?«

»Sehr richtig. Aber wir sind nicht hier, um die Aussicht

zu genießen, sondern um zu arbeiten«, sagte der kleine Mann und richtete sich seinen Anzug, der von der Reise etwas zerknittert war. Theodore zog ein Dokument und einen Füller aus der Seitentasche seiner Weste und hielt es ihm hin. »Das hier müsstest du mir noch unterschreiben, sonst können wir nicht loslegen.«

Elliot nahm das Stück Papier entgegen. Es war zusammengefaltet und mit Wachs versiegelt. Das Siegel zeigte ein geschwungenes M. Vorsichtig zerbrach er es, seine Hände zitterten, und er hatte Probleme, das Papier auseinanderzufalten, ohne es zu zerreißen. Mr. Hurley miaute ungeduldig und scheinbar genervt von dem Wind, was Elliot nur weiter unter Druck setzte.

Theodore nahm ihm das Dokument wieder ab, entfaltete es und reichte es Elliot. Der las:

Anstellungsvertrag für Elliot Craig,
im Merlin-Center – dem Kaufhaus für das Phantastische

Hiermit erkläre ich, Elliot Craig, aus der Linie der Craigs, Sohn von John und Cecile, meinen Dienst in Merlins Erbe zu stellen, das Phantastische zu schützen, seine Geheimnisse zu wahren und gegen seine Feinde zu verteidigen. Ich schwöre, mein erworbenes Wissen nicht gegen jene zu nutzen, die Merlins Erbe verteidigen. Ich erkenne die Vielfalt aller Arten und Spezies an und mache keine Unterschiede zwischen Mensch, Elf, Zwerg, Gnom oder jeder anderen Schöpfung Merlins.

Darunter standen sein Name und eine gestrichelte Linie zum Unterschreiben. Theodore hielt ihm noch mal den Füller hin, während Elliots Augen immer wieder über die Zeilen rasten. Er las, was da geschrieben war, verstand es aber nicht. Er war nicht in der Lage, es zu verarbeiten. Der Text hätte genauso gut in asiatischen Schriftzeichen dort stehen können, und er hätte genauso wenig verstanden. Was war mit Merlins Erbe und Spezies wie Elfen und Gnome gemeint?

Mr. Hurley miaute, und Elliot schreckte zusammen. Er nahm hastig den Füller und krakelte etwas unter die Zeilen, was im Entferntesten an *Elliot Craig* erinnerte.

Zufrieden nahm Theodore das Dokument wieder an sich, fummelte das Feuerzeug aus seiner Innentasche und versuchte, es zu verbrennen. Der Wind blies die Flamme immer wieder aus, aber irgendwann gelang es dem kleinen Mann. Fragend sah Elliot zwischen dem, was vom Dokument noch übrig war, und Theodore hin und her. Als der seinen Blick bemerkte, sagte er: »Die Flammen vergessen nicht, lieber Elliot.« Dann steckte er das Feuerzeug und den Füller wieder in seine Tasche. »Jetzt, wo das erledigt ist, können wir endlich loslegen. Falls du Fragen hast, merk sie dir lieber, es werden gleich noch jede Menge dazukommen.«

Theodore marschierte auf den Wegweiser zu, und Mr. Hurley folgte ihm sofort. Die Katze war froh, dass es endlich weiterging. Elliot schloss auf, schließlich wollte er nicht in den Highlands zurückbleiben.

An dem Wegweiser angekommen, sprach Theodore: »Merlins Erben wollen passieren.« Jedes dieser Wörter kam klar und deutlich aus seiner Kehle.

Es dauerte ein paar Sekunden, bis etwas passierte. Dann hatte Elliot den Eindruck, als würde er durch ein Milchglas schauen. Etwas verdunkelte die Luft, nur ein paar Meter von ihm entfernt. Unscharf, wie ein Bild im Internet, das nicht lud. Aber es wurde immer klarer, und plötzlich standen sie vor einem riesigen Gebäude, das in den Highlands so deplatziert wirkte wie ein Esel auf einem Polo-Turnier. Elliot begriff es nicht – wie so vieles, was die Tage passiert war. Ein mehrstöckiges Gebäude war aus dem Nichts entstanden. Wo er eben in die Ferne starrte, sah er jetzt auf zwei große, hölzerne Flügeltüren. Und obwohl es so fehl am Platz war, gehörte es zu den schönsten Gebäuden, die Elliot je gesehen hatte.

Es war aus großen, grauen Quadern erbaut, und Strebepfeiler zogen sich am Mauerwerk hoch. Die Fenster waren riesig und schienen sich über mehrere Stockwerke zu erstrecken. Oben entdeckte Elliot Wasserspeier, die finster von kleinen Zinnen hinab glotzten. Das Gebäude war hoch und rechteckig. Balkone, Türme oder Anbauten gab es keine.

»Was ist das?«, fragte Elliot, der seinen eigenen Augen nicht traute.

»Das Merlin-Center, mein Junge«, sagte Theodore. »Bis vor ein paar Jahrhunderten stand es noch mitten in London. Nun sind wir aufgrund diverser Umstände auf die Highlands ausgewichen. Hier gibt es zwar weniger Laufkundschaft, aber auf die sind wir ja sowieso nicht angewiesen. Wir mögen zwar ein Kaufhaus sein, aber wir konkurrieren nicht mit irgendwelchen Online-Händlern. Wir führen ein relativ exklusives Sortiment. Wollen wir reingehen? Heute ist Sonntag und deswegen keine Kundschaft im Laden. Ideal also, um dich herumzuführen.«

Ohne eine Antwort von Elliot abzuwarten, stemmte Theodore die große Tür auf. Mr. Hurley verschwand durch die Öffnung ins Innere. Elliot floh vor den eisigen Winden und folgte Theodore in das Gebäude. Mittlerweile war er unsicher, ob er sich nicht doch wünschte, dass es sich bei dem kleinen Mann aus dem Kilt-Geschäft nicht doch um einen Mafia-Boss handelte. Denn dann müsste er jetzt nicht alles in Frage stellen, was er je zu wissen geglaubt hatte.

Im Inneren des imposanten Gebäudes hörte das Staunen nicht auf. Durch die großen Fenster wirkte der Eingangsbereich hell und freundlich. Der Boden war aus glänzendem, poliertem Marmor. Eine große Tafel begrüßte die Kunden und versprach zehn Prozent Rabatt auf alle Zutaten für Tränke. Elliots Blick wanderte zur Decke, wobei er an einem opulenten Kronleuchter hängen blieb. Mindestens vier Dutzend Kerzen brannten. Das alleine erstaunte ihn aber nicht. Die Tatsache, dass der Kronleuchter zu schweben schien, verschlug ihm die Sprache. Elliot konnte weder Kette noch Seil ausmachen, an dem er befestigt war.

Danach wanderten seine Augen an den Stockwerken hoch und runter. Er zählte sechs Ebenen, jede mit hohen Decken. Eine Brüstung umspielte jede Etage. Er fühlte sich wie in einem Kaufhaus aus einem lange vergangenen Jahrhundert und kam der Wahrheit damit sehr nahe.

Faszinierend war aber der große Felsen in der Mitte der Eingangshalle. Er stand in einem Brunnen, der mit Seerosen zugewuchert war. In dem Felsen steckte ein Schwert. Nur das Ende der Klinge und der Griff waren zu sehen.

»Immer spannend, wie neue Mitarbeiter auf Excalibur reagieren. Bei der nächsten Firmenfeier darfst du auch mal dein Glück versuchen«, sagte Theodore schmunzelnd.

»Wie funktioniert das?«, fragte Elliot und zeigte auf den Kronleuchter.

»Zauberei der einfachen Art. Eine Schriftrolle, um Gegenstände schweben zu lassen. Die größte Herausforderung bestand darin, das Teil an exakt die gewünschte Stelle zu bekommen. Dafür musste die Schriftrolle schon sehr spezifisch sein.«

Elliot nickte, als wäre das eine völlig logische Antwort auf eine absolut gewöhnliche Frage. Momentan war er nicht in der Lage, die Situation weiter zu hinterfragen.

»Und damit verdienen Sie wirklich Ihr Geld?«

»Theodore Fizzles, Direktor des Merlin-Centers«, stellte er sich nun ganz korrekt vor. »Natürlich kann man seinen Lebensunterhalt nicht mit so einem Kilt-Geschäft mitten in Edinburgh verdienen, aber darauf bist du schon selbst gekommen. Ich hoffe, es ist eine Erleichterung für dich, dass du keine Drogen, sondern Zauberbedarf verkaufen wirst. Wir führen Kleider und Klamotten«, Theodore zeigte auf das Geschäft gegenüber dem Eingang, wo Elliot verschiedene Stoffe sah, »Feinkost, Zutaten und Tränke im ersten Stock, Artefakte im zweiten, im dritten Bücher, im vierten Besen und andere Fortbewegungsmittel, im fünften Horoskope, Sternendeuter und Teleskope, und in der sechsten Etage findest du unser Herzstück: die Schriftrollenmanufaktur. Im Untergeschoss befinden sich außerdem Fabelwesen, magische Waffen und die Schließfächer. Im Endeffekt sage ich zu keinem guten Geschäft nein.«

Elliot schluckte. Er hatte das Gefühl, dass seine Beine zu Pudding wurden und er gleich das Bewusstsein verlor. Fabelwesen, Schriftrollenmanufaktur, Tränke und magische Waffen.

»Du siehst aus, als könntest du einen Tee gebrauchen«, sagte Theodore, der zu bemerken schien, wie Elliot zumute war.

Sie liefen durch die Eingangshalle und an dem Geschäft mit den Hüten, Umhängen und Mänteln vorbei, bis sie zu etwas kamen, was wie ein Fahrstuhl aussah. Der Direktor drückte auf den Knopf, und sofort sprang die Tür auf, und sie stiegen ein. Die Kabine war komplett aus Holz gefertigt, und Elliot lehnte sich dankbar an. So bestand zumindest nicht die Gefahr, dass er umkippte. Er studierte die Etagenanzeige – neben jeder Etagennummer stand der Name der Abteilung, und sie stimmten mit der eben gehörten Erklärung überein. Neben den sechs Stockwerken nach oben gab es zwei Untergeschosse. Darunter stand »Privat«, und diesen Knopf betätigte Theodore.

Elliot erwartete, dass der Fahrstuhl ruckelte und losfuhr. Aber nichts geschah. Stattdessen sprang die Tür wieder auf. Die Eingangshalle war einem langen, dunklen Gang gewichen. Er war aus grobem Stein gehauen, und Fackeln erleuchteten die kahlen Wände. Es war kühl und nass, sie waren tief unter der Erde.

Theodore stieg aus und drehte sich um. »Kommst du?«

»Aber der Fahrstuhl ist doch gar nicht gefahren. Wie ist das möglich?«

»Diese Frage wirst du dir noch sehr häufig stellen, und immer lautet die Antwort: Zauberei.«

Das ergab doch gar keinen Sinn. Elliot fühlte sich wie der Besucher eines Freizeitparks, in dem den Gästen mit viel Tamtam und Taschenspielertricks eine Scheinwelt vorgegaukelt wurde.

Sie liefen den Korridor weiter entlang, der eher an einen Kerker als an ein Einkaufshaus erinnerte. Direktor Fizzles zeigte auf eine verschlossene Tür, auf der *Personal* stand. »Hier sind die Umkleidekabinen und Aufenthaltsräume für die Angestellten. Merke dir das gut, denn in deiner Uniform hast du oben nie wirklich Pause. Irgendjemand hat immer eine Frage oder braucht Hilfe.«

Weiter ging es durch den dunklen Korridor, bis sie vor einer alten Eichentür standen. Das Abbild eines Baumes war in das Holz geschnitzt, und Lilien umspielten den Türrahmen. Nur ein Türgriff fehlte. Theodore klopfte kräftig und grinste Elliot zu, der immer blasser im Gesicht wurde.

Für einen Moment passierte nichts, aber dann öffnete sich eine kleine Luke am unteren Ende der Tür. Ein Augenpaar stierte durch die Klappe, und Elliot würde die smaragdgrünen Augen nie vergessen – es war Mr. Hurley, der Kater. Er war nach ihrer Ankunft im Merlin-Center verschwunden, und nun wusste Elliot, wo er abgeblieben war.

Der Kopf des Katers verschwand wieder hinter der Katzenluke, und unmittelbar danach öffnete sich die Tür.

»Der beste Türsteher, den man sich vorstellen kann«, sagte Theodore fröhlich. »Hat noch nie ungebetenen Besuch hereingelassen. Weder hier noch in meinem Kilt-Geschäft.«

Elliot erinnerte sich, wie der Kater zuerst in dem Laden aufgetaucht war und ihn voller Neugier gemustert hatte. War er so etwas wie die Vorhut? Ein Späher, der nachsah, wer störte?

Theodore hielt ihm die Tür auf und bat Elliot hinein. Es handelte sich um das Büro des Direktors. Der Raum war nicht so kalt und düster wie der Rest des Korridors. Die Wände waren mit Holz vertäfelt, und Schränke nahmen einen Großteil des Platzes ein. Dicke Folianten stapelten sich neben eingestaubten Wälzern. Gemälde von Personen hingen an der Wand, die Elliot alle nicht erkannte. Manche waren klein und gedrungen wie Theodore Fizzles, andere hatten markante Gesichtszüge und spitze Ohren. Darunter standen Namen und Jahresangaben, die weit zurückreichten.

»Sind das alle Direktoren des Merlin-Centers?«, fragte Elliot.

»Abamaeus Scrooge, Myria Elderstick, Bernedain McGrean, Fain von Schimmerhain, Línda von Goldforest,

Willy Winterbotton, Twain Holmes – nur um ein paar zu nennen. Und irgendwann werde auch ich an dieser Wand hängen, und jemand anderes wird hier stehen und diese Namen aufzählen.«

Elliots Augen wanderten weiter und erblickten eine Weltkarte, auf der neben dem Merlin-Center in den Highlands weitere Orte in Asien, Amerika, Afrika und Australien markiert waren. Wofür diese Punkte standen, war nicht vermerkt, aber er konnte es sich denken.

Dann fiel sein Blick auf das große purpurne Kissen, auf dem es sich Mr. Hurley gemütlich gemacht hatte. Das Polster lag an einem Kamin, in dem ein kleines Feuer loderte, und war mindestens drei Nummern zu groß für den Kater. Der schien damit aber kein Problem zu haben und hatte sich zu einem Kringel zusammengerollt. Zufrieden schnurrte er und wartete vermutlich, bis wieder jemand anklopfte.

Theodore lief zum Schreibtisch, der übersät war mit Blättern, Dokumenten und Büchern. Auf Elliot wirkte er chaotisch, in Theodores Augen hatte es aber vermutlich ein System. Der kleine Mann ließ sich in seinem rotgepolsterten Schreibtischsessel nieder und bot ihm einen Stuhl an.

Als sich Elliot setzte, fiel ihm auf, dass alles kleiner war. Die Möbel waren Miniaturausgaben, und Elliot hatte Angst, dass der Stuhl unter seinem Gewicht zusammenbrechen könnte. Hier war alles auf Theodores Bedürfnisse und seine Körpergröße angepasst.

»Tee?«, fragte Theodore.

Elliot hätte am liebsten wieder abgelehnt, mittlerweile kam er sich dabei aber unhöflich vor. Deswegen nickte er.

Theodore erhitzte Wasser über einem Teelicht und goss die brühende Flüssigkeit dann in zwei Krüge ein. Anschließend folgten Teebeutel, und er stellte das dampfende Gefäß vor Elliots Nase. »Fünf Minuten ziehen lassen und dann genießen. Es handelt sich um eine Kräutermischung aus den Feenwäldern bei Doncaster, die eine besonders beruhigende Wirkung hat.«

Elliot kannte keinen Feenwald bei Doncaster – aber er war auch noch nie in Doncaster gewesen.

Theodore setzte sich wieder und sah Elliot ernst an. »Alles ein bisschen viel, oder? So ergeht es jedem, der vorher keinen Zugang zu unserer Welt hatte. Meistens stellen wir Leute ein, die schon gewisse Berührungspunkte mit dem Phantastischen hatten, aber nicht immer ist das möglich. Lass einfach alles auf dich zukommen, und versuch nicht, allzu viel zu hinterfragen. Viele Dinge werden sich dir mit der Zeit erschließen.«

Eine Frage brannte Elliot aber unter den Nägeln. »Seid ihr Magier?«

»Nein, der letzte Magier starb vor vielen Jahrhunderten, hingerichtet von der Inquisition. Was wir aber können, ist, magische Energie einzufangen und in Artefakte oder auf Schriftrollen zu bannen.«

Elliot runzelte die Stirn.

»Damit meine ich: Wir können Zaubertricks anwenden, die uns überliefert wurden. Wirkliche Magie bewirken wir aber nicht. Wir sind wie jemand, der ein Gedicht vorträgt, was jemand anderes vor langer Zeit niedergeschrieben hat. Ein neues Gedicht? Keine Chance. Wir müssen mit dem arbeiten, was in Büchern steht. Wir haben viele gute Alchemisten und Ingenieure, die mit den Überlieferungen Großes vollbringen. Aber wir werden nichts Neues kreieren können«, sagte Theodore und nahm einen Schluck aus seiner Tasse. Er verzog das Gesicht, der Tee war noch viel zu heiß. »Eingestellt habe ich dich als Assistent in der Abteilung für

Fabelwesen. Du wirst Gerry zur Hand gehen, der Hilfe gut gebrauchen kann. Mittlerweile gleicht die Abteilung fast schon einem Zoo. Die Eltern lassen ihre Kinder gerne dort, damit sie in Ruhe einkaufen gehen können. Also, das ist dein Job: keine Drogen, keine Waffen – nur ein bisschen Zauberei und seltene Tierchen.«

Elliot atmete tief durch. Das waren erfreuliche Nachrichten, nüchtern betrachtet. Keine illegalen Aufgaben und keine Gesetzeskonflikte. Zumindest vermutete er, dass es kein Gesetz dagegen gab. Er erinnerte sich wieder an den unheimlichen Typ im Bus und fragte Theodore noch mal nach ihm.

»Das, mein Junge, war die Inquisition. Wie du dir vorstellen kannst, gewinnt die Kirche der ganzen Zauberei nicht viel ab. Seinen traurigen Höhepunkt fand das mit der Hexenverbrennung. Nachdem sie alle echten Magier vernichtet hatten, gaben sie sich damit zufrieden, uns gut im Auge zu behalten. Wir alle haben Verluste in der Familie zu beklagen, aber wir sind immer noch hier. Und solange wir nicht auffallen und nichts Verbotenes machen, lässt uns die Inquisition einigermaßen in Ruhe.«

Elliot wollte nachhaken, was verboten war, aber Theodore fuhr bereits fort.

»Ich werde dich heute nicht rumführen. Es ist Sonntag, und wir sind alleine, also kann ich dich auch niemandem vorstellen. Den Spaß überlasse ich Gerry morgen. Allerdings sollten wir uns um deine Arbeitsuniform kümmern.« Theodore musterte ihn. »Wollen wir mal schauen, ob wir etwas für so einen Hungerhaken wie dich vorrätig haben. Zur Not lassen wir es in der hauseigenen Schneiderei anpassen.«

Theodore ging zu einem Schrank hinüber, der gegenüber

vom Kamin und quer zum Schreibtisch stand. Er öffnete die große Tür, kramte im Inneren und hielt eine Herrenweste hoch. Sie war aus grauem Tweet mit einem Fischgrätenmuster und hatte ein goldenes M aufgestickt. Prüfend schaute er zwischen der Weste und Elliot hin und her. »Könnte passen, probier das mal an.«

Elliot kam dem Wunsch seines neuen Chefs nach und schlüpfte in die Weste. Sie war ein kleines Stück zu kurz. Elliot schaute fragend seinen Chef an.

»Ist in Ordnung«, sagte der Direktor, wenn auch nicht total überzeugt. »Mit der Weste kannst du dich hier frei bewegen. Hemd und Hose holst du dir morgen als Erstes in der Schneiderei ab, sobald Gerry dich durch das Haus führt. Wir eröffnen um zehn Uhr, also sei bitte um neun hier. Dein Gehalt ist pünktlich am Monatsanfang in deinem Spind. Glaub mir, das ist mehr, als dein Vater und du gebrauchen könnt. Du hast dreißig Tage Urlaub im Jahr. Irgendwelche Fragen?«

Elliot hatte Fragen. Zu Elfen, Zauberei, Magie, der Inquisition, was seine Eltern damit am Hut hatten. Aber das alles würde er die kommenden Wochen schon noch herausfinden, vermutete er. Deswegen fragte er nur die trivialste: »Wie komme ich zur Arbeit?«

»Bei Merlins Barte, gut mitgedacht!«, rief Theodore aus und holte aus der Schreibtischschublade ein kleines Heftchen hervor, das er Elliot übergab. Es sah aus wie ein Scheckheft.

»Schnellreisezauber«, sagte Theodore. »Damit kommst du vom Merlin-Center nach Hause und zurück.«

Elliot blätterte durch das Heft. Die Seiten waren am Rand perforiert, damit sie sich einfacher herausreißen ließen. Auf allen war das große verschnörkelte M zu sehen, und *Schnell-*

reiseticket stand drauf. Darunter – kaum erkennbar – *hergestellt im Merlin-Center*.

»Und wo zeige ich das vor?«

Theodore lachte so sehr, dass sein ganzer Körper bebte. »Das zeigst du nirgends vor, sondern trägst dein Ziel auf dem Papier ein, und dann verbrennst du es.«

Elliot erinnerte sich an ihre Hinreise, und sofort wurde ihm wieder speiübel. Die Wirkung des Feenwaldtees war wohl nicht so gut wie ihr Ruf. »Muss ich das immer in einem Kamin machen?«

»Nein, du kannst dafür auch in den Garten gehen. Bloß in einem geschlossenen Gebäude solltest du die Teile nicht nutzen. So eine Steinwand kann ganz schön weh tun, wenn man dagegen donnert.« Theodore kramte wieder in seiner Schublade und warf ihm dann einen glänzenden Gegenstand zu.

Überrascht griff Elliot fast daneben, bekam es aber gerade noch zu fassen. Prüfend hielt er es in der Hand. Es war ein Sturmfeuerzeug und hatte ebenfalls das M eingeprägt.

»Verkaufen wir hier im Laden«, sagte Theodore. »Wenn du Zauberrollen benutzen willst, musst du sie verbrennen. Das gilt auch für die Schnellreisezauber. Deswegen ist es immer gut, Feuer am Mann zu tragen. Ohne Feuer keine Zauber, präge dir das gut ein.« Er klang belehrend wie ein Mathelehrer.

»Verstanden«, erwiderte Elliot.

»Gut, dann wären wir hier eigentlich fertig. Mr. Hurley bringt dich vor die Tür, und wir sehen uns morgen wieder. Pünktlich um neun Uhr«, erinnerte Theodore und schüttelte Elliot zum Abschied die Hand. »Freut mich, jemanden wie dich in unseren Reihen zu begrüßen«, schob er nach.

Es war das erste Mal, dass jemand so etwas zu Elliot

sagte, und er wurde misstrauisch. Lob oder Komplimente kannte er nicht, und er war nicht für die Arbeit mit magischen Tieren qualifiziert.

Mr. Hurley wartete ungeduldig und schwanzwedelnd im Türrahmen auf Elliot, der hastig aufschloss. Sie liefen den dunklen Korridor entlang, vorbei an den Personalräumen und bis zum Fahrstuhl. Elliot drückte auf den Knopf, und sofort sprang die Fahrstuhltür auf. Beide traten ein, Elliot betätigte die Taste für das Erdgeschoss. Die Tür schloss sich, sprang sofort wieder auf, und schon standen sie im Foyer des Merlin-Centers.

Mr. Hurley marschierte gleichsam arrogant wie grazil voran, man könnte fast meinen, er stolzierte auf einem Catwalk, und Elliot trabte hinterher. Wieder ließ er den Blick durch den opulenten Eingang schweifen und glaubte es kaum: Hier würde er in Zukunft arbeiten – sogar über Mindestlohn. Er blieb kurz stehen und sah auf die Auslage mit Mänteln, Hüten, Westen und Kleidern, die im Erdgeschoss verkauft wurden. Sie erinnerten ihn an die Kleidung in England im achtzehnten Jahrhundert. Es war, als wäre an diesem Ort irgendwann die Zeit stehen geblieben. Elliot freute sich auf die Arbeit.

Er hatte aber auch Angst, dass sich das alles als Albtraum entpuppen würde.

KAPITEL 5

Die Rückreise war genau so unangenehm wie die Hinreise verlaufen. Elliot war ein paar Meter vom Eingang des Merlin-Centers weggetreten und hatte eines der Tickets aus dem Heft gerissen. Mr. Hurley beobachtete sein Treiben aufmerksam, blieb aber im windgeschützten Türrahmen des Merlin-Centers stehen. Elliot öffnete die Klappe seines Sturmfeuerzeuges und drehte am Rand. Funken stoben auf und entzündeten die Flamme, die sogar dem heftigen Wind der Highlands widerstand.

Er sah dabei zu, wie das Papier langsam herunterbrannte und dachte, dass er etwas vergessen hatte, als ihn eine unsichtbare Macht plötzlich packte und in den Himmel schleuderte. Elliot schloss sofort die Augen. Es wurde schrecklich kalt, und nach ein paar Sekunden hörte der Spuk wieder auf. Die Schwerkraft gewann die Kontrolle über seinen Körper zurück und zog ihn nach unten.

Als Elliot den Boden spürte, öffnete er vorsichtig die Augen. Er sah sich um und erkannte sofort, dass er im Hinterhof seines Zuhauses stand. Es war eine Mischung aus Dschungel und Schrottplatz. Pflanzen wucherten ungestört, und der Rasen war alles andere als britisch. Dazwischen standen ausrangierte Möbel, eine kaputte Schubkarre ohne Reifen, mehrere Gießkannen und zerbrochene Blumentöpfe. Der Garten war schon in einem solch miserablen Zustand gewesen, als sie das Haus kurz nach dem Arbeitsunfall seines Vaters angemietet hatten.

Elliot atmete tief durch und brauchte einen Moment, um sich an die neue Umgebung zu gewöhnen. Vor ein paar Sekunden war er noch in den Highlands, nun stand er wieder im Hinterhof eines Vororts von Edinburgh. Einen weiteren Beweis für die Existenz von Zauberei brauchte er nicht.

Er lief um das Haus und öffnete die Tür. Drinnen dröhnte mal wieder der Fernseher und erzählte etwas über Kängurus. Elliot hatte viele Fragen an seinen Vater, wusste aber nicht, wie er sie stellen sollte. Deswegen fing er mit einer Lüge an. »Ich bin zurück und soll dich nett von Theodore grüßen«, sagte er. Sein neuer Boss hatte ihn heute nicht darum gebeten. Sein Vater nickte kurz und widmete sich wieder dem Fernseher, als sein Blick auf die Weste des Merlin-Centers fiel.

»Fängst da an?«, fragte er monoton.

Elliot war froh. So viel Interesse zeigte sein Vater selten. »Ich war eben da und fange morgen an. Wieso hast du nie etwas davon erzählt?«

John zuckte mit den Schultern. »War besser so für uns beide. Tu mir einen Gefallen und mach einfach nur deinen Job da. Alles andere bedeutet Ärger, und davon hatten wir Craigs bereits genug in unserem Leben.« Damit widmete er sich wieder der Dokumentation über Beuteltiere.

»Gibt es noch etwas, was ich wissen sollte? Über Mama zum Beispiel?«

Sein Vater schüttelte den Kopf. Sie sprachen selten über seine Mutter, und ihr Name wurde in diesem Haus nie ausgesprochen. »Vielleicht reden wir morgen früh noch mal, ich will weiterschauen.« Damit hatte sein Vater das Gespräch wieder abgewürgt.

Auf dem Weg nach oben ärgerte sich Elliot über sich selbst. Er war zu forsch gewesen. Sein Vater ließ sich nicht drängen.

Er marschierte in sein Zimmer, hing die Weste auf einen Bügel und überlegte, was er mit dem restlichen Sonntag anfangen sollte. Andere Menschen in seinem Alter trafen sich mit Freunden im Park und grillten, trieben Sport oder gingen ins Kino. Er sah auf die Uhr – es war mindestens fünf Stunden zu früh, um ins Bett zu gehen. Außerdem stand er noch unter Strom und würde ohnehin keine Ruhe finden.

Also zog er ein paar ausgelatschte Turnschuhe, eine kurze Hose und ein T-Shirt an und verließ das Haus. Wenn ihm nach Sport war, was nicht oft vorkam, lief er. Das war kostenlos und überall möglich. Elliot lief los, vorbei an den vielen Einfamilienhäusern. Einige waren verlassen, aber alle heruntergekommen. Früher war es immer sein Wunsch gewesen, dass er und sein Vater mal in eine bessere Gegend zogen. Mittlerweile hatte er es aber aufgegeben. Ihm war nur noch wichtig, dass sie über die Runden kamen. Und mit seinem Job im Merlin-Center standen die Chancen dafür günstig.

Nach einer Viertelstunde hatte er den Vorort verlassen und bog auf einen Feldweg ein. Seine Füße trugen ihn über den unebenen Sandboden. Sein Atem war kontrolliert und regelmäßig. Das hatte er mal im Sportunterricht gelernt, um Seitenstiche zu verhindern.

Laufen war für ihn perfekt, um abzuschalten. Er dachte nicht viel nach, sondern setzte nur einen Fuß vor den anderen. Außerdem lernte er früh, vor den großen Jungs auf dem

Schulhof wegzurennen. Die waren mittlerweile zum Glück nicht mehr hinter ihm her.

Elliot kam zu einem kleinen Bach, über den eine Brücke führte. Er lehnte sich gegen das Geländer und schnaufte durch. Sein Herz raste, und er schaute auf die Uhr. Fast eine Dreiviertelstunde war vergangen, seit Elliot die Haustür hinter sich zugezogen hatte. Der perfekte Zeitpunkt, um umzukehren.

Als er sich auf den Rückweg machte, sah er zwei Gestalten aus der Richtung auf ihn zukommen, in die er jetzt eigentlich wieder laufen wollte. Er wartete ab, es kam ihm nicht geheuer vor. In der Gegend traf man selten jemanden an. Höchstens Hundebesitzer, die ihre Vierbeiner ausführten. Aber an den beiden war etwas anders.

Als sie immer näher kamen, wusste Elliot, was ihn misstrauisch werden ließ. Sie trugen Anzüge und Sonnenbrillen, sahen aus, als wollten sie zu einem Meeting. Völlig overdressed für einen Feldweg. Sie kamen in schnellen Schritten auf ihn zu, und Elliot erinnerte sich an den Typen im Bus. Auf eine zweite Begegnung dieser Art konnte er verzichten.

Also lief er doch wieder davon. Dieses Mal nicht vor irgendwelchen Schulhofschlägern, sondern vor Anzugträgern, die Gott-weiß-was von ihm wollten. Erst joggte er in einem gemächlichen Tempo, dann warf einen Blick über seine Schulter. Die beiden Herren mit den Sonnenbrillen wurden schneller und hielten die Distanz.

Sie liefen auf einen kleinen Wald zu, und Elliot wusste: wenn er sie abschütteln will, dann dort. Hier auf dem freien Feld hatte er keine Chance. Er schaute noch mal über die Schulter und prägte sich die Typen genau ein. Der linke schien in einem ähnlichen Alter wie sein Vater zu sein. Das

Hemd spannte sich über seinem Bauch, und er hatte nur noch einen Haarkranz. Der andere hingegen wirkte athletisch, war jung und trug einen gepflegten Vollbart.

Etwa vierhundert Meter vom Wald entfernt fing Elliot plötzlich an zu sprinten. Das war eine Distanz, die er im Sportunterricht oft gelaufen war: einmal um den Sportplatz. Er würde nicht alles geben und ein paar Reserven für den Fall der Fälle aufsparen. Hinter sich hörte er Rufe, er solle stehen bleiben, aber er dachte gar nicht daran.

Als er den Wald erreichte, raste sein Puls. Er hatte die Atmung vernachlässigt und merkte ein leichtes Stechen in der Seite. Wieder sah er über die Schulter und bemerkte zu seinem Schrecken, dass der Jüngere aufgeholt hatte. Der Ältere jedoch war hoffnungslos abgeschlagen.

Elliot rannte in den Wald und überlegte fieberhaft, was er als Nächstes machen sollte. Für immer davonlaufen war keine Option, der Typ schien in einer besseren Verfassung zu sein als er und würde ihn bald einholen.

Er verließ den kleinen Pfad. Wenn er ihm nicht davonlaufen konnte, würde er sich verstecken. Er stolperte einen Hang hinab und wäre fast über eine Wurzel gestolpert. Dort versteckte er sich hinter einer großen Eiche. Sein Puls raste. Er war sich sicher, dass man seinen Herzschlag bis zum Waldweg hören konnte.

Elliot lauschte, vernahm aber nichts. Weder Vogelgezwitscher noch die Schritte seiner Verfolger. Vorsichtig spähte er aus seinem Versteck und ärgerte sich sofort wieder. Der durchtrainierte Typ stand keine zwanzig Meter von ihm entfernt am Hang.

Sofort zog er seinen Kopf wieder ein und betete, dass er nicht gesehen worden war. Sekunden später hörte er die schweren Schritte und das Keuchen von dem Älteren.

»Er muss hier irgendwo sein«, sagte eine Stimme. Sie klang bedacht und kontrolliert.

»Hast ihn hier runterlaufen gesehen?« Zwischen jedem Wort gab es eine große Atempause. Sie gehörte dem Dicken, dem der kurze Sprint zu schaffen machte.

Der andere blieb ihm eine Antwort schuldig. Stattdessen hörte Elliot, wie jemand langsam auf ihn zukam. Ein paar Schritte, und sie würden ihn hier, zusammengekauert, hinter einem Baum finden. Was sie dann mit ihm anstellten, wagte er gar nicht sich vorzustellen. Er hatte Filme über Menschen gesehen, die zu Unrecht in Foltergefängnisse entführt wurden und erst Jahre später wieder rauskamen. Eine Wut stieg in ihm auf. Als sich sein Leben zum Besseren wendete, tauchten so ein paar Typen in Anzügen auf und zerstörten alles wieder.

Elliot merkte, wie seine Hände sich zu Fäusten ballten. Er gab nicht einfach auf. Wenn er den Jüngeren außer Gefecht setzte, könnte er vor dem anderen davonrennen. Kein guter Plan, aber immerhin ein Plan.

Dann aber kam alles anders. Die Schritte verstummten. Jeden Augenblick würde er auffliegen. Plötzlich hörte er ein lautes Knacken in der entgegengesetzten Richtung.

»Dahinten ist er«, schrie der Dicke, immer noch schwer atmend, und polterte wieder los.

Sie entfernten sich. Elliot konnte sein Glück nicht fassen. Er zitterte am ganzen Körper und setzte sich, weil seine Beine zu Pudding wurden. Die Anspannung fiel von ihm ab. Er zog die Knie an und lauschte in den Wald hinein. Gelegentlich war ein Rascheln zu hören, dann wurde es still. Erst als die Dämmerung einsetzte, wagte er sich aus seinem Versteck und begab sich auf den Heimweg. Ständig drehte er sich um. Die Angst saß ihm im Nacken, denn die Typen konnten jederzeit wiederauftauchen. Elliot wählte nicht den direkten Weg nach Hause. Stattdessen lief er in das nächste Dorf und fuhr von dort mit dem Bus wieder heim.

Als die Tür hinter ihm ins Schloss fiel, sackte er zusammen. Mittlerweile war es spätabends. Sein ganzer Körper zitterte, von der Aufregung und der Kälte. Seine Laufklamotten waren für eine schnelle Runde am Nachmittag gedacht, aber nicht dafür, den halben Tag im Unterholz zu sitzen.

»Schon zurück?«, hörte er die monotone Stimme seines Vaters, die sich mit den Fernsehergeräuschen zu einem vertrauten Geschwurbel vermischte.

In Elliot kochte die Wut auf. Er hatte vor ein paar Stunden das Haus verlassen, und sein Dad hatte nichts mitbekommen. Er hatte sich immer, ohne zu meckern und zu murren, um seinen Vater gekümmert. Hatte im jungen Alter viel Verantwortung übernommen. Aber die Gleichgültigkeit und das Desinteresse, die ihm in diesem Haus entgegenschlugen, waren verletzender als jede Erziehungsschelle. John Craig hatte nicht nur sich selbst aufgegeben, sondern auch seinen Sohn, und das schmerzte.

Ohne ein Wort zu sagen, stapfte Elliot nach oben. Er wollte duschen, sich Klamotten für den nächsten Tag rauslegen oder zumindest einen Blick aus dem Fenster werfen und nach den Männern in schwarzen Anzügen Ausschau halten. Aber nichts davon machte er. Stattdessen legte er sich ins Bett und weinte. Wegen seines Vaters, der wie eine Topfpflanze vor sich hin vegetierte und ab und an gegossen werden musste, damit er nicht einging. Wegen seiner Mutter, die ihn verlassen hatte und womit er eigentlich dachte, abgeschlossen zu haben. Die letzten Tage zeigten aber, dass nicht alles so eindeutig war, wie es bisher schien. Theodore wusste mehr über sie, als er erzählte, und sein Vater auch. Sie waren beide nicht ehrlich mit ihm, und Elliot verstand nicht, was der Grund dafür war.

Als die Tränen irgendwann nachließen und die Wut verschwand, raffte er sich auf und sprang unter die Dusche. Das warme Wasser spülte den Dreck aus dem Wald, die Tränen und seine Sorgen und Gedanken wieder davon. Morgen würde er im Merlin-Center einen neuen Job anfangen. Was das bedeutete, hatte er immer noch nicht verstanden. Er hatte gesehen, wie Theodore Zauber benutzte, und den schwebenden Kronleuchter, der vielleicht auch doch nur von dünnen Drahtseilen gehalten wurde. Aber von dem ganzen Ausmaß, von der Welt da draußen, hatte er keine Ahnung.

Am nächsten Morgen saß sein Vater am Küchentisch, als Elliot runterkam. Er hatte wieder das eingefallene, bleiche Gesicht einer Leiche. Zu viel Fernsehen, zu wenig Schlaf.

Elliot versuchte, ihn zu ignorieren. Er war immer noch wütend. Andererseits freute er sich, seinen Vater mal nicht vor der Glotze zu sehen. »Gut geschlafen?«, fragte er, obwohl er die Antwort schon kannte.

John grunzte kurz und schüttelte kaum merkbar den Kopf. Er starrte die Küchenfliesen an, als könnten sie plötzlich zur Seite weichen und ihn ein großer Tiger anspringen. »Pass auf mit Theodore. Er ist ein guter Kerl, allerdings bedeutet er auch immer Ärger. Ich möchte nicht bereuen, dass ich dich zu ihm geschickt habe.«

Den Ärger hatte Elliot bereits letzten Nachmittag im Wald gehabt, und sein eigener wuchs wieder. »Wenn du mir alles erzählen würdest, wäre es vielleicht nicht so schlimm, und du müsstest dir weniger Sorgen machen«, sagte er gereizt.

Sein Vater schüttelte den Kopf. »Das verstehst du nicht. Noch nicht.«

Das war keine zufriedenstellende Antwort. Es gab dieser Zeit so vieles, was er nicht verstand. Wie es möglich war, dass man sich durch einen Kamin von Edinburgh in die Highlands schoss, zum Beispiel. Oder was mit seiner Mutter passiert war. Er war mittlerweile erwachsen, seit Jahren Alleinverdiener im Haushalt, und sein Vater war der Meinung, er wäre zu doof für die Wahrheit.

»Vielleicht wäre es ein Anfang, wenn du mal versuchen würdest, mit mir zu reden«, zischte er und stürmte dann aus der Küche. Er hatte keine Kraft mehr für und keine Lust mehr auf solche sinnlosen Gespräche, die ihn nur Nerven kosteten.

Sein Vater versuchte nicht, ihn aufzuhalten.

Elliot wusch sich, zog die Weste des Merlin-Centers über sein Shirt und ging nach unten.

Sein Vater war nicht aufzufinden, und der Fernseher war aus. Ungewöhnlich, aber Elliot war es egal. Er hatte jetzt nur noch das Merlin-Center im Kopf. Heute war sein erster Arbeitstag. Er wollte nicht zu spät kommen.

Elliot stellte sich in den Garten und sah in den Himmel. Es war ein sonniger, wolkenfreier Morgen und würde über den Tag warm werden. Perfekt für einen Tag am See. Elliot hatte aber etwas anderes vor. Vor ihm lag ein neues Leben. Ein Ausweg aus der Sackgasse, in die er und sein Vater geraten waren.

KAPITEL 6

Als Elliot in den Highlands landete, befürchtete er, dass er sich nie an diese Art des Reisens gewöhnen würde. In seinem Magen drehte sich alles, und er übergab sich auf den felsigen Boden. Vor ihm lag eine Pfütze aus braunen und grünen Körperflüssigkeiten. Ein Stück weiter erblickte er den Mageninhalt von gestern.

Er widerstand dem Drang, sich den Mund am Ärmel abzuwischen, und marschierte zum Wegweiser hinüber, der wie eine Vogelscheuche über die hügelige Berglandschaft wachte. Das Holz war verwittert, und Elliot würde es nicht wundern, wenn es beim nächsten Luftstoß abbrach.

»Merlins Erben wollen passieren«, sagte Elliot. Als er schon dachte, dass sich die Formel falsch gemerkt hatte, materialisierte sich das aristokratische Einkaufshaus vor seinen Augen. Erst leicht flimmernd wie eine Fata Morgana, dann immer klarer, bis man keinen Zweifel mehr hatte, dass dieses Gebäude da schon seit vielen Jahrzehnten, sogar Jahrhunderten, stand. Mit seinen gigantischen Fenstern, dem vielen Stuck, den Wasserspeiern und den zahlreichen Details wirkte es in den Highlands so deplatziert wie die Queen in einem Pub am Hafen.

Er sah auf die Uhr. Es war kurz vor acht, um neun würde das Einkaufscenter eröffnen, und vorher wollte er möglichst viel von seiner neuen Arbeitsstätte kennengelernt haben.

Er gab sich einen Ruck und lief die Stufen zur großen Eingangstür hinauf. Während ihm durch den Kopf ging, wie absurd all das hier war – ein Einkaufscenter für alles Phantastische irgendwo in den Highlands – stieß er die Tür auf. Begrüßt wurde er von einem Duft, der an eine wilde Mischung aus Honigkerzen, Ingwer, Minze und ein bisschen Stallgeruch erinnerte. Gleichmäßig aufregend und irritierend für die Nase.

Der Kronleuchter hing, nein, er schwebte, an derselben Stelle wie am Tag zuvor, und auch sonst hatte sich nicht viel geändert. Bis auf eine Kleinigkeit: Viele Personen wirbelten eifrig hin und her, trugen Mäntel und Waffen, sortierten die Auslage und brachten *Reduziert*-Schilder an. Elliot sah Besen, die wie von Geisterhand den Boden fegten, und große Lappen, die die Fenster reinigten.

Als Elliot genauer hinsah, fiel ihm auf, dass manche Menschen komisch aussahen. Sie waren klein und hatten lange Bärte, sogar die Frauen, oder waren groß, athletisch und mit spitzen Ohren. Er hatte einen Verdacht. Er hatte schon in Büchern von ihnen gelesen und sie in Filmen gesehen. Er wagte es aber nicht, diesen Gedanken als Realität zu akzeptieren. Noch nicht.

Etwas schlängelte sich um sein Bein, und Elliot unterdrückte einen Schrei. Er sah nach unten und sah mal wieder in die smaragdgrünen Augen von Mr. Hurley. Der Kater schaute ihn streng und irgendwie ungeduldig an, als hätte er schon seit Minuten um seine Aufmerksamkeit gekämpft. Er miaute und setzte sich dann mit der gewohnten Arroganz in Richtung des Fahrstuhls in Bewegung.

Elliot verstand und folgte dem Tier, nicht aber ohne seine zukünftigen Kollegen weiter zu beobachten, die ihn keines Blickes würdigten. Sie alle waren damit beschäftigt, das Merlin-Center für die Öffnung vorzubereiten.

Elliot stieg gemeinsam mit dem Kater in den Fahrstuhl, die Tür schloss sich, Elliot drückte den Knopf für den Personalbereich, und augenblicklich öffnete sich die Tür wieder. Die Eingangshalle war dem dunklen Kellergang gewichen. Der dicke Kater stolzierte den Gang entlang, und Elliot folgte pflichtbewusst. Die Türen zu den Personalräumen waren nur angelehnt, und Elliot hörte gedämpfte Stimmen. Als sie an ihnen vorbeigingen, versuchte er, ein paar Blicke zu erhaschen, hatte aber keinen Erfolg.

Sie kamen zu der Tür des Direktors, Mr. Hurley schlüpfte durch die kleine Klappe am Boden, und einen kurzen Augenblick später öffnete sich die Tür zum Büro von Theodore Fizzles. Elliot war sich sicher, dass der Kater der strengste Türsteher der Highlands, wenn nicht sogar von ganz Schottland war.

Im Inneren erwartete ihn der bereits bekannte Anblick aus Dokumenten und Büchern. Theodore war hinter seinem Schreibtisch über einer Pergamentrolle versunken.

»Einen Moment«, sagte er, ohne aufzublicken. Seine Augen studierten die geschriebenen Zeilen, dann wanderte die linke Hand, in der sich eine Feder befand, zum Tintenfässchen, tunkte kurz ein und unterschrieb das Papierstück. »Elliot, schön, dich wiederzusehen«, sagte er und sah endlich auf.

Elliot nickte und brachte ein Lächeln auf. Die Aufregung drohte, seinen Körper zu lähmen.

»Mr. Hurley, holst du bitte Gerry«, bat sein neuer Chef den Kater. Das Tier verschwand umgehend aus dem Zimmer. »Gut geschlafen?«, wollte er im Plauderton von seinem neuen Angestellten wissen, während er bereits eine neue Schriftrolle vor der Nase hatte.

»War in Ordnung«, sagte Elliot. Er überlegte, ob er Theodore von der Verfolgung im Wald erzählen sollte, entschied sich dann aber dagegen. Er wollte seinem neuen Boss nicht gleich mit all seinen Problemen im Ohr liegen, und Theodore war ohnehin beschäftigt.

»Sehr gut, sehr gut«, sagte sein Boss, war aber völlig in seine Unterlagen vertieft. »Entschuldige, ich muss eben ein paar Bestellungen fertig machen. Sonst gehen uns bald die Lurchaugen und Schmetterlingskeulen aus.«

Elliot hatte keine Ahnung, wovon er da sprach, nickte aber, als hätte Theodore das Rezept von Schokoladenkeksen vorgelesen. Einen kurzen Augenblick später hörte Elliot laute Schritte im Gang. Es waren eigentlich keine Schritte, sondern mehr ein Stampfen wie von einem Riesen, der durch einen Wald polterte. Die Geräusche hörten abrupt vor der Tür auf, Mr. Hurley schlüpfte hindurch, und dann sah Elliot endlich, wie der Kater die Tür öffnete.

Das Tier sprang auf ein kleines, grünes Samtkissen, das auf einem Sekretär neben der Tür lag. Die Katze ließ ihre rechte Pfote in einer winzigen Aussparung in der Wand verschwinden. Das Loch war so klein, dass Elliot es bisher gar nicht bemerkt hatte. Mr. Hurley streckte sich und schien nach etwas zu fischen. Dann war ein Klacken zu hören, ein Mechanismus setzte sich in Gang, und der behaarte Türsteher zog zufrieden die Pfote aus dem Loch zurück.

Die Tür schwang auf, und Elliot merkte, wie seine Beine für einen Bruchteil nachgaben, als er sah, wer im Türrahmen stand. Wer das war, war in diesem Moment gar nicht so wichtig. Viel eindrucksvoller war, *was* da stand.

Ein Hüne von mindestens zwei Meter fünfzig Höhe und breit wie ein Bär. Bloß handelte es sich nicht um einen Bären, sondern einen Stier, der auf zwei Beinen stand wie ein Mensch. Wo Füße hätten sein sollen, waren zwei Hufe, und ein langer brauner Schwanz pendelte ungeduldig von einer Seite zur anderen, als gäbe es hier Fliegen zu vertreiben. Das Ungetüm trug eine schwarze Lederhose und hatte eine graue Weste über das braune Fell geworfen. Das linke Horn war am Ansatz abgebrochen, und ein goldener Nasenring zierte das Gesicht. Elliot kannte diese Geschöpfe, hatte sie aber immer für Mythen der griechischen Sagen gehalten. »Ein Minotaurus«, stammelte er.

Das Wesen, welches halb Stier und halb Mensch zu sein schien, runzelte die Stirn. »Knapp daneben«, brummte es tief und einschüchternd. »Ich bin einer seiner amerikanischen Verwandten. Wir nennen uns Buffalomen und stammen vom Bison ab, nicht vom Stier.« Er überkreuzte die Arme vor der behaarten Brust und blickte auf Elliot hinab.

»Du musst ein bisschen nachsichtig mit ihm sein, Gerry«, warf Theodore ein. »Elliot weiß erst seit gestern, dass es uns überhaupt gibt. Es war also nicht abfällig von ihm gemeint, dich als Minotaurus zu bezeichnen.«

Gerry schnaubte seinen Ärger aus und nickte dann. »Na gut, vergessen.«

»Elliot, Gerry wird dich einweisen, und du wirst ihn die ersten Wochen unterstützen. Er leitet bei uns die Abteilung für Fabelwesen. Er ist eine echte Koryphäe auf dem Gebiet und könnte dir sogar im Schlaf die Fressgewohnheiten eines Albanischen Flügelwurms aufsagen.«

»Käfer, Rindenmulch, Wildpilze, Froschlarven und Spinnen bis zur einer Größe von fünf Zentimeter Durchmesser«, leierte Gerry mit einem amerikanischen Akzent sofort runter.

»Siehst du«, sagte Theodore zufrieden und klatschte in die Hände. »Ihr beide werdet euch sicher hervorragend verstehen. Bitte bring Elliot doch erst zu Madame Tunley, damit er sich für den Job korrekt einkleiden kann. Danach zeigst du ihm am besten deine Abteilung. Den Rest wird er dann über die Zeit schon lernen.«

Gerry und Elliot sahen ihn wortlos an.

»Also gut, wenn es keine weiteren Fragen gibt«, sagte Theodore und deutete auf die Tür. »Ich habe noch einiges zu tun, die Bestellungen für die Woche müssen in der nächsten Stunde rausgehen.«

Sie verstanden den Wink mit dem Zaunpfahl und verließen das Büro, auch wenn sich in Elliot alles dagegen sträubte. Er wollte mit diesem Berg aus Fleisch und Muskeln nicht alleine sein.

Gerry musterte Elliot von oben bis unten. »Brauchst wirklich ein paar vernünftige Klamotten«, kommentierte er. »Komm mit.«

Dankbar, dass ihn der Buffaloman nicht an Ort und Stelle verspeiste, folgte er ihm den langen Korridor entlang bis zum Fahrstuhl. Sie stiegen ein, und Gerry drückte mit seiner riesigen Pranke den Knopf für den Eingangsbereich. Es war ein Wunder, dass er mit diesen Wurstfingern nicht alle Knöpfe gleichzeitig betätigte. Die Tür schloss sich und sprang sofort wieder auf. Vor ihnen erstreckte sich das Foyer.

Gemeinsam stiegen sie aus und hielten auf die Ladenzeile gegenüber dem Haupteingang zu. Das Geschäft war komplett verglast, und man erkannte von außen schon, was auch das Ladenschild verriet: Kleider und Klamotten.

Gerry öffnete die Glastür und gab sich sichtbar Mühe, den filigranen Türgriff nach unten zu drücken und nicht abzureißen.

»Kundschaft«, rief er. Seine raue Stimme hallte wie das Brüllen eines Wildtiers durch den von Tageslicht erhellten Raum. Elliot nutzte den Augenblick, um sich umzuschauen, und erblickte unzählige Garderobenständer mit Roben, Umhängen, Pullovern und Hosen. Hüte und Mützen stapelten sich in Regalen bis unter die Decke. Nur die Fenster hatte man freigelassen. Der Laden war mindestens so vollgestopft wie Theodores Kilt-Geschäft, aber gepflegter und sauberer. Kein Staubkorn war zu sehen, und es roch angenehm nach Rosenwasser.

»Bin gleich da«, rief eine übertrieben freundliche Stimme, ohne dass Elliot die Quelle ausmachen konnte.

Gerry seufzte und ließ sich auf einem kleinen Hocker nieder. Er sah wie ein Bär aus, der versuchte, auf einem Miniaturfahrrad zu fahren. Er schnaubte, und Elliot spürte den feuchtwarmen Luftstoß in seinem Gesicht. »Quasselt ohne Ende, du bist gewarnt«, sagte er, und dann brach Madame Tunley über ihn herein.

Das Klacken ihrer Absätze erinnerte an ein Maschinengewehr. Ihre langen, blonden Haare trug sie offen über der schwarzen Bluse und dem grauen Rock. Sie war alt genug, um Elliots Mutter zu sein, bewegte sich aber auf ihn zu, als wäre sie der Star auf einer Modenschau. »Du musst Elliot sein, freut mich. Ich bin Madame Tunley, Leiterin der Abteilung für Kleider und Klamotten«, sagte sie mit einem großen Grinsen und reichte ihm ihre Hand, die Elliot schüttelte. »Bei Merlins Barte, du kommst ganz nach deiner Mutter«, sagte sie, und bevor er nachhaken konnte, fragte sie: »Wie kann ich helfen?«

»Der Junge braucht seine Uniform. Weste hat er schon, Hemd und Hose fehlen noch.«

Madame Tunley sah an Elliot hinab, überlegte einen Moment. »So lang wie ein Baum und so dünn wie ein Zaunpfahl. Das macht es nicht unbedingt einfach. Aber ich hatte noch nie jemanden, der unzufrieden aus diesem Geschäft ging. Und du, lieber Elliot Craig, wirst auf keinen Fall der Erste sein. Lasst mich nachschauen, was ich hinten im Lager habe.« Sie entfernte sich wieder mit dem Klacken ihrer hohen Schuhe.

Elliot fühlte sich wie von einer Lawine überrollt. Bis vor ein paar Tagen hatte nie jemand von seiner Mutter gesprochen. Nun hatte er mit Theodore und Madame Tunley in kürzester Zeit zwei Personen kennengelernt, die seine Mutter gekannt hatten.

»Sag doch, sie labert wie ein Wasserfall«, gab Gerry von sich, was Elliot aber überhörte. Er beschloss, Madame Tunley nach Ladenschluss einen Besuch abzustatten. Dieser neue Beruf hatte nicht nur den Vorteil, dass er ihn und seinen Vater über Wasser hielt, sondern er hatte auch die Möglichkeit, mehr über seine Familie zu erfahren. Da nahm er negative Begleiterscheinungen wie die Typen mit den Sonnenbrillen und Anzügen in Kauf.

Madame Tunley kam mit einem weißen Hemd und einer blauen Stoffhose zurück. »Probier das mal an, junger Mann«, sagte sie und zeigte auf eine Umkleidekabine.

Elliot kam der Bitte, die mehr wie ein Befehl klang, nach und zog sich um. Während er sich die neue Hose über die Beine zog, hörte er mit, wie Gerry über sein Wochenende ausgefragt wurde. Die Antworten waren einsilbig. Elliot beeilte sich, um seinen neuen Vorgesetzten nicht länger als nötig der unangenehmen Situation auszusetzen.

Die Hose und das Hemd passten wie angegossen. Darüber zog er die graue Tweetweste. Elliot begutachtete sich im Spiegel, der in der kleinen Umkleide hing, und war selbst überrascht. Er hätte nicht gedacht, dass Kleider wirklich Leute machten, aber vor ihm stand der Beweis. Die modernen und auf den Leib geschnittenen Klamotten ließen ihn aufrechter stehen, und er strahlte etwas aus, was er so bisher nicht von sich kannte. Sein ganzes Leben hatte er Secondhand-Klamotten gekauft, die mehr schlecht als recht saßen, und nun trug er zum ersten Mal etwas Vernünftiges und Vorzeigbares. Er sah nicht mehr wie der ärmste Junge der Klasse aus, der sich keine Markenklamotten leisten konnte.

»Und?«, hörte er die neugierige Stimme von Madame Tunley. Scheinbar hatte sie ihr Verhör aufgegeben und sich wieder Elliot gewidmet.

»Sitzt hervorragend«, sagte er.

»Lass mal sehen«, erwiderte sie und schob den Vorhang, ohne eine Reaktion abzuwarten, beiseite. Sie nickte zufrieden und zupfte seine Hemdärmel glatt. »Perfekt, wieder habe ich es geschafft. Damit wirst du das Merlin-Center hervorragend repräsentieren.«

Sie verabschiedeten sich, und Elliot hatte den Eindruck, dass es Gerry gar nicht schnell genug gehen konnte, das Geschäft zu verlassen. »Zeig dir nun deinen Arbeitsplatz«, grummelte er, und sie liefen wieder auf den Fahrstuhl zu. Unterwegs grüßte Gerry ein paar Kollegen, die ihm zuwinkten und einen erfolgreichen Tag wünschten.

Der Fahrstuhl, gefüllt mit Mitarbeiten des Merlin-Centers wie eine U-Bahn zur Rushhour in London, führte sie dieses Mal eine Etage tiefer. Eine Ecke des Merlin-Centers, welche Elliot noch nicht kannte. Überhaupt hatte er erst einen kleinen Teil gesehen, und Nervosität stieg beim Gedanken an den Rest in ihm hoch.

Die Tür sprang wieder auf, und sie standen in einer großen Halle voll Schwerter, Äxte, Schilder, Bögen und einiger exotischer Sachen, die Elliot nicht benennen konnte. Sie hingen entweder in Schränken oder an Halterungen an den Wänden. Übungspuppen aus Heu waren aufgereiht. Manchen fehlten Teile, die abgeschlagen auf dem Boden lagen. Damit war klar, dass die Klingen nicht nur als Dekoration dienten. Fackeln, die in der Luft schwebten, tauchten die Umgebung in ein warmes Licht und warfen tanzende Schatten an die Wände. Die Halle erinnerte ihn an einen Kerker aus dem Mittelalter. Dunkel, ungemütlich und vollgestopft mit Gegenständen, die Schmerzen verursachten.

»Dahinten ist es«, sagte Gerry und zeigte auf ein großes Tor am Ende der Halle. Über dem Tor stand *Fabelwesen*. Die Buchstaben waren aus Metall geformt und mit goldenem Lack gefärbt. In diesem Grau aus Schwertern und kalten Mauerwänden wirkten sie wie das Licht am Ende des Tunnels.

Als sie am Tor ankamen, zog Gerry mit ganzer Kraft am Griff, und langsam öffnete sich ein Schlitz, durch den helles Licht in den Raum flutete. Die Muskeln auf den Oberarmen des menschlichen Büffels traten hervor, und Elliot wusste endlich, woher der Begriff Stiernacken kam. Gerry war mindestens vierhundert Kilogramm reiner Muskel.

»Bin der Einzige, der das hier öffnen kann. Zumindest ohne Zauber«, sagte er zufrieden, aber Elliot hörte schon gar nicht mehr zu. Denn das Merlin-Center hatte ihn mal wieder überrascht. So trist und grau, wie die Waffenkammer war, so weitläufig und bunt waren die Gehege der Fabelwesen. Zu seiner Linken erstreckte sich ein riesiger Wald, in der

Ferne sah er ein Gebirge, und zu seiner Rechten schwappten große Wellen gegen eine Glaswand. Wo die Decke hätte sein müssen, leuchtete ein blauer Himmel.

»Nur eine Illusion«, sagte Gerry. »Damit die Kleinen hier drinnen nicht eingehen. Haben das Gefühl, als wären sie immer noch draußen in der Natur. Aber da ist es nicht mehr sicher für sie. Deswegen haben wir sie jetzt hier. Manche verkaufen wir, ein Großteil ist aber fast ausgestorben. Vielleicht können wir hier neue von ihnen züchten und sie irgendwann wieder auswildern. Die Abteilung ist mehr ein Zoo. Teures Hobby, was sich Theodore gönnt.«

»Was lebt hier?«

»Zweiköpfige Schlangen, Drachen, Wichtel, Feen, ein Mantikor, Nixen, eine Horde Gnolle und noch viel mehr. Alles nicht sonderlich gefährlich, wenn man ein paar Dinge beachtet«, sagte Gerry mit einem Achselzucken.

Elliot sah in den Wald und über die großen, grünen Wiesen. »Wir sind immer noch unter dem Merlin-Center?«, fragte er ungläubig, als würde Gerry versuchen, ihm eine Kuh als Zebra zu verkaufen.

»Natürlich. Aber wir können die Tiere doch nicht in ein paar Zwinger und Käfige sperren. Es ist«, er überlegte kurz, »unmenschlich ist das falsche Wort. Das macht ihr oft genug. Aber es ist nicht richtig.«

»Wie ist das möglich?«

Gerry kratzte sich an der breiten Stirn. »Versteh von dem Zeug selbst nicht so viel. Es funktioniert, das ist mir wichtig. Und es funktioniert schon sehr lange. Irgendein mächtiger Zauberer hat das bestimmt mal gemacht.« Das reichte vielleicht Gerry als Antwort, aber Elliot gab sich damit nicht zufrieden.

»Kann ich bis zum Horizont laufen?«

»Kannst es probieren. Aber empfehlen würde ich dir das nicht. Die Horde Gnolle ist in letzter Zeit gereizt. Musste deine Vorgängerin drei Tage lang suchen.«

Als Elliot das hörte, rutschte ihm das Herz wieder in die Hose. Vor ein paar Sekunden hatte Gerry ihm noch gesagt, dass die Arbeit hier nicht sonderlich gefährlich wäre. Aber wahrscheinlich galt das nur für einen Buffaloman.

»Warum sind sie gereizt?«

»Denke, es liegt am Mantikor. Revierkämpfe oder so etwas. Nichts Schlimmes, aber muss ich im Auge behalten«, sagte der Büffel und sah in den Wald.

Elliot, der keine Ahnung hatte, was ein Mantikor war, setzte zur nächsten Frage an, als ihn Gerry unterbrach, bevor auch nur der erste Laut aus seinem Mund kam. »Ich zeig dir erst mal deine Arbeit, die meisten Fragen werden sich schon noch klären. Von so viel Gequatsche bekommt man ja Kopfschmerzen.«

Sie stapften einen Weg entlang, der mit Planken ausgelegt war. Zu ihrer Linken erstreckten sich die grünen Felder und der Wald. Ein hoher Zaun sorgte dafür, dass nichts rein- oder rauskam. Rechts von ihnen schwappten hohe Wellen gegen die Glaswände. Gischt befeuchtete Elliots Gesicht, und beim Blick in das scheinbar unendlich blaue Wasser fragte er sich, welche Ungeheuer dort drinnen lauerten. Er dachte an Riesenkraken und Haie groß wie Häuser. Hoffentlich irrte er sich.

Sie liefen auf das Gebirge zu. Die Fabelwesenabteilung wirkte wie ein Prototyp, den Gott bei der Erschaffung der Erde entwickelt hatte. Ein bisschen Wald, ein großes Gebirge, Sand und viel Wasser. Fertig war die Mini-Erde mit all ihren Vegetationen und Terrains – abgesehen von schneebedeckten Landflächen. Regelmäßig gab es Konstruktionen, die als Aussichtsplattformen für Besucher dienten. Treppen und Balkone aus Holz, mit denen sie über den Zaun hinweg schauen und einen ungestörten Ausblick genießen konnten. Elliot sah sich um, sah aber keine Fabelwesen – abgesehen von dem Bison auf zwei Beinen.

In der Ferne hörte er plötzlich ein gefährliches Grollen, das klang wie ein Steinschlag im Gebirge.

»Gertrude wird wach«, kommentierte Gerry das Geräusch zufrieden.

»Gertrude?«

»Ein nepalesischer Kupferdrache. Wahrscheinlich die Letzte ihrer Art«, erklärte Gerry aufgeregt, als hätte er Elliot von einem Wurf Hundewelpen erzählt. »Nette Dame. Immer hungrig, aber nett. Macht mir keinen Ärger hier.«

Elliot war sich nicht sicher, ob das der Wahrheit entsprach.

Sie gingen den Weg bis zum Ende, wo er in einem großen, runden Kreis endete. In der Mitte stand ein kleiner Schuppen, an dem Werkzeuge hingen.

»Dort drinnen sitzen wir, wenn wir nichts zu tun haben«, sagte Gerry und zeigte auf das kleine Haus. Es hatte einen Schornstein und ein vergilbtes Fenster, durch das man leider nicht hineinsehen konnte. »Wenn es regnet und man nass wird, ist es gut, sich dort drinnen aufzuwärmen.«

Elliot wollte nachfragen, wie es möglich war, dass es im Untergeschoss eines Einkaufshauses regnete, entschied sich dann aber dagegen. Er hatte akzeptiert, dass er täglich Dinge lernen und erfahren würde, die sich nicht erklären ließen.

»Deine Aufgabe wird es sein, das Fressen zuzubereiten. Kennst du dich damit aus?«

Elliot dachte an seinen Job bei Bobs Burger, hatte aber die

Vermutung, dass er hier nicht an Herd und Fritteuse stehen würde. »Klar, kein Problem. Ist das alles?«

»Fürs Erste. Ist gut, damit du die Fressgewohnheiten unserer Gäste kennenlernst. Irgendwann kannst du mir dann auch mit den Zäunen und der medizinischen Versorgung helfen.«

Das klang nach einem Job, den Elliot sich grundsätzlich zutraute. Bei dem Gedanken, mit Gnollen, Drachen und einem Mantikor zu hantieren, wurde ihm aber doch anders. Er fasste den Plan, sich vorerst auf die Feen und weitere, weniger gefährliche Kreaturen zu konzentrieren.

Gerry öffnete die Tür zum Schuppen. Der Raum im Inneren war kaum größer als eine Garage und vollgestellt bis unter die Decke. Zur Rechten am Fenster stand ein kleiner Tisch mit zwei Hockern. Gegenüber an der Wand war der Kamin, neben dem frische Holzscheite aufgestapelt waren. Der Rest des Raumes wurde durch eine große Werkbank ausgefüllt. Werkzeuge, Messer und eine Sense hingen an den Wänden. Außerdem lag ein großes Fleischerbeil auf der Bank, und ein Eimer mit Knorpeln und Knochen stand auf dem Boden. Ihm kam der Verdacht, dass er hier nicht Obst und Gemüse zubereiten würde.

»Mach hier alles noch von Hand. Ginge wahrscheinlich einfacher, aber versteh nicht so viel von Zauberkram«, sagte Gerry mit Blick auf das Sammelsurium aus Sägen, Hämmern, Schrauben und einigen weiteren Gegenständen, die Elliot nicht benennen konnte. »Also gut, mach es dir erst mal bequem. Ich setz uns einen Tee auf.«

Elliot nahm auf einem der beiden Hocker Platz. Der Tisch stand voll dreckiger Schüsseln. Ein Laib Käse lag angebrochen neben einer Kerze, und dem Geruch nach zu urteilen, lag er da schon länger. Dieser Ort war das komplette Gegenteil zu Madame Tunleys Klamottengeschäft. Hier regierten das Chaos und der Schmutz, aber den Buffaloman schien das nicht zu stören, und damit war es auch für Elliot in Ordnung.

Der Koloss entzündete ein Feuer im Kamin und stellte einen kleinen Topf mit Wasser auf ein Gitter. Er wartete, bis das Wasser kochte, und goss es dann in zwei Holzbecher, die, der groben Bearbeitung nach zu urteilen, selbst von ihm geschnitzt waren. Es folgten ein paar Kräuter und Blüten. »Alles aus eigenem Anbau«, erzählte Gerry, als er Elliot den Becher unter die Nase schob. Der Büffel nahm sofort einen großen Schluck – scheinbar war er nicht sonderlich hitzeempfindlich.

Elliot nippte kurz, entschloss sich aber, das Gebräu noch ein paar Minuten stehen zu lassen. Für ihn war es zu heiß.

»Du musst jeden Tag die Fressportionen fertig machen. Ein Teil unserer Gäste versorgt sich selbst mit dem, was sie da draußen finden«, erklärte Gerry. »Aber ein paar sind auf unsere Hilfe angewiesen. Vor allem die Fleischesser müssen wir satt halten, damit sie sich nicht an den anderen Beständen vergreifen. Gertrude hätte zum Beispiel innerhalb weniger Tage alles weggefuttert, wenn wir nicht ordentlich gegensteuern würden. Für sie kommt jeden Tag eine große Portion Rinderhälften, die wir entgegennehmen müssen. Damit hast du nicht viel Arbeit, ich schleppe den Karren zu ihr hoch. Ein paar andere bekommen auch Fleisch, was wir in Stücke schneiden müssen. Die Lieferung kommt immer um zehn Uhr, also in …« Gerry schaute auf die Uhr und fluchte. »Komm, wir sollten Brönhold nicht warten lassen.«

Hektisch verließen sie den Schuppen, ohne dass Elliot die Möglichkeit hatte, überhaupt von seinem Tee zu probieren. Mit großen Schritten liefen sie den Weg bis zum Fahrstuhl zurück. Die Waffenkammer war mittlerweile hell erleuchtet, und er machte in den Gängen Personen aus, die ebenfalls Uniformen trugen wie er. Das Merlin-Center erwachte endgültig zum Leben.

Sie fuhren eine Etage tiefer in den Personalbereich. Dort nahmen sie die erste Tür links, über der »Warenanlieferung« stand. Es war eine kleine Kammer mit einer langen Rampe nach oben. Wieder dienten nur die Fackeln an den Wänden als Beleuchtung. Hastig liefen sie die Rampe hoch, und nach einer gefühlten Ewigkeit kamen sie endlich zu einer Holzluke.

Gerry stieß sie mit voller Kraft auf, die beiden Holztüren flogen zur Seite und verursachten einen großen Krach. Tageslicht blendete Elliot, und er schirmte seine Augen ab. Der Wind der Highlands umspielte sein Haar, und er fing schlagartig an zu frieren.

»Tut mir leid«, rief Gerry.

»Das will ich auch schwer hoffen«, grummelte eine tiefe Stimme. »Nächstes Mal kostet dich das extra, wenn du mich hier warten lässt.«

»Sorry, der hat seinen ersten Tag heute«, sagte Gerry und zeigte auf Elliot, der sich langsam an die Sonne gewöhnt hatte. Er sah einen kleinen, stämmigen Mann mit Glatze und einem langen, roten Bart. Steine und Ornamente waren in die Haare geflochten. Er trug einen braunen, runden Hut und einen langen, grünen Mantel, als würde er gleich zur Jagd im Unterholz aufbrechen. Nur das Gewehr fehlte.

»Na gut, die Ausrede lasse ich gelten«, sagte der stämmige Kerl und reichte Elliot eine seiner großen Hände. Elliot griff zu und riss sich zusammen, unter dem Händedruck nicht aufzujaulen. »Freut mich, ich bin Brönhold.«

»Elliot Craig«, sagte er und hoffte, dass Brönhold den Schraubstock um seine Hand endlich lockern würde.

»Die Familie Craig ist zurück im Geschäft?«, fragte Brönhold.

»Ihr Zwerge seid ein verdammt neugieriges Volk«, grätschte Gerry dazwischen. »Hast du alles dabei?«

»Habe ich in zehn Jahren schon mal etwas vergessen?«, wollte Brönhold wissen und wirkte beleidigt. »Ist alles auf dem Karren«, sagte er und zeigte hinter sich.

Elliot betrachtete den Anhänger, auf dem sich wahre Fleischberge türmten. Er war sich sicher, dass die Kühlkette nicht eingehalten wurde und jeder Mensch die folgenden Tage auf dem Klo verbringen würde, wenn er etwas von dem Fleisch äße. Drachen und andere fleischfressenden Fabelwesen hatten scheinbar widerstandsfähigere Mägen.

»Passt alles«, sagte Gerry nach einem prüfenden Blick.

»Natürlich«, erwiderte Brönhold. »Dann also bis morgen, und sei pünktlich«, verabschiedete sich der Zwerg.

Gerry nahm den Griff des Karrens und fing an, das Gefährt die Rampe runter zu ziehen. Elliot wollte ihn erst aufhalten, weil das Teil eine Tonne wog und ihn überrollen würde, aber der Büffel machte es wahrlich nicht zum ersten Mal und bekam die Ware unversehrt in den kleinen Raum. Das Gefährt füllte das Kabuff fast vollständig aus, und Elliot fragte sich, wie sie alles zu ihrer Hütte bringen würden, da kramte Gerry eine kleine Phiole aus seiner Weste hervor. Er ließ einen Tropfen auf das linke Vorderrad fallen, und sofort schrumpfte der Karren auf die Größe eines kleinen Koffers zusammen. Gerry klemmte sich die Fleischberge, die nun keine Berge mehr waren, unter den Arm und verließ den Raum. »Kommst du?«

Elliot, immer noch perplex, folgte seinem Vorgesetzten

in den Fahrstuhl. Er hatte sich vorgenommen, keine Fragen mehr zu stellen, aber er verstand es einfach nicht. »Wie?«

»Schrumpfsaft«, sagte Gerry. »Unglaublich praktisch, aber wir sollten uns beeilen. Wäre doof, wenn der Karren hier drin wieder groß wird.«

Elliot malte sich aus, was dann passieren würde, und entschied, dass sie einen Zahn zulegen sollten. Das Merlin-Center war nicht nur ein Ort des Phantastischen, sondern auch ein Ort der Gefahren, wie er langsam bemerkte.

Sie brachten das Fleisch zu ihrem Schuppen. Die letzten Meter zog Gerry das Gefährt wieder, weil der Karren seine normale Größe zurückbekommen hatte. Es schien ihm aber nichts weiter auszumachen.

Wortlos sortierte der Buffaloman die Lieferung. Alle Rinderhälften kamen auf einen Stapel, der Rest auf einen anderen. Als er damit fertig war, widmete er sich wieder Elliot. »Du kümmerst dich darum, dass das da zerkleinert wird, handgroße Portionen. Ich bringe das da«, sagte er und zeigte auf die Rinderhälften, »zu Gertrude. Wenn ich zurück bin, können wir gemeinsam die anderen füttern. Okay?«

Es war okay für Elliot. Während sich Gerry mit den Rinderhälften auf den Weg zum nepalesischen Kupferdrachen machte, fing Elliot an, die Fleischabfälle in die Hütte zu bringen. Dort verarbeitete er alles wie abgesprochen weiter: Große Brocken wurden in handgroße Portionen geschnitten, Knorpel und Knochen entfernt. Fettreste ließ er aber dran. Er war sich sicher, dass die Fabelwesen sich darüber freuen würden. Den Abfall schmiss er in Eimer, das Futter ließ er auf der Werkbank liegen.

Das Hackebeil war genauso stumpf wie die Arbeit, die er verrichtete. Aber er hatte nicht mit anstrengender Kundschaft zu tun, die darauf bestand, einen Cheeseburger ohne

Käse zu bekommen, und das war eine eindeutige Verbesserung. Fabelwesen schienen allgemein nicht sehr anspruchsvoll zu sein, dachte er bei der Zubereitung der Mahlzeit. Als Elliot nach einer Stunde mit der Arbeit fertig war, warf er einen Blick durch das vergilbte Fenster. Von dort hatte er einen guten, wenn auch durch den Dreck getrübten Blick auf den Holzweg. Das Merlin-Center hatte nun schon seit einiger Zeit geöffnet, und ein paar Kunden hatten sich nach hier unten verirrt. Elliot sah genauer hin und bemerkte, dass sie allesamt sehr klein waren. Es handelte sich um Kinder, die hier von ihren Eltern abgeliefert wurden, damit sie selbst in Ruhe shoppen konnten. Elliot kannte solche Tricks aus Möbelläden, und auch Theodore hatte am vorherigen Tag so etwas in der Art erwähnt.

Manche der Kinder hatten spitze Ohren, andere trugen Bärte und wirkten gedrungen, fast schon quadratisch. Die Knirpse stellten sich auf die Aussichtsplattformen und spähten in die Ferne. So früh schien sich aber keines der Fabelwesen blicken zu lassen. Alles Langschläfer, vermutete Elliot.

Ein großes Poltern kündigte einige Zeit später die Rückkehr von Gerry an. Dann sprang die Tür auf, die der Hüne komplett ausfüllte. »Schon fertig?«, fragte der Büffel, als er Elliot am Fenster stehen sah.

»Alles zerkleinert.«

Gerry nickte, und Elliot glaube, so etwas wie Zufriedenheit in der Miene des Büffels zu sehen. Vielleicht täuschte er sich aber auch, denn mit der Körpersprache von Buffalomen kannte er sich überhaupt nicht aus.

»Gut, dann liefern wir den Kids mal eine kleine Show«, sagte er und schnappte sich zwei Eimer mit Knochenresten. »Nimm du auch einen.«

Elliot, verdutzt, dass er den Abfall und nicht das Fleisch mitnehmen sollte, griff sich einen der Eimer und folgte seinem Vorgesetzten. Sie liefen zur Aussichtsplattform, von der man das Wasserterrain perfekt im Überblick hatte. Die Kids begrüßten den Riesen und stürmten auf ihn zu. Teilweise reichten sie ihm nicht mal bis zum Knie, was sie aber nicht davon abhielt, ihn trotzdem zu umarmen. Er stellte einen Eimer ab und wuschelte ein paar durch die Haare. Einem der Kinder klopfte er auf die Schulter, schätzte seine eigene Kraft aber falsch ein und warf es dabei um. Entschuldigend hob er das Mädchen, das Elliot anhand der spitzen Ohren und langen, silbernen Haare als Elfe zu identifizieren glaubte, wieder auf.

»Bereit für eine Show?«, rief Gerry, und die Kinder schrien begeistert. »Dann passt mal auf!«

Gerry hob eine Pfeife, die er um seinen Hals trug, an die Lippen. Es war keine Plastikpfeife aus dem Sportgeschäft, sondern eine handgeschnitzte und mit Ornamenten verzierte Pfeife aus irgendeinem Holz, das Elliot nicht erkannte. Die Schnitzereien und Farben erinnerten ihn an ein Indianertotem.

Als der große Bulle in die für seine Hände gar nicht so kleine Pfeife blies, ertönte ein hoher, schriller Ton. Er ließ drei schnelle, kurze Töne und dann einen langgezogenen folgen. Gerrys Hand wanderte in einen Eimer und zog einen großen Knochen heraus, an dem ein paar Sehnen baumelten. Dann holte er aus und warf ihn in einem hohen Bogen auf die Wasserfläche. Elliot verfolgte die Flugbahn und rechnete schon damit, dass der Knochen im Meer versank. Er wunderte sich, warum sein Chef so eine Show für die Kinder abzog, nur um ein paar Knochen zu entsorgen.

Kurz bevor das Gerippe aber auf das Wasser traf, explodierte die Oberfläche, und ein braunes Fellknäuel schoss hervor. Wie ein Torpedo jagte es hoch in die Luft und ließ den Knochen in seinem langen Maul verschwinden. Als es am höchsten Punkt war, schien es das Wasser fast komplett verlassen zu haben, und Elliot schätzte das Tier auf mindestens drei Meter Länge. Es sah wie ein Bär aus, hatte neben den Beinen aber zwei Flossen und einen Schwanz. Wie in Zeitlupe verharrte es einen Augenblick am höchsten Punkt und ließ sich dann rückwärts in das blaue Meer fallen. Das Wasser schäumte, aber die Kreatur war schon wieder verschwunden.

Die Kinder staunten und jubelten, Elliot brachte kein Wort hervor.

»Willst du es auch mal probieren?«, fragte ihn Gerry.

Elliot war nie ein besonders guter Werfer im Sportunterricht gewesen. Beim Handball wählten sie ihn fast immer zuletzt. Eigentlich wurde er immer zuletzt gewählt, was aber nicht nur an seiner Wurftechnik lag. Trotzdem nickte er und schnappte sich einen Knochen. Gerry pfiff wieder in derselben Reihenfolge, dann gab er Elliot das Okay.

Elliot holte weit aus und schleuderte mehr, als dass er warf. Trotzdem segelte der Knochen dreißig Meter über das Meer, bevor die Pelzkugel wieder aus dem Meer schoss und sich seine Beute schnappte. Die Kinder schrien vor Freude.

»Was ist das?«, wollte Elliot wissen.

»Ein Seebär«, antwortete Gerry. »Früher gab es davon unzählige in den skandinavischen Flüssen und Seen. Heute gibt es nur noch eine Handvoll, und wir haben sie alle zu Gast«, schob er ein bisschen nachdenklich hinterher.

Sie kippten die restlichen Knochen ins Wasser, und Elliot sah, wie die Seebären sich über ihre Beute hermachten. Er beschloss, immer mindestens einen Meter Abstand zur Brüstung zu halten. Was da unten lauerte, war tödlicher als jedes Piranhabecken.

»Okay, wer will noch ein paar Gnolle sehen?«, fragte Gerry, und die Kleinen jubelten, als hätte er ihnen kostenlose Süßigkeiten angeboten. »Dann geht schon mal rüber, wir holen noch das Futter.«

Gemeinsam trugen Elliot und Gerry die Eimer zurück zur Hütte und füllten sie mit Fleisch auf. Als sie zurückkamen, hatten die Kids schon auf der Aussichtsplattform zu den Wäldern und Wiesen Stellung bezogen. Ihre kleinen Augen blitzten beim Anblick der Fleischberge. Elliot hatte den Verdacht, dass die meisten die Fütterung nicht zum ersten Mal mitmachten.

Wieder nahm Gerry die Pfeife an den Mund, blies dieses Mal aber eine andere Abfolge hinein. Es waren ein kurzer, ein langer und wieder zwei kurze Pfiffe. Die Reaktion der Gnolle ließ nicht lange auf sich warten.

Der Boden fing an zu beben, und die Aussichtsplattform schwankte, als galoppierten hundert Pferde unter ihr hindurch. Dann setzten schrille Schreie ein, die aus dem anliegenden Wald kamen. Büsche und Sträucher wurden in einer Schneise auseinandergedrückt, und dann sprangen sie hervor. Sie liefen auf vier Beinen, ihr Fell war grau, und sie hatten einen hyänenähnlichen Kopf. Die Schulterpartie und der Brustkorb waren breit wie bei einem Gorilla. Mindestens zwanzig Exemplare, schätzte Elliot. Sie rannten die Wiese vom Wald zum Grenzzaun hinab. Das Gackern aus ihren Mäulern erinnerte an ein hysterisches Lachen. Am Zaun angekommen, kämpften die Gnolle um die besten Futterplätze, drückten sich gegenseitig weg und schnappten nach einander. Aufgerichtet auf den Hinterbeinen, geiferten sie nach dem Fleisch, das Elliot vorbereitet hatte. Sie hatten Pranken wie Paviane, die in die Luft griffen, als kämen sie so an das Fressen.

Gerry nahm einen der Eimer in die Hand. »Wirf es möglichst weit auseinander, damit sie nicht übereinander herfallen«, sagte er und fing dann an, das Fleisch möglichst weit auf der Wiese zu verteilen. Sofort stob die Gnolltraube in alle Himmelsrichtungen. Elliot folgte dem Beispiel und verteilte seinen Eimer Fleisch, was mit lautem Gejaule von den Gnollen begrüßt wurde. Gerry und Elliot konzentrierten sich so sehr auf ihren Job, dass sie nicht mitbekamen, dass eines der Kinder sich weit über die Brüstung lehnte. Es war das Elfenmädchen.

Elliot hatte seinen Eimer geleert und sah in dem Moment hin, als es den Halt verlor und kopfüber in das Gehege fiel. Gerry griff nach ihr, fasste aber ins Leere. Mit einem stumpfen Klatschen kam das Kind auf. Geschockt sahen sie hinab. Das Mädchen lag im Gras und hielt sich den Arm. Ein Schluchzen drang nach oben. Die Gnolle waren mit ihrem Frühstück beschäftigt und hatten den Unfall noch nicht bemerkt.

»Oh, Scheiße«, entfuhr es Gerry. Elliot sah, wie sein Hirn hinter der großen, platten Büffelstirn rotierte. »Hol die Flinte«, sagte sein Vorgesetzter und schwang sich dann über die Brüstung. Elliot sah ihm nach, und zu seiner großen Erleichterung landete der Buffaloman auf beiden Hufen.

Nun wurden die Gnolle auf das Geschehen in ihrem Gehege aufmerksam. Das kleine Elfenmädchen lag immer noch schluchzend auf dem Boden, Gerry hatte seinen massigen Körper schützend vor ihr aufgebaut. Beschwichtigend hob er die Hände, ließ die Gnolle dabei aber nicht aus den Augen. Die wiederum hatten das Interesse an ihrem Frühstück verloren und fanden faszinierend, was sich zu ihnen ins Gehege verirrt hatte. Sie fingen wie ein Rudel Löwen an, die beiden einzukreisen. Gerry nahm das Mädchen in die Arme und stellte sich mit dem Rücken an den Zaun, um möglichst wenig Angriffsfläche zu bieten.

»Die Flinte, Elliot«, brüllte er.

Elliot war verwirrt. »Welche Flinte?«

»Im Schuppen, bei Merlins Barte«, fluchte Gerry.

Das reichte Elliot. Er stürzte die Treppe von der Aussichtsplattform zum Weg hinunter und sprintete zum Schuppen. Er stellte sich vor, wie die zwei Typen in Schwarz hinter ihm her waren, und legte noch ein wenig an Tempo zu. Laut keuchend und völlig außer Atem kam er bei der kleinen Holzhütte an, stieß die Tür auf und eilte ins Innere. Seine Augen suchten alles ab, aber er sah kein Gewehr.

Werkzeuge, kleine Holzkäfige, ein Fell, Brennholz, Schüsseln und Eimer, aber keine Flinte.

Elliot ärgerte sich über das Chaos. Sein Puls raste, und im blinden Aktionismus öffnete er Truhen und Schränke, wurde aber nicht fündig. An der Decke hing nichts. Sein Blick wanderte über die Werkbank und blieb an einer Axt hängen. Immerhin etwas, dachte er und griff zu. Als er sich zur Tür umdrehte, sah er es endlich. Dort stand sie, angelehnt neben der Tür. Eine Flinte mit einem Lederriemen zum Umhängen. Sie war die ganze Zeit da gewesen, aber er war nicht auf die Idee gekommen, sich umzudrehen.

Er schnappte sich das Gewehr und lief zurück. Schon aus der Ferne hörte er die Kinder hysterisch rufen und schreien. In seinen Gedanken entstanden schon die schlimmsten Bilder, was er entdecken würde, sobald er über die Brüstung schaute. Gerry und das Elfenmädchen von ein paar hungrigen Gnollen zur Abendmahlzeit vertilgt. Er hatte schnell mehr Verantwortung bekommen, als ihm lieb war. Eben musste er noch Fleisch zubereiten, nun hingen Leben von seinem Lauftempo ab.

Aber Elliot lief schnell. Er erreichte die Treppe und nahm jede zweite Stufe. Mittlerweile pochten seine Oberschenkel, aber er wurde nicht langsamer. Die Kinder begrüßten ihn wild gestikulierend. Das konnte alles bedeuten. Elliot eilte zur Brüstung und schaute nach unten. Beim Anblick des großen Bullen, der schützend vor dem Mädchen stand, atmete Elliot erleichtert aus. Aber die Gnolle waren ihnen bedrohlich auf die Pelle gerückt und trauten sich vereinzelt, mit ihren großen Klauenhänden nach Gerry zu schlagen. Robust wie er war, blockte er das ab, aber wenn die Gnolle ihre Angst erst überwänden und sich zum gemeinsamen Angriff entschieden, sähe es übel für die beiden aus.

»Ich hab die Flinte«, rief Elliot.

Gerry verpasste einem der Gnolle einen Kinnhaken. »Dann schieß endlich, verdammt«, fluchte der Büffel ohne seinen Blick von der Meute zu nehmen.

»Auf die Gnolle?«

»Nein, in die Luft. Du würdest nur uns treffen und töten«, presste Gerry hervor.

Unter den angsterfüllten Blicken der Kinder nahm Elliot die Flinte unter Augenschein. Er hatte nie eine Waffe abgefeuert und kannte so etwas nur aus Videospielen. Entgegen der Meinung vieler angeblicher Experten hatten ihn diese Ballerspiele aber nicht auf den Umgang mit einer realen Flinte vorbereitet.

Das Gewehr verfügte über einen Hahn, und das zumindest hatte er aus Western-Filmen gelernt: Die Dinger mussten gespannt werden. Er zog das Stück gebogenes Eisen nach hinten und merkte sofort eine gewisse Spannung, die auf dem Auslöser saß. Er zielte in den blauen Himmel und sein rechter Zeigefinger wanderte zitternd zum Metall. Als er es nach hinten zog, blieb der große Knall aber aus, und Elliot öffnete seine Augen, die er in Erwartung des Lärms schon zusammengekniffen hatte. Der verdammte Auslöser ließ sich nicht nach hinten ziehen. Hektisch suchte er nach einer Lösung, bis ein kleiner bärtiger Junge ihn ansprach.

»Du hast die Sicherung vergessen«, sagte er mit einer für sein Alter und seine Größe zu tiefen Stimme.

Elliot sah ihn irritiert an. Na, klar. Hektisch suchte er die Waffe nach einer Sicherung ab und entdeckte seitlich des Laufes einen Mechanismus. Er schob einen Bolzen beiseite und hörte ein leises Klicken in der Waffe. Sein Finger wanderte den Abzug entlang, und sofort bemerkte er, dass der Widerstand weg war.

Erneut hob er die Waffe in die Luft, zielte auf den blauen Himmel, schloss die Augen, betätigte den Abzug, und ein lauter Knall ertönte. Elliot betete, dass er niemanden getroffen hatte.

Seine Gebete wurden erhört. Der Knall hatte nicht nur ihn und die Kinder auf der Aussichtsplattform erschreckt, sondern auch die Gnolle, die nun das Weite suchten. Sie schrien empört und sahen geifernd nach hinten, während sie zum schützenden Wald rannten. Ihre Blicke fixierten ihn, glaubte Elliot, aber das war jetzt nicht wichtig. Wichtig war, dass er Gerry und die kleine Elfe gerettet hatte, die schluchzend in den Armen des Büffels hing.

Elliot wollte in Jubelschreie ausbrechen, da blaffte ihn Gerry an. »Eine Leiter, schnell. Bevor die es sich anders überlegen und zurückkommen.«

Hinterm Schuppen wurde Elliot fündig. Die Leiter stand dort angelehnt und war mindestens fünf Meter lang. Sie war aus Holz, und einige Sprossen schienen morscher als ein toter Baum zu sein. Trotzdem schleppte Elliot das Teil zur Aussichtsplattform und ließ es in das Gehege hinunter. Gerry stieg mit dem Mädchen schnell auf und war den Gnollen endgültig entkommen.

»Gar nicht gut«, murmelte er, während er die umstehenden Kinder wegschickte. »Die Vorstellung für heute ist vorbei. Vertreibt euch die Zeit woanders.«

Nur widerwillig und unter Protest zogen sie in Richtung Waffenkammer davon. Für sie war die ganze Aktion ein großes Abenteuer, was sie bei einem Besuch im Einkaufscenter nicht erwartet hatten.

»Komm, bringen wir sie in die Hütte«, sagte Gerry, der das weinende Mädchen im Arm trug. Sie waren auf halbem Weg zur Hütte, da hörten sie eine schneidende Stimme hinter sich. »Sie da, wissen Sie, wo meine Tochter ist?«

Elliot sah erst zu Gerry, der kreidebleich im Gesicht wurde. Dann drehten sie sich um.

Vor ihnen stand ein lang gewachsener Mann mit spitzen Ohren. Ganz eindeutig ein Elf. Er war nur zwei Köpfe kleiner als Gerry, hatte silbern glänzendes Haar und trug einen schwarzen Zylinder. Sein blauer Anzug erinnerte an das viktorianische England, und in der Hand hielt er einen Gehstock, den er mehr als Accessoire nutzte statt als Gehhilfe. Als der Elf seine weinende Tochter in Gerrys Armen sah, stieg ihm die Zornesröte ins Gesicht. »Was im Namen aller Höllenfeuer machen Sie da mit meiner Tochter?« Die Worte kamen so scharf hervor, dass man mit ihnen hätte Stahl schneiden können.

»Gar nichts«, sagte Gerry und setzte das Mädchen ab, das zu ihrem Vater taumelte. Es stand noch immer unter Schock. »Gab ein kleines Missgeschick am Gehege. Ist reingefallen, hab sie wieder rausgeholt, bevor die Gnolle sie fressen konnten«, sagte er und zeigte zur Verteidigung auf die vielen Schrammen und Kratzer an seinen Armen.

Die Worte verfehlten aber ihre beschwichtigende Wirkung.

»Was sagen Sie da?« Der Mann kam ein paar Schritte auf sie zu und ließ seine Tochter achtlos stehen. »Wiederholen Sie das«, verlangte er und zeigte mit dem Gehstock auf Gerrys Gesicht.

»Hat sich zu weit drüber gelehnt und ist reingefallen«, wiederholte Gerry. Elliot sah ihm an, wie er mit der Situation überfordert war.

»Was meinten Sie damit, dass sie fast von Gnollen gefressen wurde«, spie der Elf aus.

Elliot hob beschwichtigend die Arme. »Es ist alles gut gegangen. Sie hatte sich …«

»Ruhe«, schnitt ihm der wütende Vater das Wort ab. »Ich will es von dem da hören«, sagte er und zeigte mit seinem Gehstock wieder auf Gerry.

»Ist alles gut gegangen«, erwiderte der wieder.

»Sieht mein Kind aus, als wäre alles gut gegangen?«, wollte der Elf wissen und zeigte mit seinem Gehstock auf das Mädchen, das mittlerweile aufgehört hatte zu weinen. Dabei ließ er den Blick nicht vom Bullen ab.

Gerry zuckte nur mit den Schultern, was in dem Elf einen neuen Wutanfall beschwor. »Das wird Konsequenzen haben, das verspreche ich Ihnen«, brüllte er und packte das Mädchen im Laufen am Arm. Sie hatte große Mühe, mit ihrem Vater mitzuhalten, und wurde mehr mitgeschleppt, als dass sie selbst lief.

Sprachlos sahen Gerry und Elliot den beiden nach. Elliot korrigierte seine Einschätzung: Auch im Merlin-Center würde er es mit doofen Kunden zu tun bekommen.

Wenig später saßen sie in dem kleinen Schuppen. Elliot hatte den Eindruck, dass sie auf etwas warteten, wusste aber nicht, auf was.

»Gar nicht gut«, murmelte Gerry ständig vor sich hin. Er stand vor dem Fenster und starrte nervös heraus, als würde er jeden Moment Besuch vom Zwangsvollstrecker oder der Schwiegermutter erwarten.

»Gab es so einen Vorfall schon mal?«, fragte Elliot.

Gerry schüttelte seinen großen Kopf. »Nein, noch nie«, erwiderte er und starrte weiter durch das vergilbte Fenster. Dann wurden seine Augen groß. Der Bulle schien gesehen zu haben, worauf er wartete, und es gefiel ihm nicht. Der Büffel hastete vom Fenster zu einem Regal, zog ein Lammfell heraus und rannte wieder zur Tür. Er dichtete den Luftschlitz ab, als wollte er Rauch draußen halten. Elliot verfolgte das Geschehen mit einer Mischung aus Neugier und Verwirrung. Was sollte dieses Schauspiel?

Elliot setzte zur Frage an, da legte sein Vorgesetzter einen Zeigefinger auf die Lippen. Elliot verstand sofort, und es wurde still wie in einer Bibliothek. Bei dem Gedanken, was einen Hünen wie Gerry in so eine Angst versetzte, wurde Elliot ganz anders. Er wollte nicht wissen, was da auf dem Weg zu ihnen war.

Erst passierte nichts. Es war so still im Raum, dass man sogar eine Nadel hätte auf den Boden fallen hören können. Elliot traute sich kaum auszuatmen. Gerry presste das Lammfell gegen den Schlitz und achtete peinlich genau darauf, keine Lücke zu lassen.

Dann hörten sie ein leises Klopfen an der Tür. Nur einmal, aber es reichte aus, damit sie beide erschraken. Nichts passierte, das Klopfen aber wiederholte sich. Elliot sah zu Gerry, der mit weit aufgerissenen Augen und seinem Kopfschütteln zeigte, dass Elliot jetzt auf keinen Fall irgendetwas machen sollte. Einfach still sitzen bleiben und abwarten, das war alles, was sein Vorgesetzter von ihm in diesem Augenblick verlangte.

Auf das zweite Klopfen folgte nichts mehr, und der Büffel schien sich langsam zu entspannen. Dann hörten sie ein Rascheln. Es klang wie kleine Mäuse, die auf dem Dach tanzten. Das Geräusch wanderte über ihre Köpfe hinweg, und dann realisierte Elliot, was gleich passieren würde.

»Der Kamin«, rief er und Gerry hechtete mit dem Lammfell bewaffnet los. Aber er kam nicht mehr rechtzeitig. Das Rascheln arbeitete sich den Schornstein hinab, und ein kleiner blauer Gegenstand schoss heraus in den Raum.

Als Elliot erkannte, was es war, fragte er sich, warum sein Vorgesetzter so ein Theater veranstaltete. Es war ein blauer Zettel mit zwei kleinen Flügeln. Sie flatterten heftig und hatten sichtbar Probleme, das dünne Stück Papier in der Luft zu halten. Es schwirrte direkt auf Gerry zu, der sich aber wegdrehte. Das half nichts, denn das blaue Papier flatterte um seinen Kopf herum und wieder vor sein Gesicht. Irgendwann gab Gerry auf und fischte es mit einer Pranke aus der Luft.

Er las den Text. »Überhaupt nicht gut«, murmelte er.

»Was denn?«, wollte Elliot wissen.

»Der Chef will uns sehen, sofort«, sagte Gerry und sah von seinem Zettel auf. Im Bisongesicht stand das blanke Entsetzen.

Ein paar Minuten später standen sie im Zimmer von Direktor Theodore Fizzles. Der Schnurrbart des kleinen Mannes bebte. »Einen Jahresvorrat Kräutertabak musste ich ihm versprechen, damit er uns nicht in Grund und Boden klagt. Wie konnte so etwas überhaupt passieren?«

Gerry zuckte mit den Achseln. »Die Kleine war ein bisschen übereifrig.«

»Gerry, ihr habt da unten eine große Verantwortung. Nicht nur für die Tiere, sondern auch für unsere Kunden. Verstanden?«

Gerry nickte, starrte aber weiter auf den Boden.

»Wir können uns nicht erlauben«, fuhr Theodore fort, »dass da unten jemand umkommt. Dann machen sie uns den Laden schneller dicht, als wir *Merlin* sagen können. Ihr müsst da unten mehr Vorsicht walten lassen. Es sind immer noch Wildtiere.« Theodore pausierte kurz und unterzeichnete ein paar Unterlagen. »Wisst ihr überhaupt, wer das war?«

Elliot hatte keine Ahnung, und Gerry schloss sich dem an.

»Das war die Nichte von Hugo Le Flamenc. Der Typ, der euch fast seinen Gehstock ins Nasenloch gebohrt hat, war Raoul Le Flamenc«, seufzte er und warf die Arme in die Luft. Gerry zog die Luft ein. »Wenn die wollten, könnten die ein eigenes Kaufhaus aufmachen und uns in den Ruin treiben. Sie könnten den Krempel sogar verschenken und würden es auf ihrem Konto nicht merken, verstanden?«

Jetzt begriff Elliot so langsam das Ausmaß ihrer Probleme. Sie hatten jemanden mit sehr viel Einfluss und, vielleicht noch schlimmer, sehr viel Geld, verärgert. »Also gut, ich lass den Zaun noch etwas höher bauen, wir bringen Schweberinge an, falls doch wieder jemand reinfällt, und ihr kommt mit einer Verwarnung davon.«

»Danke, Chef«, nuschelte Gerry. »Tut mir wirklich leid, Sie enttäuscht zu haben.«

Elliot wollte etwas sagen, wusste aber nicht, was. Theodore winkte sie mit einer Handbewegung aus seinem Büro.

Den Rest des Tages verbrachten sie damit, das restliche Futter für die anderen Tiere zuzubereiten. Elliot war bei der Fütterung nicht dabei, da Gerry mit den Portionen in den Wald und ins Gebirge wanderte – die Flinte hatte er auf seinen Rücken gebunden. Die letzte halbe Stunde verbrachten sie damit, den morgigen Tag zu planen.

»Werde als Erstes die Schweberinge holen«, sagte Gerry. »Die können wir dann befestigen, bevor die Kundschaft wieder da ist.«

»Was sind Schweberinge?«

»Ringe, die dich schweben lassen«, sagte Gerry, als hätte er eine komplizierte Gleichung erklärt. Elliot gab sich mit der Antwort zufrieden.

»Okay, dann morgen wieder um neun Uhr?«

»Neun Uhr«, bestätigte Gerry. »Kannst jetzt Feierabend machen.«

Elliot verabschiedete sich, nahm seine Sachen und verließ den Schuppen. Er lief den Gang zur Waffenkammer mit einem gemischten Gefühl entlang. Sein erster Tag war anders, als er ihn sich vorgestellt hatte. Aber allgemein war alles anders hier. Die Tiere, die Kundschaft, die Abteilungen – ja, sogar Theodore hatte etwas an sich, was er noch nicht verstanden hatte. Vor allem hatte er aber nicht damit gerechnet, schon am ersten Tag eine Verwarnung zu bekommen.

Er schlenderte durch die Reihen der Waffenkammer. Die Leuchten waren an und tauchten die Halle in ein rotes Licht, das sich in dem Metall der Waffen spiegelte. Fast war er durchgelaufen, da hörte er eine Stimme hinter sich.

»Hey, bist du der Typ, der den Rekord mit der schnellsten Verwarnung aller Zeiten gebrochen hat?«

Elliot drehte sich um und sah in das Gesicht einer Amazone. Zumindest hielt er sie im ersten Augenblick dafür. Vor ihm stand eine hochgewachsene Elfe, die ihn um mindestens einen halben Kopf überragte. Sie trug dieselbe Uniform wie er und gab sich damit als Angestellte zu erkennen. Ihr langes, blondes Haar war zu einem strengen Zopf zusammengebunden. Sie hatte ein breites Kreuz, und unter der Weste und dem Hemd konnte Elliot erkennen, dass sie durchaus trainiert war. Nicht wie auf Steroiden, sondern athletisch wie eine Turnerin.

»Hat es sich also schon herumgesprochen, ja?«

»Der Flurfunk ist schnell«, sagte sie. »Der bisherige Rekord lag bei zwölf Tagen, herzlichen Glückwunsch.«

»Oh, vielen Dank«, erwiderte Elliot leicht sarkastisch, und eine kurze, unangenehme Pause entstand.

»Sorry, ich bin Soleil Boulanger«, beendete sie die Stille und reichte ihm die Hand.

»Elliot«, sagte er und ergriff die ihm dargebotene Hand. Aus Angst vor einer weiteren Pause suchte er krampfhaft nach einer Möglichkeit, das Gespräch fortzuführen. »Du arbeitest hier?«

Soleil musste schmunzeln und schaute an sich hinab. »Ich dachte, die Uniform hätte es schon verraten. Ja, ich kümmere mich hier um Schwerter, Äxte und alles, was tödlich ist, wenn auch nicht lebendig«, sagte sie und zeigte mit einem Finger hinter sich auf die zahlreichen Waffen. »Magst du erzählen, wie du dir die Verwarnung eingehandelt hast? Wenn man den Gerüchten glaubt, ist die Horde Gnolle ausgebrochen und hat sechs Kinder gefressen, aber dann wäre hier wahrscheinlich mehr los.«

Elliot erzählte, was geschehen war, und bei dem Namen Le Flamenc bekam Soleil große Augen.

»Oh, da habt ihr es euch mit den Richtigen verscherzt«,

antwortete sie, nachdem Elliot seine Ausführungen beendet hatte.

»Keine Ahnung.«

»Bist mit der ganzen Zauberwelt nicht groß geworden, was? Die Le Flamencs sind die Bill Gates unserer Welt. Also was den Reichtum anbelangt. Vom Charakter kann man sie eher mit einem Trump vergleichen. Wie sie so reich geworden sind, weiß niemand so richtig, aber Gerüchte gibt es natürlich genug. Der Verkauf von seltenen, magischen Artefakten ist hoch im Rennen. Andere erzählen sich – unter vorgehaltener Hand –, sie hätten der Inquisition bei der Hexenverfolgung geholfen und wären dafür mit Geldern der Kirche entlohnt wurden. Das würde auf jeden Fall den Reichtum erklären.«

Elliot schwirrte mal wieder der Kopf. Es waren zu viele Informationen auf einmal. »Ich werde mich bei Gelegenheit bei ihnen entschuldigen«, sagte er und grinste.

Soleil erwiderte das Lachen. »Ich muss mal aufräumen hier. Wir werden uns eh noch ein paar Mal über den Weg laufen.«

Sie verabschiedeten sich, und Elliot wünschte sich nichts mehr als sein Bett und endlich Feierabend. Der Tag war eine Achterbahn der Gefühle und musste verdaut werden.

KAPITEL 7

Als Elliot von seinem ersten Arbeitstag im Merlin-Center zurückkam und durch die Gartentür ins Haus trat, war alles beim Alten. Sein Vater saß vor der Glotze und murmelte ihm eine Begrüßung entgegen. Keine Frage, wie sein erster Arbeitstag war, nur das Gegrunze eines erwachsenen Mannes, der sich selbst aufgegeben hatte.

Es verletzte Elliot. Aber er hatte sich daran gewöhnt und war zu fertig, um sich darüber ernsthaft zu ärgern. Er hätte einen Streit anzetteln können, entschied sich aber dafür, etwas gegen den Hunger in seinem Magen zu unternehmen. Im Kühlschrank fand er eine offene Packung Käse, und im Brötchenkorb lagen ein paar trockene Scheiben Schwarzbrot. Kein Festmahl, aber besser als nichts.

Er schmierte sich eine Scheibe und setzte sich an den Küchentisch. Langsam ließ er den Tag in seinem Kopf Revue passieren. Alles war so surreal gewesen, dass er währenddessen kaum Zeit gehabt hatte, sich drüber zu wundern. Ihm kam der Gedanke, dass er mit Dad über Madame Tunley reden sollte. Sie schien seine Mutter zu kennen. Und er wollte wirklich gerne mehr über die Frau erfahren, die sie vor vielen Jahren hatte sitzen lassen. Aber von seinem

Vater schon wieder die kalte Schulter gezeigt zu bekommen würde er heute nicht verkraften. Der Tag war anstrengend gewesen, und das Bett rief nach ihm.

Nachdem Elliot das Brot gegessen und ein Glas Wasser heruntergestürzt hatte, schlurfte er nach oben, stellte sich unter die Dusche und legte sich dann ins Bett. Nachts träumte er von Drachen, Gnollen, dem dicken Mr. Hurley und der aufregenden Soleil.

Als der Wecker am nächsten Tag schrillte, hätte Elliot sich am liebsten einfach umgedreht. Aber er wollte, nachdem er sich schon eine Verwarnung eingefangen hatte, nicht am zweiten Tag zu spät kommen. Also kämpfte er die Müdigkeit nieder und schob sich aus dem warmen Bett.

Eine halbe Stunde später stand er in den Highlands. Vor ihm erschien das Merlin-Center, und Elliot hatte noch genug Zeit, bevor die Arbeit losging. Drinnen herrschte schon fleißiges Treiben: Waren wurden hin und her geräumt, und Besen putzten selbstständig und wie von Geisterhand den Boden. Elliot steuerte den Fahrstuhl an, aber als er das Geschäft für Kleider und Klamotten passierte, hörte er eine ihm vertraute Stimme. »Elliot, hast du einen Augenblick für mich?«

Elliot drehte sich um und sah Madame Tunley. Sie war wieder herausgeputzt, als würde sie gleich zu einer Fashion-Show aufbrechen. Ein wenig deplatziert, aber perfekt für ihre Abteilung, dachte Elliot. »Natürlich, wie kann ich helfen?«, fragte er und hoffte, dass sie ihn nicht auf seine Verwarnung ansprach.

»Folge mir«, sagte sie und winkte ihn in ihr Geschäft.

Elliot war irritiert, aber kam der Bitte nach. Im Laden war es still, niemand wuselte umher.

»Du hast gestern einiges bei mir aufgewühlt. Ich dachte,

ich hätte das gut verarbeitet«, sagte sie. »Du siehst ihr einfach so ähnlich, weißt du? Du hast ihre Augen und ihre Nase.«

Elliot hatte nie darüber nachgedacht, was er von wem hatte. Es hatte ihn auch niemand darauf hingewiesen. »Okay«, sagte er und wusste nicht, wie er reagieren sollte. Sie sah ihn so erwartungsvoll an.

Ihre Augen wurden feucht. »Viele hielten sie für dumm, weil sie die Avalon-Formel geklaut hatte. Aber ich fand es unheimlich mutig, auch wenn sie damit die Inquisition gegen sich aufgebracht hatte. Es ist ihr wirklich nicht leichtgefallen, euch zu verlassen.«

Zum ersten Mal in seinem Leben hatte Elliot die Hoffnung, etwas über die Frau zu erfahren, die ihn auf die Welt gebracht hatte. Nicht nur ominöse Andeutungen, sondern handfeste Informationen. »Warum musste sie uns verlassen?«

Tunley schaute ihn mit großen Augen an. »Kindchen, hat dir dein Vater das nie erzählt? Der gesamte Überwachungsapparat der Inquisition war ihr auf die Schliche gekommen und auf den Fersen. Jeder Tag mehr hätte euch in Gefahr gebracht. Sie hat euch verlassen, um euch zu beschützen.«

Elliot hatte sein ganzes Leben lang gedacht, dass seine Mutter keine Lust mehr gehabt hatte. Kein Bock auf ein Baby, kein Bock auf Edinburgh, kein Bock auf einen Ehemann. Und jetzt kam Madame Tunley mit so einer Geschichte um die Ecke.

»Wo ist sie?«, fragte Elliot.

»Ich muss ein ernstes Wort mit John reden, glaube ich«, erwiderte Madame Tunley. »Sie sitzt im Gefängnis, wenn es stimmt, was die Inquisition über ihre Verhaftung hat verlautbaren lassen. Seitdem hat sie niemand mehr zu Gesicht bekommen.«

Elliots wurde schlagartig aufmerksam. »Wann kommt sie raus? Wo sitzt sie ein?« Gefängnisse hatten Besuchszeiten, und plötzlich war seine Mutter in greifbare Nähe gerückt.

»Du weißt wirklich nichts über unsere Welt, oder? Dein Vater hat dich komplett im Dunklen gelassen. Sie befindet sich im Magna Carcarem in Rom, dem Gefängnis der Inquisition. Wer da einsitzt, wird nicht einfach wieder freigelassen. Und schon gar nicht, wenn sie nicht bereit ist, den Aufenthaltsort der Avalon-Formel zu verraten.«

Diese Infos zogen Elliot den Boden unter den Füßen weg und ließen seine Hoffnungen wieder zusammenstürzen. »Was ist diese Avalon-Formel?«

»Du kennst Avalon, den Ort aus der Sage König Arturs?«

Klar kannte Elliot Avalon, die mythische Insel. Jedes Kind in England kannte die Geschichte. »Natürlich.«

»Gut, denn Avalon gibt es wirklich, aber niemand weiß mehr, wo. Die Inquisition hat vor Hunderten Jahren dafür gesorgt, dass das Portal, das Avalon mit unserer Welt verbindet, geschlossen wurde und nichts mehr hindurchtreten kann. All die Elfen, Zwerge, Feen kommen aus Avalon. Und auch die Gnolle, die euch gestern so einen Ärger gemacht haben«, sagte sie, und Elliot ärgerte sich über die taktlose Erinnerung. »Genau wie alle anderen Fabelwesen auch. Sie sind Gestrandete in dieser Welt, geduldet von der Inquisition, solange sie nicht auffallen. Aber deine Mutter hatte eine Schriftrolle gefunden, die den Weg nach Avalon wieder öffnen sollte. Kein Wunder, dass die Kirche das nicht zulassen konnte, nachdem sie sich jahrhundertelang darum gekümmert hatte, alles Phantastische verschwinden zu lassen. Deine Mutter ist also so etwas wie die Staatsfeindin Nummer eins.«

»Wenn ich also die Formel finde und zurückgebe, kommt sie wieder frei?«

Madame Tunley lachte. »Wenn du das tust, würde deine Mutter dich enterben und verstoßen. Wenn du sie findest, bist du gut beraten, niemandem davon zu erzählen, und wenn du deine Mutter stolz machen möchtest, öffnest du das Portal nach Avalon. Dann waren ihre vielen Jahre im Gefängnis zumindest nicht ganz umsonst.« Sie schaute auf die Uhr. »Solltest du nicht seit drei Minuten unten sein?«

Elliot fluchte, als er sah, dass er sich völlig verquatscht hatte. Hektisch verabschiedete er sich, rannte in die Umkleide und zog sich schnell um. Zehn Minuten später stand er, etwas außer Atem, vor dem Schuppen in der Abteilung für Fabelwesen. Als er sie öffnete, hatte ihm Gerry den Rücken zugewandt. »Grüß dich, Elliot.«

»Sorry für die Verspä…«, fing Elliot an, aber der Büffel hörte ihm gar nicht zu.

»Magst du das hier mal ausprobieren?«, fragte er und hielt ihm einen Ring hin. Er war aus Holz und fasste einen roten, matten Stein, groß genug, um ihn über den kleinen Finger zu stecken.

Elliot, froh, dass er keinen Rüffel für seine Verspätung erhielt, wagte es nicht zu widersprechen und nahm den Ring entgegen. »Was mache ich denn damit?«

»Aufziehen und auf den Stein drücken.«

Also zog Elliot den Ring über den kleinen Finger seiner linken Hand. Er hatte keine Ahnung, was der Zweck davon war, hoffte aber, dass Gerry sich das gut überlegt hatte.

Als der Ring auf seinem Finger saß, drückte er den Stein

und fühlte, wie er nachgab. Ein Klick-Geräusch war zu hören, und sofort stieg Elliot langsam empor. Es war, als hätte sich die Schwerkraft von ihm verabschiedet. Seine Füße verloren den Halt, und er schwebte wie ein Raumfahrer im All langsam zur Decke.

»Was passiert hier«, rief er verzweifelt, während er sich um die eigene Achse drehte.

»Alles nach Plan«, gab Gerry zurück. »Sollten uns doch um Schweberinge kümmern, schon vergessen?«

Na klar, die Dinger, die Theodore haben wollte, damit sich so eine Katastrophe wie gestern nicht wiederholte. Einen halben Meter unter der Decke blieb er stehen und schwebte in der Luft. Hilflos ruderte er mit den Armen und versuchte, Halt zu finden.

»Okay, ein bisschen höher muss es noch gehen. Werde ich ändern«, sagte Gerry zufrieden. »Kannst jetzt wieder runterkommen.«

»Gerne, aber wie?«

»Du musst wieder den Knopf drücken«, sagte Gerry.

Elliot hatte Probleme, in der Schwerelosigkeit seine Arme zu koordinieren, schaffte es aber doch, den kleinen, roten Stein zu drücken. Das Klacken ertönte, und er schwebte sanft zu Boden. Als er wieder festen Grund unter den Füßen hatte, fragte er sich, wann der Tag kommen würde, an dem das Merlin-Center keine Überraschungen mehr für ihn bereithielt.

Anschließend wurde Elliot wieder dazu verdonnert, sich um die Fleischzubereitung zu kümmern. Die Brocken hatte Gerry bereits in den Schuppen geschleppt, und Elliot trennte wieder die Knochen und Sehnen aus dem blutigen Fleisch. Sie fütterten die Seebären und Gnolle, natürlich erneut unter den lernwilligen Blicken einer Kindertraube. Heute verlief die Fütterung aber ohne Unfälle, und niemand fiel in das Gehege. Anschließend brachten sie die Schweberinge an den Aussichtsplattformen an. Elliot dachte dabei an Rettungsringe, die an Gewässern zu finden waren. Die kleinen Ringe wurden an Haken gehangen und mit einem Schild versehen, auf dem »Notfall« stand.

»Ich zeig dir heute Nachmittag noch ein paar unserer Gäste, wenn du magst«, sagte Gerry, während Elliot damit beschäftigt war, das Hackebeil zu säubern.

»Gerne«, erwiderte er und hoffte, dass es keine so tödlichen Bestien wie die Gnolle oder Seebären waren.

Bis zum Nachmittag verbrachte Elliot seine Zeit vor allem damit, ein Auge auf die Besucher zu haben. Gerry hatte beschlossen, dass sie in Zukunft kein Risiko eingingen. Also wanderte er zwischen den Aussichtsplattformen hin und her und hatte immer einen Blick auf die überwiegend jungen Zuschauer. Gelegentlich kamen die Eltern mit, aber das hier war auf jeden Fall ein Magnet für die Kleinen. Sie starrten in die Ferne, und immer, wenn sich dann mal eine Kreatur blicken ließ, zeigten sie aufgeregt in die Richtung und sorgten mit ihren Rufen dafür, dass alles das Weite suchte.

Im Wasser sah Elliot neben den Seebären ein paar reptilienartige Viecher, die ihn an entfernte Verwandte der Krokodile erinnerten. Sie hatten aber nicht so eine lange Schnauze, sondern die Kopfform eines Hais und sahen wie eine missglückte Kreuzung aus den beiden Spezies aus. Die Schuppen waren nicht grün, sondern grau. Was sie fraßen? Gerry hatte zwar angedeutet, dass sie nicht für die komplette Verpflegung der Fabelwesen verantwortlich waren und ein Teil sich selbst versorgte. Aber die hier sahen nicht wie Vegetarier aus.

Kurz nach Mittag holte Gerry ihn ab. Er hatte einen kleinen Lederrucksack auf dem Rücken, und die Flinte baumelte über seiner Schulter. »Nur für den Notfall«, sagte er, als Elliot das Gewehr skeptisch musterte. »Zeit, dass du Brontos kennenlernst, komm mit!«

Sie liefen vom Schuppen zum Waldgehege und folgten dann dem Zaun in Richtung des Gebirges, bis sie vor einer Tür stehen blieben. Sie fiel nicht auf. Nur durch die Scharniere hatte Elliot sie bemerkt, denn es gab kein Schloss oder etwas anderes, das es als Tür kennzeichnete. Gerry setzte den Rucksack ab und kramte einen Augenblick, bis er einen dicken Schlüsselring herausholte. Es klimperte, als die großen und kleinen Schlüssel durch die Luft wirbelten. »Einen Moment«, murmelte er und nahm einen kupferfarbenen Schlüssel in die Hand. Mit der anderen schien er etwas zu suchen. Dann schnaufte er zufrieden. Er setzte den Schlüssel an und steckte ihn in das Holz, das wie ein dickflüssiger Keksteig verfloss. Gerry drehte den Schlüssel zur Seite, und die Tür flog auf. »Wenn man weiß, wo man ansetzen muss, ist das ganz einfach«, sagte er.

Sie marschierten in das Gehege, und Elliot hatte sofort ein flaues Gefühl im Magen. Hier lauerten irgendwo die Gnolle. Sie hatten zwar die Flinte dabei, besser fühlte er sich dadurch aber nicht.

Gerry marschierte vorweg, und Elliot hatte Probleme, mit ihm mitzuhalten. Für jeden Schritt, den der Büffel machte, machte er mindestens drei. Sie liefen über die große Wiese zu der Waldlichtung. Die Sonne schien, und wenn man sich nicht umdrehte, vergaß man schnell, dass sie sich im Untergeschoss eines Einkaufscenters und nicht in einem englischen Forst aufhielten.

»Wo wollen wir hin?«, fragte Elliot.

»Da rein«, sagte Gerry und zeigte auf den Wald, den

sie nur wenige Schritte später betraten. Die Bäume waren hochgewachsen, und nur vereinzelt schaffte es Sonnenlicht durch die dicht bewachsenen Kronen. Der Boden war übersät mit Wurzeln, Efeu und Moos. Elliot passte auf, wo er hintrat, um nicht zu stolpern. Vögel sangen ihre Lieder von den Bäumen hinab, und bisher hatte der Wald so gar nichts Mystisches an sich.

»Leben hier auch ganz normale Tiere?«, fragte Elliot.

»Ja, es ist wie ein ganz normaler Wald«, antwortete Gerry.

»Wenn man von den Gnollen und anderen Fabelwesen absieht«, erwiderte Elliot, und sein Vorgesetzter schnaubte.

Sie liefen ein paar Minuten ohne erkennbares Ziel durch den Wald, als der Buffaloman plötzlich stehen blieb. Fast wäre Elliot in ihn reingelaufen.

»Was…«, setzte Elliot an, aber sah dann, dass Gerry seinen Zeigefinger auf die Lippen gelegt hatte.

»Sehr schreckhaft«, flüsterte er und zeigte auf eine Lichtung, die hell erleuchtet vom Sonnenlicht vor ihnen lag. Kleine blau glühende Kugeln schwirrten darauf umher. Als Elliot genauer hinsah, erkannte er kleine Flügel an den Geschöpfen.

»Was ist das?«

»Feen«, sagte Gerry. »Sind fast ausgerottet. Bringen angeblich Glück, wenn man sie in einer Flasche aufbewahrt. Elfen haben sie vor vielen Jahren auch gerne als Lichtquelle genutzt, bevor Lampen oder Feenkugeln erfunden wurden. Aber die armen Dinger gehen dann einfach ein. Sie brauchen die Gesellschaft und das Sonnenlicht. Komm, lassen wir sie in Ruhe.«

Sie wanderten weiter in den Wald hinein, und mittlerweile hatte Elliot keine Ahnung mehr, in welcher Richtung der Schuppen lag. Er war komplett aufgeschmissen. Ihm kam es so vor, als wären sie schon eine halbe Ewigkeit unterwegs, als Gerry wieder die Hand hob und ihm das Zeichen zum Halten gab.

»Er ist ganz in der Nähe«, sagte der Büffel und ging leicht in die Knie. Die Muskeln auf seinen Armen traten kräftig hervor, und er erinnerte Elliot an einen Football-Spieler, der sich auf einen Aufprall mit dem Gegner vorbereitete.

Elliots Magen verkrampfte sich. »Wer?«

Da hörte er es im Unterholz knacken und schnauben. Etwas bewegte sich auf sie zu. Etwas Großes, was die Büsche beiseiteschob. Sein Blick wanderte zur Flinte, die nach wie vor auf Gerrys Rücken baumelte. Er wollte fragen, ob das eine gute Idee war, da brach etwas durch das Unterholz.

Elliot sah den Körper einer Raubkatze, die durch die Luft flog. Gerry war vorbereitet und fing das Tier im Flug ab, umklammerte es mit seinen Armen, und gemeinsam wirbelten sie durch das Gras. Elliot sah sich hektisch um. Ein Stein oder ein großer Ast. Etwas, womit er seinem Chef zur Seite stehen konnte.

Aber, zu seiner großen Verwunderung, hörte er ein lautes, kräftiges Lachen. Keine gurgelnde, am eigenen Blut erstickenden Schreie. Sondern ein ehrliches Lachen in einer Lautstärke, wie es nur ein Bison hervorbrachte.

Gerry und das Wesen waren zum Erliegen gekommen, es war kein Kampf um Leben und Tod entbrannt. Die Katze hatte ihn mit ihren Pfoten auf den Boden gedrückt, aber Gerry lachte und fuhr ihr mit seinen Pranken durch das Fell. Das Tier genoss die Aufmerksamkeit sichtlich.

»Elliot, darf ich dir vorstellen«, sagte Gerry, »das ist Brontos. Der letzte lebende Mantikor.« Er tätschelte dem Tier die Seite, und es stieg von ihm runter. Der Büffel stellte sich wieder auf und klopfte den Dreck von seinen Klamotten.

Neben ihm stand Brontos, der Elliot an einen Löwen erinnerte. Was ihn von der gewöhnlichen Raubkatze unterschied, war ein Skorpionstachel als Schwanz und ein Gesicht, das aus einer feuerroten Mähne schaute und was so gar nicht an eine Katze erinnerte. Es hatte entfernte, menschliche Züge, und Elliot konnte es nicht anders sagen: Es war hässlich. Wo sonst die spitzen Lauscher des Löwen saßen, lugten zwei kreisrunde Ohren hervor. Das Maul hatte schiefe, stumpfe Zähne, und die Schnauze war platt wie bei einem Mops. Die Zunge hing raus, und der Mantikor hechelte. Aufmerksam fixierten die matten, blauen Augen Elliot. Trotz des Skorpionschwanzes und der großen Löwenpranken hatte er plötzlich das Gefühl, dass von diesem Tier keine Gefahr ausging.

»Was ist ein Mantikor, Gerry?«

»Eine Laune der Natur. Ein missglücktes Experiment eines verrückten Zauberers. Die Langeweile eines griechischen Gottes. Es gibt viele Geschichten, wie sie entstanden sind. Such dir was aus. Aber auf jeden Fall sind sie richtig feine Gesellen«, sagte er und wuschelte Brontos zur Bestätigung durch die Mähne. Der Mantikor fing an zu schnurren und stemmte sich gegen Gerry.

»Und er ist nicht gefährlich?«, fragte Elliot und fixierte dabei den Skorpionschwanz. Das Ding zuckte hin und her, als würde es ein Eigenleben besitzen.

»Wenn du sie gut behandelst, behandeln sie dich auch gut. Treudoof wie ein Köter. Das ist ihnen wohl auch zum Verhängnis geworden. Zumal ihre Erscheinung«, er suchte nach den richtigen Worten, »nun ja, etwas angsteinflößend sein kann.«

Elliot wusste, was Gerry damit meinte. Als Brontos aus dem Unterholz gesprungen war, hätte er das Tier am liebsten erschossen. Zum Glück hatte er die Flinte nicht zur Hand gehabt.

»Und er ist wirklich der Letzte seiner Art?«

Gerry nickte. »Haben seit Jahrzehnten keinen mehr gefunden. Er wurde uns als Welpe vor das Merlin-Center gelegt. Keine Ahnung, wo er herkommt, aber ein Glück, dass er den Weg zu uns gefunden hat.«

Elliot tat das Tier leid. Es wirkte wirklich ein bisschen treudoof. »Darf ich auch mal?«, fragte er und machte einen Schritt auf den Mantikor zu.

»Na klar«, sagte Gerry. »Lass ihn erst mal an deiner Hand schnuppern. Dann kann er sich an den Geruch gewöhnen.«

Elliot hielt Brontos seine rechte Hand hin. Der Mantikor streckte den Hals und schnupperte vorsichtig. Er röchelte, zögerte kurz und ließ dann den Schwanz aufgeregt hin und her schwingen.

»Er mag dich«, beschied ihm Gerry. »Los, streichle ihn.«

Etwas gehemmt kam Elliot der Aufforderung nach. Vorsichtig wanderte er mit seiner Hand durch die Mähne. Sie war struppig und trocken wie Stroh.

»Warum müssen wir ihn nicht füttern?«

»Der fängt sich ab und zu mal einen Hasen oder ein Eichhörnchen. Die Gnolle würden mir sofort alles in Schutt und Asche legen, wenn die sich selbst um ihre Nahrung kümmern müssten. Brontos gehört aber zu unseren entspannten Gästen«, sagte Gerry. »Du bist ein guter Junge, oder?«, fragte er den Mantikor und klopfte ihm auf die Seite. Der verstand zwar nicht, was der Büffel von ihm wollte, aber ihm gefiel die Aufmerksamkeit.

»Sind wir so etwas wie die Arche Noah für vom Aussterben bedrohte Tierarten?«

»Arche No-A?«, fragte Gerry und betonte es wie den Namen einer Boyband.

Elliot erzählte ihm die Geschichte rund um die Arche und die ganzen Tiere, die vor der Flut gerettet wurden.

Gerry überlegte kurz. »Kommt hin, denke ich.« Dann sah er auf die Uhr. »Wir sollten uns langsam auf den Rückweg machen, wenn du heute noch rechtzeitig nach Hause möchtest.«

Elliot zuckte mit den Schultern. Ihm war es egal. Dieser Ort hier, der Wald, der Schuppen, das Merlin-Center waren so viel wohltuender als alles, was daheim auf ihn wartete.

Sie verabschiedeten sich von Brontos, der ihnen mit herabhängendem Schwanz hinterherschaute. Elliot empfand Mitleid mit dem Tier, vor dem er sich erst gefürchtet hatte. Es war alleine, und er selbst hatte erst den Reflex gehabt, den Mantikor zu erschießen. Dabei war von ihm zu keinem Zeitpunkt eine Gefahr ausgegangen. Er beschloss, Brontos zu besuchen, wann immer er die Möglichkeit dafür hatte.

Ihr Weg führte sie wieder durch den dicht bewachsenen Wald, und ohne Gerry wäre Elliot völlig aufgeschmissen. Er sprang gerade über einen kleinen Bach, als ihm ein Gedanke kam. »Kommen deine Vorfahren eigentlich aus Avalon?«

»Nein, wir sind Amerikaner«, sagte Gerry und schien das nicht weiter erläutern zu wollen.

Aber Elliot hakte nach. »Was bedeutet das?«

»Wir Buffalomen sind amerikanische Ureinwohner. Zwar hat uns der Weiße Mann fast ausgerottet, ganz wie die Nachfahren Avalons, aber wir haben unseren Ursprung nicht in einem magischen Ort. In den großen Wüsten oder weitläufigen Wäldern in Maine wirst du immer noch den einen oder anderen Stamm von uns finden.«

»Das heißt, die leben einfach in der Wildnis?«

»Klar, wie Vampire in Osteuropa«, antwortete Gerry und Elliot war sich nicht sicher, ob es ein Scherz war.

»Wenn ich mehr über all das erfahren möchte: Buffalomen, Drachen, Zauberei, Avalon – wo kann ich das?« Er fragte das nicht ohne Hintergedanken.

Gerry dachte einen Augenblick nach. »Liest du gerne?«

Elliot nickte.

»Dann würde ich es mal in der dritten Etage bei den Büchern versuchen. Die Kollegen beraten dich sicherlich, auch wenn Miss Reliot ein wenig«, er räusperte sich, »ach, das wirst du noch schnell genug selbst herausfinden.«

Elliot wollte unbedingt mehr erfahren über diese Welt, in die er seit kurzem mehr unfreiwillig eingetaucht war. Und vor allem wollte er wissen, was es mit Avalon und dieser Formel auf sich hatte.

Er verabschiedete sich kurz vor Ladenschluss von seinem Chef und eilte zum Fahrstuhl. Dort drückte er den Knopf für die dritte Etage, und die Tür sprang gleich wieder auf. Vor ihm war eine Balustrade, von der man in das Merlin-Center hinabblickte. Es war nicht mehr viel los, ein paar Kunden bewegten sich mit vollgepackten Tüten in Richtung Ausgang. Sie hatten Besen unter den Arm geklemmt, Schwerter in der Hand und Beutel voll exotischer Gewürze und Zutaten.

Er wich einem Zwerg aus, der ihm entgegenkam und in einen dicken Wälzer vertieft war, und stand dann vor dem Buchladen. Eine verglaste Doppeltür gab den Blick auf unzählige Bücherregale frei. Er öffnete sie, und ein leises Läuten kündigte sein Eintreten an.

»Wir schließen gleich«, rief eine kratzige Stimme zwischen den Bücherreihen. Elliot war verunsichert und wollte schon wieder umdrehen, als eine alte, betagte Dame hervortrat. »Ah, ein Kollege«, krächzte sie beim Anblick seiner Uniform. »Wie kann ich denn helfen? Und ich hoffe, es geht schnell«, sagte sie forsch. Ihrem Alter nach zu urteilen, war Elliot gut beraten, sich wirklich zu beeilen, denn diese Frau konnte jeden Moment tot umfallen. Ihre Haut war blass, das schüttere, strohige Haar weiß, und sie musste sich auf einem Gehstock abstützen, um nicht vornüber zu fallen. Sie gehörte in ein Altersheim und nicht in ein Einkaufscenter.

»Ich wollte fragen, ob Sie etwas über Avalon haben«, sagte Elliot.

Die Dame schaute skeptisch. »Mein Junge, ich habe bestimmt fünfzig Wälzer, in denen Avalon vorkommt. Du musst schon etwas genauer sein.«

»Einfach einen Überblick, was Avalon ist und vielleicht etwas über die Formel.« Er biss sich auf die Lippen und verfluchte sich. Warum gab es kein verdammtes Magier-Wikipedia?

Sie hob eine Augenbraue. »Etwas Allgemeines also und über die Formel«, wiederholte sie. Dann drehte sie sich um. »Bitte folgen.«

Sie schritten gemeinsam die Reihen ab, und für Elliot war es eine Geduldsprobe. Während er Mühe hatte, mit Gerry mitzuhalten, trieb ihn die Dame fast in den Wahnsinn. Sie hatte das Tempo einer Schnecke. Einer Schnecke, die zu lange in der Sonne gelegen hatte, um noch eine Schleimspur produzieren zu können.

Nach einer gefühlten Ewigkeit blieb sie abrupt stehen, und Elliot hätte sie fast über den Haufen gelaufen.

»Hier wären wir«, sagte sie und zog ein dickes Buch aus dem Regal. »Alles über Avalon«, erklärte sie. »Alles, was wir über Avalon wissen – und zum Teil auch, was wir vermuten – steht hier drin.«

Elliot nahm das Buch entgegen. Es hatte einen blauen Einband und wog bestimmt fünf Kilo. Damit würde er auf jeden Fall viele Abende beschäftigt sein. Auf dem Cover war ein goldenes A abgebildet, was ihn an das Siegel des Merlin-Centers erinnerte. Von Farbe und der Art, wie es geschwungen war, war es ähnlich. Bloß war es eben ein anderer Buchstabe.

»Okay, was macht das?«

Sie winkte ab. »Mitarbeiter können sich doch Sachen ausleihen. Vorausgesetzt, du gibst es wieder zurück«, sagte sie. »Wieso weißt du so etwas nicht, wer hat dich denn eingearbeitet?«

»Gerry, ich arbeite in seiner Abteilung.«

Da lachte sie laut. »Kein Wunder, der Hornochse hat nur seine Viecher im Kopf«, sagte sie.

Elliot wollte etwas Schlagkräftiges antworten, aber ihm fiel nichts ein. Er wusste jetzt schon, dass ihm nachher im Bett irgendein Spruch einfallen würde, aber dann war es zu spät. Stattdessen bedankte er sich knapp und verließ das Geschäft. Er schluckte seinen Ärger runter und war gespannt, was er über Avalon erfahren würde.

Als Elliot abends im Bett lag, brannte nur die kleine Lampe auf dem Nachttisch. Vor ihm lag das dicke, blaue Buch. Die Ecken waren eingedrückt, und das Papier fühlte sich in seinen Händen brüchig an. Er schlug das Buch auf und las die ersten Zeilen.

Alles über Avalon
von Mae Gwynworth
1. Auflage
Erschienen im Goldshire Verlag, 1952

Elliot blätterte eine Seite um.

Vorwort

Sehr geehrte Damen und Herren,
wenn Sie dieses Buch lesen, werden Sie mehr über Avalon erfahren wollen. Möglicherweise haben Sie Vorfahren, die von der magischen Insel kommen, oder einfach ein gesteigertes Interesse an der Herkunft der Magie. Was auch immer der Grund sein wird, die Antwort auf die eine Frage kann ich Ihnen leider nicht geben: Wo sich Avalon befindet. Ich habe in den großen Bibliotheken Quellen studiert und Zeugen befragt. Alle schildern blühende Landschaften, saftig grüne Wiesen und jahrtausendealte Bäume. Aber die Kirche war gründlich und hat den Weg nach Avalon zerstört. Mit meinen Geschichten, Legenden und Berichten möchte ich all jenen die Fernsucht erträglicher machen, die auf der Suche nach ihren Wurzeln sind. Avalon ist da draußen, und eines Tages werden wir es wiederfinden.
Ihre Mae Gwynworth

Diese Worte lasen sich surreal. Seit früher Kindheit kannte Elliot Avalon nur als Ort einer englischen Mythensage rund um König Artur. Jetzt hatte er einen Wälzer vor sich liegen, der behauptete, dass es diese Insel wirklich gab. Und wenn es stimmte, was Madame Tunley gesagt hatte, war seine Mutter sogar ins Gefängnis gesperrt worden, weil sie etwas über Avalon herausgefunden hatte.

Auf der nächsten Seite fand er ein Inhaltsverzeichnis. Das Buch war in die Kategorien Legenden, Quellenberichte und Interviews eingeteilt. Mae Gwynworth wollte so wohl ein möglichst breites Spektrum abbilden. Des weiteren wurden zahlreiche Namen von Familien aufgeführt, die alle sehr exotisch klangen. Ygrim, Panterstock, Giggleborn, Boulanger, Fri… Elliot stockte, und seine Augen wanderten wieder eine Zeile höher. Boulanger. Den Namen hatte er schon mal gehört. Fieberhaft dachte er nach, was ihm jedoch nach dem langen Arbeitstag im Merlin-Center nicht mehr leichtfiel. In Gedanken ging er alle Personen durch, denen er im Einkaufscenter begegnet war. Theodore war es nicht, sein Nachname war Fizzles. Madame Tunley fiel auch raus, und Gerry kam aus Amerika. Boulanger klang eher nach Frankreich.

»Soleil«, flüsterte er. Die Elfe aus der Waffenkammer. Sein Finger wanderte vom Namen Boulanger nach rechts. Seite 845. Hastig blätterte er zu der Stelle im Buch vor. Dann las er.

Familie Boulanger
In Laufe meiner Recherchen habe ich mich mit François Boulanger getroffen. Die Boulangers gehören der Spezies der Elfen an und stammen von einem avalonischen Adelsgeschlecht ab. Die Vorvorvorfahren hatten es mit elfischem Goldschmuck zu großem Reichtum auf der Insel gebracht und wollten nach England expandieren. François erzählte, dass seine Großmutter immer von den Hängegärten und Baumhäusern schwärmte, in denen Elfen in Avalon leben sollen.

Das war alles. Nur eine kurze Info über etwas Goldschmuck und ein paar Baumhäuser. Elliot war enttäuscht, verstand aber, dass diese Zeilen für alle, die mehr über ihre Wurzeln erfahren wollten, bedeutend waren. Er blätterte wieder an den Anfang und entschloss sich, das Buch chronologisch durchzulesen.

Die erste Geschichte handelte von Morgana, der Halbschwester von König Artus. Elliot kannte die Sage nur zu gut, wusste, dass sie Heilerin und Schwester des Königs war, ihn gesund pflegte, aber seinen Niedergang herbeiführen wollte. Er blätterte weiter, bis er zur nächsten Legende kam.

Der Drache Rhegad
Rhegad gehört zu den ältesten Kreaturen auf diesem Planeten. Er wandelte vor dem ersten Lichtstrahl über die Erde. Einsam und allein sehnte er sich nach Gesellschaft. Dann kam der Mensch, und Rhegad war nicht mehr einsam. Aber der Mensch fürchtete sich vor Rhegad und griff ihn mit Pfeilen und Schwertern an. Rhegad floh vor den Menschen auf der Suche nach einem Ort, an dem er wieder alleine sein konnte.

Eine deprimierende Geschichte. Elliot klappte das Buch zu und dachte weiter über Rhegad nach. Der Name weckte irgendwas in ihm, was ihm plötzlich keine Ruhe mehr ließ. Es war wie das Jucken an einer Stelle, an der man sich nicht kratzen konnte. Rhegad der Drache, auf der Suche nach einer Heimat. Seine Gedanken rasten, und dann fiel sein Blick auf das kleine Familienfoto auf dem Nachttisch, das in besseren Zeiten aufgenommen worden war. Da fiel es ihm wie Schuppen von den Augen.

Er sprang vom Bett auf und rannte zu seinem Schrank. »Irgendwo hier muss es doch sein«, fluchte er. Er zog eine große Kiste raus, in die er alle Sachen geschmissen hatte, die er nicht mehr brauchte. Alte Klassenarbeiten, eine Sammlung Wrestling-Hefte, zwei Kuscheltiere. Dann sah er unter einem Stapel Spielkarten den roten Einband eines Buches aufblitzen. Er las den Titel. »Die Suche des Drachen Rhegad«. Seine Erinnerungen hatten ihn nicht getrübt. Das Einzige, was seine Mutter ihm hinterlassen hatte, handelte von einem Drachen, der in einem Sammelband über Avalon auftauchte. Es war das Buch, aus dem vorzulesen sein Vater sich immer geweigert und was er deshalb als kleiner Bursche regelmäßig selbst verschlungen hatte.

Elliot glaubte zwar an Zufälle, das kam ihm aber nicht wie einer vor.

Er klappte das Buch auf und las die Widmung. *»Für mein Licht am Horizont, Elliot. Mögest auch du eine Heimat in dieser Welt finden.«*

Er fühlte sich plötzlich taub und merkte, wie jedes Gefühl aus seinem Körper verschwand. Was war, wenn seine Mutter nicht wollte, dass er für sich selbst irgendeine Heimat fand, sondern die der Elfen, Zwerge und anderer Fabelwesen? Was war, wenn das hier nicht irgendein Kinderbuch war, sondern eine versteckte Nachricht seiner Mutter?

Vorsichtig wendete er das Buch in seinen Händen, als würde er einen heißen Auflauf halten. Eine Information über die Autorin fehlte. Und als Elliot sich die Zeichnungen und Texte genauer anschaute, hatte er das Gefühl, dass sie selbst geschrieben wirkten und nicht wie gedruckt. Als hätte jemand mit akribischer Feinarbeit jede Seite per Hand gefüllt. »Sie wird doch nicht«, flüsterte er, als sein Blick zwischen dem Kinderbuch und dem Wälzer über Avalon hin und her wanderte. Die Zeichnungen vom Drachen Rhegad waren identisch, bloß waren sie im Buch seiner Mutter kindgerechter, mit bunten Farben und dicken Strichen. Die Zeichnung aus *Alles über Avalon* glich mehr einer Anatomiezeichnung aus einem Schulbuch.

Elliot nahm beide Bücher und setzte sich wieder auf das Bett. Seine Mutter hatte ihm dieses Buch nicht einfach so hinterlassen, davon war er jetzt überzeugt. Sie wollte, dass er den Weg nach Avalon fand.

Zuerst las Elliot noch mal die Kindergeschichte.

Der Drache Rhegad flog weit auf das Meer hinaus, wo er sich auf einem grauen Felsen niederließ, um Pause zu machen. Das Gestein war rau und schroff, und die Gischt benetzte seine Schuppen. Es war kein angenehmer Ort. Keiner, an dem er bleiben wollte. Rhegad schloss gerade die Augen, um zu schlafen, da hörte er eine Stimme. »Du bist aber eine große Echse.«

Rhegad schaute sich um und sah eine Frau im Meer, keinen Meter vom Fels entfernt. Nur ihr Kopf lugte raus, und das feuerrote Haar klebte ihr im Gesicht.

»Ich bin keine Echse, ich bin ein Drache.«

»Was sind Drachen?«, fragte sie.

»Wir sind große …«, Rhegad stockte. Er wollte Echsen sagen, aber damit gab er ihr ja recht. »Wir sind feuerspeiende Ungetüme.« So hatten ihn zumindest immer die Menschen genannt.

»Wie ein Ungetüm siehst du aber gar nicht aus.«

Das waren die ersten netten Worte, die er je von einem Menschen gehört hatte. »Danke. Was macht ein Zweibeiner so weit draußen auf dem Meer, und wo ist dein Boot?«

Die Frau lachte. »Ich heiße Nyme und bin eine Meerjungfrau.« Zum Beweis hob sie ihre Schwanzflosse aus dem Wasser.

Rhegad starrte sie an. »Wie ist das möglich?«

Sie zuckte mit den Schultern. »Weiß nicht, habe nie darüber nachgedacht«, sagte sie und überlegte kurz. »Was machst du auf diesem einsamen Felsen?«

»Pause«, sagte der Drache, »und dann möchte ich weiterfliegen und eine Heimat finden.«

»Aber warum fliegst du nicht einfach zurück, wenn du in deine Heimat möchtest?«

Rhegad schüttelte seinen schuppigen Kopf. »Nicht meine alte Heimat, sondern eine neue.«

Nyme schien zu überlegen. »Ich weiß zwar nicht, wo diese neue Heimat sein wird. Aber wenn du dich mal verirrst, nimm dies und lass es vom Wind treiben. Sie wird dich an einen besseren Ort bringen.« Sie überreichte ihm eine feuerrote Strähne ihres Haars. Der Drache bedankte sich für das Geschenk und gab ihr eine seiner Schuppen. Es war eine kleine, die er von der Ferse löste. »Kann von nichts durchbohrt werden«, sagte er.

Nyme kicherte. »Wir haben im Meer nicht so viel, was uns durchbohren möchte, nur ein paar Schwerthaie. Aber danke. Ich werde es als Schmuck tragen. Welche Meerjungfrau kann schon von sich behaupten, sie würde eine Drachenschuppe besitzen?«

Die beiden verabschiedeten sich, und Rhegad flog weiter. Er durchquerte Stürme, Blitze, Eis und Regen, passierte Wüsten, Gebirge und Wälder, die bis zum Horizont reichten. Als er an einem See ankam, beschloss er, noch einmal eine Pause einzulegen. In dem See endete oder begann – so genau konnte der Drache es nicht sagen – ein Regenbogen. Rhegad war voller Neugier und tauchte auf den Grund des Sees, um nachzuschauen, was er am Ende oder am Anfang des Regenbogens fand. Mit seiner Schnauze wühlte er im Dreck und stieß auf eine Holztruhe, die er in sein Maul nahm und an das Ufer des Strandes schleppte. Mit der Kralle seiner rechten Pranke knackte er das Schloss und sah auf mindestens zwei Dutzend schimmernde Barren. Sie waren nebeneinander aufgeschichtet und hatten ihre

Zeit am Grund des Sees unbeschadet überstanden. Sie leuchteten in derselben Farbe wie die Sonne und zogen Rhegad in ihren Bann. Er wusste nicht, was es war, aber er wollte es besitzen.

»Junger Mann, was machen Sie mit meinem Gold?«, hörte Rhegad eine piepsige Stimme. Er sah sich um, aber da war niemand.

»Hier unten«, sagte die Stimme. Der große Drache schaute hinab und sah einen kleinen Mann zu seinen Füßen stehen. Selbst für einen Menschen war er winzig, und mit der grünen Jacke und seinem grünen Zylinder sah er ein bisschen witzig aus, fand Rhegad. Er hatte einen kupferroten Bart, und aus einer kleinen Pfeife stieg Rauch auf. Es roch nach Tabak.

»Was ist Gold?«, fragte der Drache und blies Luft aus den Nüstern. Die Luft hob den winzigen Mann fast von seinen Füßen und ließ den Hut davonsegeln.

Der Winzling schaute seiner Kopfbedeckung nach. »Na toll, jetzt schulden Sie mir einen neuen Hut«, sagte er genervt. »Das da ist Gold. Was Sie gerade von meinem Grund und Boden geholt haben. Und glauben Sie mir: Den Schatz eines Leprechaun wollen Sie nicht klauen. Sie werden Ihres Lebens nicht mehr froh.«

Rhegad wusste nicht, was ein Leprechaun war, und er hatte keine Angst vor dieser Gestalt, kaum größer als ein Säugling. »Ich möchte es aber haben.«

»Sie können nicht einfach anderer Leute Sachen nehmen. Bringt das euch Drachen niemand bei? Kein Wunder, dass ihr so unbeliebt seid«, sagte der Leprechaun schnippisch.

»Nein«, wisperte Rhegad und legte seinen Kopf gekränkt in die Wiese. Nun war er schon so weit geflogen, und noch immer wurde er gehasst. »Aber ich würde es gerne haben.«

Die Augen des Leprechauns weiteten sich, als er begriff, dass sein Gegenüber wohl niemanden hatte, der ihm die einfachsten

Dinge hätte beibringen können. Etwas unbeholfen tätschelte er ihm die Pranke. »Na, na, Großer, nimm dir das doch nicht so zu Herzen. Was kannst du mir denn für einen Goldbarren anbieten?«

Rhegads Augen wurden groß. Fieberhaft überlegte er, was er besaß. Aber er war ein Drache, der seine Heimat verlassen hatte und auf der Suche nach einer neuen war. Er wollte dem kleinen Mann schon sagen, dass er leider nichts dabeihatte, da fiel ihm die Haarsträhne der kleinen Meerjungfrau Nyme ein. Vorsichtig löste er sie aus einer Drachenschuppe an seiner Brust, wo er sie sicher verstaut hatte. Er hielt sie dem Kerl im grünen Anzug hin.

Nun war es am Leprechaun, große Augen zu bekommen. »Potzblitz, weißt du überhaupt, was du da in der Hand hältst?«

»Eine Haarsträhne.«

»Nicht irgendeine Haarsträhne. Die Haarsträhne einer Meerjungfrau.«

Rhegad nickte, als hätte das Kerlchen etwas Offensichtliches ausgesprochen. »Ich weiß. Wenn ich nicht mehr weiß, wo ich bin, soll ich es im Wind treiben lassen.«

»Mein Junge, ich hätte ein schlechtes Gewissen, selbst wenn ich dir mein ganzes Gold im Tausch gebe. Wir Leprechauns sind zwar vom Gold besessen, aber keine unfairen Geschäftsmänner. Oh nein, bei der Pfeife des alten Onkel Tommys, das sind wir nicht. Komm her, ich will dir etwas verraten. Damit der Wind es aber nicht hört, muss ich es flüstern.«

Also kam der Drache mit seinem Kopf ganz nah an den Mund des Kobolds heran. Sein Ohr war so groß, dass der Leprechaun hätte hineinsteigen und darin verschwinden können. Leise drangen aber nur die Worte – und nicht die Schritte – in den Gehörgang des Drachen. »Dieses magische Haar, gegossen in magisches Gold, bringt dich an den Ort, nach dem du dich am meisten sehnst.«

Rhegad zog seinen Kopf hoch. »Wirklich?«, fragte er, und seine brummende Stimme brachte die stille Wasseroberfläche des Sees zum Vibrieren.

»So wahr mein Name Ol' Ted ist, mein Lieber.«

Rhegad wusste nicht, ob der kleine Mann wirklich Ol' Ted hieß, aber er glaubte ihm trotzdem. »Ist dieses Gold magisch?«

»Aye, Freundchen. Aber wir werden keinen Barren brauchen. Er zog eine Taschenuhr aus seiner Jacke. Sie funkelte golden und reflektierte die Sonnenstrahlen. »Echtes Gold aus Novala«, sagte er und klopfte auf die Uhr wie zum Beweis. »Gib mir das Haar.«

Rhegad zögerte einen Moment, hatte er bisher doch immer nur Ablehnung, Hass und Angst erlebt. Trotzdem vertraute er Ol' Ted und gab ihm Nymes Strähne. Ted platzierte die Uhr auf einem Stein am Strand, legte das Haar darauf und wandte sich Rhegad wieder zu. »Darf ich um Feuer bitten?«

»Aber das Haar wird verbrennen«, wand Rhegad ein.

»Wird es nicht, vertrau mir.«

Rhegad hatte noch nie jemandem vertraut. Aber die Hoffnung, endlich den Ort zu finden, nach dem er sich so sehr sehnte, überredete die Zweifler in seinem Kopf. Er sog so viel Luft ein wie möglich und merkte, wie das Knistern in der Lunge seinen Gaumen kitzelte. Die Wärme trieb aus seinem Magen in seinen Hals und füllte dann den ganzen Mundraum. Rhegad spie das Feuer heraus und erzeugte eine Stichflamme, die weit über den See reichte. Ol' Ted schirmte seine Augen ab und fing von der Hitze an zu schwitzen.

»Sachte, sachte«, sagte er, und Rhegad ließ das Feuer abklingen.

»'Tschuldige, hab das immer so schlecht unter Kontrolle.«

Gespannt sahen sie beide an den Ort, wo eben noch die Uhr und das Haar lagen. Die Uhr war immer noch da, bloß das Haar war verschwunden. Rhegad geriet in Panik, hatte er doch das einzige Geschenk verbrannt, das er jemals bekommen hatte. Aber Ol' Ted beruhigte ihn.

»Lass uns doch erst nachschauen«, sagte er und nahm die Uhr in die Hand. Hastig warf er sie wie ein heißes Ei von einer in die andere und pustete hektisch. Nachdem das Edelmetall abgekühlt war, öffnete er den kleinen Deckel der Uhr und sah zufrieden drauf. »Gold aus Novala kann nur von Drachenfeuer erhitzt werden. Merk dir das.«

Der letzte Satz im Buch war dick unterstrichen, bemerkte Elliot. Er maß dem aber keine Bedeutung bei, sondern las weiter.

Ol' Ted hob die Uhr in die Luft, drehte sich erst nach links, dann rechts und nickte zufrieden. »Hier, ist jetzt ein Kompass. Er wird dich zu der von dir gesuchten Heimat bringen«, sagte er und überreichte dem Drachen die Uhr, die nun ein Kompass war.

Vorsichtig nahm Rhegad den Gegenstand zwischen zwei Krallen und öffnete den Deckel. Die Zahlen um die Uhrzeiten waren verschwunden, stattdessen sah er die verschiedenen Himmelsrichtungen Norden, Osten, Süden und Westen. Wo das Ziffernblatt war, war nun eine feuerrote Nadel, die nach Süd-West zeigte. »Danke«, stammelte Rhegad. »Was kann ich dir dafür geben?«

Aber Ol' Ted winkte ab. »Tue mir nur einen Gefallen und bring meinen Schatz wieder auf den Grund des Sees. Hier wird er sonst schnell geklaut.«

Rhegad kam der Bitte nach, verabschiedete sich von dem

Leprechaun und schwang sich wieder in den Himmel. Er kontrollierte noch einmal den Kompass, der nach wie vor in Richtung Süd-West zeigte. Der Drache flog los, seiner neuen Heimat entgegen.

Elliot klappte das Buch zu und war verwirrt. Warum hatte ihm seine Mutter diese Geschichte aufgeschrieben? Gewisse Parallelen waren klar. Der Drache suchte nach einer Heimat, was sinnbildlich für die Suche nach dem Weg nach Avalon stand. Aber wie half ihm diese Geschichte? Er würde kaum einen Leprechaun auftreiben können.

Er sah auf die Uhr. Es war weit nach Mitternacht, und er hätte schon seit Stunden schlafen sollen, wenn er am nächsten Tag nicht völlig fertig auf der Arbeit erscheinen wollte. Widerwillig legte er die beiden Bücher auf den Nachttisch, löschte das Licht und schlief, auch wenn sich seine Gedanken noch lange um Rhegad und seine Reise drehten.

Am nächsten Morgen jagte ihn das höllische Piepen seines Weckers aus dem Bett. Elliot schlurfte ins Bad und machte sich fertig. Als er zurück ins Zimmer kam, sah er die beiden Bücher auf seinem Nachttisch liegen. Er konnte nicht genau sagen, warum, aber ihn beschlich das Gefühl, dass er die Bücher nicht so herumliegen lassen sollte. Vielleicht war es besser, wenn sein Vater nicht über seine Nachforschungen stolperte. Denn wenn seine Vermutungen stimmten, wusste sein Dad, warum seine Mutter verschwunden war. Er stopfte die Bücher in den Schrank und versteckte sie unter einem Stapel frisch gewaschener Unterhosen.

Auf dem Weg nach unten fiel ihm auf, dass etwas anders war. Der vertraute Lärm des Fernsehers fehlte. Er hörte genauer hin, aber die Glotze war ausgeschaltet. Nicht mal das verräterische Brummen der Röhre war zu hören, das immer da war, selbst wenn der Ton stumm geschaltet war. Als er in die Küche kam, gab es die nächste Überraschung. Sein Vater saß am Küchentisch und hatte Frühstück gemacht. Es standen zwei Gläser mit Orangensaft auf dem Tisch und ein Teller für ihn mit Käsebroten. Aber das war noch nicht alles. Denn sein Dad war geduscht und rasiert. Er konnte sich nicht erinnern, wann er seinen Vater das letzte Mal ohne Dreitagebart und fettige Haare gesehen hatte.

»Setz dich bitte«, sagte John Craig kurz. Wenn er Elliots Überraschung über die Situation bemerkte, ließ er es sich zumindest nicht anmerken.

Elliot kam der Bitte nach, sagte aber nichts.

»Theodore war gestern hier«, begann sein Vater, »du machst dich wohl ganz gut. Auch wenn du bereits am ersten Tag in Ärger verwickelt warst, das musst du von deiner Mutter haben.«

Elliot erwiderte nichts.

»Die Welt, in die du gerade eintauchst, ist nicht ganz ungefährlich. Ich habe dich zu Theodore geschickt, damit wir wieder etwas im Kühlschrank haben«, sagte er und zeigte auf die belegten Brote. »Aber bitte mach einfach nur deinen Job und handle dir keinen Ärger ein. Ich kann nicht noch jemanden verlieren.«

»Was meinst du damit?«, fragte Elliot. Er wusste genau, was sein Vater damit meinte, aber er sollte es selbst aussprechen.

»Nichts«, sagte der nur und ließ seinen Blick zum Fenster schweifen.

»Es geht um Mum, oder? Sie hat uns nicht verlassen, weil sie sich nach einem neuen Leben sehnte.«

Sein Vater sah überrascht aus. »Genug«, fuhr er Elliot an.

»Kein Wort mehr darüber. Wir stehen eh schon unter Beobachtung, seitdem du im Merlin-Center angefangen hast.«

Das hatte Elliot am eigenen Leib erfahren. Er erinnerte sich nur zu gut an die Verfolgungsjagd im Wald. »Was wollen die von uns?«, fragte er.

»Momentan nur reden, denke ich. Mich haben sie heute früh im Supermarkt überrascht, als ich gerade den Orangensaft gesucht habe«, sagte er und zeigte auf die vollen Gläser. »Sie haben mich über deine Arbeit ausgefragt. Was du für Theodore machst. Wann du Feierabend hast, und wann du beginnst. Solche Sachen. Also lass dich einfach auf nichts ein, was dir irgendwie komisch vorkommt, okay?«

Elliot nickte, weil sein Vater das so von ihm erwartete und es ihm eine lange Diskussion ersparen würde. Aber eines fragte er dann doch. »Warum war Theodore überhaupt hier?« Ihm kam das komisch vor, denn die letzten Tage hatte sein Chef immer einen beschäftigten Eindruck gemacht.

»Nur ein Gespräch unter alten Bekannten«, erwiderte sein Vater nichtssagend, »und jetzt iss dein Frühstück, bevor du zu spät zur Arbeit kommst.«

Elliot sah auf die Uhr. In zwanzig Minuten erwartete ihn Gerry. Er kippte das Glas Orangensaft hinunter und nahm die beiden Scheiben Brot, klappte sie zusammen und lief in den Garten. Zum Glück hatte er die Schnellreisetickets und musste nicht mit einem Bus durch den morgendlichen Berufsverkehr durch Edinburgh. Das war ein großer Vorteil, wenn man eh schon knapp dran war.

Als Elliot im Merlin-Center ankam, hatte er noch einen Augenblick Zeit, bevor seine Schicht anfing. Außerdem nahm es Gerry ohnehin nicht so genau mit den Arbeitszeiten.

Er schlenderte durch die Reihen der Waffenkammer und auch, wenn er versuchte, es sich nicht anmerken zu lassen: Er hatte ein Ziel. Sein Ziel war athletisch und hatte spitze Ohren. Unauffällig ließ er seine Augen über das Arsenal an scharfen Klingen schweifen, während er nach Soleil Ausschau hielt. Ihm kam ein Mann entgegen, zehn Jahre älter als er, der ebenfalls die Arbeitsuniform trug. Die Weste spannte sich über seinem voluminösen Bauch, und die Knöpfe drohten, sich in Geschosse zu verwandeln. Er hatte langes ungekämmtes Haar und ein kleines Ziegenbärtchen. Er sah nicht wie jemand aus, der einen im Umgang mit Zwei-Hand-Schwertern und Äxten beraten konnte.

»Hey«, sagte Elliot.

Der Mann blieb stehen und musterte ihn. »Grüß dich, wie kann ich helfen?«

»Ich bin auf der Suche nach Soleil, weißt du, wo sie ist?« Elliot merkte, wie ihm die Röte ins Gesicht stieg. Dabei wollte er nur mit ihr sprechen und hatte keine weiteren Absichten.

Sein Gegenüber lächelte, als würde er genau verstehen, was Elliot vorhatte. »Tut mir leid, hab sie schon seit geraumer Zeit nicht mehr gesehen.

»Oh, okay«, sagte Elliot. »Danke trotzdem.«

»Gerne«, sagte der Mann und verschwand wieder in der endlosen Halle aus Regalen und Waffen.

Elliot spürte ein ungutes Gefühl in der Magengegend, und ausnahmsweise lag das nicht am Frühstück. Soleil schien sich nicht offiziell krankgemeldet zu haben. Hoffentlich war sie nicht von einem Bus überfahren worden oder Schlimmeres, dachte er. Dann würde er sie nie über Avalon ausfragen können. Er hatte sich irgendeinen Hinweis erhofft, was die ganzen Puzzle-Steine für ihn zusammensetzen würde. Zwar hatte er die Geschichte rund um den Drachen Rhegad aufmerksam studiert, war aber weiter ratlos. Es musste in dem Text eine Botschaft geben, die ihm bisher entgangen war. Bevor er sich aber Gedanken darüber machen konnte, musste er erst mal seine Schicht zu Ende bringen.

Als er durch die Tür in den Schuppen trat, saß Gerry am Tisch und las die Tagesausgabe des Highland Herold.

»Guten Morgen«, sagte der Buffaloman, ohne hinter der Zeitung aufzublicken.

Elliot erwiderte die Begrüßung und las die Schlagzeilen. »Preise für Goldtinte steigen drastisch«. Das Wort *drastisch* war fett und in roter Farbe abgedruckt. Die nächste lautete: »Ungeheuer von Loch Ness nimmt sich eine Auszeit«. Elliots Blick blieb daran kleben.

»Was hat das zu bedeuten?«

»Was?«, fragte Gerry, und das Rascheln des Papieres war zu hören, als er endlich hinter der Zeitung hervorblickte.

»Dass sich das Ungeheuer von Loch Ness eine Auszeit nimmt«, antwortete Elliot.

Gerrys linke Augenbraue schob sich langsam hoch. »Dass das Ungeheuer von Loch Ness Urlaub macht«, sagte er irritiert, als zweifelte er, ob Elliots Frage ernst gemeint war. »Das Ungeheuer macht den Job jetzt schon seit«, er überlegte kurz, »sehr vielen Jahren. Da hat es sich eine Pause doch mal verdient, oder etwa nicht?«

»Das Ding gibt es wirklich?«

»Erst mal ist es respektlos, es ein Ding zu nennen. Und natürlich gibt es das Ungeheuer wirklich.«

Immer wenn Elliot glaubte, er hatte langsam alles gesehen und gehört, traf ihn ein neuer Hammer. »Es ist also keine Erfindung irgendwelcher Spinner?«

»Nein, eigentlich war es eine Idee des Tourismusverbandes von Schottland. Sie wollten die Gegend um Loch Ness ein bisschen aufpeppen, und wie es so ist, war einer aus dem Vorstand mit einem Zwerg über ein paar Ecken verwandt, der einen Cousin hatte, der wiederum Martyn kannte.«

»Martyn?«

»So heißt das Ungeheuer eigentlich. Mittlerweile nennt es aber tatsächlich kaum noch jemand bei seinem richtigen Namen«, antwortete Gerry und fuhr dann mit der Geschichte von Martyn, dem Ungeheuer von Loch Ness, fort. »Also haben sie Martyn gefragt, ob er sich nicht in Loch Ness niederlassen möchte. Und Martyn hat ja gesagt. Manche sagen, dass er schon immer das Rampenlicht gesucht hat.«

»Als Nächstes willst du mir noch weißmachen, dass es Bigfoot ebenfalls gibt«, sagte Elliot kopfschüttelnd.

Wieder schob sich die Augenbraue bei Gerry hoch.

Elliot hakte nicht weiter nach. Ein Ungeheuer am Tag reichte.

»Fleisch steht schon hinter dem Schuppen, wenn du loslegen willst«, sagte Gerry.

Elliot nickte, ging wieder nach draußen und betrachtete den Berg Fleisch auf dem Anhänger. Er fing an, die Brocken für die Seebären rauszusortieren, und schleppte sie in großen Kübeln wieder nach drinnen. Das Trennen der Knochen vom Fleisch ging ihm mittlerweile leichter von der Hand. Die Bewegungen wurden gewohnter und routinierter.

Nach der Fütterung der Gnolle und Seebären marschierten Gerry und er wieder durch den Wald, beobachteten Feen und trafen Brontos. So verbrachten sie auch die nächsten Tage, und Elliot begann, Gefallen an seinem neuen Alltag im Merlin-Center zu finden. Gerry war es wichtig, betonte er immer wieder, dass Elliot sich erst komplett sicher und zu Hause in den Gehegen fühlte, bevor er auf eigene Faust losdurfte. Manchmal ließ Gerry ihn im Schuppen alleine, vor allem wenn der Büffel die Drachendame Gertrude besuchen ging. »Ich weiß nicht, wic sic auf Fremde reagiert«, sagte Gerry mehr als einmal.

Elliot hatte dann ein Auge auf die Besucher. Einen Vorfall wie am ersten Tag gab es nicht mehr, aber ein bisschen mehr Aufmerksamkeit schadete nicht. Er beobachtete die Seebären, die wie dicke, behaarte Fetttorpedos unter der Wasserfläche hin und her schossen. Haie sahen wie zahnlose Häschen im Vergleich zu diesen Tieren aus.

Es verging kein Feierabend, an dem er nicht mit aufmerksamem Blick durch die Waffenkammer schlenderte. Soleil war wie vom Erdboden verschluckt. Wenn er sich bei einem ihrer Kollegen erkundigte, bekam er immer wieder dieselbe Antwort. »Ist noch nicht aufgetaucht.« Er kam sich langsam blöd vor, aber machte sich vor allem Sorgen. Er entschloss sich, bei Theodore nachzufragen, was los war.

Er lief den langen Korridor zum Büro des Direktors hinab. In Gedanken ging er das Gespräch durch, um nicht wie ein Idiot dazustehen. Das machte er auch immer vor Telefonaten. Manchmal schrieb er sich sogar ganze Sätze auf, um sie vor lauter Aufregung nicht durcheinander zu bringen.

Elliot atmete tief ein und klopfte dann an der Tür zu Theodores Büro. Die Luke öffnete sich, und Mr. Hurley schielte raus. Die smaragdgrünen Augen fixierten ihn für einen kurzen Augenblick, dann fiel die Luke wieder zu. Durch die Tür hörte Elliot eine gedämpfte Stimme. »Lass ihn schon rein.« Es war Theodore, und ein paar Sekunden später sprang der Zugang auf.

»Elliot, schön, dass du da bist. Nimm Platz«, sagte er. »Ich wollte eh mal mit dir sprechen.«

Hoffentlich war nicht wieder jemand in das Gehege gefallen, oder die La Flamencs hatten eine fette Rechnung geschickt, die er nun abstottern sollte. Egal, was es war, Theodore würde es ihm gleich erzählen. Also nahm er auf dem gepolsterten Holzstuhl Platz, der für Gäste am Schreibtisch des kleinen, rundlichen Mannes bereitstand.

»Trockenfleisch?«, fragte Theodore und hielt ihm ein Stück hin. »Stammt vom bayrischen Wolpertinger ab. Schwer vor die Flinte zu bekommen, aber ein Gaumengenuss. Ist momentan ein Dauerbrenner in unserer kulinarischen Abteilung.«

Elliot hatte keine Ahnung, was ein Wolpertinger war, griff aber zu, weil er nicht unhöflich sein wollte. Er nahm einen Bissen und war vom salzigen Geschmack, der durch den Trocknungsprozess entstand, überrascht. Das Fleisch selbst schmeckte nach Wald und Moos. »Danke«, sagte er und wusste, dass er kein großer Fan von Wolpertinger-Trockenfleisch werden würde.

Theodore setzte sich in seinen Sessel, ordnete ein paar Papiere auf dem chaotischen Schreibtisch und widmete sich dann wieder Elliot. »Mir ist zu Ohren gekommen, dass du dir vor ein paar Tagen ein Buch über Avalon ausgeliehen hast.«

Elliot merkte sofort, wie er sich verkrampfte. »Ich möchte ein bisschen mehr über diese Welt erfahren, in der ich jetzt arbeite«, erwiderte er und nahm sich diese Lüge selbst nicht ab.

»Elliot, du kannst ehrlich zu mir sein. Ich weiß über deine Familiengeschichte sehr gut Bescheid. Nach allem, was dein Vater mir erzählt hat, sogar besser als du selbst.«

Die Worte trafen genau ins Schwarze, und Elliot schluckte einen dicken Kloß herunter.

»Ich habe deinem Vater versprochen, dass du deiner Mutter in ihrem Bestreben nicht nacheiferst. Das war die Bedingung, dass du hier anfangen kannst«, fuhr Theodore fort und blieb schon wieder allgemein. »Er will dich nicht auch noch verlieren.«

»Merkt man leider nicht«, flüsterte Elliot. Seit Jahren machte sein Vater keinen Finger für ihn krumm, sondern vegetierte nur wie ein Stück Gemüse vor dem Fernseher vor sich hin. Kaum vorstellbar, dass er in Sorge um seinen Sohn war. Hätte Elliot den Job nicht verloren, würde er immer noch Burger braten und nie auch nur einen Funken von all dem erfahren. Sein Vater hätte ihn einfach im Dunkeln gelassen.

»Nimm es ihm nicht zu übel. Auch er hat viel durchgemacht und ist an der ganzen Geschichte kaputtgegangen.« Man sah Theodore an, wie er mit den richtigen Worten rang. »Er ist kein schlechter Mensch, Elliot. Merk dir das bitte. Aber er musste Erfahrungen machen, die ihn fürs Leben gezeichnet haben.«

»Was für Erfahrungen?« Elliot wollte endlich Antworten haben und keine Andeutungen.

Aber Theodore schüttelte nur mit dem Kopf. »Das soll er dir lieber selbst mal erklären.«

Elliot wollte widersprechen, endlich Klartext verlangen, aber stattdessen akzeptierte er die Antwort.

»Also, wie kann ich dir helfen?«, fragte Theodore.

Elliot hatte sein Anliegen schon völlig vergessen und wurde von der Frage überrumpelt. »Soleil«, sagte er und merkte, dass das kein ganzer Satz war. »Sie fehlt schon seit ein paar Tagen, und ich wollte mal nachfragen, ob du vielleicht weißt, was los ist. Ihre Kollegen meinten, sie hätte sich nicht krankgemeldet.«

Theodore musterte ihn mit einer Mischung aus Misstrauen und Neugier. Elliot bemerkte sofort, dass der alte Kauz ihm seine Lüge nicht abnahm. Er bereitete sich auf ein Fragengewitter oder eine Abfuhr vor, stattdessen gab ihm Theodore recht. »Sie hat sich wirklich nicht abgemeldet, was ungewöhnlich für sie ist. Bisher war sie immer zuverlässig gewesen. Aber was willst du denn von ihr?«

Elliot lief sofort rot an. »Nichts«, nuschelte er, »nur mal fragen … ob, ähm … ob sie okay ist.« Keine sonderlich überzeugende Vorstellung, das merkte er selbst.

Theodore sah ihn über seine Nickelbrille hinweg an. »Gute Frage, lieber Elliot. Das weiß ich leider auch nicht. Aber wir täten gut daran, es herauszufinden, meinst du nicht?«, sagte Theodore und kramte einen Block Schnellreisetickets hervor. Er kritzelte etwas auf eine der Seiten, riss den Zettel heraus und überreichte in Elliot. *Moonshire Street 17, Aviemore.* »Kannst du mir einen Gefallen tun und da am Sonntag vorbeischauen?«

Der Sonntag war morgen und Elliots einziger freier Tag. Trotzdem willigte er sofort ein. »Klar, bin ja schnell da«, sagte er und hielt das Schnellreiseticket in die Luft. Mit öffentlichen Verkehrsmitteln hätte er für die Strecke mindestens drei Stunden gebraucht, mit dem Schnellreiseticket war es eine Angelegenheit von Sekunden.

»Danke, Elliot. Aber bevor du da klingelst, solltest du wissen, dass die Familie Boulanger«, er seufzte, »das soll jetzt nicht beleidigend klingen, aber sie sind kein einfacher Umgang. Nimm dich vor den beiden Zwillingsbrüdern in Acht, Halunken sind das. Und erwähne meinen Namen oder das Merlin-Center lieber nicht.«

Das klang nicht wie eine kurze Stippvisite, sondern eher nach einem Auftrag für James Bond, dachte Elliot. Böse Zwillingsbrüder und verbrannte Erde. »Noch etwas, was ich wissen sollte?«, fragte er.

Theodore überlegte kurz. »Ein Gastgeschenk. Du darfst nie bei Elfen zu Hause ohne Gastgeschenk auftauchen. Sie würden dich und deinen Familienbaum über Jahrhunderte verfluchen.«

Elliot erwog für einen Sekundenbruchteil, ob das seiner Familie womöglich widerfahren war. Das würde zumindest vieles erklären. »Hast du eine Idee?«

Theodore sah sich im Raum um, wirkte aber nicht zufrieden. Dann fiel sein Blick auf das Trockenfleisch. »Lass dir einen Präsentkorb fertig machen. Grüß Manny von mir, sie wird dir gerne helfen.«

Elliot kam sich komisch vor, morgen mit einem Präsentkorb bei einer Elfenfamilie zu klingeln, die er nicht kannte, weil er sich nach der Tochter erkundigen wollte. Das alles gab ein schrecklich falsches Bild ab, fand er. Und er wusste jetzt schon, dass es ihn sehr viel Überwindung kosten würde. Trotzdem willigte er ein und verabschiedete sich von Theodore, der ihm Erfolg wünschte.

Als er auf die Uhr schaute, war das Merlin-Center seit einer halben Stunde geschlossen. Mit etwas Glück traf er aber noch jemanden in der Feinkostabteilung an. Die meisten Mitarbeiter waren eine ganze Zeit damit beschäftigt, ihre Abteilungen wieder aufzuräumen und zu putzen. Gerry und er selbst gehörten allerdings nicht dazu.

Er marschierte zum Fahrstuhl und ließ sich in die richtige Etage bringen. Als die Tür aufging, stand er vor der Brüstung, von der man einen Ausblick auf den Empfangsbereich des Merlin-Centers hatte. Der freischwebende Kronleuchter schwebte immer noch an seinem Platz, und Excalibur steckte fest in dem Sockel. Elliot überlegte kurz, ob er sich mit dem Schwert mal beschäftigen sollte – schließlich war es Teil der Artussage und hatte deswegen womöglich eine Verknüpfung mit Avalon. Das Klirren von Schlüsseln riss ihn aber aus seinen Gedanken, und er fuhr herum.

Er sah auf das Delikatessengeschäft, vor dem eine Frau stand, die gerade dabei war abzuschließen.

»Entschuldigung, sind Sie Manny?«

Die Frau drehte sich überrascht um. Ihre lockigen braunen Haare lagen auf den Schultern, und eine schwarze Schürze spannte über ihrem massigen Körper. Sie musste Anfang vierzig sein und hatte die Erscheinung einer gestandenen Frau, die zu Weihnachten nicht nur ein Fünf-Gänge-Menü für die Familie auf den Tisch zauberte, sondern darüber hinaus auch noch alle Geschenke besorgte und den Tannenbaum schmückte.

»Hundert Punkte«, sagte sie mit einem herzlichen Grinsen. »Und du bist?

»Elliot Craig, ich habe vor kurzem hier angefangen. Theodore schickt mich, damit Sie mir einen Präsentkorb fertig machen können.«

»Freut mich, Elliot. Eigentlich wollte ich gerade zuschließen, aber ich mach heute mal eine kleine Ausnahme«, sagte sie. Sie schloss die Tür zur Feinkostabteilung wieder auf und öffnete die Tür. »Dann komm mal mit.«

Elliot folgte ihr in den Laden. Es roch nach würzigem Fleisch und pikantem Käse. Geräucherte Würstchen hingen im Wechsel mit Schinken in langen Schlangen von der Decke. Säcke voll gelben, roten und grünen Gewürzen standen vor Regalen mit Pfifferlingen, Makronen und allerhand Dingen, die Elliot leider nicht benennen konnte. Es war wie ein Süßigkeitenparadies, bloß mit Wurst, Käse, Gewürzen, Broten, Pflanzen und Fisch. Die Lebensmittel lagen entweder frei aus oder waren in großen Einmachgläsern luftdicht verschlossen. Nichts war eingeschweißt oder in Plastiktüten eingewickelt. Elliot fühlte sich wie in einem Öko-Laden für mittelalterliche Lebensmittel.

»Für wen darf das Geschenk denn sein?«, fragte Manny.

»Für eine …«, Elliot überlegte kurz, »Mitarbeiterin und ihre Familie. Theodore möchte sich erkenntlich zeigen für ihre gute Arbeit.«

»So so, ich habe noch kein Dankeschön von Theodore bekommen«, sagte Manny und konnte sich ein Grinsen nicht verkneifen. »Mensch, Zwerg, Elfe oder etwas anderes?«

»Elfe«, antwortete Elliot. »Ist das wichtig?«

Sie grinste wieder. »Du bist noch nicht so ganz vertraut mit der magischen Welt, oder? Zwerge lieben stinkigen Käse und gutes Fleisch, während man Grünzeug lieber weglassen sollte. Ganz im Gegenteil bei den Elfen. Sie lieben alles, was der Natur entstammt. Bei Menschen kann man allgemein nicht viel verkehrt machen, außer man erwischt einen Vegetarier.«

Elliot hörte ehrlich interessiert zu. »Was ist mit Buffalomen?«

»Du hast also schon Bekanntschaft mit Gerry gemacht. Büffel sind vor allem Pflanzenfresser, und das trifft auch auf unseren Tierfreund zu. Wobei ich ihn bei der einen oder anderen Firmenfeier schon mal vom Käse naschen gesehen habe. Wie viele Personen?«

Im Kopf überschlug Elliot, was er wusste. Sie hatte zwei Brüder, und wenn er davon ausging, dass ihre Eltern noch lebten … »Fünf, glaube ich.«

»Alles klar«, sagte Manny und verschwand kurz hinter

der Ladentheke. Sie bückte sich und kam mit einem großen Weidenkorb wieder hoch. »Irgendwelche Wünsche?«

Elliot zuckte mit den Schultern.

»Also gut, ich mach einfach mal.« Manny lief die großen Regale ab, in der Pflanzen und Gemüse gelagert wurden. Gelegentlich blieb sie stehen, nahm etwas aus der Auslage und legte es in ihren Weidenkorb, den sie unter den Arm geklemmt hatte. Nach und nach füllte sich der Korb und wuchs zu einem wilden Gewächs aus verschiedenfarbigen Kräutern, Blüten und Gemüse an. Fünf Minuten später kam sie mit einem Anflug von Stolz im Gesicht zurück.

»Das Ding hier«, sagte sie und zeigte auf den Korb, »ist für jeden Elf wie Weihnachten, Geburtstag und die Geburt von Merlin zusammen. Hyberianische Heilkräuter, Rosenblüten aus den Hängenden Gärten von Semiramis und Karotten, Gurken und Kürbisse irischer Küstenbauern. Und diese Pilze hier«, sagte sie und nahm eines der Exemplare aus dem Korb, »stammen aus den norwegischen Wäldern. Sie werden dort von einem Riesen Namens Hoelm gezüchtet. Nicht günstig, aber jeden Taler wert.«

Elliot hatte sich nur die Hälfte behalten. Er betrachtete den Präsentkorb und hatte das Gefühl, er hätte den Auftrag, ein paar Karnickel zu füttern. Keine Frage, das Grünzeug war hübsch anzuschauen, und er hatte noch nie so große Karotten gesehen. Aber es blieb eben Grünzeug, mit dem man ein paar Nager fütterte. Die Vorstellung, damit bei der Familie Boulanger aufzutauchen, bereitete ihm Unbehagen. Das lag aber nicht nur am Präsentkorb. »Danke«, nuschelte er und nahm den vollgepackten Korb entgegen. »Hält das noch bis morgen?«

»Keine Sorge, alles was hier ausliegt, wird nicht mit normalem Wasser gegossen. Das bleibt auch noch eine Woche so grün und kräftig, bevor es welk wird. Sonst müssten wir ja jeden Tag die ganze Ware wegschmeißen. Was für eine Verschwendung das wäre«, sagte sie und schüttelte den Kopf.

»Okay, vielen Dank. Was macht das?«

»Läuft über die Rechnung des Direktors«, sagte Manny.

Elliot verabschiedete sich und ging mit dem Präsentkorb unterm Arm zurück zum Fahrstuhl. Dort drückte er den Knopf für den Eingangsbereich und stand einen kurzen Augenblick später in der großen Empfangshalle. Es war nicht mehr viel los, ein paar ihm unbekannte Kollegen schlossen noch Geschäfte ab, schoben Schilder und Utensilien durch die Gegend oder verließen das Merlin-Center. Er war keine zehn Meter mehr von der großen Flügeltür entfernt, als sich eine Person aus dem Schatten zu seiner Linken schob. Elliot zuckte zusammen.

»Wann kann ich wieder mit dem Buch rechnen?« Es war die alte Kröte aus der Buchabteilung. Elliot mochte sie nicht, und er war ihr offensichtlich auch nicht sympathisch.

»Oh, bis wann brauchen Sie es denn zurück?« Elliot hatte gedacht, dass er mehr Zeit haben würde. Er hatte das Buch von einer dicken Staubschicht befreien müssen, es schien nicht sehr gefragt.

»So schnell wie möglich. Schließlich ist es Eigentum des Merlin-Centers und soll verkauft werden. Also achten Sie bitte auch auf den Zustand«, sagte sie mit einer herablassenden Art, wie Erwachsene mit Kindern sprachen.

»Selbstverständlich«, sagte Elliot, weil es das war, was die Alte hören wollte. »Reicht Ihnen Ende nächster Woche?«

»Montag wäre gut«, antwortete sie mit einem aufgesetzten Grinsen.

Das war übermorgen. Bis dahin hätte Elliot nie im Leben das komplette Buch durchgelesen, und er war sich sicher, dass es noch ein paar nützliche Informationen in sich trug. Er erwog für einen kurzen Augenblick, das Buch selbst zu kaufen, wollte aber kein Geld von seinem Lohn für so einen Luxus ausgeben. Das konnte er machen, wenn sein Vater und er endlich in eine bessere Wohnung umgezogen waren.

»Okay, kein Problem«, sagte er und schob sich an ihr vorbei. »Schönen Feierabend«, rief er ihr zu, während er das Merlin-Center verließ.

Am nächsten Morgen fühlte sich Elliot völlig geschlaucht. Obwohl er ausgeschlafen hatte, fühlte er sich, als hätte er kein Auge zugemacht. Er hatte sich hin und her geworfen und war vor lauter Gedanken an seinen bevorstehenden Besuch bei der Familie Boulanger nicht zur Ruhe gekommen. Außerdem bereitete ihm Theodores Warnung vor den Zwillingsbrüdern Sorgen. Zum Frühstück bekam er keinen Bissen runter, und er zögerte den Moment immer weiter hinaus, bis er am frühen Nachmittag endlich im Garten stand. Mit zitternden Händen holte er das Schnellreiseticket aus seiner Hosentasche. Dann griff er nach dem Feuerzeug in der anderen Tasche. Er klemmte sich den Präsentkorb unter den Arm. »Bitte lass das gut gehen«, flüsterte er und zündete das Ticket an.

KAPITEL 8

Elliot kam sanft auf dem Boden auf. Mittlerweile hatte er sich an das Schnellreisen gewöhnt, und sein Magen machte keine Anstalten mehr, seinen Inhalt auf den Asphalt zu befördern. Der Präsentkorb hatte die Reise überstanden. Wie durch ein Wunder hatte er unterwegs nicht die Hälfte des Grünzeugs verloren, wobei es wohl mehr Magie als ein Wunder war.

Ein bisschen Magie hätte aber auch Aviemore gut gestanden – oder zumindest der Moonshire Street. Elliot war nie in diesem kleinen Örtchen gewesen, kannte es aber vom Hörensagen, weil viele Touristen von hier zu ihren Wanderungen in die Cairngorm Mountains aufbrachen. Er vermutete, dass sie auf ihrem Weg nicht durch die Moonshire Street kamen. Der Asphalt war aufgeplatzt, und die wenigen Häuser, die hier standen, waren verlassene Ruinen. Hier konnte man sehen, was passierte, wenn sich die Natur ihren Raum zurückeroberte. Pflanzen wucherten an den Fassaden hoch, und Löwenzahn breitete sich in den Rissen der Straße aus. Holzlatten, die mal Teile eines Gartenzaunes gewesen waren, lagen achtlos in der Gegend. Elliot würde in Zukunft nicht mehr so schlecht über das eigene Zuhause denken und hoffte, dass hier niemand mehr leben musste. Die Straße wurde von großen Nadeltannen gesäumt, die einen Teil des Sonnenlichts abschirmten. Für die Tageszeit war es ungewöhnlich dunkel. An diesem Ort würde Elliot eher Vampire als Elfen erwarten. Hoffentlich lag er mit seinem Verdacht falsch.

Langsam schlenderte er die Straße auf der Suche nach der Hausnummer siebzehn hinab. Auch wenn die Schnellreisetickets einen immer sehr nah an das Ziel brachten, sie setzten einen nie genau davor ab. Warum das so war, wusste Elliot nicht, aber vielleicht funktionierten Magie und Zauberei noch schlechter als Navigationssysteme.

Das richtige Haus zu finden entpuppte sich als kleine Herausforderung. Denn ein Großteil der ruinenähnlichen Gebäude hatte keine Nummer mehr am Briefkasten oder der Häuserwand. An einem Gebäude stand die Zahl Sechzehn – oder war es eine auf den Kopf gedrehte Neun? Die zweite Ziffer war ein Stück tiefer als die erste, möglich also. Elliot konnte nur raten, was korrekt war. Klar war aber, dass die Siebzehn nicht weit weg war.

Er drehte sich auf der Stelle um und sah auf eine heruntergekommene Villa. Sie hatte eine große Veranda, zwei Etagen mit einem ausladenden Balkon. Zu besseren Zeiten war das hier etwas gewesen, was man Anwesen nannte. Ein Grundstück, wo sich reiche Menschen am Wochenende trafen, um bei Hummer und Whiskey über die Lage am Aktienmarkt zu diskutieren. Heutzutage war die Villa nicht mal mehr den abgeplatzten Lack an der Außenfassade wert. Es war sprichwörtlich eine Bruchbude. Die Fenstergitter hingen schief in den Angeln, das Holz war nass und aufgequollen, und ein paar Stufen zur Veranda waren eingebrochen. Wenn hier jemand wohnte, konnte es ihnen nicht viel besser als ihm und seinem Vater gehen, dachte Elliot. Aber es war eines der wenigen Häuser, die überhaupt bewohnbar aussahen. Er versuchte sein Glück.

Er ging hinüber und öffnete das Tor des Metallzauns. Die Tür quietschte laut, und wenn jemand da war, dann wusste er spätestens jetzt von Elliots Ankunft. Für einen Moment spielte er mit dem Gedanken, wieder umzudrehen und Theodore zu erzählen, er hätte das richtige Haus nicht gefunden. Das war gar nicht gelogen, wenn man den Umstand missachtete, dass er gar nicht wirklich gesucht hatte. Aber zumindest an einem Haus wollte er klingeln.

Er lief den kurzen Weg durch den verwilderten Garten, ging die Veranda hinauf – wobei er die durchgebrochenen Bretter übersprang – und stand vor der Tür. Es gab keine Klingel, nur einen verrosteten Türklopfer. Er hatte die Form einer Baumkrone. Elliot nahm all seinen Mut zusammen und schlug damit zweimal gegen die Tür. Es war laut genug, um sogar sein Herzklopfen zu übertönen. Lange passierte nichts, und Elliot sah sich bereits auf dem Heimweg. Auf keinen Fall wollte er noch mal klopfen. Das hätte aufdringlich oder unhöflich wirken können – zumindest redete er sich das ein. Aber Elliot hatte Glück (oder Pech), und von drinnen hörte er ein stumpfes, rhythmisches Schlagen. Wie eine Trommel, die immer näher kam. Während er noch überlegte, ob er gerade bei einem Piraten angeklopft hatte, der mit einem Holzbein den Flur entlanglief, öffnete sich die Tür.

Ein alter, hagerer Mann schaute auf ihn hinab. Er war mindestens ein Kopf größer als Elliot, der schon ungewöhnlich groß war. Aber bei seinem Gegenüber handelte es sich weder um einen Menschen noch um einen Piraten. Es war ein Elf ohne Holzbein, aber mit Gehstock. Das Haar war schulterlang und hing silbern glänzend ungeordnet hinab. Er trug einen dunkelblauen Morgenmantel, den er mit einer Kordel um seine dünne Hüfte zusammengebunden hatte. Seine Augenbrauen bildeten ein strenges V auf seiner Stirn.

»Was wollen Sie?«, die Worte waren so klar und scharf, dass sie die Luft durchschnitten.

»Ich, ähm«, Elliot bekam vor lauter Aufregung mal wieder keinen geraden Satz zusammen. »Ist Soleil da?«

Das V auf der Stirn wurde noch spitzer. »Wer möchte das wissen?«

»Elliot Craig«, wie zum Beweis hob er den Präsentkorb in die Luft.

»Und was möchten Sie von meiner Tochter?«

»Ich habe mir Sorgen gemacht, weil wir sie seit einiger Zeit nicht mehr gesehen haben.«

»Dann kann ich Sie beruhigen. Ihr geht es gut«, sagte er monoton und wollte die Tür wieder schließen.

Elliot schob den Präsentkorb zwischen Tür und Schloss, so dass die Tür blockiert wurde. Er war selbst überrascht von so viel Einsatz. »Kann ich sie kurz sprechen? Ich habe auch eine kleine Aufmerksamkeit mitgebracht.«

Für einen Moment sah der Elf so aus, als würde er ihn für diese Unverschämtheit, die Tür zu blockieren, an Ort und Stelle mit dem Stock verprügeln wollen. Und trotz seines hohen Alters, vermutete Elliot, war er dazu auch in der Lage. Beim Anblick des Grünzeugs wurde sein Blick aber ein bisschen weicher.

»Fünf Minuten«, sagte er. »Kommen Sie, die Zeit beginnt jetzt.«

Der Mann humpelte den Flur hinab und Elliot folgte ihm. »Schuhe aus, Sie Flegel. Sind Sie auf dem Bahnhof groß geworden?«, fuhr ihn der Alte an.

»Entschuldigung«, murmelte Elliot und zog seine abgetretenen Vans aus.

Sie liefen einen langen, dunklen Korridor hinab. An der Wand hingen Ölgemälde, die die letzten Jahre oder Jahrzehnte vor allem damit verbracht hatten, Staub zu fangen. Schwere rote Vorhänge hingen vor den Fenstern und ließen so nur wenig Sonnenlicht in das Gebäude.

»Das können Sie da abstellen«, sagte der Alte und zeigte erst auf den Präsentkorb und dann auf eine Kommode, als sie in einem Raum ankamen, offenbar dem Wohnzimmer der Villa. Ein Kamin mit offenem Feuer zeugte davon, dass es der Familie Soleil wirtschaftlich schon mal besser ergangen war. Die Wände waren mit Regalen zugestellt und mit Folianten vollgestopft. Eine kleine Bibliothek. Persönliche Gegenstände, Fotos oder Accessoires wie eine Uhr oder ein Spiegel fehlten. Ganz zu schweigen von der absoluten Abstinenz von elektronischen Dingen wie einem Fernseher oder Radio. Es war, als wäre das Zimmer im 19. Jahrhundert stehen geblieben und alles, was ein paar Pfund wert war, verkauft. Abgesehen vom Kamin und den Büchern befanden sich zwei opulente Ledercouches in dem Zimmer, die einander gegenüber und vertikal zur Feuerstelle standen. Zwischen ihnen war ein kleiner Holztisch mit einer Glasplatte. Das alles wurde von einem feuchten Muff überlagert.

»Setzen Sie sich«, sagte der Elf, und Elliot kam dem Wunsch nach. Das Leder war hart und ungemütlich. Der hagere Mann verschwand im Flur, und das Klopfen seines Gehstocks auf dem Dielenboden wurde immer leiser. So konnte er sich zumindest nicht von hinten anschleichen, dachte Elliot. Der Mann und das Haus waren ihm unheimlich. Er wollte die ganze Sache möglichst schnell hinter sich bringen.

Während er wartete, versuchte er, sich abzulenken, und las die Buchrücken. Es waren überwiegend alte, historische Schinken über die Geschichte von England, Schottland, Adelsgeschlechter und der Monarchie. Er erblickte ein Buch über alle bekannte Teesorten, zumindest versprach das der Titel. Nichts, was auf Avalon oder einen phantastischen Hintergrund schließen ließ.

»Elliot, was machst du denn hier?«

Er war so in den Anblick der Bücher vertieft, dass er gar nicht mitbekommen hatte, dass Soleil im Türrahmen stand.

»Ich wollte nach dir schauen, klären, ob alles okay ist«, sagte er und wunderte sich über die dicke Lederschürze, die sie trug. »Theodore hat sich Sorgen gemacht«, schob er entschuldigend hinterher.

Soleil hob eine Augenbraue, kam dann hinein und setzte sich auf die Couch gegenüber. »Ich habe mich doch bei ihm abgemeldet«, sagte sie ernsthaft verwundert.

»Sicher? Er hat mich extra hergeschickt.«

»Ich habe mir zwei Wochen freigenommen, um meinem Vater zu helfen. Kupfer ernten ist ein ziemlicher Knochenjob«, sagte sie und klopfte wie zum Beweis auf die dreckige Schürze.

»Deine Kollegen dachten, dass du krank bist oder so«, warf Elliot zu seiner Verteidigung ein.

»Das war ich auch – und dann ging es mir wieder besser, und ich habe mir noch spontan freigenommen, weil ein großer Auftrag reinkam«, erwiderte sie und sah ihn immer noch irritiert an. »Eigentlich weiß Theodore das aber auch, ich hatte mich abgemeldet, wie gesagt.«

»Abgemeldet?«

»Abgemeldet«, antwortete Soleil. »Wie man das macht,

wenn man Urlaub beantragt. Hoffentlich wird Theodore nicht senil.«

»Immerhin ist mit dir alles in Ordnung«, erwiderte Elliot und versuchte, vom Thema abzulenken. Er würde ein ernsthaftes Wort mit seinem Chef sprechen müssen. »Theodore hat mir extra einen Präsentkorb mitgegeben.«

»Da hat sich mein Dad bestimmt gefreut.«

Wenn ihr Vater so aussah, wenn er sich freute, wollte Elliot nicht wissen, wie er aussah, wenn er mal wirklich schlecht gelaunt war.

Eine unangenehme Stille entstand, und in Elliot wuchs der Drang, sich möglichst schnell wieder zu verabschieden. Aber er wollte auch wegen einer anderen Sache mit ihr sprechen.

»Kennst du Avalon?«

Soleil starrte ihn ungläubig an und begann dann zu lachen. »Machst du Witze? Natürlich kenne ich Avalon. Das gehört zu unserer Geschichte wie der Zweite Weltkrieg zu eurer.«

Mal wieder kam sich Elliot wie ein Idiot vor. Das passierte ihm in letzter Zeit erschreckend oft. »Meine Mutter«, fing er an, hörte dann aber das verräterische Klopfen des Gehstocks im Gang.

»Die fünf Minuten sind vorbei«, rief Soleils Vater aus dem Flur.

»Eine Sekunde noch, Dad«, antwortete sie. »Ich komm gleich runter.« Dann widmete sie sich wieder Elliot. »Also, was möchtest du wissen?«

»Meine Mutter wurde von der Inquisition eingekerkert, weil sie wohl eine Formel zum Öffnen des Portals nach Avalon gefunden …« Weiter kam Elliot nicht, weil Soleil ihn unterbrach.

»Moment, du bist der Sohn von Cecile Craig? Ich hätte es mir denken können. Dabei dachte ich, es ist nur Zufall, weil jeder zweite Schotte Craig heißt.«

»Du kennst meine Mutter?«

»Jeder im Merlin-Center kennt deine Mutter. Der Highland Herold widmete ihr tagelang die Titelseite, als sie verschwunden war. Für die Inquisition war sie eine Terroristin, die eine Revolte angezettelt hat. Aber für viele von uns war sie eine Heldin.«

»Warum ist das mit Avalon so wichtig?«

»Unsere Vorfahren kommen von da, Elliot. Wir sind wie Gestrandete auf einer Insel, die auf ein Boot in die Heimat warten. Nicht alle wollen zurück, aber hier können wir nicht wir sein, sondern müssen uns verstellen oder verstecken. Sonst gibt es Ärger mit der Inquisition.«

»Ich glaube, meine Mutter hat mir eine Botschaft hinterlassen.«

»Soleil, kommst du jetzt?«, brüllte ihr Vater wieder. Dieses Mal wesentlich energischer und mit einem Nachdruck, der Ärger vermuten ließ, der über einen Abend Stubenarrest hinausging.

»Ich hol dich morgen von der Arbeit ab, okay? Für zwei, drei Stunden werden sie hier bestimmt auf mich verzichten können. Dann beantworte ich dir gerne alle deine Fragen.«

»Danke«, sagte Elliot.

Soleil brachte ihn zur Tür, wo sie sich verabschiedeten. Elliot entschied sich, nicht gleich das Rückreiseticket zu nutzen, sondern die Straße ein Stück hinab zu wandern. Soleils Worte hatten einen Gedankenprozess ins Rollen gebracht, und er hatte die Befürchtung, dass aus diesem Schneeball schon bald eine Lawine werden würde.

Wenn es stimmte, was er vermutete, nämlich, dass ihm

seine Mutter die Avalon-Formel in dem Kinderbuch hinterlassen hatte, dann besaß er den Schlüssel zur Heimat Hunderter Fabelwesen, die hier gestrandet waren. Er könnte das ignorieren, schließlich war er seiner Mutter nichts schuldig. Auch wenn er bei weitem nicht mehr so wütend auf sie war, seit er wusste, dass sie ihn nicht freiwillig verlassen hatte. Die Inquisition hatte sie geschnappt, und nun verrottete sie in einem Gefängnis irgendwo bei Rom. Ein Schicksal, das auch ihm blühte, wenn er sich einmischte.

In seinen Gedanken verloren, merkte er nicht, wie sich zwei Gestalten von hinten näherten.

»Ey, Stumpfohr, bleib mal stehen«, sagte eine raue Stimme, und eine Hand packte ihn an der Schulter.

Elliot zuckte zusammen und hätte fast das Gleichgewicht verloren, als er herumgerissen wurde. Er sah in die Gesichter zweier junger Elfen. Sie waren kaum zu unterscheiden, hatten beide markante Wangenknochen, kraftvolles langes silbernes Haar und hätten für ein Modemagazin Modell stehen können, wären die spitzen Ohren nicht gewesen. Sie trugen die gleiche Lederschürze wie Soleil, und Elliot hatte einen Verdacht, wer da vor ihm stand: die Zwillinge.

»Was willst du von unserer Schwester?«, fragte der Linke.

»Lässt lieber die Finger von ihr, okay?«, schob der Rechte hinterher, bevor Elliot antwortete. Sie waren identisch. Wenn er für einen Moment die Augen schließen und sie schnell den Platz wechseln würden, er würde es nicht bemerken.

»Wir sind nur Arbeitskollegen«, erwiderte Elliot trotzig. Schon seit Tagen musste er Anspielungen und Andeutungen über sich ergehen lassen, wenn er nach Soleil fragte.

»Interessiert uns nicht«, sagte der Linke.

»Kein Stück, verstanden?«, führte der Rechte fort.

»Mit Stumpfohren wie dir machen wir kurzen Prozess. Habt uns genug Ärger gemacht.« Wie zum Beweis spannten sie beide ihre Armmuskeln an. Elliot hatte keinen Zweifel, dass sie ihn ungespitzt in den Boden rammten, wenn er ihnen einen Anlass gab. Er fühlte sich wie in einem schlechten Film. Es fehlte nur, dass sie ihre Sätze gegenseitig beendeten. »Wollte eh gerade gehen«, antwortete Elliot.

»Ist auch besser so.«

»Genau, ist besser für dich.«

»Also, schönen Tag noch«, sagte Elliot.

»Wehe, wir sehen dich hier wieder«, drohte einer von ihnen.

»Dann kommst du nicht so glimpflich davon«, rief der andere.

Elliot hatte nicht vor, noch mal hier in Aviemore aufzutauchen. Soleils Familie schien nicht allzu viel von Besuch zu halten.

Abends im Bett hatte er das Kinderbuch seiner Mutter und den Wälzer über Avalon vor sich ausgebreitet. Elliot musste sich eingestehen, dass er überfordert war. Er würde bald eine Entscheidung treffen, ob er seiner Spur nachgehen oder so tun sollte, als wäre nichts gewesen. Die Vorteile dafür lagen klar auf der Hand: weder Ärger noch Gefahren. Darauf war Elliot nicht aus. Aber eine Stimme trieb ihn an, mehr über Avalon herauszufinden und die Mission seiner Mutter zu Ende zu bringen. Wenn er es schaffen würde, wäre ihr Opfer nicht umsonst gewesen. Kurz spielte er mit dem Gedanken, seinen Vater auf die ganze Sache anzusprechen. Ihn zu fragen, was er von Avalon weiß und warum er nichts unternommen hatte, um seine Mutter vor der Inquisition zu beschützen. Er entschied sich aber, keine schlafenden

Hunde zu wecken. Sein Vater hatte ihn ausdrücklich davor gewarnt, sich auf irgendwas einzulassen. Diese Sache fiel eindeutig in die Kategorie »Irgendwas«.

Er versteckte die Bücher wieder im Schrank und versuchte zu schlafen. Heute hatte er schon genug über Probleme nachgedacht.

Als er am nächsten Morgen auf der Arbeit auftauchte, blieb ihm eine knappe halbe Stunde bis zum Arbeitsbeginn. Im Merlin-Center wuselten bereits zahlreiche Kollegen umher und bereiteten alles vor. Manchmal hatte Elliot den Eindruck, dass das Merlin-Center mehr Mitarbeiter beschäftigte, als es Kunden gab. Wäre es ein normales Kaufhaus, hätte es schon längst Insolvenz anmelden müssen. Aber für Waren, die das Merlin-Center verkaufte, gab es keinen Online-Markt.

Elliot marschierte den dunklen Korridor zu Theodores Büro hinab. Er wollte von der Begegnung mit Soleil berichten, dass sie sich eigentlich freigenommen hatte. Als er vor der Tür stand, klopfte er zweimal. Er erwartete die smaragdgrünen Augen des dicken Katers, die ihn misstrauisch mustern würden, wurde aber enttäuscht. Niemand reagierte auf sein Klopfen, weder Mr. Hurley noch sein Herrchen. Eigenartig, dachte Elliot, bisher hatte er Theodore hier zu jeder Tages- und Nachtzeit angetroffen. Vielleicht war er im Kiltgeschäft und führte wieder Bewerbungsgespräche mit ahnungslosen Seelen.

Er fuhr mit dem Fahrstuhl zur Waffenkammer und lief zur Hütte. Gerry war noch nicht da, und Elliot entfachte ein kleines Feuer im Kamin. Ihm war nicht kalt, aber sein Vorgesetzter würde einen Tee trinken wollen, und dafür benötigten sie kochendes Wasser.

Elliot nahm den Wasserkessel vom Tisch, wobei sein Blick auf ein Dokument fiel. Es sah wie eine Rechnung aus, und Elliot war zu neugierig, um nicht genauer hinzuschauen. Er las die ersten Zeilen, und wenn er das Blatt Papier korrekt verstand, hatte das Merlin-Center bei einer gewissen Jonna Jagersman einen Pegasus gekauft. Elliot kannte die geflügelten Pferde aus der griechischen Mythologie. Im Betreff *Abholung* war der kommende Donnerstag vermerkt.

Elliot war so vertieft in das kleine Schriftstück, dass er gar nicht bemerkte, wie Gerry sich dem Schuppen näherte. Eigentlich war das unmöglich, denn der Buffaloman verursachte immer Krach wie eine Herde Wildpferde. Er schnaubte mit seinen Nüstern laut aus, wenn er marschierte, und jeder Schritt ließ den Boden erzittern.

»Guten Morgen, Elliot«, sagte Gerry. »Wie ich sehe, hast du soeben von unserem Neuankömmling erfahren.«

»Ja, ähm.« Elliot kratzte sich am Hinterkopf. Er fühlte sich ertappt, als hätte er in vertraulichen Unterlagen herumgeschnüffelt.

»Möchtest du Donnerstag mitkommen? Dann kommst du mal raus und siehst etwas anderes.«

»Gerne«, sagte Elliot etwas überrascht. »So einen Pegasus sieht man ja auch nicht alle Tage.«

»Alle Tage wäre gut«, sagte Gerry und ließ sich auf einem der Stühle nieder. »Seit Ewigkeiten wurde keiner mehr gesehen. Der letzte soll in einem Sturm über Griechenland umgekommen sein. Einfach vom Blitz getroffen«, er schüttelte betrübt den Kopf.

»Und nun ist wieder einer aufgetaucht?«

»Scheint so. Die alte Jagersman ist ein zäher Hund und war dem Pegasus schon seit Monaten auf der Spur. Theodore hat tief in die Tasche gegriffen, um das Tier für unsere Sammlung zu bekommen.«

Elliot hängte den Wasserkessel in die Vorrichtung über dem Kaminfeuer.

»Hast du heute etwas anderes für mich zu tun als sonst?« Er hatte kein Problem damit, Fleisch von Knochen zu trennen und die Knochen an die Seebären und das Fleisch an die Gnolle zu verfüttern. Aber er wäre über ein bisschen Abwechslung froh. Allgemein gab es nicht viel für ihn zu erledigen, deswegen war er für jede Aufgabe dankbar. Gerry wäre ohne Probleme alleine zurechtgekommen.

Der Bison überlegte kurz. »Wir brauchen neuen Seetang für die Nixen. Eigentlich sollten wir gestern schon eine Lieferung bekommen, aber bisher ist noch nichts da. Frag nachher mal bei Manny nach, was los ist.«

Das war nicht, was sich Elliot unter einer aufregenden Aufgabe vorstellte, aber zumindest war es eine Abwechslung. Und wenn die Nixen Seetang verlangten, würde er ihnen welchen besorgen.

Nachdem der Buffaloman das Fleisch vom Zwerg abgeholt und Elliot alles zubereitet hatte, fütterten sie ihre Problembären und -gnolle satt. Wieder mal hatte sich eine kleine Kindertraube um sie gebildet, die begeistert verfolgten, wie die Seebären aus dem Wasser schossen. Elliot beantwortete zahlreiche Fragen der Kleinen. Wo kommen die Seebären her? Warum sind die Gnolle so hässlich? Macht es Spaß, im Merlin-Center zu arbeiten? Kinder waren neugierig und manchmal auf ihre ganz eigene Art anstrengend, aber das war ihm lieber als wichtigtuerische Erwachsene.

Wenn er mal eine Frage nicht beantworten konnte, versprach er, sich bei Gerry zu informieren und das nächste Mal eine Antwort zu geben. So eignete er sich mit der Zeit selbst ein solides Grundwissen über die Fabelwesen des Merlin-Centers an.

Am frühen Nachmittag, als der Andrang etwas nachließ, verließ Elliot die Abteilung für Fabelwesen und lief zum Fahrstuhl. Die Waffenkammer war gut besucht, wobei er den Eindruck hatte, dass die Leute auch hier mehr zum Schauen als zum Kaufen kamen. Er selbst war früher oft in Einkaufszentren gegangen, um an den Konsolen zu spielen. Für ihn war das immer wie Weihnachten und Geburtstag gleichzeitig, weil der Kauf einer eigenen Konsole utopisch war. Nicht selten kam irgendwann jemand vom Personal und forderte ihn freundlich, aber unmissverständlich auf, dass auch noch andere Kunden gerne einen Blick auf das Gerät werfen wollten. Dann ging Elliot einfach in ein anderes Geschäft und spielte dort.

Er sah Zwerge, die Äxte prüfend in den Händen wogen, und einen Elfen, der mit zwei Dolchen an einer Attrappe trainierte. Alles geschah unter den aufmerksamen Blicken der Belegschaft. Während Gerry und er zu zweit waren, gab es hier mindestens zwanzig Angestellte, die alle die gleiche Uniform wie Elliot trugen. Scheinbar wollte Theodore nicht riskieren, dass jemand sich selbst aufspießte oder köpfte.

Er fuhr – beziehungsweise teleportierte sich – mit dem Fahrstuhl in den zweiten Stock und ging in das Feinkostgeschäft. Der Laden war proppenvoll, Manny und ihr Team waren gut beschäftigt. Jeder Kunde diktierte einem Angestellten die gewünschten Lebensmittel, und der lief dann los und sammelte alles ein. Service der alten Schule.

Manny verabschiedete gerade einen gedrungenen Mann, der sogar für einen Zwerg zu massig war. Er hatte sich einen Käselaib unter den Arm geklemmt, der groß genug war, um als Einrad für den Herren durchzugehen.

Als Manny Elliot sah, hatte sie einen Anflug von Panik im Gesicht. »War etwas mit dem Präsentkorb nicht in Ordnung?«, fragte sie aufgeregt.

»Sie haben sich sehr darüber gefreut«, sagte Elliot.

»Das will ich hoffen«, sagte Manny zufrieden. »Wie kann ich dir dann helfen?«

Elliot erzählte ihr von Gerrys Bitte, sich nach der Seetang-Lieferung für die Nixen zu erkundigen.

»Lass mich mal nachschauen«, sagte die resolute Frau und verschwand in einer Kammer hinter dem Tresen. Es dauerte einen Augenblick, und Elliot hatte schon die Befürchtung, mit leeren Händen zurückzukehren, da kam sie mit einer großen Kiste wieder raus in den Verkaufsraum. Auf dem Holz waren asiatische Schriftzeichen angebracht, die er nicht verstand.

»Die Meerjungfrauen haben aber einen mächtigen Appetit«, sagte sie und stellte die Holzkiste vor seinen Füßen ab.

Elliot ging nicht darauf ein. Seine Gedanken waren woanders. Wie konnte er so dumm sein. Nixen waren Meerjungfrauen, darauf hätte er selbst kommen können. In dem Kinderbuch spielten Meerjungfrauen und Drachen eine große Rolle. Sie waren die Schlüssel für den Kompass in eine Heimat. Langsam glaubte er nicht mehr, dass das alles eine kryptische Metapher war, sondern wörtlicher zu verstehen, als ihm lieb war. Er musste seine Theorie unbedingt mit Soleil besprechen.

»Bei Merlins Barte, alles in Ordnung? Du siehst aus, als hätte ich dir gerade eine Kiste lebendiger Ziegenspinnen hingestellt.«

»Alles … danke«, stammelte Elliot, schnappte sich die Kiste und verließ die Feinkostabteilung. Er lief nicht gleich zu Gerry, sondern marschierte zu Theodores Büro. Energisch hämmerte er an die Tür. Dieses Mal inspizierten ihn die Kateraugen, abschätzig wie immer. Trotzdem schwang die Tür auf, und Elliot trat ein.

Theodore saß wie gewohnt hinter seinem Schreibtisch, vor ihm ein Stapel Papiere, die er durchging. Er hatte seine kleine Nickelbrille aufgesetzt und schaute darüber hinweg zu Elliot. »Wie kann ich dir helfen?«

»Ich will endlich mal ein paar Antworten«, sagte Elliot.

»Dafür müsstest du Fragen stellen«, erwiderte Theodore und setzte seine Brille ab.

»Warum haben Sie mir gesagt, dass Soleil sich nicht abgemeldet hätte? Ich war gestern da, sie hat Urlaub.«

»Damit du hingehst und mit ihr sprichst«, antwortete Theodore, als hätte er Elliot erklärt, was zwei plus zwei ergibt.

Wieder so eine leere Floskel, mit der er nichts anfangen konnte. »Das hätte ich auch nächste Woche noch machen können.«

»Aber hat deine Sache eine Woche Zeit?«, fragte ihn Theodore.

»Was wissen Sie darüber?«

»Gar nichts, Elliot. Als Leiter des Merlin-Centers würde ich mich nie in so einen Komplott gegen die Inquisition einlassen. Die würden den Laden hier schneller hochnehmen, als wir Hokuspokus sagen könnten. Und glaub mir, die warten nur auf einen guten Grund. Aber ich kann schlecht jeden meiner Mitarbeiter überwachen, oder? Alles, wofür ich mich interessiere, sind gute Geschäfte.«

Langsam verstand Elliot.

»Deine Mutter hat dir eine Anleitung hinterlassen, das hat sie mir in einem ihrer letzten Briefe geschrieben. Einen Weg nach Avalon, Elliot. Ich kenne ihn nicht, und ich möchte davon auch gar nichts wissen. Ich habe Verantwortung für alle von uns, die hier leben. Elfen, Zwerge, Nixen, Feen. Sie alle sehnen sich nach ihrer Heimat. Solange es also keinen Weg dorthin gibt, werde ich dafür sorgen, dass sie es hier so gut wie möglich haben.«

»Aber warum öffnet die Inquisition den Weg nach Avalon nicht einfach, um euch alle loszuwerden?«

»Das ist keine Einbahnstraße«, sagte Theodore nachdenklich. »Man öffnet das Portal nach Avalon nicht mal eben, schickt alle rüber und schließt es wieder. Die Inquisition ist in einer gemütlichen Lage. Sie müssen nur auf Zeit spielen, dann sterben wir aus. Es würden auch nicht alle zurückgehen. Nicht wenige haben sich hier ein Leben aufgebaut. Aber alleine, dass diese Möglichkeit bestünde, Avalon zu bereisen, würde für viele die Erfüllung ihres Lebenswunsches bedeuten.«

»Ich habe dieses Buch von …«, fing Elliot an, aber Theodore hob eine Hand und signalisierte ihm damit zu schweigen.

»Ich möchte davon nichts wissen. Wie schon gesagt: Ich werde dir keine Steine in den Weg legen und dich, wenn es sein muss, auch in die richtige Richtung schubsen. Aber ich kann nicht Teil der Verschwörung werden. Verstanden?«

»Verstanden«, sagte Elliot.

»Soleil ist eine mutige und tapfere Frau. Außerdem ist sie erfahren im Umgang mit Schwertern, und ihr Stammbaum lässt sich bis nach Avalon zurückverfolgen. Ich wette, dass ihre Kindheit voll mit Geschichten der magischen Insel war. Sie kann dir helfen, und deswegen habe ich dich gestern zu ihr geschickt. Ist deine Frage damit beantwortet?«

»Ja.«

»Elliot, es ist wichtig, dass du das Ausmaß verstehst. Einen

Weg nach Avalon zu suchen ist, als würde man einen Anschlag auf die Queen planen. Deine Mutter war so etwas wie die Staatsfeindin Nummer eins des Vatikans. Triff deine Entscheidung nicht leichtfertig, okay?«

»Verstanden. Eine Frage noch: Ist es Zufall, dass ich ausgerechnet in der Abteilung für Fabelwesen gelandet bin? Ich meine, bei all den Drachen und Meerjungfrauen ist das kein ungefährlicher Job.«

Für den Bruchteil einer Sekunde brach Theodores Pokerface in sich zusammen. Es war nur ein Funkenschlag, aber Elliot hatte seine Antwort bekommen, bevor sein Chef antwortete. »Ich dachte, du könntest dich bei Gerry und den Tieren wohl fühlen«, sagte Theodore. »Wenn du ein Problem damit hast, finden wir bestimmt noch einen anderen Einsatzort.«

»Alles in bester Ordnung, danke«, sagte Elliot freundlich und verabschiedete sich. Er hatte alle Antworten, die er brauchte. Theodore hatte ihn geholt, weil er wusste, dass Elliot die Avalon-Formel besaß. Nicht im Original, aber seine Mutter hatte ihm eine Abschrift hinterlassen, und die lag in seinem Rucksack im Schuppen. Das Kinderbuch war der Schlüssel nach Avalon. Er stand vor der Wahl, die passende Tür dafür zu finden. Eine Entscheidung, die ihm Magenschmerzen bereitete. Selbst Theodore hatte scheinbar Angst vor der Inquisition. Aber das waren Dinge, über die er sich nachts den Kopf zerbrechen würde. Jetzt warteten ein paar Damen auf ihren vegetarischen Snack.

Eine halbe Stunde später stand Elliot mit Gerry auf der Wasseraussichtsplattform. Die Kiste mit dem Seetang lag verschlossen vor ihnen.

»Wir werfen die Kiste einfach so da rein?«, fragte Elliot.

»Na klar, wenn wir den Seetang lose reinwerfen, trägt die Strömung ihn nur davon. So können sich die Damen ihre Portion abholen und selbst einteilen«, antwortete Gerry.

Der Büffel hob die Kiste mit einer Hand an und warf sie ins Meer. Sofort tauchten ein paar Seebären auf, die das Gefäß wie hungrige Haie umkreisten. Sie bemerkten aber schnell, dass es sich nur um ein bisschen Holz handelte, und nahmen Abstand von ihrer potenziellen Beute. Wie Torpedos schossen sie wieder davon und lauerten auf eine andere Gelegenheit.

»Wieso fressen die Seebären eigentlich nicht die Meerjungfrauen?«, fragte Elliot.

»Die Nixen haben Möglichkeiten, sich zu verteidigen«, brummte Gerry. »Bin mir sicher, dass sie das mal probiert und es dann lieber gelassen haben.«

Elliot konnte sich nicht vorstellen, wie es eine Meerjungfrau mit einem Seebären aufnehmen sollte. Die Dinger waren wie gefräßige Piranhas, bloß zwanzigmal größer. Meerjungfrauen kannte er nur aus Büchern und Filmen. Sie kamen ihm nie gefährlich oder bedrohlich vor, aber er war auch nicht heiß darauf, es herauszufinden.

Soleil hielt Wort. Kaum hatte das Merlin-Center geschlossen, stand sie vor dem Schuppen.

»Du hast Besuch«, sagte Gerry, der ihre Anwesenheit als Erster bemerkt hatte.

Elliot verabschiedete sich und lief nach draußen. Soleil trug heute keine Lederschürze, sondern ein ärmelloses Kleid mit Blumenmuster. Wieder fielen Elliot ihre muskulösen Oberarme und das breite Kreuz auf. Er verstand, was Theodore meinte: Diese Frau war ein exzellenter Bodyguard und konnte es mit vielen Gefahren aufnehmen. Egal ob es sich dabei um die Inquisition, Gnolle oder ihre Zwillinge handelte. Für einen kurzen Augenblick überlegte er, ob er sie zur Begrüßung umarmen sollte, entschied sich dann aber für einen freundschaftlichen Wink mit der Hand.

Sie erwiderte die Begrüßung. »Wollen wir?«

»Gerne«, sagte Elliot.

Gemeinsam marschierten sie durch das Merlin-Center und verließen es durch die große Eingangstür.

»Hast du einen Plan, wo wir hinkönnen?«, fragte sie ihn. Der Wind der Highlands brachte ihr Haar durcheinander, was sie aber nicht weiter kümmerte.

Er überlegte kurz, sie mit zu sich nach Hause zu nehmen, aber er hatte keine Lust, seinem Vater zu erklären, wer Soleil war und was sie vorhatten. *»Hey Dad, das hier ist eine gute Arbeitskollegin, und wir wollen nur kurz nach einem Weg suchen, das Portal nach Avalon zu öffnen. Du weißt schon, diese Sache, für die Mum in den Knast gegangen ist.«* Das kam überhaupt nicht in Frage. Und wenn er nicht die Wahrheit sagen würde, wäre sein Vater sicher in der Lage, sich selbst etwas zusammenzureimen, und Elliot wusste genau, was es war. Ihm war klar, dass er sich wie ein Teenager verhielt, aber er hatte bisher nur wenige Erfahrungen – wenn das Rumknutschen mit Betty Simmons auf Klassenfahrt im Alter von dreizehn überhaupt galt – gesammelt, und deswegen mied er das Thema lieber komplett. »Leider nicht so wirklich. Mein Vater sieht es genauso gerne wie deiner, wenn ich Besuch habe«, sagte er entschuldigend.

»Kein Problem«, antwortete Soleil und zog ein Schnellreiseticket aus ihrer Handtasche. »Komm, nimm meine Hand« sagte sie. Elliot griff zu. Ihre Haut war nicht weich und samtig, wie er es von einer Elfe erwartet hätte. Sie war rau, und Soleil hatte einen festen Griff, wie ein Schmied, der jeden Tag mit einem Hammer hantierte. »Darf ich bitten?«, fragte sie und deutete auf das Schnellreiseticket.

Elliot brauchte einen Moment, bis er verstand, was sie erwartete. Dann holte er sein Feuerzeug aus der Tasche und zündete das Ticket an. Es brannte schnell herunter, und sie wurden hoch in den Himmel gezogen.

KAPITEL 9

Die Schwerkraft holte sie wieder auf den Boden zurück. Elliot sah sich um. Sie waren von Bäumen umringt, und vor ihnen lag ein kleiner See, in dem sich die untergehende Sonne spiegelte. Autos oder Lärm waren nicht zu hören, nur das Zwitschern einiger Vögel in den Baumkronen. Es war wunderschön.

»Wo sind wir hier?«, fragte Elliot.

»Ein kleiner Wald bei Aviemore. Ich komme gerne hierher, wenn ich meine Ruhe vor der Familie haben möchte. Los, setzen wir uns, und dann erzählst du mir alles.«

Sie setzten sich in das Gras am Ufer. Elliot sah auf den See und beobachtete kleine Fische, die sich unter der Wasseroberfläche tummelten. Er atmete tief ein und verstand zum ersten Mal, was Leute damit meinten, wenn sie sagten, dass etwas nach Natur roch.

»Nett hier, oder?«, fragte Soleil, die ihn mit einem Lächeln beobachtete. »Wehe, du erzählst meinen Brüdern davon, dann muss ich dich leider umbringen«, sagte sie.

Elliot hatte keinen Zweifel daran, dass sie dazu in der Lage war. »Keine Angst, die beiden und ich werden wohl keine besten Freunde mehr.«

»Ihr kennt euch?«

Elliot erzählte ihr von der Begegnung mit den Zwillingen.

Soleil ließ sich genervt ins Gras fallen und atmete laut aus. »So sind sie, die Männer bei uns Elfen. Müssen immer auf die Frauen achtgeben, weil wir dazu ja nicht selbst in der Lage sind. Wenn du glaubst, dass die Gesellschaft der Menschen in Sachen Gleichberechtigung noch weit hinterherhinkt, dann hast du noch nie einen Abend mit Elfen verbracht. Mein Vater hat einen gigantischen Aufriss gemacht, als er mitbekommen hatte, dass ich im Merlin-Center arbeite. Aber ich hab ihm klargemacht, dass daran kein Weg vorbeiführt und er sich entscheiden kann, ob er mich deswegen rausschmeißt. Und hätte meine Mutter ihm nicht gut zugeredet, bin ich mir sicher, dass er es auch getan hätte«, sagte sie.

»Das tut mir leid«, erwiderte Elliot.

Soleil winkte ab. »Passt schon, aber deswegen bin ich über jede Minute froh, die ich zu Hause nicht mit dem Kupfer verbringen muss.«

»Was für ein Kupfer?«, fragte Elliot.

»Ach, unsere Familiengeschichte ist aufgebaut auf teuren Edelerzen. Zu Zeiten von Avalon sollen wir noch mit den kostbarsten Diamanten und Smaragden gehandelt haben, zumindest hat das meine Oma immer erzählt. Aber mein Opa hatte einige Fehler gemacht, sich mit den falschen Leuten angelegt. Eines Tages stand die Inquisition vor der Tür und hat alles konfisziert, was auch nur glitzerte. Gold, Juwelen, Diamanten, alles weg.«

»Was für falsche Leute?«

»Kennst du die Familie Le Flamenc?«

Der Name sagte Elliot allerdings etwas. Das kleine Mädchen, das in das Gehege gefallen war, war eine Le Flamenc, und ihr wütender Vater ebenfalls. »Leider ja.«

»Das waren unsere größten Konkurrenten. Sie waren, wie für Elfen typisch, ebenfalls im Edelsteingeschäft aktiv. Mein Opa ging davon aus, dass sie der Inquisition irgendwas untergeschoben haben, um uns zu diskreditieren. Mein Vater versucht seitdem, die Familie mit dem Verkauf von Kupfer über Wasser zu halten. Das Zeug steckt einfach überall drin. Reich wirst du damit nicht, aber wenigstens kann man sein Essen bezahlen. Und mit meinem Lohn aus dem Merlin-Center bin ich so etwas wie die Haupternährerin im Haushalt. Meinen Brüdern gefällt das natürlich überhaupt nicht.«

Elliot wusste, wie sie sich fühlte. Er selbst hatte sein ganzes Leben an der Armutsgrenze verbracht. »Mein Vater hat seit seinem Unfall nie mehr gearbeitet«, sagte er. »Ich musste mich auch immer darum kümmern, dass ein paar Pfund in die Kasse kommen. Wir leben in einer Bruchbude bei Edinburgh. Die Treppe ist eigentlich eine Todesfalle, und unsere Dusche besteht aus einer Wanne und einem Loch in der Wand, aus dem Wasser kommt.«

»Immerhin haben wir jetzt beide einen guten Job«, sagte Soleil. »Also, zeig mal her, was du bisher hast.«

Elliot kramte beide Bücher aus dem Rucksack. Er erklärte der Elfe, dass das Kinderbuch von seiner Mutter stammte und der Drache Rhegad auch in dem Buch über Avalon vorkam. Soleil sah sich die Kindergeschichte genau an. Sie blätterte hin und her, verglich den Text mit der Geschichte aus dem Wälzer über Avalon.

»Das ist das Einzige, was du von ihr hast?«

»Das Einzige«, bestätigte Elliot.

»Wenn man es so lesen will«, sagte sie nachdenklich,

»kann man es auf jeden Fall wie eine Art Anleitung lesen. Was man braucht, ist avalonisches Gold, die Strähne einer Meerjungfrau und Drachenfeuer.«

»Avalonisches Gold? In der Geschichte benutzen sie doch Gold aus Novala?« Elliot war verwirrt.

»Ich gehe stark davon aus, dass das ein Anagramm sein soll. Novala – Avalon. Falls die Inquisition das Buch in die Hände bekommen sollte, wollte deine Mutter vielleicht, dass sie wertvolle Zeit auf der Suche nach etwas vergeuden, das es gar nicht gibt. Allerdings … Selbst wenn wir alle Zutaten zusammenbekommen, wissen wir am Ende nur, wo sich Avalon befindet, aber noch nicht, wie wir das Portal öffnen.«

Damit hatte sie recht, das hatte Elliot nicht bedacht. »Meinst du nicht, dass es vielleicht noch immer da ist, ohne Kompass aber einfach nicht gefunden werden kann?«

»Lässt sich natürlich nicht ausschließen«, sagte sie nachdenklich. Ihren Blick hatte sie auf die Zeichnungen im Kinderbuch gewandt. »Aber dieser Geschichte fehlt etwas, was jede Kindergeschichte hat. Da steht kein *Ende*. Rhegads Geschichte endet also nicht mit seinem Flug aufs Meer, sondern beginnt vielleicht erst. Auf jeden Fall ist das kein normales Buch.«

Das klang schlüssig.

»Drachenfeuer und Meerjungfrauenhaar sind kein Problem. Wir wissen beide, wo wir das finden«, überlegte sie weiter. »Nur das avalonische Gold ist nicht so einfach zu beschaffen. Dem sagt man eine magische Energie nach, weshalb die Inquisition alle bekannten Bestände konfisziert hat. Erst vor 19 Jahren gab es deshalb umfangreiche Razzien. Außer natürlich, du heißt Le Flamenc«, den Namen sprach sie aus wie eine Krankheit. »Denen hat die Inquisition interessanterweise ihre Schätze gelassen.«

Elliot überschlug im Kopf die Jahre, und ihm kam ein Verdacht. »Was ist, wenn die Inquisition euer Gold beschlagnahmt hat, um zu verhindern, dass jemand damit ein neues Portal öffnet? Zeitlich würde es mit dem Verschwinden meiner Mutter übereinstimmen.«

Soleil zuckte resigniert mit den Schultern. »Gut möglich, Elliot. So oder so führt aber kein Weg daran vorbei, dass wir bei den La Flamencs einsteigen und uns ein Stück Gold besorgen müssen, wenn wir das wirklich durchziehen wollen.«

Elliot dachte an seine Begegnung mit den La Flamencs. Außerdem war er noch nie irgendwo eingebrochen oder hatte überhaupt irgendwas Verbotenes gemacht – wenn man von der ein oder anderen roten Ampel absah. »Du bist sicher, dass Theodore kein avalonisches Gold im Merlin-Center hat?«

»Absolut sicher, in der Hinsicht war die Inquisition sehr gründlich, und dank des Kinderbuches deiner Mutter wissen wir endlich auch, warum. Für uns kann das nur bedeuten, dass wir auf der richtigen Spur sind, Elliot.«

Elliot starrte auf den See hinaus und fragte sich, was in seinem Leben so schrecklich schiefgelaufen war. Für kurze Zeit hatte er geglaubt, dass endlich alles in Ordnung wäre: ein vernünftiger Job, ein fairer Chef und eine gute Bezahlung. Dafür nahm er gerne Gnolle, Drachen und Seebären in Kauf. Alles war endlich gut, bis sich herausgestellt hat, dass seine Mutter – die er nicht einmal kannte – ihm eine Botschaft hinterlassen hatte, die ihn zum gefährlichsten Mann für den Vatikan machte. Er wollte diesen Kampf nicht führen, aber konnte auch nicht einfach wegschauen, wenn

Unrecht geschah. Ob das eine seiner guten oder schlechten Angewohnheiten war, wusste er selbst nicht.

»Müssen wir das wirklich machen? Gibt es niemand anderen, eine Widerstandsgruppe oder so?«, fragte er mit einem Anflug von Hoffnung.

»Es gibt nur wenige, denen wir vertrauen sollten«, sagte Soleil und nahm ihm den Wind aus den Segeln. »Es gibt kaum eine Familie, gegen die die Inquisition nicht irgendwas in der Hand hat. Wer uns ans Messer liefert, kann also ein entspannteres Leben führen. Du solltest damit im Merlin-Center auf keinen Fall hausieren gehen, okay?«

»Klar«, sagte Elliot sofort. Er hatte nicht vor, das an die große Glocke zu hängen. Dafür waren Theodores Worte schon deutlich genug gewesen. »Was ist mit Gerry, kann der uns helfen?«

Soleil überlegte einen Augenblick. »Ich kenne ihn nicht sonderlich gut. Alles, was ich weiß, ist, dass er aus den USA kommt und zu jenen Nicht-menschlichen-Wesen gehört, die nicht aus Avalon stammen. Ich glaube, ihm kann man vertrauen, aber auch das sollte gut überlegt sein.«

»Okay«, sagte Elliot und schob den Gedanken erst mal beiseite. Wie es aussah, waren sie zu zweit, wenn sie das Unterfangen angehen wollten. Zumindest Elliot haderte noch mit seiner Entscheidung.

»Schlaf ruhig noch ein paar Nächte darüber. Ich verstehe, dass das keine einfache Entscheidung für dich ist. Du bist niemandem von uns etwas schuldig und auch deiner Mutter nicht. Aber meine Entscheidung steht fest. Ich werde nicht weiter zuschauen, wie meine Familie an den Repressalien der Inquisition zugrunde geht«, sagte sie entschlossen. »Lass uns in einer Woche darüber sprechen, wenn ich wieder auf der Arbeit bin, okay?«

Elliot stimmte zu. Sie blieben noch am See und erzählten sich Geschichten aus ihrer Kindheit. Er erfuhr viel über die Kultur der Elfen, und Soleil lernte, wie man einen perfekten Burger briet. Als die Sonne hinter den Baumkronen verschwand und es langsam dunkler und kälter wurde, verabschiedeten sie sich voneinander. Als Elliot ihr eine Hand hinhielt, nahm sie ihn in den Arm. Als sie sich wieder voneinander gelöst hatten, zündete sie ihr Schnellreiseticket an. Elliot blieb ein paar Minuten am See stehen und dachte über alles nach. Darüber, wie sein Leben gewesen war, wie sein Leben wohl werden würde, und über Soleil. Dann holte er den Block mit den Tickets aus der Tasche, kritzelte seine Anschrift drauf, zündete das Papier an und ließ sich in den Himmel ziehen.

Die Woche verlief wie im Flug. Jeden Morgen kümmerte sich Elliot um die Fleischabfälle, danach hatte er ein wachsames Auge auf die Kinder. Wenn es mal nichts zu erledigen gab, war sein Hirn mit der Frage beschäftigt, ob er eine Verschwörung gegen die Inquisition beginnen sollte oder nicht. Als Gerry ihn am Donnerstag zu sich rief und sagte, dass sie langsam losmüssten, sah Elliot ihn fragend an.

»Zur Jagersman. Du weißt schon, die, die den Pegasus hat.«

Das hatte Elliot völlig vergessen. »Okay, klar. Soll ich irgendwas mitnehmen?«, fragte er hektisch.

»Nicht nötig«, sagte Gerry. »Komm, wir gehen.«

Als sie die Abteilung für Fabelwesen verließen, die eigentlich ein Zoo war, schlossen sie die große Portaltür zu. »So geschieht den Tieren nichts, wenn wir weg sind«, sagte Gerry. Elliot hätte sich mehr Sorgen um die Besucher gemacht.

Als sie das Merlin-Center verlassen hatten, holte Gerry zu Elliots Überraschung kein Schnellreiseticket aus seiner Hosentasche hervor. Er hatte sich mittlerweile so an die Art der Reise gewöhnt, dass ihm alles andere komisch vorkam. Stattdessen hielt der Büffel einen kleinen braunen Würfel in der Hand. Er legte ihn vorsichtig auf den Boden. »Besser, wenn du einen Schritt zurückgehst«, sagte Gerry und drückte mit dem Zeigefinger auf die Oberseite, als hätte er den Knopf eines Fahrstuhls bedient. Der Buffaloman machte einen Satz zurück und betrachtete dann zufrieden das Geschehen.

Die Seiten des Würfels sprangen auf, und daraus klappten wiederum neue Seiten auf. In einem irrsinnigen Tempo, so dass Elliots Augen kaum folgen konnten, tauchten immer mehr Quadrate aus dem winzigen Würfel auf. In kürzester Zeit war der Boden auf der Fläche eines Jeeps bedeckt. Dann wuchs das Rechteck, das mittlerweile eine große, glatte Fläche war, in die Höhe. Nach ein paar Sekunden standen sie vor einem Gefährt, das wie eine Mischung aus Boot und Auto aussah. Es hatte kein Dach, und der Korpus lief spitz nach vorne zu. Vier Räder befanden sich an den Seiten, und alles hatte dieselbe braune Farbe. Elliot identifizierte ein eckiges Lenkrad und sah sogar einen Schaltknüppel. Es gab vier Sitzplätze, aber ohne Polster und Kopflehne.

»Was ist das?«, stammelte Elliot und hatte die Befürchtung, dass Gerry gleich mit diesem Auto, was mehr Amphibienfahrzeug war, durch die Highlands düsen wollte. Es würde keine fünf Minuten dauern, bis das Ding über die Klippen eines Abhangs stürzte.

»Ein Taschengefährt«, sagte Gerry zufrieden. »Mag diese Schnellreisetickets nicht, mir wird immer kotzübel. So dauert die Reise zwar länger, aber man hat zumindest eine nette

Aussicht. Und für einen Parkplatz muss ich auch nicht bezahlen.«

Der Büffel stieg ein und setzte sich an das Steuer. Sein massiger Körper ragte weit über das Taschengefährt hinaus. Er kramte dort, wo das Handschuhfach war, und holte eine Brille heraus. Sie hatte zwei runde Gläser, die von einem braunen Lederband zusammengehalten wurden. Der Büffel setzte sich die Brille auf und sah damit aus wie ein Pilot.

Elliot zitterten beim Gedanken, dass er gleich in ein Fahrzeug steigen würde, das von einem Büffel gesteuert wurde, die Knie. Plötzlich kamen ihm die Schnellreisetickets wie die sicherste Art der Fortbewegung vor.

»Kommst du? Wir sind schon spät dran.«

Elliot wollte am liebsten umdrehen, stieg aber ein. Er suchte einen Gurt, fand aber keinen. Er klammerte sich an die Seitenverkleidung des Taschengefährts. Die Oberfläche hatte die Maserung von Holz, war aber glatt wie Marmor.

»Dann wollen wir mal«, sagte Gerry und drehte den Schlüssel im Zündschloss um. Er legte einen Gang ein, ließ langsam die Kupplung kommen, und der Motor stotterte los. Elliot rechnete damit, dass sie den Hang hinabstürzten. Stattdessen stieg die Schnauze langsam empor, und Elliot verstand, was es mit der Fliegerbrille auf sich hatte. Das Taschengefährt schien sich unter dem Gewicht des Büffels in den Himmel zu quälen. Es wackelte und zuckelte wie ein ungezähmtes Pferd. Elliot hatte das Gefühl, sich jeden Moment übergeben zu müssen. Panisch klammerte er sich fest. Gerry hatte nicht vor, durch die Highlands zu fahren. Er wollte darüber hinweg fliegen.

Circa dreißig Minuten waren sie in der Luft, und Elliot

wünschte, er könnte die Aussicht genießen. Die Highlands von oben waren ein faszinierender Mix aus grünen, braunen und grauen Farbtupfern. Stattdessen verfluchte er sich dafür, dass er nicht mit dem Schnellreiseticket hinterhergereist war. Das Taschengefährt wackelte in der Luft wie ein Flugzeug unter Turbulenzen. Dem Büffel schien all das nichts auszumachen. Gerry war die Ruhe selbst, während sie durch die Wolken flogen.

»Schön hier oben, oder?«, fragte Gerry und versuchte, ein Gespräch anzufangen.

Er orientierte sich offenbar an einem kleinen Fluss, der sich durch die Highlands schlängelte wie ein Stück blaues Garn auf grün-grauer Wolle.

Elliot schüttelte nur den Kopf. Er war kreidebleich, denn statt sich auf die Steuerung des Taschengefährts zu konzentrieren, beschäftigte Gerry sich zwischendurch mit anderen Dingen. Der Motor klang immer mal wieder so, als hätte er kurze Aussetzer, und das Taschengefährt verlor plötzlich ein paar Meter an Höhe. Es war wie eine Schiffschaukel und sorgte für ein unschönes Gefühl in Elliots Magengegend. Der Bison schien es ihm anzusehen.

»Hast es gleich geschafft«, sagte Gerry und zeigte auf einen Fleck am Horizont. Mit Phantasie war es ein Haus. Der Büffel ließ das Flugzeug langsam sinken, und Elliot hoffte, dass er es unversehrt aus dem Fahrzeug schaffen würde. Als die Maschine aufsetzte, federte sie wieder hoch, und Gerry brachte sie erst nach ein paar Metern zum Stehen. Fast wären sie im Fluss gelandet.

Elliot stürzte hinaus und war noch nie so froh, das feuchte Moos der Highlands unter seinen Füßen zu spüren.

»Dann lass uns schauen, ob die alte Jagersman zu Hause ist«, sagte Gerry, schloss die Tür auf seiner Seite des Taschengefährts, wartete, bis es sich wieder in den kleinen Würfel verwandelt hatte, und steckte es ein. Mit großen Schritten ging er auf das Haus zu. Haus war eine nette Umschreibung, denn es sah aus, als hätte jemand lediglich ein paar grobe Steine aufeinandergetürmt und mit Bauspachtel verbunden. Das Dach bestand aus größtenteils kaputten Schindeln. Das Gebäude war nicht sonderlich groß, hatte zwei Fenster zur Vorderseite und eine Tür. Auffällig war aber das Wasserrad, das sich im Fluss drehte.

Elliot folgte seinem Chef mit wackeligen Schritten. Sein Körper hatte sich vom Ausflug noch nicht erholt. Als der Büffel an die Holztür klopfen wollte, öffnete sie sich bereits, und eine alte Frau stand im Türrahmen. Sie hatte kurzgeschorenes graues Haar, und die Falten in ihrem Gesicht wirkten so tief wie Ackerfurchen. Sie trug einen blauen Strickpulli, eine braune Cordhose und schwere schwarze Lederstiefel.

»Gerry, du dicker Bulle. Musst doch nicht klopfen, euch hat man in der Klapperkiste schon fünf Kilometer gegen den Wind gehört«, sagte sie und umarmte ihn. »Schön, dich wiederzusehen.«

»Freut mich auch«, antwortete Gerry. »Das hier ist Elliot.«

Jonna Jagersman musterte ihn mit dem Blick eines erfahrenen Cowboys, dem man einen Esel als Pferd verkaufen wollte. »Sieht noch sehr jung aus«, beschied sie.

»Hat gerade erst angefangen.«

»Also gut, kommt mal rein.«

Sie betraten das winzige Gebäude, und drinnen war es mindestens so chaotisch wie in ihrem Schuppen. Es gab ein kleines Bett, und als Decke dienten mehrere Tierfelle. An den Wänden hingen die ausgestopften Köpfe von Böcken, Hasen, Füchsen und Truthähnen. Elliot wusste nun, woher diese Frau ihren Namen hatte. Auf einem rostüberzogenen Herd köchelte es in einem kupferfarbenen Topf. Es roch nach totem Tier und kaltem Rauch.

»Setzt euch«, sagte sie und zeigte auf die kleine Sitzecke mit den vier Stühlen.

Gerry und Elliot nahmen Platz und bekamen jeweils eine Schüssel mit Eintopf vorgesetzt. »Pilze aus der Umgebung und ein paar Mooskräuter«, sagte Jagersman.

Der Büffel griff zu einem der Holzlöffel, die auf dem Tisch lagen, und probierte. Seine Augen wurden groß und er schnaubte zufrieden aus. »Köstlich, Jonna! Ein Besuch lohnt sich immer, auch wenn du keine neuen Tiere für mich hast.«

Die alte Dame klopfte ihm lachend auf die Schulter. »Du alter Nimmersatt.« Dann sah sie erwartungsvoll Elliot an. Dem war nach dem turbulenten Flug nicht nach einer Mahlzeit, trotzdem nahm er einen Löffel. Die Pilze waren glitschig und schwer hinunterzuschlucken, und das Mooskraut schmeckte nach nassem Hund.

»Lecker«, log er, während sich Gerry einen Löffel nach dem nächsten in die Schnauze schob.

»Also, wo ist der Gaul?«, fragte Gerry.

»Steht hinter der Hütte, festgebunden und mit genug Heu für die nächsten sechs Monate. Das gibt es kostenlos oben drauf. Du hast das Geld?«

Gerry klopfte auf seine Jackentasche, und das Klimpern von Münzen war zu hören. »Hab es heute Morgen beim alten Theodore abgeholt. Aber jetzt erzähl erst mal, wie du dem Gaul auf die Schliche gekommen bist.«

Jonna Jagersman rutschte in ihrem Stuhl nach unten und legte ihre Lederstiefel auf dem Tisch ab. Sie fummelte in ihrer Hosentasche und holte eine Zigarette und ein Feuerzeug heraus. Bevor sie sich den Glimmstängel anzündete, bot sie ihren Gästen auch welche an, die aber beide ablehnten. Sie nahm einen tiefen Zug und pustete den Rauch in die Luft.

»War wirklich nicht so leicht, wie du dir vorstellen kannst. Das letzte Einhorn, was ich gefangen hatte, war dagegen ein Klacks. Aber wenn so ein Pegasus dich wittert, breitet er einfach seine hübschen, weißen Flügel aus und fliegt davon. Dann kannst du wieder ganz von vorne angefangen.« Sie nahm einen Zug von der Zigarette. »Ist mir dreimal passiert. Dann habe ich einen Anruf von einem zyprischen Bauern bekommen. Er sagte«, sie räusperte sich und verstellte ihre Stimme, »*Hallo Jonna. Hier steht so ein Pferd seit Tagen auf meinem Acker und frisst mir die Karotten weg. Ich hätte ihn ja schon längst abgeknallt, aber ich glaube, du solltest ihn dir mal ansehen.*« Sie machte wieder eine kurze Pause und nahm einen Zug ihrer Zigarette. Dann fuhr sie mit normaler Stimme fort. »Ich hab gefragt: Warum zum Teufel soll ich für einen alten Klepper nach Zypern kommen? Und dann sagte er, dass das verdammte Vieh Flügel hat. Könnt ihr euch das vorstellen?«

Elliot konnte sich das nicht vorstellen, aber Gerry saß mit offener Schnauze da.

»Also bin ich dahin geflogen, und er hat nicht gelogen. Auf dem Acker stand wirklich der verdammte Pegasus, dem ich seit Jahren auf der Spur war. Der hatte bereits den halben Acker umgepflügt. Natürlich hat mich die Info ein kleines Vermögen gekostet, aber ich wusste ja, dass die Investition sich lohnt«, erzählte sie und beendete ihre Geschichte.

»Und wie haben Sie ihn nach Schottland bekommen?«, fragte Elliot.

»Bin auf ihm heimgeflogen«, sagte sie ernst, brach dann aber in schallendes Gelächter aus. »Natürlich nicht. Ich hab das Tier sediert und in einem Container nach England verschifft. Von da aus ging es dann hierher. Ein bisschen Schmiergeld an den richtigen Stellen, und keiner schaut sich das Pferd an. Sonst wären denen die Flügel ja sofort aufgefallen.«

»Du bist 'ne echte Wucht«, sagte Gerry, und Elliot hatte das Gefühl, dass sein Vorgesetzter diese Frau anhimmelte wie ein Groupie.

»Hab sie alle früher oder später bekommen«, sagte sie zufrieden. »Wie geht es eigentlich den Gnollen? Haben sie sich gut eingelebt?«

»Könnte besser sein«, sagte Gerry ehrlich. »Sie sind seit ein paar Wochen extrem unruhig, machen mir viel Ärger. Muss sie ordentlich anfüttern, damit sie etwas Ruhe geben.«

»Hast du einen Waldschrat im Gehege?«, fragte Jonna.

»Weder Waldschrat noch Finntroll«, antwortete Gerry.

Jonna rutschte ein Stück tiefer in ihrem Stuhl. »Ich komm dich demnächst mal besuchen, dann schauen wir uns das mal an.«

»Was genau ist eigentlich Ihr Job?«, unterbrach Elliot die beiden.

Jagersman sah Gerry an. »Der Junge lernt ja wirklich gar nichts bei dir!« Dann wandte sie sich Elliot zu. »Ich bin eine Kopfgeldjägerin. Bloß jage ich keine Menschen, sondern Fabelwesen. Ich bekomme einen Auftrag, wie zum Beispiel vom Merlin-Center. Manchmal dauert es Jahre, bis ich diesen Auftrag abschließe, wie im Fall des Pegasus. Manchmal kommt mir auch ein Konkurrent zuvor. Im Gegensatz zu meinen Gegenspielern nehme ich aber nur Kunden an, die die Fabelwesen nicht töten und ausstopfen.«

Die Aussage kam Elliot komisch vor, denn der ganze

Raum war voll mit toten Tieren. Zu ihrer Verteidigung musste er aber zugeben, dass es sich dabei nicht um Fabelwesen handelte. »Es gibt noch andere Institutionen wie das Merlin-Center?« Elliot war froh, dass mal jemand mit ihm Klartext sprach, und nutzte die Chance, um Fragen zu stellen.

»Das Merlin-Center ist in seiner Art und Weise schon ziemlich einzigartig. Es gibt aber ein paar wohlhabende Sammler, die ihren privaten Streichelzoo betreiben«, antwortete Jonna.

Elliot setzte zur nächsten Frage an, da hörten sie einen ohrenbetäubenden Krach von draußen. Ein lautes Knattern.

»Du bekommst noch mehr Besuch?«, fragte Gerry.

»Hab niemanden eingeladen«, antwortete Jonna und schlurfte zum Fenster. »Ein Helikopter.«

Elliot und Gerry sprangen von ihren Stühlen auf und sahen aus dem anderen Fenster. In der Ferne war ein kleiner schwarzer Punkt, der langsam größer wurde, und schnell wurden die Rotorblätter sichtbar. Es war ein schwarzer Helikopter, der sich durch die Highlands auf sie zubewegte.

»Sieht aus wie eine Maschine der Inquisition«, sagte Gerry, und Jonna stimmte ihm zu. »Was wollen die hier?«

Jagersman zuckte mit den Schultern. »Hatte noch nie das Vergnügen mit denen – zumindest hier nicht. Natürlich interessieren sie sich für meine Kunden und meine Beute, aber sie haben mich bisher immer machen lassen.«

»Sie kommen wegen mir«, sagte Elliot. Das klang vermessen, aber er war sich sicher. »Ich habe mir schon mal eine Verfolgungsjagd mit ihnen geleistet.«

Der Buffaloman und die Jagersman schauten ihn überrascht an. »Was hast du denn ausgefressen?«

»Ich nichts, aber meine Mutter.«

»Sippenhaft«, murmelte Jonna, »anders kennen wir es ja nicht von den Fanatikern. Komm Junge, ich will nicht, dass sie dich in meinem Haus schnappen.«

Jonna ging zu einer Stelle, an der ein Ziegenfell auf dem Boden lag. Sie zog es beiseite, und Elliot konnte den Griff einer Luke erkennen.

»Da runter«, sagte sie.

Elliot zögerte nicht. Er kletterte eine kleine Holzleiter hinab und fand sich zwischen Vorratskisten und Fässern wieder. Es roch modrig, und der Boden war weich.

»Hier, nimm das«, sagte Jonna und reichte ihm seine Schüssel runter. »Die werden sonst fragen, warum für drei gedeckt ist.«

Elliot nahm die Schüssel, dann fiel die Luke zu, und es war stockfinster.

Was dann passierte, konnte Elliot nicht sehen, aber bestens verstehen. Ein lautes Poltern war zu hören, dann folgten Schritte und das Quietschen der Tür.

»Was möchten Sie?« Es war die raue Stimme von Jonna Jagersman.

Eine jugendliche Stimme mit italienischem Akzent antwortete. »Inquisition, Bruder Mondea. Wir haben den Hinweis, dass sich eine Person von Interesse bei Ihnen befindet.«

Elliot war also wirklich eine Person von Interesse für die Inquisition, was auch immer das bedeutete. Er war sich aber sicher, dass es nicht so unschuldig war, wie es klang.

»Wenn ein großer Bulle für Sie interessant ist, ist das durchaus richtig«, antwortete Jonna.

»Wir sind auf der Suche nach Elliot Craig.«

»Nie gehört, nie gesehen. Und ich vergesse keinen Namen, Mondea.« Jagersman betonte den Namen auf eine besondere Art, die aussagte, dass *er* nun auf einer Liste stand. Eine Liste, auf der man nicht stehen wollte.

»Davon würden wir uns gerne selbst überzeugen. Würden Sie bitte aus dem Türrahmen gehen«, verlangte Mondea.

»Ungern, aber da Sie in der Überzahl sind, scheine ich keine Wahl zu haben.« Elliot konnte bis nach unten in sein Versteck die Kälte spüren, die in den Worten Jonna Jagersmans lag.

Fußschritte waren über seinem Kopf zu hören, und Dreck rieselte hinab. Es war unmöglich zu sagen, mit wie vielen Personen die Inquisition angerückt war. Die Stimmen waren direkt über ihm.

»Weisen Sie sich aus, Rindvieh«, befahl Mondea.

»Gerry Walker, ich arbeite im Merlin-Center«, schnaubte der Büffel.

»Kennen Sie Elliot Craig?«

Eine kurze Pause. »Ja«, sagte Gerry.

»Wo ist er jetzt?«

»Weiß nicht, bin nicht seine Mutter.«

Das Rascheln von Papieren war zu hören. »Gerry Walker, Leiter der Abteilung für Fabelwesen«, las Mondea vor. »Laut unseren Unterlagen sind Sie der Vorgesetzte von Mr. Craig. Korrekt?«

»Aye.«

»Also, auch wenn Sie nicht seine Mutter sind: Wo ist der Junge?«

Elliots Hände verkrampften sich zu Fäusten. Ihm war der Seitenhieb des Geistigen nicht entgangen.

»Vielleicht schauen Sie einfach mal im Merlin-Center«, sagte Gerry, »da treffen Sie ihn bestimmt an.«

»Das würden wir liebend gern machen, glauben Sie

mir«, zischte Mondea. In seiner Stimme schwang unverblümter Hass mit. »Wir würden da wirklich gern reingehen und diesen Schlund des Teufels bis auf seine Grundfesten niederbrennen. Aber wie Sie sicherlich wissen, gibt es Orte auf der Welt, die den Dienern Gottes leider verwehrt bleiben.«

»Werde ihm sagen, dass Sie nach ihm gefragt haben«, gab Gerry trotzig zurück.

Elliot hörte ein lautes Klatschen, als hätte jemand mit der flachen Hand auf eine raue Oberfläche geschlagen. Gerry schnaubte laut aus.

»Das nächste Mal werde ich nicht mit der flachen Hand, sondern mit der Faust zuschlagen. Danach wird es vielleicht das Schwert sein. Also, wo ist der Junge?«

»Wie ich schon sagte, nur der Ochse und …«, antwortete Jonna, wurde aber von Mondea unterbrochen.

»Mund halten. Männer, krempelt alles um.«

Elliot hörte den Protest von Jonna und Gerry, dann flogen Möbel um und Geschirr zerbrach. Wenn sie ihn hier unten fänden, würden sie ihn mit nach Italien nehmen und ebenfalls einkerkern, da war er sich sicher. Sie waren ihm auf die Spur gekommen, sie ahnten, dass er nicht nur Fabelwesen hütete, sondern auf den Spuren seiner Mutter wandelte.

Mehrmals hörte er, wie jemand direkt über ihn lief, und jeden Moment rechnete er damit, dass das Ziegenfell beiseitegezogen werden würde und Licht durch die Dielen in sein dunkles Verstecken schien. In einem Anflug von Panik hielt er die Luft an und schloss die Augen, wünschte sich die Inquisition weg.

»Er muss hier irgendwo sein«, rief Mondea, und Elliot hielt sich die Ohren zu. Der Inquisitor stand direkt über ihm und war seiner Beute näher, als er dachte. Gefäße wurden mit noch mehr Eifer zerstört, Schränke mit noch mehr Elan zu Boden geworfen. Aber es half nichts.

»Also gut.« Mondea räusperte sich. »Sie haben sicherlich Verständnis dafür, dass wir zur Wahrung der göttlichen Ordnung diese Maßnahme durchführen mussten. Sollten Sie den Jungen sehen, geben Sie Meldung an die Kirche, und man wird Sie belohnen. Gott liebt Sie!«

Wieder Fußgetrampel, das sich aber nun entfernte. Die Tür fiel mit einem lauten Knall zu. Elliot wagte es nicht, aus seinem Versteck zu kommen. Er rechnete mit einem Trick, dass da oben Männer der Inquisition mit gezogenen Waffen lauerten, die sie Jonna und Gerry unter die Nase hielten. Erst als das regelmäßige Knattern des Helikopters zu hören war, entspannte sich Elliot ein bisschen.

Die Luke sprang auf, und das hereinströmende Licht blendete ihn. Der massige Schädel des Büffels tauchte in seinem Sichtfeld auf.

»Kannst wieder hochkommen. Sie sind alle weg.« Seine Wange war vom Schlag des Inquisitors gerötet.

Elliot kletterte die Leiter hoch und erfasste das ganze Ausmaß der Zerstörung. Regale waren umgeworfen, die Tierpräparate von der Wand gerissen, sämtliches Geschirr zerstört, Krüge in Einzelteile zerschlagen worden, und selbst dem Tisch fehlte ein Bein. Es sah aus, als wäre eine Horde Gnolle durchs Haus galoppiert. Das war keine Suchaktion nach einer Person von Interesse. Das war eine reine Machtdemonstration.

»Es tut mir leid«, stammelte Elliot.

»Braucht es nicht«, sagte Jonna und hob ein paar Scherben auf. »Für die krankhaften Auswüchse der Inquisition ist keiner von uns verantwortlich. Und es ist gut, dass sie dich nicht in die Finger bekommen haben. Denn sonst würden wir dich vielleicht nie wiedersehen.«

Elliot und Gerry halfen ihr, das kleine Haus wieder halbwegs bewohnbar zu machen und das Chaos zu beseitigen. Mit ein paar Nägeln befestigten sie das Tischbein, und die Tonscherben wurden auf einen großen Haufen gefegt.

»Ich mach bei dem Boss noch eine kleine Bonus-Summe klar. Erzähle ihm, wie anstrengend die Jagd nach dem Pegasus war und so.«

Jonna nickte dankbar. »Kommt, ich zeig euch den Klepper.«

Sie führte die beiden um das Haus herum. Dort stand etwas, was im ersten Moment wie ein gewöhnliches Pferd aussah. Es war grau-braun gescheckt und würdigte sie keines Blickes. Stattdessen hatte es die Schnauze tief in einen Heuballen gesteckt. Über seinen Rücken lag eine bunt gemusterte Karodecke, und als Elliot genauer hinschaute, sah er weiße Federn darunter hervorblitzen. Jonna marschierte mit ausladenden Schritten rüber, sah die beiden mit einem großen Grinsen an und zog dann mit einer übertriebenen Geste die Decke vom Rücken des Pferdes, als würde sie einen Neuwagen präsentieren.

Elliot war sprachlos. Er wusste zwar, was ein Pegasus war, aber vor einem zu stehen, im echten Leben, war noch mal etwas ganz anderes. Zugegeben, er hatte sich das Tier prächtiger vorgestellt, erhabener und anmutiger, aber es war immer noch ein Pferd mit Flügeln. Hätten die gefehlt, hätte man den Pegasus gut und gerne als Ackergaul bezeichnen können. Es war kein Pferd von edler Abstammung. Der Bauch war dick und rund, der Rücken hing durch und die Mähne spröde hinab. Bei einem Zuchtwettbewerb hätte man das Tier gar nicht erst zugelassen. Trotzdem hatte der

Pegasus etwas an sich, was sich nur schwer in Worte fassen ließ. Er strahlte diese absolute Gewissheit aus, dass er eben kein Ackergaul war. Kein Pferd, das es nötig hatte, sich Bestätigung von irgendwelchen Punktrichtern bei einem Wettbewerb zu holen. Es war der Spross einer Dynastie göttlicher Fabelwesen, und das ließ er jeden spüren. Er war wie Prince Charles, der trotz seiner Ausrutscher und Eskapaden immer noch Teil der Königsfamilie war.

Gerry näherte sich dem Pegasus behutsam oder versuchte es zumindest. Er erinnerte Elliot dabei an einen Bären, der auf einem Drahtseil balancierte, und wäre fast über die eigenen Hufe gestolpert. Der Pegasus scheute kurz, als der Büffel seine riesige Pranke auf die Schnauze des Tieres legte. »Alles gut«, flüsterte Gerry behutsam, und als hätte der Pegasus ihn verstanden, hörte er mit den nervösen Trippelschritten auf und ließ sich von dem Buffaloman streicheln. Mit gesenktem Kopf genoss das Tier die Aufmerksamkeit des Bullen.

»So entspannt hab ich ihn noch nie gesehen«, sagte Jonna mit einem Unterton von Anerkennung, den nur aufmerksame Ohren hörten.

»Man muss lediglich wissen, wie man mit ihnen redet«, sagte Gerry.

»Jetzt weiß ich auch, warum du damals den Job von Theodore bekommen hast und ich leer ausgegangen bin.«

»Hättest auch eine tolle Pflegerin abgegeben, Jonna. Da bin ich mir sicher.«

»Spar dir die Sprüche, Rabatt gibt es trotzdem nicht«, erwiderte Jonna trocken, lachte dann aber versöhnlich. Schlagartig wurde sie ernst. »Irgendeine Idee, wer euch verpfiffen hat?«

Gerry schüttelte den Kopf, und auch Elliot hatte keine

Vorstellung. Er kannte sowieso kaum jemanden, aber langsam beschlich ihn die Gewissheit, dass sehr viele *ihn* kannten.

»Wer kann davon gewusst haben?«, fragte Jonna.

»So ziemlich jeder«, murmelte Gerry und zuckte mit den Achseln, während er den Pegasus hinter den Ohren kraulte. »Wir haben im Haus keine Geheimnisse voreinander, und ich hab mit vielen Leuten heute morgen gequatscht. Ihnen von dir und unserem Zuwachs hier erzählt«, sagte er und klopfte die Seite des Tiers. Der Büffel hatte so viel Kraft, dass Elliot Angst hatte, dem Pferd könnten die Rippen bei dieser Art der Zuwendung brechen. Aber es hielt sich wacker auf den Beinen.

»Dann solltest du in Zukunft auf jeden Fall nicht so leichtfertig mit Außeneinsätzen umgehen«, erwiderte Jonna mit dem Unterton einer tadelnden Mutter, den auch unaufmerksame Ohren raushörten.

Gerry nickte still.

»Darf ich auch mal?«, fragte Elliot und zeigte auf den Pegasus.

»Na klar«, antwortete Gerry. »Ihr solltet eh Bekanntschaft schließen.«

Vorsichtig näherte sich Elliot dem geflügelten Pferd. Es scheute nicht vor ihm und machte auch keine nervösen Trippelschritte wie zunächst bei seinem Chef. Es stand still da und beobachtete ihn aufmerksam. Die Nüstern des Pegasus blähten sich leicht, als er dem Tier näher kam.

Elliot stellte sich an die Seite seines Chefs und tätschelte die Schnauze. Der Pegasus schnaubte zufrieden.

»Na, da haben sich ja drei gefunden«, sagte Jonna.

Sie banden das Tier ab, liefen wieder nach vorne, wo Gerry sein Taschengefährt herausholte. Beim Anblick der

Maschine wurde Elliot sofort wieder flau in der Magengegend. Für einen kurzen Moment spielte er mit dem Gedanken, auf dem Pegasus zurückzufliegen. Aber ohne Sattel, Zaumzeug und Navigationsgerät kam ihm das wie eine schrecklich dämliche Idee vor. Seine Schnellreisetickets hatte er im Merlin-Center gelassen. Sie banden den Pegasus am Seitenspiegel fest. »Wird schon gut gehen«, kommentierte Gerry, als er den Knoten kontrollierte.

Nach der Verabschiedung von Jonna hob sich das Taschengefährt langsam und ratternd wieder in die Lüfte. Der Pegasus verstand nicht sofort, und ihr Fahrzeug kippte für einen kurzen Augenblick nach rechts, als die Leine auf Spannung gezogen wurde. Elliots Herz rutschte in die Hose, zum Glück waren sie noch nicht hoch in der Luft. Aber die Maschine war kräftig, und das Fabelwesen gab nach. Stolz entfaltete es seine Flügel, fing an, damit zu schlagen, und hob sich langsam in die Lüfte. Es war wie eine optische Täuschung, als würde man das Pferd an einem Drahtseil in die Luft ziehen. Ein schlechter Special-Effekt in einem Film. Aber Elliot konnte kein Drahtseil sehen, und der Pegasus folgte – wenn auch etwas widerwillig – dem Taschengefährt.

Sie waren zehn Minuten in der Luft, als Elliot sich endlich zu fragen traute. »Hast du wirklich keine Idee, wer uns an die Inquisition verraten hat?«

»Kommen viele in Frage«, sagte Gerry kurz angebunden.

»Wer denn zum Beispiel?«

»Weißt du, im Merlin-Center sind wir wie eine große Familie. Und wie in jeder Familie, gibt es auch bei uns schwarze Schafe.«

Elliot dachte an die alte Kröte aus der Buchhandlung. Es würde ihn nicht wundern, wenn sie ihre Finger im Spiel hatte. Sie hatte ihren Unmut über Gerry schon häufig genug zum Ausdruck gebracht, und mit einem bisschen Hirnschmalz wusste sie, dass Elliot der Avalon-Formel auf der Spur war. Schließlich hatte er das Buch bei ihr ausgeliehen.

Den Rest des Fluges schwiegen sie, und Elliot versuchte, sich damit abzulenken, dem Pegasus beim Fliegen zuzuschauen. Er glitt lautlos neben ihnen durch die Luft und genoss sichtbar den frischen Wind unter seinen Flügeln.

KAPITEL 10

Kurze Zeit später hatten sie den Pegasus im Wald ausgewildert, und nach zwei Tagen schien sich so etwas wie eine Freundschaft zwischen Brontos, dem Mantikor, und dem geflügelten Pferd anzudeuten. Elliot hatte zwar das Gefühl, dass Freundschaft eine menschliche Betrachtungsweise war, aber sie suchten zumindest die gegenseitige Gesellschaft. Beide waren lange Zeit alleine gewesen und hatten nun jemanden gefunden, der ihr Schicksal teilte. Außerdem ließ sich der Mantikor häufiger – in Begleitung seines neuen Freundes – blicken. Er traute sich aus dem Wald heraus und vor die neugierigen Kinderaugen, die die neue Attraktion mit offenen Mündern und großen Augen bestaunten. Einsamkeit war ein Arschloch, das wusste Elliot nach vielen Jahren ohne echte Freunde und mit einem psychisch kranken Vater nur zu gut. Es freute ihn, dass Brontos endlich jemanden gefunden hatte. Aber auch sein eigenes Leben war ein bisschen besser, seit er Gerry, Soleil und Theodore kannte. Sie ersetzten keine Freunde und erst recht keine Familie, aber vielleicht konnten sie so etwas eines Tages mal werden.

Die Gnolle hatten sich, sofern Elliot es mitbekam, noch

nicht in die Nähe des Pegasus getraut. Eine leichte Beute war er sowieso nicht, da er sich einfach in die Luft erhob, sobald Gefahr in Verzug war. Zumindest, solange den Gnollen keine Flügel wuchsen, hatten sie keine Chance. Auf die Frage, ob der Pegasus nicht über den Zaun fliegen könnte, lachte Gerry nur und winkte ab. Was das Tier davon abhielt, auf diesem Weg zu verschwinden, wusste Elliot nicht. Aber offenbar lag die Antwort so sehr auf der Hand, dass der Buffaloman gar nicht in Erwägung zog, dass die Frage ernst gemeint war. Elliot verkniff sich weiteres Nachbohren.

Das Wochenende verbrachte er mit dem Studieren weiterer avalonischer Schriften. Er hatte sich noch mal in die Buchhandlung getraut, wo die alte Kröte – die Mrs. Gwyneth hieß, wie Elliot in Erfahrung gebracht hatte – ihn mit ihren großen Glubschern beobachtete. Elliot, der einen klaren Verdacht hatte, wer ihnen die Inquisition auf den Hals gehetzt hatte, vermied jeden Kontakt zu ihr. Zwar musste er sich die Bücher von ihr freigeben lassen, schließlich konnte er selbst als Mitarbeiter nicht einfach Sachen nehmen und damit unterm Arm aus dem Kaufhaus spazieren, aber er wählte noch ein paar weniger verfängliche Bücher aus: *Kochen mit Gilly Gnom*, *Schmieden & Schneiden*, eine wissenschaftliche Analyse des Werwolfs von Dr. Professor Krinkelherb. Das Buch *Hundert Jahre Magiegeschichte* fiel dazwischen hoffentlich nicht auf.

Zu seiner Enttäuschung enthielt es keine neuen, bahnbrechenden Erkenntnisse. Er erfuhr zwar viel darüber, wer die großen Magier der letzten hundert Jahre waren, aber es gab keine neuen Hinweise auf Avalon. Nun wusste er, dass Abamus Hinds das Schnellreiseticket erfunden hat, aber Avalon war immer noch ein blinder Fleck auf der Karte. Es wäre auch zu einfach gewesen, hätte sich die Lösung in irgendeinem Buch gefunden. Am nächsten Tag wäre Soleil wieder auf der Arbeit, und sie würden Pläne schmieden. Denn sein Entschluss hatte sich nur gefestigt. Bevor er wie sein Vater wurde, wollte er etwas unternehmen. Aber er wusste, dass sie vorsichtig vorgehen mussten. Schon ein paar Mal hatte die Inquisition ihn fast geschnappt, und er hatte keinen Zweifel, dass sie nicht nur zu einem netten Gespräch bei einer Tasse Tee baten.

Er hatte keinen Plan, wie Soleil und er ihre Revolution gegen die Inquisition am besten angehen sollten. Selbst der Vergleich David gegen Goliath kam ihm falsch vor. Es war mehr ein David Junior mit zwei auf den Rücken gebundenen Händen gegen Goliath. Aber er zweifelte nicht daran, dass Soleil die perfekte Partnerin für das Unterfangen war. Sie war geübt im Umgang mit Waffen, kannte die Möglichkeiten der magischen Welt und auch die geschichtlichen Hintergründe. Und er? Elliots Gedanken kamen ins Stocken. Was konnte er dazu beitragen? Er war über ein paar Hinweise gestolpert, die – wenn man sie im richtigen Licht sehen wollte – Sinn ergaben. Ein Staatsanwalt würde von einem begründeten Anfangsverdacht sprechen. Mehr war es aber nicht. Er hatte nie gelernt, mit einem Schwert zu kämpfen, wusste nicht, wie man Feuerbälle warf, und hatte keine geheimen Superkräfte. Was konnte er zu ihrer kleinen Verschwörergruppe beitragen? Elliot wusste es nicht, und das bereitete ihm Unbehagen. In jedem Kampf wäre er nur ein Ballast für Soleil und sie sein Kindermädchen.

Elliot schob die Gedanken beiseite. Wie man ein Schwert benutzte, hatte er oft genug in Filmen gesehen. Erst hoch in die Luft, und dann ließ man es mit voller Wucht herunter sausen. Außerdem gab es für Sachen wie Feuerbälle bestimmt auch Schriftrollen. Die Kunst bestand lediglich darin, die richtige Schriftrolle zur richtigen Zeit zur Hand zu haben.

Dieser Gedanke gab ihm Zuversicht und die nötige Ruhe, um endlich einzuschlafen.

Als Elliot am Montag bei der Arbeit auftauchte, versuchte er, nicht zu offensichtlich nach Soleil Ausschau zu halten.

»Hast du deine Geldbörse verloren?«, fragte ihn Gerry, der ihn auf halbem Wege durch die Waffenkammer eingeholt hatte. Elliot war also erfolglos mit seinem Versuch, nicht wie jemand auszusehen, der Ausschau hielt.

»Nee, ich …«, stammelte er, »wollte Soleil fragen, ob sie mich beim Kauf eines Schwertes beraten kann.«

»Du bist kein guter Lügner«, antwortete der Büffel lächelnd und marschierte kopfschüttelnd weiter.

Elliot wusste, wie er auf Außenstehende wirkte. Mittlerweile vermutete das halbe Merlin-Center, dass zwischen den beiden etwas lief. Sollten sie doch. Es war ihm wesentlich lieber, als wenn sie die Wahrheit erfuhren.

Er fand Soleil zwischen einem Regal Wurfäxte und einem Tisch mit Schwertern. Sie polierte die Klingen mit einem Lederlappen, als sie Elliot sah.

»Schön, dich wiederzusehen«, sagte sie und grinste. »Wie geht es eurem Zuwachs?«

»Er hat bereits Freundschaft geschlossen«, antwortete Elliot. »Er verträgt sich super mit dem Mantikor. Gerry ist deswegen ganz aus dem Häuschen.«

»Das kann ich mir gut vorstellen«, erwiderte Soleil, und eine kurze Pause entstand.

»Also, wegen unseres Plans …«, beendete Elliot die Stille, wurde aber von Soleil unterbrochen.

»Wir treffen uns heute Abend nach der Arbeit am Lieferanteneingang. Ich kümmere mich um alles. Sei einfach da.«

»Dann werden wir es durchziehen?«, fragte Elliot.

»Es gibt keinen Rückzieher mehr«, sagte Soleil.

In Elliots Hals entstand ein dicker Kloß. Es war beschlossene Sache. Sie beide gegen die Kirche. Er würde seine Mutter rächen, Soleil ihrer Familie die Heimat wiedergeben. Das alles war so absurd. Vor zwei Monaten stand er hinter der Kasse eines Fastfood-Ladens, und nun war er Teil einer zweiköpfigen Verschwörung. Ein angsteinflößender Gedanke, der aus dem Kloß einen Fußball machte und ihm fast die Luft abschnürte.

Es fiel ihm schwer, sich auf die Arbeit zu konzentrieren. Er hatte fast die Kübel mit den Fleischresten und den Knochen vertauscht. Weder Gnolle noch Seebären hätten sich über den Fehler geärgert, aber Gerry hielt seinen Schützling im letzten Moment von dem Fehler ab. Denn die Gnolle, da war er sich absolut sicher, würden aus den Knochen Waffen bauen.

»Ab dem Moment, wo der Mensch den Speer erfunden hatte, ging es mit Mutter Erde stetig bergab. Lass uns den Fehler bei den Gnollen nicht wiederholen«, sagte er.

Elliot hatte das Gefühl, dass sein Chef etwas übertrieb, wollte aber auch nicht dafür verantwortlich sein, wenn in dreißig Jahren Gnolle über die Welt herrschten.

Am Nachmittag beobachtete Elliot Brontos und Olly, wie sie das geflügelte Pferd getauft hatten, dabei, wie sie über die Wiesen tollten. Mal verfolgte der eine den anderen, dann wechselten sie sich ab. Kam der Mantikor dem Pegasus zu nah, entfloh der in die Lüfte.

Olly hatte unter den wachsamen Augen von Gerry schnell an Gewicht zugelegt. Die abgestimmte Ernährung ließ die Mähne glänzen und das Fell kräftig und stark erscheinen. Das Pferd durchlief eine Art Frischzellenkur und wirkte gleich ein paar Jahre jünger. Die lange Zeit auf der Flucht vor Häschern wie Jonna hatte das Tier ausgemergelt.

Elliot sah auf die Uhr. Eine Stunde, bis das Merlin-Center schloss. Er überlegte, ob er irgendwas einpacken sollte. Noch nie war er irgendwo eingebrochen, und heute, wenn er Soleil richtig verstanden hatte, würden sie bei der gefürchtetsten Elfenfamilie überhaupt einsteigen. Selbst Theodore hatte einen Hauch von Ehrfurcht in der Stimme, als er Gerry und ihm einen Einlauf verpasst hatte, weil sie das La Flamenc-Mädchen in das Gehege hatten fallen lassen.

Aber Elliot wusste beim besten Willen nicht, wie sie das anstellen sollten. Er hatte weder Einbruchswerkzeug noch eine Kletterrüstung oder wenigstens ein Brecheisen. Er würde sich ganz auf Soleil verlassen müssen.

»Bis morgen«, sagte Elliot und verabschiedete sich von Gerry. Er hoffte, dass das nicht gelogen war.

Elliot wartete eine Viertelstunde und hoffte ein bisschen, dass Soleil nicht mehr auftauchen würde. Ihre Revolution konnten sie auf morgen verschieben. Als sie nach einer halben Stunde immer noch nicht da war, überlegte er ernsthaft, nach Hause zu reisen.

Er lehnte mit dem Rücken gegen die Steinfassade des Centers. Der Wind war kalt, und auch das Gestein kühlte ihn langsam aus. Links von ihm lag der Lieferanteneingang. Gerry und er hatten hier an seinem ersten Tag die Fleischabfälle vom Zwerg entgegengenommen. Lieferanten gab es zum Feierabend nicht, die ganzen Waren kamen am Morgen an. Es war also der ideale Treffpunkt, um schaulustigen

Blicken zu entgehen. Voraussetzung war aber, dass auch beide Parteien auftauchten.

Elliot versuchte, Formen in den vorbeischwebenden Wolken zu erkennen. Die eine sah – mit viel Phantasie – wie eine Mischung aus einem Flugzeug und einem Drachen aus. Der Körper war zu dünn, um ein richtiger Drache zu sein, dachte er, und da fiel ihm auf, dass er noch nie einen richtigen Drachen gesehen hatte, nicht einmal Gertrude. Trotzdem waren das Merlin-Center und all seine Bewohner für ihn mittlerweile so selbstverständlich, dass er sich gar keine Gedanken mehr darüber machte, ob es Drachen wirklich gab. Das stand außer Frage.

Plötzlich öffnete sich die Luke des Lieferanteneingangs mit einem lauten Quietschen, und Elliot schrak zusammen.

»Du schaust, als hätte ich dich gerade bei etwas Unanständigem erwischt«, sagte Soleil und lachte.

Elliot fühlte sich tatsächlich erwischt, wusste aber gar nicht, wobei. »Da bist du ja endlich«, sagte er und kratzte sich am Hinterkopf. »Können wir los?« Er wollte die Angelegenheit so schnell wie möglich hinter sich bringen.

»Immer mit der Ruhe. Möchtest du nicht erst mal wissen, was wir vorhaben?«

»Klar«, sagte er, klang aber nicht sonderlich überzeugt. Umso mehr er wusste, umso mehr Angst würde er haben, befürchtete er.

»Also gut, wir wollen ja bei den La Flamencs einsteigen und avalonisches Gold mitgehen lassen«, fasste Soleil den bisherigen Plan zusammen. »Weder du noch ich haben mit so etwas sonderlich viel Erfahrung, korrekt?«

»Korrekt.«

»Deswegen habe ich uns ein paar Hilfsmittel eingepackt«, sagte sie. Erst jetzt fiel Elliot der kleine Lederrucksack auf, den Soleil locker über einer Schulter baumeln hatte. Sie griff hinein und holte einen Ring heraus. »Das hier solltest du schon kennen«, sagte sie, und Elliot erkannte den Schwebering sofort.

»Ist mir noch in bester Erinnerung.«

Sie ließ den Ring wieder in den Rucksack fallen und holte einen Handschuh heraus. Es war aber kein einfacher Handschuh, denn er hatte silberne Streben auf dem Handrücken. Sie sahen wie eine skelettierte Hand auf dem Lederhandschuh aus.

»Damit wir keine Fingerabdrücke hinterlassen?«, fragte Elliot.

Soleil lachte, und Elliot gefiel es. »Nein, nicht wegen der Fingerabdrücke. Das sind Chamäleonfinger«, sagte sie.

»Chamäleonfinger?«

»Genau, für den Notfall. Fass bloß nichts Lebendiges damit an, das könnte etwas …«, sie räusperte sich, »schmerzhaft werden.«

»Okay, jetzt weiß ich, was ich damit *nicht* machen soll. Aber was *mache* ich damit?«

»Das lässt sich schlecht beschreiben. Warte, ich zeige es dir«, sagte Soleil, warf den Rucksack ins Gras und zog den Chamäleonfinger über ihre rechte Hand. »Schau gut hin!«

Elliot sah hin, verstand es aber trotzdem nicht. In dem Moment, als Soleil mit dem Chamäleonfinger den Tragegriff des Rucksacks umgriff, war sie verschwunden, nur der Rucksack lag noch im Gras. »Was zum …«, stammelte er, und plötzlich stand Soleil wieder vor ihm.

»Verstanden, wie er funktioniert?«

Elliot zögerte, nickte dann aber. »Ich kann mich in Gegenstände verwandeln?«

»Genau, aber denk dran: Keine Lebewesen. Und umso größer der Gegenstand ist, umso leichter fliegt der Schwindel auf. Also such dir irgendwas Unauffälliges. Briefmarken, Stifte, Kerzen.«

»Alles klar.«

»Die Eltern werden heute außer Haus sein. Sie gehen in die Oper, also sind die Kinder alleine zu Hause, wenn sie nicht sogar bei den Großeltern untergebracht wurden. Wir steigen ein, suchen uns einen goldenen Gegenstand und verschwinden wieder.«

»Woher weißt du das?«

»Eine Familie wie die La Flamencs hat viele Feinde«, sagte sie vieldeutig.

Sie sah auf die Uhr. »In zwei Stunden ist die Sonne vollständig untergegangen, dann können wir beginnen.«

»Wo müssen wir überhaupt hin?«

Sie zog ein Schnellreiseticket aus ihrer Jackentasche. »Wollen wir?«

Elliot wollte nicht. Er wollte jetzt so viele andere Sachen lieber mit ihr machen. Wieder an den See oder ins Kino. Irgendwas völlig Normales. Seufzend nahm er ihre Hand.

Einen Augenblick später standen sie in der Bath Street von Portobello. Das Viertel lag im Osten von Edinburgh und grenzte direkt ans Meer. Die Schreie von Möwen mischten sich unter den Lärm von Autos und Menschen.

»Hier wohnen sie?«, fragte Elliot irritiert und sah sich um. Er hatte erwartet, dass die La Flamencs in irgendeiner Nobelvilla in Old Town residierten oder im vierunddreißigsten Stock eines Hochhauses in London. Aber Portobello war ein Arbeiterviertel. Hier reihten sich dunkelgraue an hellgraue Häuser. Sie waren schmal, und Satellitenschüsseln verunstalteten Fassaden, die eigentlich nicht mehr zu verunstalten waren.

»Warte ab«, sagte Soleil. »Wir sind noch ein paar Straßen entfernt. Ich hielt es für unklug, genau vor ihrer Haustür zu landen. Zumal es noch hell ist.«

Das ergab Sinn, fand Elliot.

»Lass uns solange noch ans Meer gehen«, sagte sie und marschierte los in Richtung Wasser. Sie folgten dem Rauschen der Wellen. Wenige Minuten später standen sie am Sandstrand von Portobello und sahen auf das große Blau. Das Meer war ruhig, und die Wellen trugen kaum Schaumkronen an diesem Tag.

»Schön hier«, sagte Elliot. Er war zwar in Edinburgh aufgewachsen, aber noch nie in Portobello gewesen.

»Kannst du dir vorstellen, dass da draußen womöglich Avalon liegen soll?«, fragte Soleil.

»Nein«, antwortete Elliot, ohne zu zögern. »Bis vor kurzem hätte ich mir nicht mal vorstellen können, dass jemand wie du existiert.«

Soleil zog die Stirn hoch und sah ihn fragend an.

»Also Elfen, meine ich«, schob Elliot schnell hinterher, der sich der Doppeldeutigkeit seiner Antwort plötzlich bewusst wurde. »Wie läuft das jetzt ab?«, fragte er, um das Thema zu wechseln.

»Die Villa der La Flamencs ist nur ein paar Gehminuten von hier entfernt. Sie wohnen in einer der Strandvillen«, sagte sie und zeigte auf die Gebäude in bester Lage. Sie entsprachen nicht dem Klischee einer klassischen Villa mit Säulen, Springbrunnen und Einfahrt. Stattdessen hatten sie Türme, die sich in die Höhe wanden, unheimliche Wasserspeier und kleine, rechteckige Fenster. Es war die schottische Interpretation einer Villa, und die Gebäude fügten sich mit ihren grauen Mauersteinen perfekt in die architektonische Umgebung ein. »Den Rest des Plans habe ich dir ja schon verraten.«

»Bisher weiß ich nur, dass wir einsteigen, sobald es dunkel ist.«

»Genau, das ist der Plan«, sagte Soleil unumwunden.

»Aber wir werden ja kaum durch die Haustür hereinmarschieren können.«

»Dann wäre es wohl auch kein Einbruch. Aber wie du dir vorstellen kannst, gibt es keinen Grundriss der La Flamenc-Villa. Und wenn doch, würde man nur die falschen Personen auf sich aufmerksam machen, wenn man sich nach so etwas erkundigt. Also warten wir jetzt ab, bis die Sonne hinter dem Horizont verschwunden ist, und dann werden wir uns die Lage mal in Ruhe anschauen, okay?«

Eigentlich war es für Elliot nicht okay. Ihn beschlich ein schlechtes Gefühl. Wie eine Schlinge um seinen Hals, die sich langsam zuzog. Er hatte Angst, und Soleil vermittelte nicht den Eindruck, als hätte sie sich gut vorbereitet.

»Klar«, log Elliot. Trotz aller Bedenken wollte er jetzt keinen Rückzieher mehr machen.

Sie sahen noch eine gute halbe Stunde auf das Meer, saßen im kalten Sand und sprachen wenig. Elliot lenkte sich ab, indem er die Möwen zählte. Er kam auf knapp dreißig, die im Wasser trieben und die letzten Sonnenstrahlen genossen. Ein Mops, der einem jungen Mann gehörte, kläffte die Vögel an und riss Elliot aus seiner Lethargie.

»Kurz nach halb zehn«, sagte Soleil nach einem Blick auf ihre Armbanduhr. »Die Sonne ist nun offiziell untergegangen.«

Das hatte Elliot auch bemerkt. Die Straßenlaternen waren angesprungen, und die Gegend wirkte ein bisschen trostloser. Das eben noch blaue Meer glich nun einer Teergrube.

»Hier, das ist für dich«, sagte Soleil und übergab Elliot einen kleinen Beutel, den sie aus ihrem Rucksack holte. Im Inneren fand er einen Schwebering und einen Chamäleonfinger.

»Kein Enterhaken?«, fragte Elliot zynisch.

»Ich habe noch das eine oder andere im Rucksack, für alle Fälle. Komm!«

Sie verließen den Strand und liefen die Straße hinab. Ein paar Touristen und Pärchen flanierten die Promenade entlang auf der Suche nach einem Restaurant, um den Tag ausklingen zu lassen. Elliot und Soleil waren auf der Suche nach der Nummer sechsundvierzig, um ein Verbrechen zu begehen.

Die Strandvillen bestätigten seinen Ersteindruck: Es waren große, graue Bauten, die wie zu klein geratene Burgen aussahen. Sie ragten hoch in den Himmel, hatten Türme mit spitzen Dächern und kleine, enge Fenster, die an Schießscharten erinnerten.

»Hier sind wir«, sagte Soleil und blieb plötzlich stehen. Was sich eben noch wie eine Schlinge um Elliots Hals angefühlt hatte, wurde plötzlich zu einer rasiermesserscharfen Guillotine, die auf ihn herabzufallen drohte.

»Da müssen wir rein?«, flüsterte er.

»Jap.«

Vor ihnen ragte ein Betonklotz in den Himmel. Die Fenster waren nur dünne Schlitze, einen Balkon gab es nicht. Soleil hätte es nie als La Flamenc-Villa bezeichnen dürfen, denn es war eigentlich ein La Flamenc-Bunker. Gebaut, um der Bevölkerung Schutz gegen die Bomber im Zweiten Weltkrieg zu gewähren oder einen Atomangriff der Nordkoreaner zu überleben. Egal, wofür das Ding gebaut wurde, aber eine Villa war es nicht. Als wäre das noch nicht genug, saßen auf dem Dach je ein Wasserspeier in den Ecken links und rechts. Sie sahen wie geflügelte Gnolle aus, ihre steinernen Pranken schienen das Fundament einzudrücken. Das Grundstück wurde von einem gusseisernen Zaun beschützt, der mit langen Dornen jeden Einbrecher am Überwinden hinderte.

Elliot überdachte seinen Eindruck noch einmal. Das hier war weder Villa noch Bunker. Es war die Kulisse eines Horrorfilms.

»Vielleicht sollten wir …«, fing Elliot an und bemerkte, dass Soleil den Zaun inspizierte.

»Dahinten ist ein Baum. Von da aus könnten wir auf das Grundstück springen«, sagte sie. »Oder hast du eine bessere Idee?«

»Schwebering?«, schlug Elliot vor, wünschte sich aber lieber einen Verschwindering.

Soleil sah sich um. »Möglich, aber auf keinen Fall hier. Wenn uns jemand dabei sieht, wirft das Fragen auf.«

»Das wird es auch, wenn uns jemand über diesen Baum auf das Grundstück springen sieht.«

»Da hast du natürlich auch recht. Komm, wir schauen uns das Grundstück vom Strand aus an.«

Die La Flamencs residierten in der ersten Reihe und hatten einen ungetrübten Blick auf das Meer, sofern die kleinen Fenster es zuließen.

Soleil und Elliot entdeckten ein paar Häuser weiter einen Trampelpfad, der zwischen zwei Grundstücken zum Strand führte. Von der anderen Seite sah der La Flamenc-Bunker kein Stück besser aus. Hier thronten ebenfalls zwei Wasserspeier in den Ecken, wie Jagdvögel, die auf Beute warteten.

»Okay, hier können wir es versuchen«, sagte Soleil. Am

Strand war es dank fehlender Straßenlaternen deutlich dunkler.

»Bereit?«, fragte sie und hatte sich den Schwebering aufgesteckt.

Elliot schluckte all seine Angst und Bedenken herunter und nickte.

»Dann los.« Soleil löste sich langsam vom Boden, und auch Elliot setzte den Ring auf. Er betätigte den kleinen Stein und merkte, wie seine Fußsohlen den sandigen Boden verließen. Behutsam, wie an einem Drahtseil hochgezogen, schwebte er an dem Zaun hoch. Soleil war oben angekommen und hatte sich auf die andere Seite gezogen. Elliot machte es ihr nach, ergriff die Spitzen und zog sich auf das Grundstück. Es fühlte sich an, als würde man sich im Schwimmbad am Beckenrand festhalten und zur Kante ziehen. Als er mit dem kompletten Körper über der Grundstücksseite schwebte, betätigte er wieder der Knopf am Ring, und er spürte, wie die Schwerkraft langsam Kontrolle über seinen Körper bekam. Als er auf dem Boden landete, spürte er den weichen Boden unter seinen Schuhen und erkannte sofort, dass es sich um Kunstrasen handelte. Vor ihnen erstreckten sich ein Pool und eine überdachte Barbecue-Ecke mit Grill, Esstisch und Sitzmöglichkeiten. Es war ein fragwürdiger Mix aus Luxus und Weltkriegsbunker.

Soleil steuerte zielstrebig auf die Terrassentür zu. Elliot glaubte es nicht: Da hatte man ein Gebäude mit meterdicken Betonwänden und baute eine Terrassentür ein. Er strich den La Flamenc-Bunker wieder von seiner Liste möglicher Fluchtorte im Falle eines Atomkriegs.

Als Elliot aufgeholt hatte, fummelte Soleil schon am Schloss herum. Sie hatte ein Ende eines Drahts in der Hand, das andere steckte im Türschloss.

»Wo hast du …«, wollte Elliot fragen, aber Soleil brachte ihn mit einer Geste zum Schweigen.

»Ich muss gut hinhören.« Sie hatte ihr Ohr nah am Schloss, und ihr Gesicht sah aus, als hätte sie eine schwierige Mathegleichung zu lösen

Nach einer gefühlten Ewigkeit, die in Wirklichkeit nur ein paar Sekunden dauerte, klickte es, und die Glastür glitt zur Seite auf.

»Nun zu deiner Frage«, flüsterte Soleil. »Das habe ich von meinen Brüdern gelernt. Manchmal können sie ganz nützlich sein. Setz deinen Chamäleonfinger auf und folge mir!«

Geduckt schlich sie in den Bunker und Elliot hinterher.

Im Inneren wiederholte sich der fragwürdige Geschmack. Die Betonwände waren nicht tapeziert. Ein paar Gemälde mit abstrakter Kunst hingen an ihnen, wirkten in der grauen Wüste aber verloren. Eine große rote Ledercouch stand vor einem riesigen Fernseher, der wohl in die Kategorie Heimkino fiel. Esstisch und Stühle standen zu Elliots Linken, Stehlampen, die wohl von einem weniger talentierten Künstler stammten, standen im Raum verteilt. Elliot sah sich um, entdeckte aber keine Familienfotos oder sonstige persönliche Gegenstände. Es wirkte wie eine Ferienwohnung.

»Licht«, sagte Soleil, und Elliot sah dabei zu, wie eine kleine Lichtkugel über Soleils Kopf schwebte. Sie hatte ein leuchtendes Band wie ein Planetenschweif. Das Licht war hell genug, um die nähere Umgebung zu erleuchten, aber zu schwach, um gleich die ganze Nachbarschaft zu alarmieren. »Feenkugeln, extrem praktisch! Hier, du bekommst auch eine«, erklärte Soleil, griff in ihren Rucksack und holte noch eine heraus.

»Wonach soll ich eigentlich Ausschau halten«, wisperte Elliot, der dicht hinter Soleil war.

»Noch nie Gold gesehen?«

»Nur im Fernsehen«, antwortete Elliot.

»Gut, avalonisches Gold sollte sich nicht groß unterscheiden.« Das machte Elliot Angst. Hatte Soleil selbst keine Ahnung, wonach sie hier suchten?

Sie schlichen durch das Wohnzimmer. Es kam Elliot eisig kalt vor. Nicht wegen der Temperatur, sondern wegen der Atmosphäre. Hier wohnte niemand, der Wert auf Gemütlichkeit legte. Es diente als Statussymbol. Sie kamen in den Flur, von dem mehrere Türen abgingen, die verschlossen waren.

»Du links, ich rechts«, flüsterte Soleil und zeigte auf die Türen.

Elliot schlich zur ersten Tür und drückte den Türgriff langsam herunter. Trotzdem blieb ein verräterisches Quietschen nicht aus, und er zuckte zusammen. Er horchte, aber sonst war nichts zu hören. Vorsichtig öffnete er die Tür einen Spalt und schob sich in den Raum. Es war finster, die aktivierte Feenkugel war Soleil gefolgt. Er betastete die Feenkugel, die Soleil ihm gegeben hatte. Sie fühlte sich glatt und warm an. Er überlegte kurz, wie Soleil ihre Kugel aktiviert hatte, und tat es ihr nach. »Licht!« Nun fing auch seine Kugel an zu leuchten und offenbarte die Umgebung.

Er befand sich in einem kleinen Bad mit einem prunkvollen Waschbecken, einer Toilette, einem Bidet und einer Dusche. Elliot entspannte sich, er hatte schon befürchtet, direkt in das Schlafzimmer des Familienoberhaupts gestolpert zu sein. Ein kristallroter Seifenspender stand auf dem Waschbecken, ansonsten wirkte das Zimmer wie frisch geputzt und aufgeräumt. Handtücher, Zahnbürsten oder Shampoos fehlten. Elliot inspizierte den Wasserhahn, der auf den ersten Blick avalonisches Gold hätte sein können. Nach einer genaueren Inspizierung entschied er aber, dass es nur billiges Chrom war, was da glänzte.

Er ging zurück auf den Flur und wäre fast mit Soleil zusammengestoßen.

»Etwas gefunden?«, fragte sie leise.

»Nur einen Seifenspender.«

»Dann versuchen wir unser Glück hinter den nächsten Türen.«

Dieses Mal fand Elliot sich in einem begehbaren Kleiderschrank wieder. Zu seiner Linken hingen Mäntel, die meisten aus Fell. Ob Kunst- oder Echtfell, konnte er nicht sagen, aber er hatte da einen Verdacht. Zu seiner Rechten stand ein riesiges Schuhregal. Das Sortiment reichte von schicken Anzugschuhen für den Businessmann über Stöckelschuhe für die Lady bis zu abgetretenen Kinderlatschen, die offensichtlich mehr Zeit im Sandkasten als im Schuhschrank verbracht hatten.

Das hier war keinen genaueren Blick wert.

Elliot wartete einen Augenblick auf dem Flur auf Soleil. Mit jeder Sekunde wurde er nervöser. Was war, wenn die Opernvorstellung ausfiel und die La Flamencs früher als geplant nach Hause kamen? Er traute sich nicht, den Gedanken zu Ende zu führen. Sicherlich hatten Leute wie die La Flamencs Mittel und Wege, jemanden verschwinden zu lassen.

Gegenüber von ihm ging die Tür auf, und Soleil schob sich durch den Spalt. »Nur Konserven und sehr viel Wein«, sagte sie enttäuscht. »Lass es uns oben versuchen.«

Eine schmale Wendeltreppe führte in den ersten Stock

des Bunkers. Vom Licht ihrer Feenkugeln erleuchtet, schlichen sie nach oben. Der Flur hier war klein, und sie standen vor vier Türen. Eine zu ihrer Linken, eine zu ihrer Rechten und zwei vor ihnen.

»Meintest du nicht, dass vielleicht noch Kinder im Haus sind?«, fragte Elliot.

Soleil zuckte mit den Schultern. »Wir müssen das Risiko wohl eingehen, denke ich. Versuch du es wieder links«, sagte sie und widmete sich der Tür zu ihrer Rechten.

Elliot kam ihrer Aufforderung nach und drückte den Türgriff ein kleines Stück nach unten, schob die Tür auf und warf einen Blick hinein. Sein Herz fing an zu rasen, und seine Handinnenflächen wurden nass. Das Zimmer war komplett in Pink gestrichen und bildete damit einen krassen Kontrast zum Rest des Anwesens. In der Mitte stand ein großes Schaukelpferd, was eigentlich ein Schaukeleinhorn war. Ein kleiner Schreibtisch stand zu seiner Rechten, auf dem ein aufgeschlagenes Schulheft lag. Langsam wanderte sein Blick zum Himmelbett. Zu seiner großen Erleichterung war es leer, und er würde kein Kind traumatisieren, indem es nachts von Einbrechern überrascht wurde.

Er machte einen Schritt in das Zimmer und sah sich genauer um. Es war voll mit Kuscheltieren, Spielautos, Büchern und Malstiften. Zum ersten Mal hatte er das Gefühl, dass jemand in diesem Haus lebte und nicht nur übernachtete. Das Kind hatte offensichtlich ein Faible für die Farbe Pink und Einhörner. Überall sah er die Fabelwesen. Selbst die meisten der Bücher handelten von den gehörnten Pferden, wie die Buchrücken verrieten.

Er ließ seinen Blick schweifen. Viel Pink, kein Gold. Langsam schwand die Hoffnung, dass sie hier fündig wurden. Vorsichtig verließ er das Kinderzimmer und zog die Tür hinter sich zu. Dieses Mal musste er Soleil gar nicht fragen. Er sah ihr an, dass auch sie noch kein avalonisches Gold gefunden hatte.

»Also gut, noch zwei Türen«, sagte Elliot. »Danach verschwinden wir wieder.«

Soleil nickte und verschwand hinter einer der beiden übriggebliebenen Türen. Elliot nahm die andere.

Kein Badezimmer, kein begehbarer Kleiderschrank und auch kein Kinderzimmer. Der große Schreibtisch mit dem Ledersessel dahinter schien auf ein Arbeitszimmer hinzudeuten. Auf dem Boden lag ein Tigerfell – ohne jeden Zweifel war es echt. An der Wand hingen Gemälde mit Farbklecksen und wilden Strichen, die mehr nach einem zufälligen Produkt als nach gewolltem Kunstwerk aussahen. Was die Bewohner dieses Hauses an abstrakter Kunst fanden, konnte Elliot nicht nachvollziehen. Die beiden schmalen Fenster waren mit roten Samtvorhängen zugezogen. Auf einem kleinen Abstelltisch standen Gläser und eine Flasche Alkohol, die dem Geruch nach zu urteilen Whiskey war. Mit Whiskey machte man in Schottland nie etwas falsch. Es sei denn natürlich, er kam aus Irland.

Elliot sah sich die Gemälde genauer an, entdeckte aber nicht mal Blattgold. Dann schlich er zum Schreibtisch. Ein schnurloses Telefon stand darauf, mehrere Zettel lagen lose herum. Die Unterlagen wurden mit einem Beschwerer an Ort und Stelle gehalten, der die Form eines Kreuzes hatte. Elliot zweifelte nicht mehr daran, mit wem die La Flamencs so erfolgreich Geschäfte machten.

Langsam wanderte sein Blick über den Schreibtisch und blieben dann an einem Gegenstand haften, der sich so sehr in das Gesamtbild einfügte, dass er ihn fast übersehen hätte.

Ein Kugelschreiber.

Er lag auf einem Zettel, das Blatt war unterschrieben. LA FLAMENC ließ sich entziffern. Das war aber nicht wichtig. Entscheidend war der Kugelschreiber selbst, in dem sich das Licht seiner Feenkugel matt spiegelte. Sein Herz pochte, die Hände zitterten, als er nach dem Stift griff. Vorsichtig wog er ihn in der Hand. Zu schwer für ein billiges Plastikimitat. Elliot wusste nicht, wie sich Gold anfühlte, aber er wusste: Dieser Kugelschreiber war kein gewöhnlicher. Das merkte er sofort.

Die Tür wurde aufgestoßen, und er erschrak. Gerade so konnte er verhindern, dass sich ein Schrei seinen Weg nach draußen bahnte.

»Nur ein weiteres Badezimmer«, sagte Soleil. »Wie schaut es hier …«, sie brach mitten im Satz ab. »Zeig her!«

Als hätte er einen Pokal gewonnen, hielt er den Kugelschreiber in die Höhe. Soleil kam zu ihm, nahm ihm den Stift aus der Hand und hielt ihn prüfend ins Licht. »Avalonisches Gold, kein Zweifel«, stammelte sie. Elliot konnte die Ehrfurcht in ihren Augen erkennen. »Das hier stammt aus meiner Heimat. Also zumindest das Gold, aus dem der Kugelschreiber hergestellt wurde. Nicht der Kugelschreiber selbst.«

Die Freude über ihren Erfolg wurde von Elliots Fluchtinstinkten abgelöst. Der Drang, möglichst schnell aus dem Bunker zu verschwinden, meldete sich wieder zu Wort. »Dann nichts wie weg hier.«

»Ganz deiner Meinung«, sagte Soleil und ließ den Kugelschreiber in ihrer Tasche verschwinden. Sie waren schon wieder im Flur, als Soleil plötzlich wie zur Salzsäule erstarrt stehen blieb. Elliot, der dicht hinter ihr war, hätte sie fast umgelaufen. Dann hörte er es auch.

Von unten hallten Geräusche hinauf. Schwere Schritte.

Zu laut und zu heftig für einen Elf oder einen Menschen. Es klang wie ein Bär mit Sicherheitsschuhen, die man mit Beton gefüllt hatte. Jeder Schritt hinterließ ein lautes Klonk. Und die Klonks kamen immer näher.

Soleil packte Elliot am Arm und zog ihn hinter sich her. Sie marschierten in das Kinderzimmer, und bevor Elliot realisierte, was passierte, verwandelte sich Soleil schon in ein rosa Kuschel-Einhorn. Hinter sich hörte er, wie das Klonk die Treppe hochkam. Langsam und behäbig, aber zielstrebig. Hektisch sah er sich um. Dieser Raum war voll mit Krimskrams. Er ergriff mit seinem Chamäleonfinger einen der Buntstifte auf dem Schreibtisch, und sofort fing er an zu schrumpfen. Es war wie ein Strudel, der ihn nach unten in Richtung Schreibtisch zog. Sein Körper wurde zusammengestaucht. Elliot hatte zwar keine Schmerzen, aber ein unangenehmes Kribbeln breitete sich aus, das ihn an eingeschlafene Beine erinnerte.

Einen Augenblick später verfolgte er das Geschehen vom Schreibtisch aus. Er konnte seinen Kopf nicht drehen und starrte stoisch auf die gegenüberliegende Wand. Gliedmaßen hatte er nicht mehr. Er war jetzt ein Gegenstand, und Gegenstände hatten keine Beine oder Arme. Alles, was er spürte, war der feste Griff seines Chamäleonfingers um den Buntstift, den er imitierte. Es brauchte nur den Gedanken, und er würde ihn wieder loslassen, um ein Mensch zu werden.

Das Klonk hatte mittlerweile die erste Etage erreicht. Elliot sah immer noch nicht, was für das Geräusch verantwortlich war, aber er hörte es. Er versuchte, in dem großen Haufen Kuscheltiere zu erraten, welches Soleil war, gab aber auf. Es waren einfach zu viele pinke Einhörner.

Das Licht im Flur wurde angeworfen, und durch einen Schattenwurf sah Elliot, was ihnen auf der Spur war. Er verfluchte ihren ganzen Plan um die Avalon-Formel. Er verfluchte sich dafür, sich auf diese Dummheit eingelassen zu haben. Er verfluchte sich, überhaupt im Merlin-Center angefangen zu haben. Denn es war kein Bär mit Sicherheitsschuhen. Der Schatten sah wie ein geflügelter Dämon mit Hörnern und Bergen von Muskeln aus. Es war nicht viel, was er sah, es ließ aber das Schlimmste erahnen. Er schloss seine Augen. Jetzt konnte er nur noch abwarten und hoffen.

Das Klonk suchte die anderen Zimmer ab. Elliot hörte die Schritte und sich öffnenden Türen. Hoffentlich bemerkte das Wesen den fehlenden Kugelschreiber nicht. Dem Familienoberhaupt würde der Verlust sicherlich auffallen, aber dann waren sie hoffentlich schon über alle Berge.

Zu dem lauten Stapfen kam ein zischendes Geräusch, das wie verdampfendes Wasser klang. In seiner Vorstellung malte sich Elliot einen blutrünstigen Dämon aus, mit großen geschwungenen Flügeln, die an eine Fledermaus erinnerten. Loderndes Feuer in den Augen und eine Kette aus Fingerknochen um den Hals.

Das, was ein paar Momente später in sein Sichtfeld kam, entsprach nicht exakt seiner Vorstellung. Es hatte zwar Flügel, aber die Augen waren eisig blau, und es hatte keine Kette um den Hals. Dafür aber zwei Hörner auf dem Kopf. Die graue Haut erinnerte an Stein, und Elliot wusste, was sie vor sich hatten. Einen der Wasserspeier vom Dach.

Die La Flamencs hatten zwar weder Wachhunde noch eine Alarmanlage, dafür aber einen Gargoyle.

Elliot wusste nicht, ob er sich freuen oder vor Angst in die nicht mehr vorhandene Hose machen sollte. Zwar stand ihm kein Dämon gegenüber, aber es brauchte auch keinen Höllenfürsten, um mit ihnen beiden fertig zu werden. Ein

Gargoyle reichte definitiv aus. Der muskulöse steinerne Körper bewegte sich ruckartig in das Zimmer hinein. Dann blieb die Kreatur stehen und sah sich um.

Geh weiter, verdammt, dachte Elliot.

Aber der Gargoyle blieb und schnupperte wie ein Hund an einem Laternenpfahl. Die kalten Augen suchten, was die Nase schon längst entdeckt hatte. Wenn man einen Drogenspürhund vor sich hatte, nützte das beste Versteck nichts. Der steinerne Koloss bewegte sich ruckartig durch das Zimmer. Seine Gelenke verursachten Geräusche, als würde Granit aufeinanderreiben.

Elliot beobachtete den Gargoyle, wie er zum Bett hinüber stakste und die Decke zur Seite zog. Auch wenn die Bewegungen grob und steif wirkten, legte das Geschöpf eine Schnelligkeit an den Tag, die jeden Gedanken an Flucht verblassen ließ. Ihre einzige Chance war, nicht entdeckt zu werden. Es sei denn, Soleil hätte noch eine Wunderwaffe in ihrem Beutel.

Ratlos drehte sich das Monster im Zimmer hin und her. Die Nasenflügel blähten sich auf, und es ließ ein bedrohliches Knurren aus seiner Kehle entfleuchen. Es schien den Wald vor lauter Bäumen nicht zu sehen. Der Gargoyle wusste, dass die Einbrecher in diesem Zimmer waren. Seine Nase verriet es ihm. Aber er sah sie nicht, und das machte ihn wütend. In dem Moment, als das Ding zum Kleiderschrank polterte, verwandelte sich eines der Einhörner in Soleil.

»Renn, Elliot«, brüllte sie.

Elliot fluchte, ließ mit einem Gedanken den Stift los und sprang vom Schreibtisch. Er rannte durch die Tür und hörte, wie Soleil sie hinter ihnen beiden zuzog.

»Warum?«, schrie er.

»Später«, antwortete Soleil knapp und schubste ihn fast die Treppe runter.

Sie hatten die Treppe zur Hälfte hinter sich gebracht, da hörten sie im ersten Stock Holz splittern. Der Gargoyle hatte die Tür aus ihren Angeln gerissen. Aus dem Knurren war ein bedrohliches Brüllen geworden, das selbst ein Rudel hungriger Wölfe in die Flucht geschlagen hätte.

Elliot und Soleil rannten durch den Flur.

»Wir werden es nicht schaffen. Such dir irgendwas Neues«, schrie die Elfe und verwandelte sich in dem Augenblick in einen kleinen Blumenkübel, der auf dem Boden stand.

Elliots Herz pulsierte, seine Gedanken rasten. Hektisch sah er sich um: Bilder, eine Garderobe, ein Spiegel. Hinter ihm wurde das Poltern immer lauter.

Er öffnete die Tür zu seiner Rechten und fand sich im begehbaren Kleiderschrank wieder. Jackpot!

Elliot verwandelte sich in einen der Lederschuhe und atmete tief durch. Hier drinnen würde der Gargoyle lange suchen. Einziger Nachteil: Elliots Sichtfeld war direkt auf die Wand gerichtet, und er musste sich komplett auf sein Gehör verlassen.

Er hörte, wie der Wasserspeier an ihm vorbeipolterte in Richtung Wohnzimmer. Elliot hoffte, dass das Ding dortbleiben oder draußen weitersuchen würde, aber nach kurzer Zeit hörte er, wie der Gargoyle zurückkam. Wenn Elliots Ohren ihn nicht täuschten, musste das Vieh irgendwo im Flur stehen.

Im Flur, wo Soleil sich als Blumenkübel versteckt hielt.

In einer Mischung aus Dummheit, Mut und Naivität, in jedem Fall aber ohne nachzudenken, ließ Elliot den Schuh los und verwandelte sich wieder in einen Menschen.

»Ich bin hier drinnen«, rief er und griff wahllos in das Regal. Er sah noch, wie der Gargoyle im Türrahmen stand, als er wieder zusammenschrumpfte und sich sein Sichtfeld auf die Wand beschränkte.

Langsam, aber laut wie eine Herde galoppierender Pferde, kam das Monster in den begehbaren Kleiderschrank. Die Luft um ihn herum wurde kälter, und Elliot hörte das tiefe Rasseln aus der Lunge des Gargoyles. Schuhe wurden aus dem Regal gerissen und auf den Boden geworfen. Er sah es nicht, hörte es aber. Elliot malte sich aus, was passierte, wenn das Ding ihn zwischen die Klauen bekam, zerquetschen und auf den Boden werfen würde. Soleil hatte ihm nicht gesagt, was mit dem Träger eines Chamäleonfingers passierte, wenn man den Gegenstand zerstörte, den er gerade darstellte. Die Chancen standen gut, dass er gleich wie eine zerquetschte Tomate auf dem Boden liegen würde.

Aber es kam anders.

»Hier bin ich, Steineklopfer«, brüllte Soleil aus dem Flur. Sofort ließ der Gargoyle von der Suche ab und polterte zurück auf den Flur.

Elliot nahm wieder seinen menschlichen Körper an und atmete kurz durch. Seine Klamotten waren komplett durchgeschwitzt, und er zitterte. Nur das Adrenalin, das durch seine Adern pumpte, hielt ihn auf den Beinen. Er lief zur Tür und spähte hinaus.

Im Wohnzimmer sah er den Gargoyle stehen, der brüllte und Vasen aus einer Vitrine riss.

Lange konnten sie dieses Katz-und-Maus-Spiel nicht mehr durchziehen. Es war nur eine Frage der Zeit, bis der Wasserspeier aus Frust die ganze Wohnung zerlegte und sie gleich mit.

Elliot sah zur Haustür. Ganz gewiss war sie abgeschlossen, und er durfte Soleil nicht ihrem Schicksal überlassen.

Aber wo kein Ausweg war, würde der Gargoyle vielleicht einen für sie schaffen.

Elliot lief zurück zu den Schuhen, schnappte sich mit seiner freien Hand einen orangefarbenen Stöckelschuh und stellte sich vor die Tür.

»Hier drüben«, rief Elliot und winkte mit dem Schuh.

Der Gargoyle hielt inne. Fast mechanisch drehte er seinen Kopf in Elliots Richtung. Die beiden trennten zwanzig Meter, und das Ungetüm lief los. Wie eine Dampfwalze donnerte es auf ihn zu, um sein Opfer zu zerquetschen. Der Boden bebte unter Elliots Füßen, und plötzlich kam er sich dumm vor. Er hatte keine Garantie, dass sein Plan funktionierte. Und wenn er scheiterte, war es das. Der Wasserspeier würde ihn zerdrücken.

Kurz bevor ihn das Monster erreichte, griff Elliot mit der mit dem Chamäleonfinger behandschuhten Hand nach dem orangefarbenen Stöckelschuh. Sein Sichtfeld schrumpfte, und er sah die Überraschung in der steinernen Miene des Angreifers. Während Elliot zu Boden gezogen wurde, donnerte der Gargoyle über ihn hinweg.

Es folgte ein ohrenbetäubendes Krachen, und Elliot ließ den Schuh sofort wieder los. Er lief in Richtung des Wohnzimmers und warf einen Blick über die Schulter. Der Gargoyle hatte die Haustür mit seinem Gewicht durchbrochen. Die zerstörte Tür lag in zahlreichen Splittern auf dem Boden, der Wasserspeier raffte sich benommen wieder auf.

Zwar waren sie den Wachhund nicht losgeworden, aber sie hatten eine weitere Fluchtoption.

Elliot rannte ins Wohnzimmer, wo sich ein Sofakissen in Soleil verwandelte.

»Wo ist er?«

»Durch die Haustür«, sagte Elliot.

Soleil nickte und rannte durch die Terrassentür in den Garten. Elliot blieb ihr auf den Fersen. Im Laufen streifte sich Soleil den Chamäleonfinger ab und stopfte ihn in ihre Tasche.

»Du auch«, rief sie außer Atem. Hinter ihnen kam das Poltern wieder bedrohlich näher.

Elliot kam dem Befehl nach. Als sie sich beide des Handschuhs entledigt hatten, ergriff sie seine Hand. Mit der anderen friemelte sie ein Schnellreiseticket aus ihrer Tasche.

»Feuer?«, fragte sie.

Elliot holte das Feuerzeug aus seiner Hosentasche. Sie waren nur wenige Meter vom Gartenzaun entfernt, und er traute sich nicht, einen Blick nach hinten zu werfen. Der Lärm und das Knurren waren Warnung genug.

Soleil hielt ihm das Schnellreiseticket hin, und Elliot versuchte, es zu entzünden. Keine leichte Aufgabe, aber das Papier fing an zu brennen, als sie den Gartenzaun erreichten.

Sie drehten sich um, hielten sich fest an den Händen und sahen dem Gargoyle in die kalten Augen. Hinter ihm war eine Spur der Verwüstung zu erkennen. Die La Flamencs würden den Einbruch bemerken, noch bevor sie aus dem Taxi stiegen.

Der Gargoyle holte mit seiner Pranke aus, Elliot schloss die Augen und verfluchte das kleine Stück Papier, das noch nicht komplett verbrannt war.

Er stellte sich schon auf den Hieb des Monsters ein, da zog ihn eine Kraft nach oben. Er würde nie wieder schlecht über Schnellreisetickets und deren Nebenwirkungen denken.

»Warum hast du dich zurückverwandelt?«, fragte Elliot. Er versuchte seine Aufregung und den Ärger zu unterdrücken, zitterte aber am ganzen Körper. Das Schnellreiseticket hatte sie auf eine grüne Wiese in den Highlands gebracht. Es war Soleils Notfallausstieg gewesen, für den Fall, dass etwas schiefging und sie schnell verschwinden mussten. Zum Glück hatte sie das eingeplant.

»Hätte er uns nicht gefunden, hätte er sich einfach in den Raum gehockt und auf die La Flamencs gewartet. So funktionieren diese Teile«, antwortete Soleil immer noch außer Atem. »Ich hätte schon drauf kommen müssen, als wir die Teile auf dem Dach gesehen haben. Natürlich halten sich solche Snobs keine Dobermänner oder haben eine Alarmanlage, sondern einen Gargoyle.« Sie schüttelte entgeistert den Kopf. »Wie konnte ich das nur übersehen?«

Elliot wusste nicht, was er darauf antworten sollte. »Immerhin leben wir noch.«

»Und viel besser: Wir haben das avalonische Gold.«

Elliot war sich nicht sicher, ob das besser war, aber sie hatte recht. Der Einsatz ihres Lebens war nicht umsonst gewesen und ihre Mission erfolgreich.

»Wird das noch irgendein Nachspiel haben?«

Soleil zuckte mit den Schultern. »Wird bestimmt für Aufregung in der Gemeinschaft sorgen, dass bei den Flamencs eingebrochen wurde. Aber wir haben ja keine Spuren hinterlassen.«

Das war richtig, und bei dem Chaos, das der Gargoyle veranstaltete, würde auch niemand einen goldenen Kugelschreiber vermissen. Elliot ließ sich ins Gras fallen und hoffte, dass er nie wieder so einem Monster begegnen würde.

»Der Wasserspeier kann uns nicht verpfeifen?«

»Nein, die Dinger reden nicht. Sie können Befehle und Anweisungen entgegennehmen, aber das war es auch. Und in diesem Fall lautete der Befehl wohl: Wenn jemand einbricht, warte, bis er dir ins Netz gegangen ist, und dann mach ihn kalt«, erklärte Soleil. »Das Einzige, was die Viecher aufhält, ist Sonnenlicht. Dann verwandeln sie sich wieder in Stein.«

»Also brechen wir das nächste Mal besser am helllichten Tage ein?«, fragte Elliot und lachte. Soleil stimmte ein. Sie schwiegen einen Moment, und Elliot merkte, wie sein Körper schmerzte.

»Nimmst du den Kugelschreiber mit?«, fragte er.

»Kann ich machen«, antwortete sie. »Mir fällt schon ein gutes Versteck ein.«

»Wie geht es weiter?«

Soleil überlegte. »Als Nächstes steht die Haarsträhne einer Nixe an. Das sind Fabelwesen, und wenn ich mich nicht irre, ist das dein Spezialgebiet.«

Spezialgebiet war übertrieben. Er war wie ein Futterautomat, der zur richtigen Zeit am richtigen Ort Fleisch und Seetang über den Zaun kippte. Er hatte dank Gerry viel über die Fauna des Merlin-Centers gelernt, aber Nixen waren für ihn wie ein schwarzer Fleck auf der Landkarte. Er wusste, dass sie da waren, hatte aber selbst noch nie eine zu Gesicht bekommen. Laut Gerry würde das auch nicht passieren, denn sie lebten am Grund des künstlichen Meeres und ließen sich nie blicken. Und zwischen dem Grund und der Wasseroberfläche waren die Seebären. Fellbepackte Fetttorpedos mit dem Gebiss einer Hyäne.

»Ich werde mich mal informieren«, sagte Elliot diplomatisch. »Baust du in der Zeit ein U-Boot?«

Soleil lachte.

Es fing an zu regnen, und sie verabschiedeten sich. Beide entzündeten ihre Schnellreisetickets und verschwanden im Himmel.

KAPITEL 11

Mittlerweile war Juni, und das bedeutete Schulferien in Schottland. Das galt nicht nur für Kinder von normalen Familien, sondern auch für kleine Elfen, Zwerge oder Menschenkinder mit einem Familienstammbaum, der seine Wurzeln im Okkulten und Phantastischen hatte. Für Elliot bedeutete das noch mehr Arbeit. Während es vor allem vormittags immer recht entspannt gewesen war, kamen in die Abteilung für Fabelwesen nun zahllose Besucher. Sie hatten alle Hände voll zu tun: Gerry kümmerte sich um die phantastischen Bewohner, und Elliot war dafür verantwortlich, dass niemand ins Gehege fiel und alle Fragen beantwortet wurden.

Dadurch blieb ihm wenig Zeit, den Nixen nachzugehen.

Soleil traf er auf dem morgendlichen Gang ins Fabelwesengehege oder in den Mitarbeiterräumen. Sie sprachen nicht über ihre Pläne, denn die Wände konnten hier sprichwörtlich Ohren haben. Elliot wusste auch noch nicht, wer ihren Ausflug zu Jonna Jagersman an die Inquisition verraten hatte. Bis dahin wollte er kein weiteres Risiko eingehen.

Auch hatte er noch keinen Plan, wie er Gerry über die Nixen ausfragen sollte. Seit er hier arbeitete, hatte er sich nicht für die Meerjungfrauen interessiert. Wenn er jetzt plötzlich danach fragen würde, könnte sogar der etwas begriffsstutzige Büffel misstrauisch werden. Außerdem hatte er keine Gewissheit, dass nicht auch sein Vorgesetzter der Maulwurf sein könnte, der ihn verraten hatte. Gerry stand zwar ganz unten auf seiner Liste potenzieller Verdächtiger, sogar hinter Soleil, aber ausschließen konnte er es nicht. Also hielt er erst mal den Kopf unten und versuchte, seine Arbeit zu erledigen. Irgendwann würde sich eine Gelegenheit ergeben.

Als Feierabend war, beeilte sich Elliot. Er wollte in der Buchhandlung vorbeischauen. Einmal hatte er da schon Erfolg gehabt, als er etwas recherchierte. Vielleicht gab es auch ein Buch über Nixen. Dann käme er gar nicht in die doofe Situation, mit seinem Chef drüber sprechen zu müssen.

Aber der Abend verlief anders als geplant.

Als Elliot den Fahrstuhl betrat, saß da der dicke Mr. Hurley. Seine smaragdgrünen Augen starrten ihn an.

»Ich soll zu Theodore, oder?«

Der Kater miaute zustimmend. Zumindest bildete sich Elliot das ein, denn er verstand Katzen nicht. Aber Mr. Hurley hatte seine eigene Art, mit den Menschen zu kommunizieren. Er war wie ein Polizist, der wusste, dass er das Gesetz auf seiner Seite hatte und Diskussionen das Unausweichliche nur herauszögerten.

Der Fahrstuhl fuhr also nach unten und nicht nach oben.

Elliot folgte dem Kater durch den kargen Flur zu Theodores Büro. Auf dem Weg rotierten seine Gedanken. Hatten sie etwas im La Flamenc-Bunker liegen lassen? Irgendwelche belastbaren Spuren? Gab es Kameraaufzeichnungen? Ihn würde es nicht wundern, wenn eine Familie wie die La Flamencs nicht nur in Gargoyles investierte, sondern auch in ein paar Kameras. Wenn das der Fall war, erwartete ihn bestimmt schon die Polizei in Theodores Büro, um ihm Handschellen anzulegen und ihn mitzunehmen. Wobei es sicherlich nicht die gewöhnliche Polizei wäre, sondern ein Geheimdienst, der mit magischen Angelegenheiten beauftragt war. Je mehr sich Elliot in solche Gedanken hineinsteigerte, umso unwirklicher kam ihm das alles vor. Er kämpfte den Fluchtinstinkt in seinen Beinen nieder.

Sie betraten das Büro, und Mr. Hurley ließ sich auf dem Kissen nieder.

»Elliot, mein Junge, schön, dass Mr. Hurley dich noch gefunden hat. Nimm doch Platz«, sagte Theodore und zeigte auf einen der Stühle vor seinem Schreibtisch.

Elliot sah sich um. Keine Polizisten oder Typen in langen Mänteln. Das war gut.

»Tee?«, fragte Theodore, aber Elliot schüttelte den Kopf. »Whiskey? Schließlich hast du Feierabend.«

Whiskey war so das Letzte, was Elliot wollte. »Hab eben noch eine Flasche Wasser getrunken«, antwortete er und lehnte höflich ab.

»Wie gefällt es dir? Hast du dich gut eingelebt?«, fragte Theodore und setzte dabei einen Plauderton wie unter Kumpels auf, die sich seit Jahren nicht gesehen hatten.

Elliot kam das seltsam vor, so war Theodore doch sonst nicht. »Sehr gut, danke. Die Arbeit macht viel Spaß und hält viele Überraschungen bereit«, erwiderte Elliot.

»Kann ich mir vorstellen, wenn man damit vorher nie zu tun hatte. Und Gerry, ihr versteht euch?«

»Ja, wir kommen gut zurecht.« Elliot hatte keine Ahnung, worauf die Unterhaltung hinauslief. Entweder bekam er gleich eine Beförderung oder die Kündigung auf den Tisch.

»Wunderbar. Ich habe von eurer Begegnung mit der Inquisition bei Jonna Jagersman erfahren. Wir müssen vorsichtiger sein, die sind wirklich hinter dir her. Hier bist du sicher, genau wie zu Hause, bei deinem Vater.«

»Warum zu Hause?« Elliot erschloss sich nicht, was die Inquisition daran hindern sollte, in so einer Bruchbude einzumarschieren.

»Nun, es gibt Grundstücke, die sind für die Inquisition tabu. Dazu gehört unter anderem das Merlin-Center, aber auch das kleine Stück Land, auf dem euer Haus steht. Was meinst du, warum dein alter Herr so selten vor die Tür geht?«

Das ergab Sinn. Aber … »Tabu?«

»Eine Schutzzone, wenn du so willst. Auf eurem Land hat vor vielen Jahren, eigentlich sogar Jahrhunderten, wenn du es ganz genau wissen willst, ein mächtiger Magier gewohnt. Und der hatte ungern Besuch von Gästen, die ihm Böses wollten. Hat schon mal ein Staubsaugervertreter an eurer Tür geklopft?«

»Nein«, erwiderte Elliot, nachdem er kurz überlegte.

»Zeugen Jehovas?«

»Auch nicht.«

Theodore nickte zufrieden. »Die Inquisition weiß zwar so ungefähr, wo ihr wohnt, aber sie kann euch einfach nicht finden. Denn wo euer Haus steht, sehen sie stattdessen einen Schuppen oder eine Garage. Vielleicht auch eine Bauruine. Wenn sie nicht eingeladen werden, können sie nicht eintreten.«

Das mit der Bauruine kam der Realität schon bedenklich nah, dachte Elliot. »Okay, also keine Ausflüge mehr in die Innenstadt. Verstanden. Wie lange muss ich meinen Kopf denn unten behalten?«

»Nun, das kann ich dir leider nicht sagen, mein Junge. Du scheinst etwas zu haben, was die Inquisition sehr gerne haben möchte. Deinen Vater hatten sie deshalb auch schon mal eingebuchtet und wieder freigelassen.«

»Meinen Vater?«, fragte Elliot irritiert. Bisher wusste er nur, dass seine Mutter in die Fänge der Inquisition geraten war.

»Kurz nachdem sie deine Mutter gefasst hatten, holten sie auch deinen Vater. Sie hofften wohl, dass er mehr reden würde, aber ich denke, er wusste nichts. Sonst hätte er es ihnen sicherlich erzählt. Er war nie so stark wie deine Mutter, weißt du?«

»Also hatte er gar keinen Arbeitsunfall?« Es war, als würde Elliot plötzlich das letzte Teil eines Puzzles an die richtige Stelle legen. »Sein steifes Bein und die Brandnarben im Gesicht stammen von Folter?«

»Korrekt«, antwortete Theodore. »Sie haben deinen alten Herren gebrochen, und er hat trotzdem nicht geredet. Also ließen sie ihn wieder auf freien Fuß in der Hoffnung, er würde sie zu ihrem Ziel führen. Ich habe mich dann darum gekümmert, dass er mit dir in dem Haus unterkommt, wo ihr sicher wart.«

Sein Vater war nie im Krankenhaus gewesen, sondern war von irgendwelchen religiösen Fanatikern fast zu Tode gefoltert worden. Er merkte, wie seine Hände sich zu Fäusten ballten. Eine Wut kochte in ihm auf, die er bisher nicht von sich kannte. »Okay«, presste er hervor.

»Ich will nur, dass du weißt, dass wir hier deine Freunde sind. Und wir können dir am besten helfen, wenn du mit uns redest. Du hast zwar Feinde, bist aber nicht allein. Ich weiß, was deine Mutter gesucht hat. Solltest du ihr Erbe antreten, halt mich auf dem Laufenden.«

Elliot nickte. »Meine Mutter lebt noch, oder?«

Theodore verzog das Gesicht. »Davon gehen wir aus.

Aber wissen tut das leider niemand. Seitdem die Inquisition sie ins Magna Carcarem gesteckt hat, hat man nie wieder etwas gehört. Sie wurde vom Vatikan lebenslänglich weggesperrt.«

»Wie kann das sein? Warum unternimmt niemand etwas dagegen? Die Regierung von Schottland?« Elliot wurde aufbrausend.

»Gegen die Kirche kann niemand etwas unternehmen. Sie gibt es schon länger als jede Regierung. Sie hat in jedem Land ihre Institutionen, ihre Unterstützer. Niemand würde es wagen, sich mit der Kirche anzulegen. Aber vor allem, und das ist vielleicht noch schlimmer, niemand würde dir glauben. Wir sind auf uns gestellt, Elliot.«

Das war keine befriedigende Antwort, aber es leuchtete ihm ein. Er fasste den Beschluss, seine Bemühungen, etwas über die Nixen herauszufinden, zu verstärken. Elliot verabschiedete sich und war schon im Türrahmen, als Theodore ihn noch etwas fragte. »Hast du von dem Einbruch bei den La Flamencs gehört?«

Als hätte man ihm beim Schummeln in der Mathearbeit erwischt, entglitt Elliot für einen kurzen Moment das Gesicht. Theodore wusste Bescheid. »Nein«, würgte er hervor.

»Gut, mit denen legt man sich lieber nicht an«, antwortete Theodore. Das Lächeln in seinem Gesicht verriet aber, dass er Elliot durchschaut hatte.

Die Buchhandlung hatte schon geschlossen, als Elliot dort ankam. Also kam er Theodores Empfehlung nach und reiste per Schnellreiseticket direkt nach Hause. Dort empfing ihn das vertraute Rauschen des Fernsehers. Sein Vater fixierte die Mattscheibe wie hypnotisiert und bemerkte ihn gar nicht. Elliot sah ihm ein paar Minuten lang zu, wie er sich eine Doku über das Revierverhalten von Affen anschaute. In diesem Moment regte sich zum ersten Mal ein Gefühl, was er nie mit seinem Vater in Verbindung gebracht hatte: Mitleid. Er hatte nie viel von seinem Dad gehalten. Er war vor allem Ballast für ihn, und Elliot hatte immer geglaubt, dass er auch Ballast für seine Mutter gewesen war und sie deshalb die Flucht ergriffen hatte.

Aber nach allem, was er die letzten Wochen erfahren hatte, veränderte sich das Bild langsam.

John Craig hustete und richtete sich im Sessel auf. Elliot verschwand nach oben, bevor sein Vater ihn entdeckte.

Elliot schmiss die Tasche auf das Bett und lief zum Kleiderschrank, wo er das Kinderbuch seiner Mutter versteckt hatte. Er wollte einen Blick hineinwerfen, vielleicht gab es einen Hinweis auf Nixen, den er bisher übersehen hatte. Dabei fiel ihm der dicke Almanach über Avalon auf.

Verdammt, das Buch wollte er schon längst zurückgebracht haben. Und nicht nur das: Er sollte es schon zurückgebracht haben. Elliot erinnerte sich sehr deutlich daran, wie ihm die alte Funzel im Eingangsbereich aufgelauert hatte. Bei dem Gedanken, ihr wieder zu begegnen, wurde Elliot anders. Aber er musste ihr ohnehin einen Besuch abstatten, wenn er mehr über Nixen und Seebären herausfinden wollte. Also tauchte er lieber mit dem Almanach auf, sonst würde sie ihn bald beim Chef verpfeifen. Weitere Ausreden würde sie bestimmt nicht mehr akzeptieren.

Den Rest des Abends verbrachte er damit, das Kinderbuch auf weitere Hinweise zu untersuchen. Versteckte Botschaften in den Zeichnungen, Codes in den Texten oder Zaubertinte. Aber er wurde nicht fündig. Eine Frage plagte ihn am meisten: Wie öffnete man überhaupt so ein Portal?

Zwar hatten sie eine Formel zur Erstellung des Kompasses, der sie an die richtige Stelle brachte, aber was dann? Würde sich das Portal von alleine auftun? Elliot hatte so seine Zweifel.

Genervt warf er das Buch auf den Nachttisch und versuchte zu schlafen.

Am nächsten Tag war er eine Viertelstunde zu früh auf der Arbeit. Bevor ihm nach Feierabend wieder etwas dazwischenkommen könnte, wollte er es dieses Mal morgens versuchen. Das Buch *Alles über Avalon* trug er wie ein Schutzschild vor seiner Brust, als er die Buchhandlung betrat.

»Wir haben noch geschlossen«, krakeelte es aus der hinteren Ecke des Ladens.

»Elliot Craig, ich wollte das Buch zurückbringen.«

Langsam schob sich ein Gesicht zwischen zwei Bücherregalen hervor. Elliot fühlte sich wie früher, wenn er zur Direktorin zitiert wurde und ein Einlauf kurz bevorstand.

»Schau an, wurde ja auch Zeit. Dachte schon, ich müsste mal mit Theodore reden«, kommentierte sie trocken. Elliot hatte keinen Zweifel, dass sie nicht schon mit Theodore gesprochen hatte. »Leg es auf den Tresen.« Der Kopf verschwand wieder zwischen den Bücherregalen.

Elliot atmete aus. Das hatte er sich schlimmer vorgestellt. Er legte das Buch neben der Registrierkasse ab und wanderte dann zwischen den Regalen auf der Suche nach einem Buch, das ihm bei seinen Problemen weiterhalf.

In der Buchhandlung gab es genau zwei Abteilungen: Belletristik und Sachbücher. Damit ließ sich eine Hälfte ausschließen. Aber da die Sachbücher nicht nach einem System geordnet waren, weder nach Autoren, noch alphabetisch oder nach Themen, wusste Elliot, wenn er sich nicht überwand, nach Hilfe zu fragen, würde er zu spät zur Arbeit erscheinen.

Er nahm all seinen Mut zusammen und suchte Mrs. Gwyneth. Er fand sie neben einem Schiebewagen, der voll mit Büchern war, die sie gerade einsortierte. Das alles passierte in einem Tempo, das selbst Finanzbeamte wie Akkordarbeiter erscheinen ließ.

»Entschuldigen Sie«, sagte Elliot.

Die alte Frau hielt inne und richtete sich auf. Ihr Haar wirkte etwas weißer und strohiger als bei ihrer letzten Begegnung. »Noch irgendwas? Wir eröffnen gleich, und ich muss noch einiges einräumen.«

Elliot hatte keinen Zweifel, dass sie das so oder so nicht schaffen würde. »Ich suche etwas über nautische Fauna.« Elliot war sich sicher, dass das kein richtiger Begriff war, den jemand so verwendete. Aber er wollte ihr nicht mehr sagen als nötig. Denn wenn es jemanden im Merlin-Center gab, den er verdächtigte, mit der Inquisition zusammenzuarbeiten, dann war es Mrs. Gwyneth.

Sie zog eine Augenbraue hoch. »Sie haben immer interessante Anfragen, junger Mann. Aber für Fauna sitzen Sie doch genau an der Quelle.«

»Ich möchte etwas darüber lesen.«

»Warum fragen Sie nicht Ihren Büffel? Einen besseren Experten werden Sie auch in meinem Laden nicht finden«, erwiderte sie und klang dabei, als hätte sie eine schwere Niederlage eingestanden.

»Er hat viel um die Ohren, und ich würde mich gerne fortbilden«, entgegnete Elliot. »Können Sie mir gar nichts anbieten?«

Mrs. Gwyneth atmete genervt aus. Sie klang dabei wie ein Teekessel. »Gang drei, bei den Sachbüchern. Halt nach einem blauen Buchrücken Ausschau. Der Autor müsste Dewwyn heißen.«

»Danke schön«, sagte Elliot. Das war geschafft. Er eilte in Gang drei und warf dabei einen Blick auf seine Armbanduhr. Fünf Minuten, dann würde das Center eröffnen. Er beeilte sich und fing an zu suchen.

100 Jahre Schnellreisetickets und ihre Entstehungsgeschichte. Das Leben und Wirken des großartigen Mister Chuckleberg. Zauberschmieden für Anfänger.

Elliot überflog die Buchrücken und las allerhand Titel, die sein Interesse weckten, für die aber keine Zeit war. Zu seinem Nachteil gab es in Gang drei eine große Anzahl blauer Bücher.

Mein Haustier, der Wolpertinger. Dichten lernen mit Renö, dem Zwergminnensänger. Kaffeesatz lesen und korrekt deuten.

Elliot fluchte innerlich. In der untersten Reihe des letzten Regals wurde er dann endlich fündig. Wie immer bewahrheitete sich die alte Binsenweisheit, dass man hinten anfangen sollte zu suchen. Wobei die Dinge, die man brauchte, dann meistens vorne waren.

»*Der phantastische Ozean* von Charles Dewwyn«, las Elliot leise Titel und Autor vor. Das Cover zeigte eine Welle in einem Meer aus Blau. Er drehte das Buch um und las den Klappentext.

»Wir haben den Amazonas erforscht, den Himalaya bestiegen und sind zum Mond geflogen. Aber das größte Geheimnis wartet nicht im Weltall, sondern in den Tiefen der Ozeane. Sie sind voller Wunder: riesige Kraken, der geisterhafte Fliegende Holländer, Sirenen. Ich nehme Sie mit auf eine Reise zu den großartigsten Geschöpfen unserer Meere. Ihr Charles Dewwyn.«

Kein Wort über Nixen, stellte Elliot enttäuscht fest. Sirenen kamen der Sache aber schon sehr nah, also ließ er das Buch in seinen Rucksack gleiten und verließ das Geschäft.

Als er auf die Uhr sah, war er zwei Minuten zu spät. Kein Problem für Gerry, aber er selbst hasste es, wenn er sich verspätete. Er durchquerte gerade die Waffenkammer, als sich ankündigte, dass die Verspätung noch größer werden würde.

Soleil stand auf dem Gang. In ihrer Hand hielt sie eine große Sense.

»Schön, dich zu sehen, Elliot.«

»Schlechte Nachrichten?«, scherzte Elliot und zeigte auf die Sense.

»Oh, ich habe dem Tod nicht seinen Job geklaut, keine Angst.« Sie sagte das so staubtrocken, dass sich Elliot nicht sicher war, ob man dem Tod wirklich den Job abnehmen konnte. Wieder merkte er, dass mittlerweile alles denkbar war. »Hast du schon was gehört?«

Elliot schüttelte den Kopf. »Bin dran.«

»Wir sollten langsam mal weitermachen. Unser kleiner Ausflug hat in der Elfen-Community übrigens für ordentlich Tumult gesorgt. Die Flamencs verdächtigen aktuell so ziemlich jeden«, flüsterte sie. »Das ist nicht weiter schlimm, die konnte schon vorher niemand leiden. Aber ich würde …«, sie stockte, »du weißt schon, das Teil gerne langsam loswerden.«

»Ich bin dran, versprochen«, erwiderte er und deutete verschwörerisch auf seinen Rucksack. Soleil hatte recht, er konnte es nicht weiter vor sich herschieben. Seine Versuche, etwas herauszufinden, waren bisher maximal halbherzig. Aber der Gedanke, in das Seebärenbecken zu steigen, war alles andere als verlockend.

»Also gut«, sagte Soleil. »Morgen Abend treffen wir uns am See, und du erzählst mir, was du herausgefunden hast?«

»Gerne«, sagte Elliot und dachte an Theodores Warnung, keine anderen Orte als das Merlin-Center und sein Zuhause aufzusuchen.

Nach Feierabend teleportierte Elliot sich sofort nach Hause. Im Rucksack hatte er das Buch über die phantastischen Wesen des Ozeans. Wenn er Soleil morgen Ergebnisse präsentieren wollte, musste da etwas über Nixen drinstehen – und über Seebären am besten auch.

Er setzte sich auf sein Bett. Draußen sorgte ein warmer Sommerregen dafür, dass die Bäume und Pflanzen nicht verdorrten. Der Regen prasselte gegen sein Fenster. Das perfekte Wetter für eine spannende Lektüre.

Er holte das blaue Buch aus seinem Rucksack und öffnete den Deckel.

1. Ausgabe, 1988.

Hoffentlich hatte man 1988 schon von der Existenz von Nixen gewusst, dachte Elliot. Er blätterte um und sah die Schwarz-Weiß-Aufnahme eines Mannes. Das wettergegerbte Gesicht und der Dreitagebart versprachen eine gewisse Abenteuerlust, die lockigen, wilden Haare Freiheit und die Abstinenz vom Friseur. Es war das Gesicht eines Entdeckers, und sein Name stand direkt darunter. Charles Dewwyn. Laut Biographie umsegelte Charles Dewwyn im jungen Alter von siebzehn Jahren mit einem Segelboot die Welt. Dabei machte er halt auf vielen Inseln und entdeckte unterwegs zahlreiche fabelhafte Lebewesen. Elliot blättert weiter, bis er das Inhaltsverzeichnis fand. Zu seiner großen

Enttäuschung gab es kein alphabetisches Register, sondern nur Kapitel. Ihm würde nichts anderes übrig bleiben, als das Buch zu lesen, bis er auf einen Abschnitt über Nixen stieß. Vorausgesetzt, es gab diesen Abschnitt über Nixen überhaupt.

Er blätterte bis zum Ende. 256 Seiten, mehr hatte das Buch nicht. Wenn er gleich mit der Lektüre begann, könnte er es heute Nacht schaffen. Dafür würde er aber auf Schlaf verzichten müssen.

Elliot wog kurz ab und entschloss, dass ihn eine kurze Nacht nicht umbrachte. Im Gegenteil: Es würde ihm wohl eher das Leben kosten, wenn Soleil und er unvorbereitet in das Seebärbecken stiegen, weil er geschlafen hatte.

Also fing er an zu lesen.

Der Einstieg war eine biographische Abhandlung von Charles Dewwyns Leben, bis er siebzehn wurde. Er wuchs als Sohn eines Hochseekapitäns und einer Hausfrau in London auf. Sein Vater war monatelang auf dem Meer unterwegs, und wenn er doch mal daheim war, war er wie ein Fremder für Charles. Seine Mutter war eine liebende, aufopfernde Elfe, die auf eine eigene Karriere verzichtet hatte, um den einzigen Sohn großzuziehen. Dementsprechend groß waren die Erwartungen an Charles. Er sollte Arzt, Jurist oder Ingenieur werden, sagten seine Eltern.

Er wollte Entdecker, Abenteurer oder Pirat werden, sagte Charles.

Die Vorstellungen seiner beruflichen Zukunft klafften weit auseinander, und spätestens als Charles in die Pubertät kam, führte das oft zu Streit im Hause Dewwyn. Während er daheim am Schreibtisch sitzen und Mathe büffeln sollte, prügelte er sich mit Gleichaltrigen in Hinterhöfen oder klaute Pasteten auf dem Wochenmarkt. Seine Eltern bekämpften dieses Verhalten mit Stubenarrest. Allerdings hatte dieser Stubenarrest eine konträre Wirkung auf den jungen Charles, denn sein Freiheitsdrang wurde umso größer, je mehr seine Eltern ihn einschränkten.

Mit fünfzehn lief Charles weg. Sein Vater war von einer langen Seereise nach Hause gekommen und hatte ihm eine ordentliche Tracht Prügel verpasst. Charles trieb sich in den Gassen von London herum, lernte Taschendiebstahl von einem Burschen, der mindestens fünf Jahre jünger war als er, und verliebte sich das erste Mal.

Aber Charles legte sich auch mit den falschen Leuten an. Er hatte schon immer ein gutes Gespür dafür gehabt, Autoritäten zu verärgern. Der blinde Nick war eine Autorität zu viel und hatte weitaus drakonischere Bestrafungsmaßnahmen als jeder seiner Lehrer. Der blinde Nick trug seinen Namen nicht, weil er blind war. Er trug seinen Namen, weil jeder seiner Feinde blind wurde – oft durch eine rostige Klinge oder einen heißen Schürhaken. Ein Schicksal, dem Charles entfliehen wollte. Also heuerte er als Smutje an Deck einer polnischen Fregatte an.

Als nach dreißig Seiten das erste Kapitel vorbei war, erwachte Elliot aus einer Art Trance. Er hatte die Zeilen verschlungen. Er war auf eine langweilige Enzyklopädie eingestellt gewesen, die Fakten herunterleierte. Stattdessen hielt er die Biographie eines Mannes in den Händen, der nicht nur wie ein Abenteurer aussah, sondern auch so lebte.

Elliot blätterte weiter und hoffte, dass der Abschnitt mit den Nixen auf sich warten ließ. Er wurde nicht enttäuscht.

Die nächsten hundert Seiten drehten sich um Charles' erste Wochen auf seinem ersten eigenen Segelschiff auf hoher See. Das Boot hatte er von dem Kapitän geerbt, bei dem er in London angeheuert war. Kapitän Kanynski war schnell so etwas wie eine Vaterfigur für Charles und Charles schnell so etwas wie ein Sohn für den kinderlosen Mann geworden. Kanynski lehrte Charles alles, was er über die Seefahrt wissen musste: Knoten, das Navigieren nach Sternen, die See zu lesen und das Wetter zu deuten. Als der Mann nach kurzer Krankheit starb, erbte Elliot nicht nur das besagte Segelschiff, sondern auch ein kleines Vermögen. Nicht groß genug, um sich ein Anwesen zu kaufen und auf den Lebensabend zu warten. Aber ausreichend, um viele Jahre die Meere zu besegeln. Und so startete das Abenteuer von Charles Dewwyn.

Er interessierte sich nicht für Wale, Delfine oder Pygmäenstämme. Charles wollte all die Kreaturen sehen, von denen seine Mutter immer in ihren Schlafliedern gesungen hatte. Geschöpfe, die im Schulunterricht nicht thematisiert wurden und in keinem Naturkundemuseum zu finden waren. Aber Charles musste lange warten, bis es zu seiner ersten Begegnung mit einem Fabelwesen kam.

Mittlerweile war es spät in der Nacht, und Elliot hatte schon mehr als die Hälfte des Buches gelesen. Wie gebannt hing er an den Worten und beschloss, in Zukunft wieder mehr zu lesen. Zwar vermutete er, dass Charles hier und da in seinen Erzählungen übertrieb, aber das störte ihn nicht. Wenn er schon die Nacht aufblieb, wollte er dabei zumindest unterhalten werden.

Auf einer kleinen Insel in der Karibik traf Charles Dewwyn auf einen dreiköpfigen Affen. Zwar war dies keine Kreatur aus den Erzählungen und Liedern seiner Mutter, aber

Charles störte das nicht. Schnell schloss er Freundschaft mit Glenn, wie er den Affen taufte. Nach kurzer Zeit musste er ihm aber zwei weitere Namen geben: Finnich und Erwin. Denn jeder Kopf hatte seinen eigenen Charakter und übernahm zeitweise die Kontrolle über den Körper. Glenn war eine freundliche Natur. Finnich schüchtern und zurückhaltend. Erwin ein hinterhältiger Bastard. Drei Charaktere gefangen in einem Körper mit drei Köpfen. Charles verbrachte zwei Monate auf der Insel und studierte den Affen, der keinen Stamm hatte. Als es an der Zeit war weiterzuziehen, überlegte Charles, ob er Glenn und Finnich mitnehmen sollte. Allerdings gab es die beiden nicht ohne Erwin, und er war sich sicher, dass das Vieh sein Schiff zum Kentern brachte, sobald es einen Fuß an Deck setzte. Erwin schlug meistens zu, wenn Glenn und Finnich schliefen. Nachts löschte er das Feuer, zerkratzte Charles' Gesicht oder fraß seine Vorräte. Er war ein zu hohes Risiko, also ließ Charles schweren Herzens den dreiköpfigen Affen auf der Insel zurück.

Davon musste Elliot unbedingt Gerry erzählen. Ein dreiköpfiger Affe, so etwas fehlte ihnen im Merlin-Center.

Die nächsten Kapitel handelten von weiteren Begegnungen. Vor der kanadischen Küste beobachtete Charles einen Wellenwal. Die Säugetiere waren größer als ihre Artgenossen und im Mittelalter für den Tod vieler Fischer verantwortlich. Denn mit ihren massigen Körpern schickten sie, vermutlich unbeabsichtigt, große Wellen los und brachten zahlreiche Boote zum Kentern. Aber die Schiffe wurden größer und die Technik besser. Wellenwale verloren an Gefährlichkeit, trotzdem hielt Charles gebührenden Abstand. Denn entschloss sich der Wellenwal, aus dem Wasser zu springen, würde das eine Welle auslösen. Und wenn sein Boot dann im schlechten Winkel stand, war es das für ihn.

Vor Grönland wäre Charles Dewwyns Boot dann wirklich fast gekentert. Er hatte Bekanntschaft mit einem Kraken gemacht. Von dem Kraken hatte er, zu seiner großen Enttäuschung, nicht viel mehr als die Fangarme gesehen, die das Segelschiff von allen Seiten umschlangen. Und Charles hatte auch nicht viel mehr Zeit gehabt, sich mit diesem Fabelwesen zu beschäftigen, denn er war mit einem Schweißgerät, welches er für handwerkliche Notfälle immer an Bord hatte, zugange, um die Fangarme zu lösen. Die heiße Flamme ließ das Fleisch des Kraken aufplatzen, und nach ein paar verbrannten Armen entschied sich das Monster, doch lieber wieder Robben zu jagen. Charles war froh, die Begegnung überlebt zu haben, aber traurig, dass er nicht mehr über dieses Geschöpf in Erfahrung bringen konnte.

Elliot sah auf die Uhr. Es war kurz vor drei, und er hatte noch knapp hundert Seiten vor sich.

Charles war siebenundzwanzig und umsegelte immer noch die Welt. Mittlerweile war er im Mittelmeer angekommen und hatte sein Boot auf Kreta festgemacht. Griechenland war für Fabelwesenforscher ein wahres Schlaraffenland. Minotauren, Harpyien, Pegasi, die Liste war lang. Aber Charles interessierte sich vor allem für jene Fabelwesen, die man unter oder auf dem Wasser antraf, und deshalb suchte er eine Goldmine auf.

Es war keine normale Goldmine und vor allem keine, in der noch geschürft wurde. Die Mine lag schon seit mehr als hundert Jahren unter Wasser. Die dazugehörige Insel musste über die Zeit dem steigenden Wasserspiegel weichen und die Bewohner fliehen. Doch die Goldmine blieb zurück und war eine optimale Rückzugsstätte für jeden, der unter Wasser atmen konnte und nicht gefunden werden wollte.

Und Fabelwesen wollten nicht gefunden werden.

Charles lieh sich eine Tauchausrüstung aus und fuhr mit seinem Segelschiff zwei Kilometer raus aufs Meer. Er hatte eine alte Pergamentrolle auf dem Dachboden eines Olivenbauers gefunden, bei dem er ein paar Tage im Stall übernachtet hatte. Darin hatte er von der Insel und der Goldmine gelesen.

Er segelte mit seinem Schiff an die Stelle, die in dem Pergament beschrieben wurde, und das Sonar verriet, dass der Meeresboden hier nicht ganz so tief war. Charles ließ den Anker sinken, stieg in die Taucherausrüstung und sprang ins Meer. Es war das erste Mal, dass Charles mit einer Taucherausrüstung tauchte. Einen Schein hatte er nicht. Aber er sank langsam zu Boden und bekam Luft, also schien er alles richtig zu machen.

Einige Zeit tauchte er ins blaue Nichts, und Charles hatte Angst, die Orientierung zu verlieren. Wo oben und wo unten war, vergaß man schnell, wenn alles gleich um einen herum aussah.

Dann sah er aber etwas. Dachziegel, einen Kirchturm, einen Brunnen, der jetzt mehr als genug Wasser fasste. Charles wusste, dass es sich um die besagte Insel handelte. Das Dorf war gut erhalten und wäre alleine schon eine Expedition wert. Aber er hatte einen Plan und nur begrenzt Luft. Er wollte die Schächte der Goldmine erkunden.

Seinen Unterlagen zufolge war der Zugang zur Mine in der Nähe des Dorfplatzes. Das Dorf wurde erbaut, als man die erste Goldader entdeckt hatte. Über die Jahre war die Mine dann unter dem Dorf entstanden. Der Albtraum eines jeden Statikers, aber von denen gab es in der Antike vermutlich noch nicht so viele. Charles machte sich an den Abstieg. Hin und wieder passierte ihn ein Schwarm bunter Fische, suchte aber schnell das Weite beim Anblick des Tauchers. Charles entzündete die kleine Helmlampe an seiner Tauchausrüstung, denn in dem Stollen war es stockfinster. Er nahm Abzweigung nach Abzweigung, ohne genau zu wissen, wonach er suchte. Ein Schatz oder ein Fabelwesen. Egal was. Sein Gespür und seine Erfahrung hatten ihn gelehrt, dass an solch geschichtsträchtigen Orten immer etwas zu finden war.

Langsam fielen Elliot die Augen zu, aber er zwang sich weiterzulesen.

Charles hatte sich verirrt. Nach ein paar Abbiegungen sah alles gleich aus. In jedem Gang dasselbe Bild: Holzlatten, die die Wände und die Decke abstützten, und grauer Fels. Er versuchte, aus dem Labyrinth herauszufinden, aber es wurde alles nur noch schlimmer. Beim Blick auf seine Luftanzeige empfand er ein ihm bisher unbekanntes Gefühl. Es sorgte dafür, dass er vergangene Entscheidungen überdachte und überlegte, an welcher Stelle er falsch abgebogen war. Nicht in der Mine, sondern in seinem Lebenslauf. Denn irgendeine falsche Abbiegung hatte dafür gesorgt, dass er sich weit unter dem Meeresspiegel in einer Mine verirrt hatte. Und sein Sauerstoff ging langsam zur Neige.

Plötzlich huschte etwas durch den Lichtkegel seiner Stirnlampe. Es war wie ein Schatten in der Nacht, von dem man nicht wusste, ob man ihn nur geträumt hatte.

Abwehrend hob er beide Fäuste. Es wäre nicht das erste Mal in Charles Dewwyns Leben, dass er mit einem Hai geboxt hätte. Aber heute musste er weder mit einem Hai noch mit einem Seeteufel in den Ring steigen.

Wieder huschte etwas durch sein Blickfeld. Zu schnell für seine Augen. Charles bildete sich ein, eine große Schwanzflosse gesehen zu haben. Langsam wurde die Luft in seinem Anzug knapp, und er japste nach Luft. Könnte das etwa eine Nixe sein?

Plötzlich wurde Elliot schlagartig wach. Vor ein paar Sätzen wäre ihm das Buch vor Müdigkeit noch fast aus den Händen geglitten, nun pulsierte sein Verstand. Charles Dewwyn hatte Nixen getroffen. Gespannt las er weiter, jetzt achtete er auf jedes Wort.

»Du hast dich verirrt, Erdenkind«, sagte eine Stimme, die mehr einem Singsang glich, in seinem Kopf. Charles wunderte sich nicht darüber. Viel mehr bestätigte es, was er bereits vermutet hatte. Er hat eine Nixe gefunden.

»Was treibt dich her?«, fragte eine weitere melodische Stimme in seinem Kopf.

»Die Neugier«, dachte Charles. Er wusste, dass er sich die Luft sparen konnte. Nixen konnten Gedanken lesen. »Ich wollte einmal in meinem Leben Nixen sehen.«

»Diesen Gefallen werden wir dir nicht tun, Sohn von Brian Dewwyn. Du würdest zu Stein erstarren.« Charles wunderte sich gar nicht, woher sie den Namen seines Vaters kannten. Wenn es stimmte, was er über die Meerjungfrauen gelesen hatte, konnten sie nicht nur Gedanken lesen, sondern auch in seinen Erinnerungen und Erfahrungen.

Seine Luftanzeige stand jetzt auf null.

»Ich weiß, das wäre das Letzte, was ich sehe«, dachte Charles. »Seid ihr so freundlich und zeigt mir den Weg nach draußen?«

Lange Zeit war es still in seinem Kopf, und Charles merkte, wie er langsam wegen des Sauerstoffmangels ohnmächtig wurde. Dann griffen ihm zwei Arme unter die Achseln.

Als Charles wieder zu sich kam, war er an Deck seines Segelschiffes. Er war glücklich. Zwar hatte er die Nixen nicht direkt gesehen, aber er war von einer berührt worden. Das war mindestens ein Teilerfolg, und irgendwann würde er wiederkommen. Dann mit mehr Sauerstoff.

Damit war das Kapitel vorbei. Elliot überlegte einen Moment, was er davon halten sollte. Vorausgesetzt, Charles Dewwyn hatte in seinen Erzählungen nicht maßlos übertrieben, was durchaus in Frage kam, waren Nixen Geschöpfe, die Gedanken und Erinnerungen lasen. Außerdem wurde man zu Stein, wenn man sie ansah. Er war zu müde, um abzuwägen, was das für ihr Unterfangen bedeutete. Ob das ein Vor- oder ein Nachteil war. Langsam driftete er in das Reich der Träume ab, wo er Charles Dewwyn wiedertraf.

Als sein Wecker am nächsten Morgen klingelte, verfluchte Elliot innerlich den Vergangenheits-Elliot, der so sorgenfrei aufgeblieben war. Er quälte sich aus dem Bett und erledigte die Morgentoilette. Als er in die Küche kam, um sich ein kleines Frühstück zuzubereiten, hörte er wieder das Rauschen des Fernsehers. Als Jugendlicher hatte er oft Angst, dass sein Vater vor der Flimmerkiste schon vor Tagen gestorben war und er es nicht mitbekommen hatte.

Er fragte sich, was aus seinem Vater werden würde, wenn Soleil und er Erfolg hatten und sie einen Weg nach Avalon öffnen könnten. Wahrscheinlich würde sich für ihn gar nichts ändern. Er würde weiter vor seinem Fernseher sitzen, wo ihn die Häscher der Inquisition nicht fanden. Um ihn musste er sich keine Sorgen machen.

Aber um seine Mutter, wenn sie denn noch lebte.

Er schmierte sich eine Scheibe Toast und goss ein Glas Orangensaft ein. Widerwillig würgte er beides herunter und dachte über das bevorstehende Treffen mit Soleil nach. Sie wollte Ergebnisse oder besser einen Plan hören. Damit konnte er noch nicht dienen. Elliot brauchte handfestere Informationen, und dafür musste er ein Risiko eingehen.

Als er in der kleinen Hütte des Fabelwesengeheges ankam, war Gerry schon da.

»Guten Morgen, Elliot. Auch eine Tasse?«

»Gerne.«

Als der Buffaloman mit zwei brühenden Tontassen kam, zog Elliot beiläufig das Buch von Charles Dewwyn aus seinem Rucksack. Auffällig drehte er es in den Händen, las die Rückseite und seufzte laut. Ein Schauspiel, mit dem er aus jeder Theater-AG geflogen wäre.

Als sein Chef immer noch nicht drauf einging, musste er zu härten Mitteln greifen. »Kennst du Charles Dewwyn?«

Beim Klang des Namens blitzte es kurz in den Augen des Büffels. »Quacksalber«, sagte er kurz angebunden. »Mehr Schundheft als wissenschaftliche Arbeit. Er verdreht Fakten, wo es ihm passt, und man findet zahlreiche Fehler in seinen Geschichten.«

»Ja, es ist sehr lebhaft geschrieben«, bestätigte Elliot. »Aber es macht auch Spaß, und manche Sachen sind wirklich interessant. Wie die Sache mit den Nixen, dass man sie nicht anschauen darf.«

»Siehst du, da geht es mit den Fehlern schon los«, polterte Gerry. »Man darf Nixen ansehen. Er vermischt da einfach die Medusa und die Nixe, wirft sie in einen Topf. Vielleicht ist es seiner Demenz im Alter zuzuschreiben.«

Das waren eigentlich gute Nachrichten. Es bestand keine Gefahr, dass sie zu Stein wurden. Aber es bedeutete auch, dass der Rest des Buches mit Vorsicht zu genießen war.

»Aber Gedanken können sie lesen?«

Der Büffel verschränkte die Arme. »Na ja, unter Wasser lässt es sich schlecht sprechen. Da mussten sie sich eben was anderes einfallen lassen.«

Das würde ihre Begegnung mit den Nixen vereinfachen. Denn sie mussten ihr Anliegen nicht erklären. Die Meerjungfrauen würden wissen, was sie von ihnen wollten.

»Und sie leben wirklich gerne in Schächten und Gängen unter Wasser?«, fragte Elliot weiter.

»Sie haben scheinbar auch gerne ein Dach über dem Kopf. Wir hatten ihnen hier vor Jahren extra ein ganzes Höhlensystem ausgehoben, damit sie sich wohl fühlen. Und das scheint der Fall zu sein, immerhin habe ich seitdem nie wieder eine gesehen. Sie meiden das Licht um jeden Preis.«

Elliot freute sich, dass Gerry so redselig war, hatte aber ein schlechtes Gewissen, seinen Chef auszunutzen. Andererseits wollte er ja nur mehr über die Bewohner des Merlin-Centers wissen. Umso mehr er wusste, desto besser konnte er auch seinen Job erledigen.

»Meiden sie auch die Seebären?«

»Ganz im Gegenteil. Verscherz es dir nie mit einer Nixe, dagegen sieht selbst ein Seebär wie ein zahnloser Greis aus.«

Elliot schluckte. »Das fällt schwer, sich vorzustellen.«

»Glaub ich, wenn man die Seebären jeden Tag so sieht wie du. Aber Nixen kennen ihre Schwachstelle.«

Elliot wurde hellhörig. Bis eben hatte er es nicht für möglich gehalten, dass die Viecher über so etwas wie eine Schwachstelle verfügen könnten.

»Seebären haben keine Augen. Dafür sehen sie mit der Nase. Also nicht direkt sehen, aber sie riechen alles sehr deutlich, und was sie nicht riechen, das hören sie. Sie verzichten auf einen Sinn, haben ihre anderen dafür aber sehr stark weiterentwickelt. Nixen sondern ein Sekret zwischen ihren Schuppen ab, was so schlecht riechen muss, dass die Seebären regelrecht in Panik verfallen, wenn sie es in die Nase bekommen.«

Elliot war gleichzeitig fasziniert über die Lehrstunde und andererseits erleichtert, dass er etwas in Erfahrung bringen konnte.

»Sind ihre Ohren auch empfindlicher? Schmerzen laute Geräusche sie?«, fragte er.

»Da die Nixen nur telepathisch kommunizieren, hilft ihnen das in dem Fall nicht.« Der Büffel sah auf die Uhr. »Ich geh mal die Futterlieferung abholen. Hab du ein Blick auf die Kinder, okay?«

Den Rest des Tages war Elliot zwar körperlich anwesend, aber in Gedanken woanders. Der Abstecher in die Tiefsee schien nicht mehr ganz so selbstmörderisch. Seebären hatten Schwachstellen, und Nixen waren nicht dafür bekannt, Menschen zu fressen. Nicht die allerbesten Aussichten, aber immerhin besser als gestern Abend.

Das brachte ihn aber zum nächsten Problem.

Sie brauchten eine Taucherausrüstung oder etwas Vergleichbares. Am liebsten ein U-Boot, aber er hatte keine Hoffnung, dass sich eines auftreiben ließ. Elliot konnte sich allerdings vorstellen, dass die Ingenieure der Zauberwelt für dieses Problem eine Lösung kannten. Irgendeine kleine Apparatur, die ihnen das Atmen unter Wasser ermöglichte und womöglich sogar den Druck ausglich. Aber das war ein Problem, das Soleil lösen musste. Sie kannte die Tricks und Artefakte ihrer Welt besser. Elliot dachte an den Chamäleonfinger. Eine großartige Erfindung, die ihnen auf dieser Etappe ihrer Mission aber leider nichts brachte. Er war gespannt, was sich die Elfe einfallen ließ.

Als Elliot und Soleil sich abends am See trafen, nieselte es. Sie suchten unter einer großen Eiche Schutz und sahen den Tropfen beim Aufkommen auf der Wasseroberfläche zu. Es hatte eine hypnotische Wirkung auf Elliot, deswegen hörte er gar nicht, wie Soleil etwas sagte. Erst als sie ihm mit dem Ellbogen anstieß, erwachte er aus seiner Trance.

»Also?«, fragte sie.

Elliot sammelte sich kurz. »Äh, ja. Die Nixen. Ich habe ein paar Infos.« Er erzählte ihr von Charles Dewwyn und von dem Gespräch mit Gerry. Davon, dass man ihnen nichts erzählen brauchte, weil sie in den Gedanken des Gesprächspartners wie in einem offenen Buch lesen konnten. Das alles trug er wie ein Hochschulprofessor vor – froh darüber, etwas beizutragen.

Soleil zog die Knie an und legte ihren Kopf darauf ab. »Okay.«

Das war alles? Elliot hätte es nie zugegeben, aber ihre Reaktion kränkte ihn ein bisschen. Immerhin hatte er sich die ganze Nacht um die Ohren geschlagen.

»Und die Seebären?«

»Über die habe ich natürlich auch etwas herausgefunden. Sie reagieren empfindlich auf Gestank und Lärm.«

»Alles klar, klingt machbar«, antwortete Soleil.

»Eine Sache müssen wir noch klären: Wie kommen wir nach unten?«

»Ich dachte, wir tauchen.« Soleils Stimme war todernst, kein Anzeichen, dass sie Elliot auf den Arm nahm.

»Nach allem, was Gerry erzählt hat, müssen wir sehr tief tauchen. Zu tief, verstehst du?«

»Dass wir nicht in unsere Badesachen steigen und mal eben abtauchen, war mir schon klar. Lass das mal meine Sorge sein«, sagte Soleil und grinste. »Sarkasmus ist nicht so dein Ding, oder?«

Elliot schüttelte den Kopf. Damit hatte sie recht.

»Was passiert eigentlich, wenn wir den Kompass nach Avalon erschaffen haben?«

»Gute Frage, darüber habe ich auch schon nachgedacht. Er wird uns irgendwo hinbringen. Wie es dann aber weitergeht? Keine Ahnung«, antwortete Soleil.

»Und die Inquisition? Was wird sie machen?«

»Wahrscheinlich versuchen, das Portal wieder zu schließen. Ich weiß nicht, wie sie es damals hinbekommen haben, aber es existieren darüber bestimmt noch Aufzeichnungen. Wenn wir es aber erst gar nicht versuchen, haben sie schon gewonnen.«

Wieder hatte sie recht. Soleil hatte verdammt oft recht, bemerkte Elliot. Trotzdem gab es in ihrem Plan aber immer noch viele unbekannte Faktoren, und das sorgte ihn. Wer konnte schon sicher sein, dass die Inquisition nicht eine Atombombe durch das Portal schicken würde? Aber darüber wollte er sich erst den Kopf zerbrechen, wenn sie den Kompass in ihren Händen hielten. Sie hatten noch einige Sachen zu erledigen. Selbst wenn sie die Nixen überzeugten, ihnen eines ihrer Haare zu überlassen, mussten sie das

Gold und die Strähne zu einem Kompass schmieden. Und das ging nur mit Drachenfeuer.

Von Gertrude kannte er bisher nur ihr Grollen, das gelegentlich bis hinunter ins Tal zu hören war. Er malte sich aus, wie sie beide von ihr mit einem Luftzug eingesogen und verspeist wurden oder erst kross gebraten und dann vertilgt. Elliot wusste nicht, wie durchgebraten Gertrude ihr Fleisch bevorzugte.

»Wenn uns das mit den Nixen gelingt, müssen wir Gerry in den Plan einweihen«, sagte Elliot nachdenklich.

»Es wird uns wohl nichts anderes übrig bleiben«, antwortete Soleil zu seiner großen Erleichterung. »Wenn wir nicht als Drachenfutter enden wollen, müssen wir mit Gerry ins Gebirge. Er ist der Einzige, der die alte Dame kennt und ihr sogar jeden Tag gegenübersteht. Das Risiko möchte selbst ich nicht eingehen.«

»Wir können ihm trauen«, sagte Elliot überzeugt.

Soleil nickte. »Gerry spielt auf jeden Fall in unserem Team. Er ist eine gute Seele und würde uns nie hintergehen. Aber er ist auch sehr naiv und plaudert gerne.«

Das wusste Elliot nur zu gut. Man musste nur ein paar unschuldige Fragen stellen, und schon erzählte der Büffel einem alles, was man wissen wollte.

»Also weihen wir ihn möglichst spät in alles ein?«, fragte Elliot.

»Ist besser«, antwortete Soleil. »Wir sollten ihm auch nicht mehr erzählen als unbedingt nötig.«

Der Regen wurde stärker und der trockene Platz unter der Eiche immer kleiner. Sie rückten zusammen.

»Noch können wir aufhören und so tun, als hätten wir nie etwas vorgehabt«, sprach Elliot seinen Gedanken frei aus. Er wollte nicht, dass Soleil sich in etwas verrannte und dachte, es gäbe keinen Rückweg mehr. »Niemand verdächtigt uns wegen des Einbruchs im Bunker.«

»Kommt nicht in Frage. Ich kann verstehen, wenn du dir diese Probleme nicht aufhalsen willst. Du bist mit unserer Welt nur kurz in Berührung gekommen. Aber meine Leute leiden seit Ewigkeiten unter der Kirche, und das muss endlich aufhören.« Sie presste die Worte hervor. »Ich mache keinen Rückzieher.«

»Ich auch nicht«, sagte Elliot. Er hoffte, dass seine Stimme so entschlossen wie Soleils klang. »Ich möchte Gerechtigkeit für meine Mutter und meinen Vater.« Denn auch dessen Leben war durch die Inquisition zerstört worden. Elliot musste ohne Mutter aufwachsen, sein Vater verlor die Liebe seines Lebens und war an der Folter gebrochen. Sie hatten ihm beide Elternteile genommen.

»Morgen Abend starten wir die zweite Phase«, sagte Soleil. »Geh sicher, dass Gerry pünktlich Feierabend macht.«

»Du kannst dich auf mich verlassen.«

KAPITEL 12

Elliot war nervös. Er war nervös ins Bett gegangen und noch nervöser wieder aufgewacht. Heute war der Tag, an dem sie in das Seebärbecken steigen wollten. In der Theorie wussten sie, wie sie sich die Viecher vom Leibe hielten. Aber die Wissenschaft hatte schon oft bewiesen, dass Theorie und Praxis zwei unterschiedliche Sachen waren. Was auf dem Papier gut klang, konnte sich als dilettantische Idee entpuppen, wenn man es ausprobierte.

Andererseits hätte es Erfindungen wie das Auto oder das Telefon nie gegeben, wenn Erfinder ihre Zweifel nicht überwunden hätten, dachte Elliot. Er versuchte, sich an diesen Gedanken zu klammern wie ein frisch geborenes Affenbaby an seine Mutter.

Auf der Arbeit wünschte er sich, dass der Arbeitstag am besten nie zu Ende ginge. Aber jedes Mal, wenn er auf die Uhr sah, schienen die Zeiger zu rennen wie Geparden auf der Jagd. Elliot hatte das Gefühl, dass sie sich ein regelrechtes Wettrennen lieferten. Für einen Rückzieher war es noch nicht zu spät, aber er hatte sich vorgenommen, es durchzuziehen.

Auch wenn er vor den Seebären echte Angst hatte. Schon

seit seinem ersten Tag im Merlin-Center war er beeindruckt von der Schnelligkeit und der Brutalität der Tiere. Wahrscheinlich würden Soleil und er es gar nicht bemerken, wenn ein Seebär sie zu ihrer Mahlzeit erkor.

Es war kurz nach Feierabend, und Elliot fegte den Boden des kleinen Schuppens. Das hatte er noch nie gemacht, aber wenn Gerry hereinkam, wollte er nicht tatenlos herumsitzen. So hätte der Büffel keinen Grund, ihn nach Hause zu schicken.

Sein Vorgesetzter kündigte sich, wie immer, mit dem lauten Poltern seiner Hufe an. Die Tür schwang auf, und der massige Körper quetschte sich durch den kleinen Eingang.

»Du noch hier?«, fragte Gerry verblüfft.

»Ich kam in letzter Zeit so oft zu spät, dass ich heute mal etwas länger mache. Unser Schuppen verdient einen kleinen Frühjahrsputz.«

Der Büffel winkte ab. »Mach dir keine Gedanken. Mir ist nur wichtig, dass du deine Arbeit erledigst. Wenn du dafür fünf Minuten weniger brauchst und die morgens lieber im Bett liegst, ist mir das egal.«

Elliot mochte den Bison wirklich sehr. Wenn es eine gute Seele im Merlin-Center gab, dann war es der zentnerschwere Büffel. »Danke«, sagte Elliot. Eine bessere Antwort fiel ihm nicht ein. Er hatte nicht damit gerechnet, dass Gerry die ganze Sache so entspannt sah. Trotzdem fegte er weiter.

»Lass ruhig, du kannst Feierabend machen«, sagte der Büffel.

Elliot hielt inne. Er brauchte einen sehr guten Grund, um länger als sein Chef zu bleiben. »Ach, das passt schon«, sagte er wenig überzeugend. »Ich habe heute eh nichts mehr vor, und der Boden hier hat das letzte Mal einen Besen gesehen, da saß noch ein Mann auf dem englischen Thron.«

Gerry schien einen Augenblick über diesen Vergleich nachzudenken. »Wie du meinst«, sagte er und zuckte mit den Schultern. »Werde dich nicht zwingen, Feierabend zu machen. Kann es dir nur anbieten.« Er stellte seine Tasse in die Spüle. »Aber nur noch der Boden, dann ist Schluss, ja?«

»Versprochen«, sagte Elliot und fühlte sich bei der Lüge alles andere als wohl.

Der Büffel nickte zufrieden, nahm den Hut und seinen Mantel von der Garderobe und ging zur Tür. »Dann bis morgen, Elliot«, sagte er und verschwand.

Elliot atmete auf. Das war geschafft. Dann aber fiel ihm sofort wieder ein, dass er noch einen Haufen tödlicher Seebären und Meerjungfrauen vor sich hatte. Das Gefühl von Erleichterung verwandelte sich prompt wieder in Furcht. Ihm blieb nur zu hoffen, dass Soleil mit irgendeinem Wundergerät um die Ecke kam. Und wenn es nach ihm ging, konnte dieses Wundergerät aus einem langen Rohr, einer Zündvorrichtung und viel Sprengstoff bestehen.

Als er sichergegangen war, dass Gerry wirklich Feierabend gemacht hatte, setzte er sich vor den Schuppen und wartete auf die Elfe. Er spielte mit dem Gedanken, noch schnell ein Testament aufzusetzen. Gekritzelt auf eine Serviette im Schuppen oder so. Aber er hatte sowieso nichts, was er irgendjemandem hinterlassen konnte.

Vielleicht hätte er heute Knoblauch essen sollen. Das hilft ja angeblich gegen Vampire. Möglich, dass es auch Seebären abschreckt.

Elliot gingen die wildesten Gedanken durch den Kopf, und er hoffte, dass Soleil bald auftauchte. Mal wieder ließ sie ihn warten.

Eine halbe Stunde, nachdem Gerry verschwunden war, sah Elliot einen kleinen dunklen Punkt am Eingang des

Geheges, der sich auf ihn zubewegte und langsam größer wurde.

Elliot erkannte Soleil sofort an ihrem Gang. Schnelle Schritte, aufrecht, aber nicht stolzierend wie ein Gockel, sondern anmutig wie eine Leopardin.

»Na, wartest du schon lange?«, fragte Soleil. Sie trug ihre Arbeitsuniform, und über ihrer Schulter hing ein Beutel.

»Nur ein paar Minuten«, log Elliot. »Hoffentlich hat sich das Warten zumindest gelohnt.«

»Du kannst dich doch auf mich verlassen«, sagte Soleil. »Dieses Mal musste ich etwas kreativer werden. Um unter Wasser zu atmen, nutzen wir einfach einen Aquawandler.«

Elliot machte große Augen.

»Sorry, ich vergesse immer wieder, dass du keine Ahnung von unserer Welt und ihren Möglichkeiten hast.« Sie holte einen Gegenstand aus dem Beutel, der auf den ersten Blick wie eine gewöhnliche Taucherbrille aussah. Es gab aber ein kleines, dünnes Rohr, was an eine Orgelpfeife erinnerte, das in der Mitte nach oben verlief. »Hier wird Wasser angesogen, und die darin enthaltenen Mikroorganismen, Partikel und Dreck in Sauerstoff umgewandelt. Zumindest haben mir meine Brüder das so erklärt«, sagte sie zweifelnd. »Egal, Hauptsache es funktioniert, was die Alchemisten da entwickelt haben. Ich war damit schon häufiger im See tauchen, die Luft wird uns also nicht ausgehen.«

»Alles klar«, antwortete Elliot. Das war der Teil, um den er sich weniger Sorgen machte. »Und gegen die Seebären haben wir Stinkbomben?«

»Gar nicht so schlecht, Elliot. Du lebst dich langsam ein«, sagte Soleil zufrieden. »Da musste ich wirklich ein bisschen drüber nachdenken. Leider haben unsere Ingenieure und Alchemisten nie etwas für solche Fälle entwickelt. Es gibt also kein Seebärenabwehrspray oder so. Ich habe erst an ganz normale Dinge gedacht wie einen Lautsprecher, der auch unter Wasser funktioniert. Ein bisschen Heavy Metal, und die Seebären hätten sich keinen Meter herangetraut. Allerdings sind diese Teile auch nur bis zu einer bestimmten Tiefe wasserdicht, und bei einem Produktionsfehler, weil irgendwer am Fließband überarbeitet war, wären wir dahin. Das wollte ich nicht riskieren.«

Elliot fühlte sich wie bei einer Preisverleihung, bei der die Laudatorin den Gewinner schon aus dem Umschlag gezogen hatte, die Verkündung aber unnötig in die Länge zog. »Also?«

»Okay, ich komme am besten zum Punkt. Ich war bei uns in der Kinderabteilung. Da kann man Stinksticker kaufen. Das geht eigentlich als Scherzartikel durch, stinkt aber zur Hölle.«

Elliot dachte, dass sie ihn auf den Arm nimmt. »Stinksticker?«

»Genau, die Kinder kleben diese Teile überall hin. Unter Tische, in Hefte. Das stinkt dann für eine halbe Stunde wie in einer Kläranlage, und dann ist der Spuk auch schon wieder vorbei. Meine Brüder haben die Teile früher ständig in meinem Zimmer versteckt.«

»Wir sollen uns also Sticker aufkleben, um die Seebären abzuwehren?« Elliot hoffte auf einen Scherz, aber Soleil schien die Sache ernst zu meinen.

»Ja, oder hast du eine bessere Idee?«

»Nein, aber …«, setzte er an und beendete den Satz dann mitten drin. Er hatte auf schwere Geschütze gehofft, große Kanonen. Wenn es zumindest eine Stinkrüstung und kein Stinksticker wäre. »Hast du mal so einen Seebären gesehen?«, fragte er resigniert.

»Schon sehr häufig.«

»Und du bist wirklich der Meinung, dass die sich von einem Sticker beeindrucken lassen? Sind die Teile überhaupt wasserfest?«

»Für eine halbe Stunde nicht von der Oberfläche zu entfernen – steht zumindest auf der Verpackung. Ich bin gerne für andere Vorschläge offen, aber aktuell ist das unser einziger.«

Elliot war dennoch der Meinung, dass sie kein Risiko eingehen sollten. Manchmal war kein Vorschlag besser als ein schlechter. »Wie viele hast du davon?«

Sie holte einen großen Stapel in rotes Plastik verpackte Sticker aus ihrem Beutel. Auf den Verpackungen waren mal Zwerge, mal Elfen und mal Menschen abgebildet, aber immer hielten sie sich die Nase zu und verzogen das Gesicht. Darüber standen kreative Umschreibungen wie »Ungewaschener Zwerg«, »Elfenkruste« oder »Menschenmatsch«. Darunter stand: »Stinkt 30 Minuten, klebt 30 Minuten.« Aber kein Wort darüber, ob es wasserfest war.

»Komm, wir machen einen kleinen Test«, sagte Elliot und lief zum Schuppen. Soleil folgte ihm.

Er füllte einen großen Krug mit Wasser. »Möchtest du?«

»Nee, ich lass dir den Vortritt«, sagte sie.

Widerwillig nahm sich Elliot einen der Sticker. Er riss die Plastikverpackung ein, und sofort strömte ihm ein Übelkeit erregender Geruch entgegen. Echte, ungewaschene Zwerge rochen wie frische Rosen dagegen, da war er sich sicher. Es war wie ein Mix aus verfaulten Eiern, Kuhdung und einem vollen DIXI-Klo, das ein paar Tage in der Sonne gestanden hatte.

Elliot unterdrückte einen Würgereiz. »Das haben dir deine Brüder früher wirklich ins Zimmer geklebt?«

»Stanken früher noch nicht so schlimm«, antwortete Soleil. Ihre Stimme klang wie die einer Cartoon-Figur, weil sie sich die Nase zuhielt.

Als würde er mit einer gefährlichen Flüssigkeit hantieren, klebte Elliot den Sticker auf seinen linken Handrücken. Dann tunkte er die Hand in den Wasserkrug. Der Gestank war nicht angenehmer, aber er fing langsam an, sich daran zu gewöhnen. Ein paar Minuten, und er würde es hoffentlich nicht mehr wahrnehmen.

Er zählte bis sechzig und zog die Hand mit dem Sticker wieder raus. Soleil hatte in der Zeit die Tür und das Fenster weit geöffnet, ohne dass das einen Effekt auf den Geruch hatte.

»Es hält«, flüsterte Elliot. Der Sticker klebte immer noch an Ort und Stelle, die Kanten hatten sich nicht abgelöst. Langsam beschlich ihn das Gefühl, dass sie wirklich keine bessere Lösung fanden.

»Können wir loslegen?«, fragte Soleil, noch immer mit Cartoon-Stimme.

Elliot zögerte einen Moment. Eigentlich war es verrückt, glatter Selbstmord. Aber selbst mit einem U-Boot der Royal Navi hätte er dasselbe behauptet. »Ja.«

Sie verließen den Schuppen, ließen die Tür und das Fenster aber offen stehen. Der Geruch sollte sich nicht in dem kleinen Kabuff verfangen.

Als sie an der Aussichtsplattform zum Wassergehege angekommen waren, legte Soleil ihren Beutel ab und fing an, ihr Oberteil auszuziehen. Elliot drehte sich weg, halb aus Scham und halb aus Anstand.

»Alles gut, ich habe was drunter«, sagte sie.

Also drehte Elliot sich wieder zurück. Die Scham blieb aber, und er versuchte, überall hinzuschauen, bloß nicht zu

Soleil. Natürlich funktionierte das nur schlecht, und plötzlich sah er etwas, was ihn vor Schreck erstarren ließ. Sie hatte einen Badeanzug an.

Eigentlich war er froh über diesen Umstand. Dadurch vermieden sie weitere peinliche Momente. Voraussetzung dafür war aber, dass er am Morgen, bevor er zur Arbeit gegangen war, auch seine Badehose eingepackt hätte. Ein kleines Detail in ihrem Plan, was er völlig vergessen hatte.

»Noch nie eine Frau im Badeanzug gesehen?«, fragte Soleil. Offensichtlich konnte man ihm seinen Schrecken ansehen.

»Doch, im … ähm … Schwimmbad.« Hoffentlich klang er jetzt nicht wie ein Spanner. »Wir hatten auch Schwimmunterricht.«

»Das beruhigt mich. Schwimmen solltest du gleich können, aber davon war ich ausgegangen.«

Elliot nickte. »Das ist nicht das Problem.«

»Sondern?«

»Ich … ähm … Ich habe meine Badehose vergessen.«

Soleil zog die Augenbrauen hoch. »Ich dachte schon, du bist allergisch gegen Wasser. Entspann dich. Ob du jetzt eine Badehose anhast oder Boxershorts, macht doch kaum einen Unterschied, oder? Ist nur ein anderer Stoff.«

Damit hatte sie einen Punkt. Welche Unterhose hatte er heute Morgen angezogen? Es fiel ihm nicht ein, aber er hoffte, dass es nicht eine von denen mit Löchern war oder schlimmer noch: eine weiße.

»Also, können wir weitermachen?«, fragte Soleil. Sie hatte sich mittlerweile komplett entkleidet und stand in ihrem dunkelblauen Badeanzug vor ihm. Wieder fiel Elliot auf, wie durchtrainiert sie war.

Er zögerte einen Moment, dann nickte er. Soleil tat ihm

den Gefallen und drehte sich weg, damit er endlich anfing, sich auszuziehen. Elliot knöpfte die Weste auf und zog das Hemd über den Kopf. Dann entfernte er die Socken und öffnete den Gürtel der Hose. Als die Hose langsam über seinen Hintern glitt und er an sich herabschaute, atmete er hörbar aus. Schwarze Boxershorts, nur ein Jahr alt, keine Löcher. Saß gut und gab nicht zu viel preis.

Elliot räusperte sich. »Dann stickern wir uns mal ein, oder?«

Soleil drehte sich um und grinste kurz. Er wusste nicht, wie er das zu interpretieren hatte, und versuchte es zu ignorieren. Wenn er zu lange darauf herum dachte, würde er zu einem Entschluss kommen, der seinem Selbstwertgefühl nicht guttat.

»Können wir uns irgendwie verständigen, oder sollen wir noch ein paar Handzeichen vereinbaren?«, fragte Elliot.

»Die Taucherbrillen haben alle gebaute Kommunikatoren. Ich muss sie nur noch auf dieselbe Frequenz stellen.« Mit einer raschen Bewegung schlug sie beide Brillen gegeneinander, und Elliot schrak zusammen.

»Gibt es kein Rädchen, um die richtige Frequenz einzustellen?«

»Mittlerweile müsstest du dich doch daran gewöhnt haben, dass hier einiges anders läuft, Elliot.«

Er nickte kurz und drehte sich dann dem Meer zu. Es ging bis zum Horizont und keinen Meter weiter. Elliot wusste, dass die Größe vor allem durch eine optische Täuschung, ein paar Zaubertricks, geschaffen wurde. Trotzdem war es ein angsteinflößender Anblick. Der Mond am Himmel, der kein echter Mond war, sondern den Bewohnern einen Tag- und Nachtwechsel simulierte, verlieh der Wasseroberfläche einen leichten Glanz. In seiner Masse wirkte das Meer wie ein großer, dunkler Ölteppich.

»Werden wir da unten überhaupt etwas sehen?«, fragte Elliot. Er hatte über alles Mögliche nachgedacht, aber daran hatte er keinen Gedanken verschwendet.

»Ich weiß nicht. Das werden wir gleich merken«, antwortete Soleil. »Aber vorher müssen wir noch die Sticker anbringen.«

Stimmt, das hätte Elliot fast vergessen. Sonst wäre ihre Reise zum Grund des Meeres innerhalb weniger Sekunden vorbei. Sie nahmen sich einen großen Stapel Aufkleber aus Soleils Tasche und rissen die Verpackungen an. Nach zehn offenen Packungen wurde der Gestank fast unerträglich. Nach fünfzehn würgte Elliot. Nasenklammern wären eine gute Idee gewesen, dachte er. Dafür war es jetzt aber zu spät. Schnell rissen sie noch die restlichen Päckchen auf.

Elliot verteilte jeweils fünf Sticker auf seinen Beinen, je drei auf den Armen, vier auf Bauch und Brust, und Soleil klebte ihm vier auf den Rücken. Er fühlte sich wie ein Kettenraucher, der eine Wette am Laufen hatte, mit dem Rauchen aufzuhören, und alles auf Nikotinpflaster setzte.

»Jetzt musst du mir helfen«, sagte Soleil und drehte ihm ihren Rücken zu. Mit einer Handbewegung zog sie ihre Haare beiseite und entblößte damit ihren Nacken. Er nahm einen der Sticker und fing an, die Verpackung fertig aufzureißen.

»Hab's gleich«, sagte er nervös und friemelte an der Kante herum. Nach einem schrecklich langen Moment riss sie endlich auf, und er nahm den Stinksticker heraus. Vorsichtig und möglichst, ohne ihre Haut zu berühren, klebte er den Sticker auf ihre Schulter.

»Fertig«, sagte er fast schon erleichtert, nachdem er drei weitere Sticker aufgeklebt hatte.

»Ich hätte nicht gedacht, dass ich das mal sage, nachdem mir ein Typ vier Stinksticker auf den Rücken geklebt hat, aber danke«, erwiderte Soleil zufrieden.

Sie stopften den Verpackungsmüll wieder in Soleils Tasche, legten zwei Handtücher aus und bereiteten alles für eine schnelle Flucht vor. Sie wussten nicht, wie lange sie da unten verbringen würden. Im Zweifelsfall musste es aber schnell gehen, wenn sie wieder raus aus dem Meer waren.

»Bereit?«

Elliot schüttelte heftig den Kopf. Nein, er war nicht bereit. Er fühlte sich so gut vorbereitet wie ein Fisch auf einen Kletterwettbewerb oder ein Affe auf eine Matheprüfung. Wenn sie gleich über diesen Zaun stiegen, würden sie die Kontrolle über die Geschehnisse komplett abgeben. Ihr Schicksal lag nicht in den Händen irgendeines Gottes, sondern zwischen den Kiefern der Seebären. »Vielleicht ist das eine dumme Idee«, sagte Elliot zögerlich.

»Es gab in der Geschichte bestimmt schon dümmere«, antwortete Soleil. »Trotzdem haben viele geklappt, wie das Fliegen zum Beispiel.«

»Ein schlechter Vergleich.«

»Aber es funktioniert doch.«

»Weißt du, wie viele umgekommen sind bei dem Versuch zu fliegen?«

»Dann müssen wir es eben denen gleichtun, die erfolgreich waren«, sagte Soleil und zuckte mit den Schultern.

Dieser optimistische Pragmatismus fehlte Elliot leider. Er befand sich in einer negativen Gedankenspirale, die immer neue Gründe zu Tage beförderte, warum ihr Unterfangen scheitern musste. Und es gab viele gute Gründe. Er merkte, wie sich seine Atmung beschleunigte und ihm schwindelig wurde. Was tat er hier eigentlich? Bis vor kurzem hatte er ein normales Leben geführt. Viele Schotten lebten in Armut, und er war nicht der Einzige mit einem Vater, der mehr Zeit mit dem Fernseher als mit seinem Sohn verbrachte. Es war kein schönes Leben, aber immerhin war er am Leben. Ein Fakt, den er in der Vergangenheit immer für selbstverständlich gehalten hatte.

Seine Atmung wurde schneller.

Er verfluchte den Moment, in dem er in Theodores Kiltgeschäft getreten war und ihn der dicke Kater mit den grünen Augen in den Bann gezogen hatte. Er verfluchte, dass er mehr über seine Mutter in Erfahrung gebracht hatte, schließlich war er die letzten Jahre auch wunderbar ohne sie …

Platsch.

Elliot erschrak. Er sah nach rechts, wo eben noch Soleil gestanden hatte. Ihr Platz war leer, aber das Wasser kräuselte sich und schäumte. Während er sich in seinen negativen Gedanken verloren hatte, war sie einfach hereingesprungen.

Ihr Kopf kam zum Vorschein. Das nasse Haar klebte in ihrem Gesicht und sah aus wie Algen. »Kommst du?«

Elliot haderte einen Moment. Wägte das Für und Wider ab. Immerhin hatte sie schon ein paar Sekunden im Wasser überlebt, ohne von den Seebären gefressen zu werden. Das war länger, als sich Elliot ausgerechnet hatte, und sprach gegen seine ganzen Thesen und Vermutungen. Er stellte das Hirn für einen kurzen Moment auf *stand by* und sprang ins Wasser.

Es war kalt und fühlte sich wie die Umarmung eines Frostriesen an. Kein Wunder, schließlich simulierte das

Wasser ein Meer, und deswegen schmeckte es auch salzig. Aber Elliot hatte nicht damit gerechnet, dass es *so* kalt war. Sie hätten Neoprenanzüge und keine Unterwäsche anziehen sollen.

»Lass uns abtauchen«, hörte er Soleils Stimme in seiner Taucherbrille. Es klang wie mit einem Walkie-Talkie, bei dem man die Frequenz nicht korrekt eingestellt hatte.

»Okay«, sagte Elliot, nachdem er sich im Meer orientiert hatte. Die Sichtverhältnisse waren miserabel, das Wasser war trüb, und es war viel zu dunkel. Aber sie hatten beide nicht daran gedacht, eine Lampe mitzubringen.

Soleil schwamm voran, und Elliot hatte große Mühe, nicht den Anschluss zu verlieren. Man merkte, dass Soleil Sport trieb und regelmäßig schwamm. Elliot verfluchte sich insgeheim dafür, dass er seine sportlichen Aktivitäten die letzten Wochen vernachlässigt hatte. Schließlich hatte er das Joggen nach der Verfolgung im Park eingestellt.

Sie bewegten sich durch das scheinbar endlose Nichts. Weder Fische noch Meeresmonster ließen sich blicken. Sie waren im ewigen Blau alleine. Elliot wusste aber, dass dem nicht so war. Im Dunklen lauerten sie und warteten nur auf eine Gelegenheit, zuzuschnappen.

Je tiefer sie tauchten, desto weniger Licht hatten sie. Elliot hatte mittlerweile sogar Mühe, Soleil auszumachen, die knapp einen Meter vor ihm schwamm. Immer wieder kämpfte er die Panik nieder, die sich von seinem Hirn wie ein Virus im ganzen Körper ausbreitete. Die Kälte, die Dunkelheit, die Seebären. Allein die Gedanken daran ließen ihm das Blut in den Adern gefrieren. Dabei sorgte das eiskalte Meer schon von alleine dafür.

Elliot sah nicht, wie Soleil anhielt, und schwamm in sie rein.

»Entschuldige, das tut …«, brabbelte er sofort los.

»Ruhe.« Trotz der miesen Qualität der Wasserbrillen war klar, dass sie keinen Widerspruch dudelte. »Irgendwas beobachtet uns.«

Elliot drehte sich im Wasser um die eigene Achse. Hektisch, auf der Suche nach einem Paar Augen in der Dunkelheit. Er sah aber nur albtraumhafte Schwärze. Nicht mal Schatten, die seinem Hirn einen Streich spielten. Da draußen konnte alles Mögliche lauern, direkt vor seiner Nase, und er würde es nicht sehen.

Sie verharrten mehrere Minuten im Wasser, und nichts passierte. Elliot wollte vorschlagen, dass sie wieder auftauchen oder zumindest weiterschwimmen sollten, aber er traute sich nicht, auch nur einen Mucks von sich zu geben. Er beobachtete Soleil, wie sie die Dunkelheit fixierte.

»Da draußen ist etwas. Aber es …«, das Rauschen verschluckte ein paar Wörter, »nicht an uns heran.«

»Seebären?«

»Dann haben wir die Gewissheit …«, wieder Rauschen, »nicht gelogen hat, wie man Seebären von sich fernhält«, antwortete Soleil.

»Was machen wir?«, fragte Elliot.

»Weitertauchen«, antwortete sie zu seiner großen Enttäuschung.

Sie tauchten immer tiefer, und Elliot fragte sich irgendwann, wie ihre Lungen und Ohren das überhaupt aushielten. Nach allem, was er vom Tauchen wusste, war es in der Tiefe gefährlich. Und mittlerweile waren sie schon sehr tief. Möglich aber, dass ihm sein Orientierungssinn einen Streich spielte. Er entschied sich, nicht allzu viele Gedanken darauf zu verschwenden. Es gab schon genug Dinge, über die er sich Sorgen machte.

Wieder tauchte Soleil voran und Elliot hinterher. Er hatte das Gefühl, dass sie ihr Tempo ein bisschen an ihn angepasst hatte, damit er den Anschluss nicht verlor. Er hätte es zwar nie zugegeben, aber er war ihr dankbar dafür.

Plötzlich hatte er das Gefühl, dass etwas sein Bein strich. Er sah über seine Schulter und starrte in das schwarz trübe Wasser. Da war nichts und niemand.

Beruhige dich, Elliot. Dein Verstand spielt langsam verrückt, und das ist sein gutes Recht hier unten. Aber konzentriere dich. Niemandem ist geholfen, wenn du jetzt in Panik gerätst.

Er verlangsamte seine Atmung, versuchte, sich zu beruhigen, und folgte Soleil weiter.

»Müssten wir nicht langsam auf den Grund stoßen?«, fragte Elliot.

Soleil kündigte sich wieder mit einem Rauschen an. »... doch am besten wissen.«

Damit konnte er wenig anfangen. Er wollte ihr jetzt aber nicht auf die Nerven gehen. Es würde ihn nicht wundern, wenn sie jeden Moment mit ihrer Stirn auf den Sandboden stießen. Sein Körper hatte sich mittlerweile an die Kälte gewöhnt, er wusste aber nicht, ob das ein gutes Zeichen war. Wenn man im Eis einbricht, wird der Körper ja auch schnell taub.

Elliot verfluchte sich selbst. Immer wenn er versuchte, auf andere Gedanken zu kommen, landete er zwangsweise bei irgendwelchen Schreckensszenarien. Trotzdem merkte er langsam, wie der lange Tauchgang an seinen Kräften zerrte. Morgen würde er einen fürchterlichen Muskelkater haben.

Ein Kitzeln an seinem linken Ellbogen. Im Augenwinkel sah er etwas davontreiben.

Was passierte hier? Langsam machte Elliot sich um sein psychisches Wohlergehen Sorgen.

»Sind wir noch alleine?«, fragte Elliot zitternd.

»Hab nichts gesehen oder gehört.«

Elliot versuchte, sich zu beruhigen. Es würde schon alles gut werden.

Etwas klatschte gegen seine Taucherbrille und verschwand gleich wieder im Auftrieb. Elliot schrie auf, und Soleil hielt an.

»Was zum Henker?«, fluchte sie.

»Etwas … auf meiner Brille«, murmelte Elliot und versuchte sich zu rechtfertigen.

»Was soll hier schon sein?«

Als Elliot Soleil anstarrte, die nur eine Handbreit vor ihm im Wasser schwebte, packte ihn die kalte Panik. »Deine Stinksticker, sie lösen sich.« Wie zum Beweis löste sich einer der Sticker an ihrem Bein und trieb zwischen ihnen hoch. Erschrocken starrten sie hinterher.

Elliot sah an sich hinab. Auf seiner Brust fehlte einer, sonst war seine Stinkstickersammlung noch vollständig. Soleil hatte mindestens schon sieben verloren.

»Scheiße. Wir müssen …«, der Rest ging im Rauschen unter.

»Was?«

»Raus hier«, schrie Soleil und schwamm hoch.

Elliot versuchte, ihr zu folgen, verlor aber schnell den Anschluss.

»Ich schwimm vor und komm mit neuen zurück, du hast noch genug Sticker.« Eine Nachricht ohne Rauschen und mehr als deutlich. Soleil würde ihn in dieser Dunkelheit, in diesem mit Seebären verseuchten Gewässer zurücklassen.

Er blinzelte einmal und sah sie nicht mehr. Sie war auf dem Weg nach oben und ließ ihn tatsächlich zurück. Sie hatte auch alle Gründe, sich zu beeilen. Trotzdem fühlte sich Elliot verloren. Bis eben war er wenigstens nicht alleine in diesem pechschwarzen Albtraum gewesen. Er hatte Soleil an seiner Seite, und er wusste, dass sie Probleme löste, wenn sie auftraten.

Seine Bewegungen wurden hektischer und ungenauer. Er spürte, wie er immer mehr gegen das Wasser ankämpfen musste, aber er gab nicht auf. Das war keine Option.

Er sah an sich hinab. Zu seiner großen Erleichterung hielten die Sticker immer noch. Nur ein weiterer hatte sich halb gelöst.

Dann spürte er eine Art Druckwelle. Das Wasser geriet in Wallungen, und etwas schoss an ihm vorbei in Richtung Wasseroberfläche. Wie Torpedos, fünf oder sechs. Das war kein Streich seines Hirns.

Er war nicht länger alleine.

Die Seebären witterten Beute, und es war ein echter Leckerbissen.

Elliot bemühte sich und legte einen Zahn zu. Er musste Soleil unbedingt erreichen, bevor sich noch mehr Sticker von ihrem Körper lösten. Die Seeungeheuer schienen ihre missliche Lage im wahrsten Sinne des Wortes gerochen zu haben.

Hoffentlich kam er rechtzeitig.

Es dauerte nicht lange, und er schwamm direkt in Soleil rein. Sie erschrak, als er mit seinen Händen bei der Schwimmbewegung gegen ihre Füße strich.

»Was machst du hier? Warum schwimmst du nicht weiter?«, fragte Elliot. Er sah sich um und bildete sich ein, die Schemen der Seebären zu sehen. Sie umkreisten sie wie ein Wolfsrudel seine Beute.

Soleil zeigte nur auf ihren Oberarm. Einen Sticker sah Elliot noch. Einen verdammten Sticker an ihrem ganzen Körper.

»Du wirst es nie nach oben schaffen«, sagte er entgeistert.

»Du aber«, antwortete sie.

Elliot sah nach oben. In der Ferne war ein kleiner Punkt auszumachen, wo das Licht des Mondes auf die Oberfläche traf. Es war verlockend.

Er schwebte höher, bis er auf Augenhöhe war. Dann nahm er sie in den Arm. Sie erwiderte die Umarmung. »Ich lass dich nicht zurück«, sagte er. »Solange ich dich umarme, werden sie sich nicht an dich herantrauen.« Er sprach es mit einer Gewissheit aus, die keinen Zweifel zuließ.

»Aber dann wird es …«, ein Knacken in der Leitung, »raus schaffen«, sagte Soleil, und Elliot hatte den Eindruck, dass ihre Umarmung noch ein bisschen fester wurde.

Er sah auf seine Sticker. Sie schienen nun langsam ebenfalls ihren Dienst zu quittieren. Die Ecken wellten sich gefährlich auf. Natürlich konnten sie beide auf ihre Arme verzichten und mit den Beinen für Auftrieb sorgen. Fraglich war aber, ob sie es dann rechtzeitig bis nach oben und vor allem nach draußen schafften.

Sicher war sich Elliot nur in einer Sache: Er würde Soleil nicht den Seebären überlassen. Seine Umarmung wurde nun ebenfalls etwas fester. Unter anderen Umständen hätte er diesen Moment vielleicht genossen.

Sie mussten es versuchen. Elliot begann, mit seinen Beinen Bewegungen wie ein Frosch zu machen, und auch Soleil bemühte sich nach Leibeskräften. Es war ein mühseliger Versuch, und sie kamen nur langsam voran. Die Seebären wurden immer selbstbewusster, näherten sich und ließen sie wissen, dass sie da waren. Für sie war es nur eine Frage der Zeit, bis es endlich Fressen gab.

Elliot spürte, dass ihre Bemühungen umsonst waren. Das Licht an der Oberfläche kam kaum näher, dafür lösten sich immer mehr Sticker von seinem Körper. Zumindest starb er nicht alleine, dachte er. Aber ihr Verschwinden würde im Merlin-Center für viele Fragezeichen sorgen. Er konnte sich nicht vorstellen, dass die Seebären etwas von ihnen übrig ließen. Sein Vater würde es mit einem Schulterzucken zur Kenntnis nehmen und die nächste Doku schauen. Für Soleils Familie würde es schwierig werden. Er stellte sich vor, wie die Zwillinge tobten und den Namen Craig verfluchten.

Ihn streifte etwas. Die Flosse eines Seebären. Das Tier war schon wieder verschwunden.

Zwei oder drei Sticker blieben ihnen, dann würde es nicht mehr bei solch harmlosen Annäherungsversuchen bleiben. Er sah Soleil in die Augen und wusste, dass auch sie verstand, wie es um sie bestellt war.

Die Umarmung wurde noch einmal fester.

»Lieber sterbe …«, Rauschen, »nicht versucht zu haben.«

Zwar kam nur die Hälfte an, aber Elliot wusste, was sie ihm sagen wollte. Er nickte. »Wir sind sehr weit gekommen, finde ich.«

Die Bahnen, die die Seebären um sie zogen, wurden immer enger. Das fettige Fell und der kugelrunde Körper erinnerten an Robben. Aber der Kopf war eindeutig ausschlaggebend für ihren Namen. Wobei ihr Name ihnen nicht wirklich gerecht wurde. Bärenhaie wäre viel angebrachter gewesen. Der massive Kiefer war eine Waffe, die sie in wenigen Sekunden zerfetzen würde. Ein paar Minuten blieben ihnen noch. Viel zu wenig, um es bis an die Oberfläche zu schaffen.

Etwas juckte in Elliots Nase. Es war erst nur ein leichtes Kribbeln, als kündigte sich ein Niesen an. Seine Augen waren so auf die Seebären fixiert, dass er dem erst keine größere Bedeutung beimaß und es auf seinen übermüdeten Zustand schob. Aus dem Kribbeln wurde aber ein unangenehmes Beißen wie von einer aggressiven Chemikalie. Da wusste Elliot, dass etwas nicht stimmte.

»Was ist das?«, hörte er Soleil fragen. Sie hatte die Veränderung auch wahrgenommen.

»Weiß nicht«, antwortete Elliot.

Sie verharrten weiter im Wasser, und die Schmerzen in ihren Nasen wurden immer unerträglicher. Aber nicht nur ihnen erging es so. Die Seebären schienen zu hadern, ob sie weiter auf ihre vermeidlich sichere Beute warten oder lieber flüchten wollten. Die Tiere nahmen mehr und mehr Abstand. Ein paar mutige schossen hervor, hielten aber wenige Zentimeter vor der Beute an und drifteten wieder ab. Es war, als hätte sich eine unsichtbare Barriere zwischen den Seebären und ihnen gebildet. Eine Barriere, die in der Nase schmerzte. Aber darüber beschwerte Elliot sich nicht. Soleil und er verharrten in der Position, aus Angst, mit zu großen Bewegungen den Appetit der Ungeheuer erneut anzuregen. Die Viecher waren mittlerweile so weit auf Abstand gegangen, dass Elliot ihre Gesichter nur noch schemenhaft sah. Sie schienen zu fauchen oder zu knurren. Sie machten Grimassen und zeigten ihre fingerlangen Zähne, die Kiefer schnappten auf und zu.

»Lass uns ver…«, sagte Elliot, als ihn plötzlich etwas an den Fußgelenken packte und in die Tiefe zog. Es passierte so schnell, dass er sich nicht wehren konnte. Soleil, die sich immer noch in seinem Klammergriff befand, wurde mitgezogen.

»Was zum …«, hörte er sie fluchen. »Irgendwas hat mich gepackt.«

Elliot versuchte zu erkennen, was sie da gegriffen hatte, aber es gelang ihm nicht. Sie wurden so schnell hinuntergezogen, dass die Welt um ihn herum begann zu verschwimmen und er jedes Orientierungsgefühl verlor. Er klammerte sich fest an Soleil, damit er sie nicht auch noch verlor.

Er versuchte, es einfach geschehen zu lassen. Ändern konnte er es ohnehin nicht, und immerhin hatte das Etwas sie vor den Seebären gerettet. Er kannte eine Spezies, die ein Mittel gegen diese Ungeheuer hatte.

Nach einer Achterbahnfahrt durch die Unterwasserwelt landeten sie plötzlich in einer Art Tunnel. Sie schossen durch Kanäle und Gänge. Im Vorbeifliegen sah Elliot Seesterne und Seetang. Ein paar Mal klatschte ihm eines der Blätter ins Gesicht. Das Tempo nahm erst ab, als sie in einer Höhle ankamen. Wie bei einer Vollbremsung machten sie plötzlich halt, und dann hatte Elliot Gewissheit. Die Nixen waren gekommen und hatten sie gerettet.

Zwei Vertreter dieser Art schwebten direkt vor ihnen. Sie waren anders, als Elliot sie aus Filmen kannte. Sie hatten zwar den weiblichen Oberkörper, aber er war mit Fischschuppen übersät. Die Haut war aschfahl wie bei einer Leiche. Nur das lange orangefarbene Haar war wie ein Farbklecks in dem Meer aus Grau. Die Schwanzflosse unterhalb des Oberkörpers entsprach dafür jedem bekannten Klischee. Die Höhle war voll mit Algen.

»Davon ernähren wir uns.«

Elliot erschrak. Die Stimme war in seinem Kopf. Er hatte

sie nicht wirklich gehört und wahrgenommen, sondern sie war Teil seiner Gedanken. Der Klang erinnerte an Walgesänge, war aber melodischer. Wie ein Wiegenlied für Kinder, die man beruhigte.

»Wir können eure Gedanken lesen«, sprach diese Stimme in seinem Kopf.

Also hatte Gerry mit beiden Punkten recht: Nixen jagten die Seebären mit einem Gestank in die Flucht, der in der Nase weh tat, und sie konnten die Gedanken ihres Gegenübers lesen.

»Gerry weiß sehr viel über uns«, sang die Stimme wieder, und Elliot erkannte an Soleils aufgerissenen Augen, dass sie die Wörter in ihrem Kopf ebenfalls hörte. »Aber er weiß nicht alles über uns, Elliot, Sohn der Menschen, und Soleil, Tochter der Elfen. Dafür wissen wir alles über euch. Wer ihr seid, was ihr macht und was ihr hier wollt.«

Elliot war komplett überfordert. Die ganze Sache war so surreal. Er versuchte, in ihren Gesichtern zu lesen oder zumindest herauszufinden, welche der beiden Nixen mit ihnen sprach.

»Wir alle sprechen«, sang die Stimme. Aber dieses Mal kam Elliot der Klang voller vor, als hätte plötzlich ein ganzer Chor angestimmt. »Ihr wollt ein Geschenk von uns, aber kommt mit leeren Händen, Erdenkinder.«

Verdammt, daran hatte keiner von ihnen gedacht. Sie waren so darauf fokussiert gewesen, sich auf die Reise nach unten vorzubereiten, dass sie keinen Gedanken daran verschwendet hatten, was sie den Nixen bieten könnten.

»Genau«, sang die Stimme, und Elliot fluchte innerlich. Es machte keinen Spaß, wenn das Gegenüber in der Lage war, Gedanken zu lesen.

»Wenn ihr unsere Gedanken lesen könnt, wisst ihr, wofür wir es brauchen«, sprach Soleil laut aus. »Es ist wirklich wichtig, für viele von uns.«

Die Gesichter der beiden Nixen fixierten sie. Elliot fiel auf, dass sie nicht einmal geblinzelt hatten. Eine unnötige Körperfunktion so tief unter der Wasseroberfläche. »Das stimmt, Elfentochter. Wir kennen euer Anliegen. Ihr wollt das Tor nach Avalon öffnen. Ihr kommt mit edlen Motiven, aber doch als Bittsteller. Was könnt ihr unserer Königin anbieten?«

Elliot und Soleil sahen sich ratlos an. In diesem Moment dachte er zu seinem großen Glück gar nichts. Wieder war es die Elfe, die das Wort ergriff. »Wir könnten, wenn wir zurück im Merlin-Center sind, etwas ins Meer werfen. Was braucht ihr denn?«

»Frieden.« Nur das eine Wort. Die beiden Silben wurden langsam und wehklagend ausgesprochen. In ihnen lag Sehnsucht.

»Frieden mit den Seebären?«, fragte Elliot. Er wusste, dass er es nicht laut aussprechen musste, wollte Soleil aber ermöglichen, das Gespräch zu verfolgen.

»Nein, junger Elliot.« Die silbrig glänzenden Augen, die wie Austernperlen aussahen, fixierten wieder ihn, und Elliot spürte förmlich, wie sie seinen Verstand durchforsteten. Ein elektrisches Kribbeln in seinem Kopf auf der Suche nach weiteren Informationen. »Wir wollen Frieden für alle. Aber das ist nicht, was zwei Kreaturen wie ihr uns geben könnt. Und euer Unterfangen wird einen neuen Krieg heraufbeschwören, wenn ihr erfolgreich seid.«

Sie waren tatsächlich auf der richtigen Spur. »Also können wir mit avalonischem Gold und eurem Haar wirklich einen Komp…«, fragte Soleil, wurde aber unterbrochen.

»Ja, ihr könnt einen Kompass damit schmieden. Er wird

euch den Weg nach Avalon weisen und das Tor öffnen, wenn Avalon euch für würdig hält.«

Elliot wollte nachfragen, was das zu bedeuten hatte, wurde aber abgewiegelt. »Darum mach dir erst Gedanken, wenn es so weit ist, Menschenkind. Wir werden euch zu unserer Königin bringen, und sie wird entscheiden, wie wir weiter mit euch verfahren. Folgt uns.«

Die beiden schossen an ihnen vorbei und verschwanden in dem Gewirr aus Gängen. Elliot und Soleil sahen sich hilflos an.

»Wir haben wohl keine andere Wahl«, sagte sie.

Damit hatte sie recht. Selbst wenn sie aus diesem Höhlen-Wirrwarr herausfanden, waren da zahlreiche Seebären zwischen ihnen und dem rettenden Ufer. Elliot sah an sich hinab. Mittlerweile hatte auch er alle Stinksticker verloren. Sie waren nicht nur auf das Haar der Meerjungfrauen angewiesen, sondern auch auf ihren Begleitschutz auf dem Weg nach oben.

Sie schwammen den beiden Nixen hinterher, hatten aber Probleme mitzuhalten. An Abzweigungen hielten die Meerjungfrauen kurz an und warteten, bis Soleil und Elliot aufgeschlossen hatten. Er war sich sicher, dass er hier unten verhungern würde, bevor er wieder herausfand. Mittlerweile hatte er jegliches Zeitgefühl verloren, und sein Körper fühlte sich komplett taub an. Allerdings hatte er das Gefühl, dass das Wasser hier unten wesentlich wärmer war. Gerry hatte nichts von einer heißen Quelle gesagt, aber es würde ihn nicht wundern.

Die Gänge waren von leuchtenden Seesternen und geleeartigen Aalen erhellt, die von innen heraus zu brennen schienen. Elliot versuchte, nicht mit ihnen in Berührung zu kommen, war aber dankbar, dass er mal wieder weiter als ein paar Meter sah. Je tiefer sie kamen, umso ausgebauter schienen die Gänge zu werden. Die matschige Erde wurde irgendwann von Holzbalken gestützt, dann gingen sie in Fliesen über, die mosaikartig ausgelegt waren. Säulen stützten die Decken, und sie passierten ein paar Türen, die von Meerjungfrauen mit Dreizacken bewacht wurden.

Vor wem sie wohl Angst hatten, überlegte Elliot und bekam prompt die Antwort.

»Hier unten lauern noch viel schlimmere Gefahren als die Seebären«, sang die Stimme in seinem Kopf. Soleil, die nicht wusste, worauf sich die Antwort bezog, sah ihn fragend an. Elliot wollte sich gar nicht ausmalen, was das für Gefahren sein mochten.

Sie kamen in einem kleinen Raum an. Links und rechts standen jeweils drei Säulen, die die Decke abstützten. Vor ihnen war ein großes Holztor, das von zwei Nixen bewacht wurde. Zu den Waffen trugen sie noch Schilde und Helm. Das war das Einzige, was sie von den beiden Exemplaren unterschied, die Elliot und Soleil gerettet hatten.

»Wartet hier«, befahl ihnen die Stimme in ihrem Kopf. Ihre beiden Begleiterinnen verschwanden hinter dem Tor und ließen sie mit den Wachen zurück.

Elliot versuchte, möglichst wenig zu denken. Im Schulunterricht war ihm das immer erstaunlich gut gelungen, jetzt hatte er große Probleme damit. Er versuchte, alles zu verarbeiten. Gleich würden sie der Nixenkönigin gegenüberstehen, die entscheiden würde, ob sie ein Haar bekamen und – nicht so unwesentlich – ob man sie wieder an die Wasseroberfläche brachte.

»Was geht dir durch den Kopf«, fragte Soleil. Sie hatte ihm scheinbar angesehen, dass seine Gedanken sich verselbstständigten.

»Sorry, hab vergessen, dass du sie nicht lesen kannst«, sagte Elliot und lachte. »Ob wir wohl Erfolg haben werden?«

»Wir sind schon viel weiter gekommen, als ich vor einer halben Stunde noch vermutet hätte. Wenn es danach ginge, würde uns gerade die Magenflüssigkeit der Seebären zersetzen.« Soleil sah sich in der kleinen Kammer um. Die Szenerie erinnerte Elliot an das untergegangene Atlantis. Die beiden Wachen ließen ihre Austernperlenaugen nicht von ihnen ab. Da sie keine Iris hatten, war es schwer zu sagen, wen sie fixierten, aber Elliot spürte den prüfenden Blick.

»Tretet ein«, sang eine Stimme in ihrem Kopf. Sie war höher als die Singsang-Melodien von vorhin und schien jemand anderem zu gehören. Auch die Wachen hatten sie gehört, denn sie schoben das große Tor auf und ließen sie passieren.

Soleil schwamm vor, Elliot hinterher.

Sie kamen in einen großen Thronsaal. An den Seiten säumten Säulen die Wände, und mindestens ein Dutzend Wachen hielt sich im Raum auf. Der Raum war durch blaues Feuer erhellt, das in großen Schalen loderte. Feuer, das unter Wasser brannte. Elliot wunderte sich über solche Sachen nicht mehr, er nahm sie einfach hin.

Wer die Königin in dem Raum voller Meerjungfrauen war, ließ sich unschwer erkennen. Das lag einerseits an der Krone aus Muscheln, aber auch an der Erscheinung selbst. Die Königin lag auf einer Art Sänfte ohne Polster. Sie war aus Stein. Außerdem hatte die Herrscherin mindestens den vierfachen Umfang ihrer Artgenossen. Sie sah wie eine Kreuzung aus Kröte, Nacktschnecke und ein bisschen Meerjungfrau aus. Zumindest das feuerrote Haar erinnerte an ihre Nixenwurzeln. Ihr Kinn schwabbelte bei jeder Kopfbewegung, und wo Elliot einen Hals vermutete, ging der Kopf übergangslos in den Rest des Körpers über. Jabba der Hutte aus Star Wars, dachte Elliot.

»Wer ist dieser Jabba, Menschenkind?«, sang die Stimme in seinem Kopf. Soleil sah ihn entgeistert an.

»Ein reicher und ehrenhafter Händler von einem entfernten Kontinent, an den Ihr mich erinnert, Euer Majestät«, log Elliot und hoffte, dass er die richtige Ansprache gefunden hatte.

»Majestät ist richtig, aber die Lügen bringen dir hier nichts, Elliot Craig. Ich lese in euch wie in einem offenen Buch.«

»Mein Freund wollte auf keinen Fall respektlos sein«, warf Soleil ein. »Er war nur …«

Die Königin brachte sie mit einer Handbewegung zum Schweigen. »Ich weiß. Ihr habt Angst, hier unten zu sterben, und seid nervös. Da sagt man – oder denkt viel mehr – doofe Sachen.« Sie musste laut lachen, und der ganze Körper der dicken Made wackelte wie Pudding. Die Mienen der anderen Meerjungfrauen blieben todernst. Als die Königin merkte, dass niemand in das Lachen einstimmte, räusperte sie sich und widmete sich wieder den Gästen. »Also gut, kommen wir zu eurem Anliegen. Wenn wir euch eines unserer Haare geben, machen wir uns zu Mittätern in eurer Sache. Schon einmal hat eine von uns ein Haar für einen Kompass gegeben – unwissentlich natürlich. Als Dank hat man uns auf den Grund dieses Gewässers verbannt und mit Seebären zugeschüttet, damit niemand die Anreise überlebt.«

»Sie haben euch verbannt?«, fragte Soleil schockiert.

»Meinst du, wir würden freiwillig ein Dasein in dieser Leere fristen?«

Elliot und Soleil sahen sich irritiert an. Sie hatten beide keinen Vergleich zu anderen Meeresböden.

»Wir gehören in das Mittelmeer und in die untergegangenen Ruinen antiker Städte. Nicht in so ein Erdloch.«

»Also hat euch Theodore vor der Inquisition gerettet?«, fragte Elliot.

»So hat er es uns zumindest verkauft. Aber hätten wir gewusst, was uns erwartet, wären wir nicht hierhergegangen.«

»Das tut mir leid«, sagte Elliot. Er kam sich dabei dumm vor, aber es war seine ehrliche Empfindung. »Wir wollen euch keinen weiteren Ärger machen.« Also war das hier doch die Endstation, dachte Elliot. Sie würden sich etwas anderes einfallen lassen müssen.

»Nein, Erdenkind, gib nicht so schnell auf. Es ist noch nicht die Endstation.«

»Endstation?«, hörte er Soleil flüstern. Sie hatte offensichtlich Probleme, dem Gespräch zu folgen. Kein Wunder, wenn die Königin auf Elliots Gedanken einging.

»Alles was wir möchten, ist Frieden. Nicht für euch oder die Inquisition, sondern für unser Volk. Und diesen Frieden gibt es nur, wenn das Portal nach Avalon wieder geöffnet wird. Denn dann ist es zwecklos, uns weiter zu verstecken.« Sie griff in einen bronzefarbenen Eimer, der neben der Sänfte stand, zog Würmer heraus und stopfte sie sich ins Maul.

»Also wollt ihr Mittäter sein?«, fragte Soleil irritiert.

Die matten Augen der Königin fixierten sie. »Sie werden wissen, dass wir euch ein Haar gegeben haben, und sie werden Gewissheit haben, dass wir wussten, was ihr damit vorhabt. Das ist der Fluch des Gedankenlesens, Elfenkind«, sang die Stimme der Königin in ihren Köpfen. »Niemand kann uns etwas vormachen. Das gelang ihnen nur einmal, als sie uns in dieses Loch stopften.«

»Wie haben sie das gemacht?«

»Die, die kamen und mit uns verhandelt hatten, hatten ehrliche Absichten. Aber ihre Hintermänner nicht, bloß konnten wir deren Gedanken nicht lesen. Wir hatten die Wahl zwischen dem sicheren Tod durch die Häscher der Inquisition oder einem Leben in Gefangenschaft. Theodores Vertreter hat es uns als Paradies angepriesen. Das schönste Innenaquarium, das die Welt zu bieten hätte. Heute wünschte ich, ich hätte mich für den Tod entschieden. Hier drinnen werden wir fett und faul«, sagte sie und griff wie zur Untermalung ihrer Worte in den Eimer. Nachdem die Würmer in ihrem Mund verschwunden waren, wanden sich manche wenige wieder heraus und trieben im Wasser herum. »Ich vermisse die Weiten des Meeres, die Bewohner, die Vielfalt. Es gab Zeiten, da sah ich nicht so aus. Also nehmt eines meiner Haare. Es ist die späte Rache der Meerjungfrauen.« Sie zupfte sich ein Haar vom Kopf und reichte es ihnen. Soleil wollte ihr schon entgegenschwimmen, aber Elliot hielt sie zurück.

»Wenn wir dieses Haar nehmen, was werden sie euch antun?«, fragte er.

Die Königin zuckte mit den Schultern, zumindest vermutete Elliot das, denn ihr Körper war eine einzige große, weiche Masse. »Wahrscheinlich werden sie uns weiter hier unten darben lassen. Vielleicht werden sie uns den Stöpsel ziehen oder uns wieder im Meer aussetzen. Ich weiß es nicht. Frieden für mein Volk kann es aber nur geben, wenn sich etwas ändert. Der Zorn in uns ist groß und wächst wie ein Geschwür in unseren Reihen. Also nehmen wir unser Schicksal endlich wieder selbst in die Hand. Nun nehmt es schon, bevor ich es mir anders überlege.«

Soleil sah zu Elliot hinüber. Er zögerte. Wenn sie das Haar

annahmen, könnte das den Tod für die Nixen bedeuten. Andererseits schienen sie ohnehin nichts mehr zu verlieren zu haben.

»Ganz genau, Elliot Craig, das hast du gut erkannt. Wir erwarten den Tod und hoffen auf die Freiheit.«

»Was hast du schon wieder gedacht?«, fragte Soleil. »Ich verstehe hier nur die Hälfte.«

»Mach dir keinen Kopf, Elfenkind, und nimm endlich das Haar.«

Soleil schwamm ihr entgegen, nahm das Haar und deutete einen Knicks vor der Majestät an. Die Meerjungfraumade neigte wohlwollend ihren Kopf.

»Kaya und Zinytia werden euch nach oben geleiten. Die Seebären werden zwar enttäuscht sein, aber wir wollen ja sichergehen, dass ihr den Weg nach oben findet. Unbeschadet.«

Kaya und Zinytia waren die beiden Nixen, die sie bereits vor den Seebären gerettet hatten.

Auf dem Weg aus dem Thronsaal hörten sie ein letztes Mal die Stimme der Königin in ihrem Kopf. »Viel Glück, Erdenkinder!«

Ihre Begleiterinnen führten sie wieder durch die vielen Gänge und Korridore. Für Elliot war es ein Rätsel, wie sie sich hier unten orientierten, aber schnell wurde aus dem ausgebauten Höhlensystem mit Säulen, Beleuchtung, Türen und Wachen ein erdiges Loch wie von einem Maulwurf gegraben. Als sie das Höhlensystem verließen, konnte Elliot kaum etwas sehen. Hier unten war es so dunkel wie in einem Keller, der nur durch ein kleines Fenster erhellt wurde.

»Haltet euch fest«, befahl die Stimme in ihrem Kopf. Elliot und Soleil kamen dem Befehl dankbar nach. Er hätte selbst keinen Meter mehr schwimmen können. Sie hielten die Nixen an den Schultern fest, und sofort schossen sie in die Höhe. Elliot nahm wieder das Brennen in der Nase wahr, ein absolut unangenehmes Gefühl. Dabei fiel ihm auf, dass es während ihrer Zeit in den unterirdischen Geheimgängen verschwunden gewesen war. Scheinbar konnten die Meerjungfrauen ihren giftigen Geruch nach Wunsch aktivieren. Er mochte sich gar nicht vorstellen, wie es für die Seebären mit ihrer feinen Nase war. Wie zwei Torpedos schossen Kaya und Zinytia in die Höhe. Das Wasser war wieder eiskalt, aber zumindest wurde es heller. Das hatte aber auch den negativen Nebeneffekt, dass er die Seebären in der Ferne lauern sah. Sie hielten einen respektvollen Abstand zu den Nixen, aber er hatte keinen Zweifel, dass sie sich wie ein hungriges Rudel tollwütiger Hunde auf sie stürzen würden, wenn die beiden nicht hier wären und ihren unangenehmen Duft verströmten. Die Seebären folgten ihnen, trauten sich aber nicht weiter ran. Trotzdem behielt Elliot sie im Auge.

»Sie werden euch nichts tun, solange wir bei euch sind«, sagte Kaya oder Zinytia, vielleicht auch beide, in seinem Kopf.

Einen Augenblick später durchbrachen sie die Wasseroberfläche. Elliot riss sich die Maske vom Gesicht und atmete tief ein. Die Luft war klar und nicht durch ein sonderbares Gerät gefiltert. Er genoss den Augenblick. Der Mond stand hoch am Himmel beziehungsweise der Kuppel der Fabeltierabteilung. Auch Soleil sog gierig die frische Luft ein.

Die beiden Nixen zogen sie bis zum Rand des Aquariums. Elliot fiel ein, dass er sich keine Gedanken gemacht hatte, wie sie aus dem Wasser kamen. Die Mauer war etwa zwei Meter hoch und glatt. Eine Rettungsleiter gab es nicht. »Soleil, wie sollen wir …«, sagte er, aber kam nicht weiter. Er spürte, wie eine der beiden Nixen ihn unter den Schultern packte und warf. Elliot hätte den Meerjungfrauen nie so eine Kraft zugetraut, aber er wurde aus dem Wasser katapultiert und landete unsanft auf dem Steg. Ein Poltern verriet ihm, dass auch Soleil gelandet war.

Er rappelte sich auf, wollte sich bedanken und sah hinab auf das Wasser. Aber die beiden Nixen waren schon wieder in den Tiefen verschwunden. *Danke*, dachte er.

Ihre Sachen lagen noch an Ort und Stelle. Schnell wickelten sie sich in die Handtücher ein, rafften ihre Klamotten zusammen, stopften sie in Soleils Tasche und liefen zur Hütte. Dort entfachte Elliot erst mal ein Feuer im Kamin, an dem sie sich aufwärmten. Über der Küchenspüle fand Elliot ein kleines Einmachglas.

»Gib mal her«, sagte er zu Soleil und nahm ihr das Haar der Königin ab. Er öffnete den Deckel, legte das Haar vorsichtig hinein und schloss das Gefäß wieder. Dann gab er ihr das Haar zurück. »Am besten bewahrst du es beim avalonischen Gold auf.«

Soleil nickte und ließ das Glas in ihrer Tasche verschwinden. Elliot verschwand nach draußen, zog sich schnell um. Die Unterhose ließ er weg, darauf musste er jetzt verzichten. Soleil hatte die Zeit drinnen genutzt, um sich ebenfalls wieder anzuziehen. Gemeinsam saßen sie noch eine halbe Stunde vor der Flamme. Niemand sagte etwas. Dann sah Elliot auf die Uhr. Es war kurz vor fünf Uhr morgens. Wenn sie nicht bald aufbrachen, würden sie ein paar besonders emsigen und pünktlichen Kollegen begegnen.

»Wie machen wir weiter?«, fragte Elliot.

»Wir erholen uns ein paar Tage. Jede Wette, dass du vor

lauter Muskelkater eine Woche nicht mehr gehen kannst«, sagte sie und lachte.

Elliot wurde rot, spürte aber jetzt schon, dass sie damit recht hatte. Sein ganzer Körper schmerzte. Er fühlte sich, als hätte er einen Marathonlauf absolviert, und wahrscheinlich entsprach das sogar der Realität. »Tut dir zumindest auch etwas weh?«

»Ich merke ein leichtes Zwicken in meinen Oberschenkeln. Ansonsten geht es mir prächtig«, antwortete sie, aber Elliot sah ihr die Erschöpfung an.

»Nun ist der Punkt gekommen, an dem wir Gerry einweihen müssen.« Elliot kratzte sich am Kinn. »Ich bin mir nicht sicher, ob er uns für verrückt erklären wird.«

»Wenn er hört, dass wir ins Becken zu den Seebären gesprungen sind, wird er das auf jeden Fall«, warf Soleil ein. »Aber das kann ich ihm auch nicht verübeln. Im Nachhinein kommt mir die Idee selbst völlig verrückt vor. Du hättest etwas sagen sollen, als ich mit den Stinkstickern ankam. Das war wirklich sehr leichtsinnig von uns.«

»Sorry, ich dachte, du weißt, was du tust. In Zukunft werde ich mich nicht mehr blind auf dich verlassen.« Wieder lachten sie beide. Elliot wollte sich erheben, spürte aber schon den Muskelschmerz und verharrte auf dem kleinen Hocker. »Am besten ist, wenn wir Gerry keine große Zeit zum Nachdenken lassen. Wir überrumpeln ihn nach Feierabend, du bringst das avalonische Gold und das Nixenhaar mit, und wir erzählen ihm alles. Wenn er es für eine dumme Idee hält und uns nicht helfen will, können wir immer noch auf eigene Faust losziehen, bevor es jemand erfährt.«

»Guter Vorschlag«, erwiderte Soleil. »Wann wollen wir es machen?«

»Sobald mein Muskelkater weg ist und ich mich wieder halbwegs normal bewegen kann«, ächzte Elliot.

Soleil musste lachen.

KAPITEL 13

Muskelkater war eine nette Umschreibung für das, was Elliot am nächsten Morgen spürte. Es war mehr ein Muskellöwe mit schlechter Laune und großem Hunger. Er versuchte aufzustehen, aber sein Körper gehorchte nicht. Jedes Signal an seine Gliedmaßen, sich endlich zu bewegen, wurde mit Schmerzen beantwortet.

Elliot sah auf die Uhr. Er hatte noch zehn Minuten bis zum Arbeitsbeginn und lag immer noch im Bett. Am liebsten wäre er da liegen geblieben, aber er wollte es sich nicht mit Gerry verscherzen. Vor allem, weil sie bald auf seine Hilfe angewiesen waren.

Er biss sich auf die Zähne, ignorierte die vielen kleinen Nadelstiche in den Muskeln und schälte sich fast waagerecht aus dem Bett. Ohne zu duschen, streifte er sich gleich seine Arbeitsklamotten über und quälte sich die Treppe runter. Der Fernseher war aus und sein Vater nicht zu sehen. Vielleicht hatte er es endlich mal ins Schlafzimmer geschafft.

Schnell schmierte sich Elliot einen Toast, wobei er jede unnötige Bewegung vermied. Mit dem Brot in der Hand eilte er in den Garten und zündete sein Schnellreiseticket an.

Er kam zehn Minuten zu spät.

Gerry quittierte das mit einem Grunzen, was wohl in Büffelsprache für »Guten Morgen, leider bist du zehn Minuten zu spät. Macht nichts, auf dem Herd steht Tee. Nimm dir gerne eine Tasse« stand. Zumindest hatte Elliot nicht den Eindruck, dass er schlecht gelaunt war.

Elliot kam der Aufforderung seines Chefs nach, nahm sich eine Tasse und setzte sich dann an den Tisch. Dann sah Gerry zum ersten Mal von seiner Zeitung auf.

»Eine angenehme Nacht gehabt?«

In Elliots Adern gefror das Blut. Sein Chef hatte sich nie nach dem Wohlergehen seines Schützlings erkundigt. »Äh, ja, danke. Du auch?«

Der Büffel nickte nur, sah dann wieder auf seine Zeitung und tat so, als würde er ein paar Zeilen lesen. »Wenn du das nächste Mal hier noch eine Party oder so veranstaltest, geh sicher, dass das Feuer aus ist, okay?« Er zeigte auf den Kamin. »Heute Morgen loderte immer noch eine Glut, und wenn es anfängt zu brennen, haben wir beide ein riesiges Problem.«

»Oh, sorry … Ich, äh, wir …«

Gerry winkte ab. »Interessiert mich gar nicht. Ihr könnt euch hier gerne treffen. Geh bloß sicher, dass das Feuer abgelöscht ist, wenn ihr verschwindet, okay?«

»Klar«, sagte Elliot und merkte, wie er sich wieder beruhigte. Sein Puls wurde langsamer. Er hatte schon gedacht, Gerry wäre ihnen auf die Spur gekommen. Das wäre kein Weltuntergang, aber dann hätte er seinen Chef jetzt alleine davon überzeugen müssen, sich ihrer Verschwörung anzuschließen. Und ihm fehlten noch ein paar Argumente für die Pro-Seite, denn auf der Contra-Seite stand vor allem ein Punkt: lebenslänglich im Magna Carcarem, dem Gefängnis der Inquisition. Das war ein gewichtiger Punkt, der gegen ihre Sache sprach. Er versuchte, schnell das Thema zu wechseln. »Steht heute irgendwas Besonderes an?«

Gerry schüttelte sein massiges Haupt. »Nee, aber du kannst gerne mal nach Olly schauen. Ob er noch alle Hufe hat und so. Er durchläuft eine gute Entwicklung, sein Fell ist schon viel kräftiger geworden, und er hat ein bisschen was auf die Rippen bekommen.« In seiner Stimme klang väterlicher Stolz mit.

»Alles klar.«

Er verbrachte die erste Stunde damit, die Seebären zu füttern und zu beobachten. Elliot hatte den Eindruck, dass sie heute noch gieriger auf die Knochen waren, als hätten sie auf eine Mahlzeit verzichten müssen. Jedes Mal, wenn eines der Tiere einen der Knochen aus der Luft fischte, schauderte es ihn. Vor ein paar Stunden wäre er fast anstelle der Knochen gewesen. Was hatten sie sich nur dabei gedacht?

Erst der Gargoyle, dann die Seebären und als Nächstes ein Drache. Das Who-is-who der tödlichen Fabeltiere. Immerhin hatten sie zwei von drei schon überlebt, und am Letzten scheiterten sie mit der Hilfe seines Chefs hoffentlich auch nicht.

Nach der Fütterung ließen sich die Seebären nicht mehr blicken. Wahrscheinlich machten sie irgendwo am Meeresboden, weit weg von den Nixen, einen Verdauungsschlaf und träumten davon, dass zwei waghalsige Erdenbewohner zu ihnen ins Becken stiegen. Elliot musste an das Gespräch mit der Nixenkönigin denken. Es war ihm schwergefallen, ihren Worten zu folgen und sie richtig zu interpretieren, denn es gab keine Mimik, die das Gesagte unterstrich. Es war wie ein Telefonat, ohne jede Körpersprache.

Trotzdem hatte er den Eindruck, dass sie auf Theodore nicht allzu gut zu sprechen war.

Eine Hand legte sich auf seine Schulter, er zuckte zusammen, und sein Muskelkater erwachte. Er fluchte.

»Sorry, wollte mich nicht anschleichen.«

Er drehte sich um und sah Soleil. »War gerade in Gedanken, sonst hätte ich dich bemerkt«, sagte er.

»Wie geht es dem Muskelkater?«

»Viel zu gut. Er macht es sich gerade gemütlich und möchte wohl länger bleiben. Und bei dir?«

»Morgen ist alles wieder in Ordnung. Meine Oberschenkel spüre ich ein bisschen, aber ich kann mich nicht beklagen«, sagte sie und stemmte ihre Arme in die Hüfte. »Sprechen wir heute Abend mit Gerry?«

Jetzt wurden Nägel mit Köpfen gemacht. Elliot hätte das Seebärentrauma gerne erst mal verarbeitet, merkte aber, dass sie ihm keine Chance ließ. Soleil drückte auf das Gaspedal, jetzt, wo sie endlich alles zusammenhatten.

»Meinetwegen, obwohl es mir lieber gewesen wäre, mich erst mal von den Strapazen zu erholen. Drei oder vier Wochen hätten bestimmt gereicht. Schon einen Plan, wie wir Gerry überzeugen können?«

»Ich hoffe einfach, dass er uns helfen will«, antwortete sie und klang selbst nicht überzeugt. »Du kennst ihn doch besser als ich, was meinst du, wie er reagieren wird?«

Elliot dachte einen Augenblick nach. Er lehnte sich auf die Reling und sah auf die See. »Wirklich schwer einzuschätzen. Er hat das Herz am richtigen Fleck, aber ich weiß nicht, ob er deswegen einen Hochverrat begehen wird. Im Grunde hintergehen wir ja auch das ganze Merlin-Center.«

»Okay, dann finden wir es heute Abend heraus. Ich muss jetzt wieder rüber in die Waffenkammer. Ich bin kurz nach

Feierabend bei euch. Halt Gerry einfach bei der Stange solange«, sagte sie und verschwand wieder in Richtung Ausgang.

Elliot schüttelte den Kopf. Eine absurde Sache. Elfen, Drachen, Zauberei. Wenigstens hatte sein Leben mal eine Abfahrt genommen und war nicht weiter stoisch in Richtung Abgrund gefahren.

Nach der Mittagspause, Gerry und Elliot verbrachten sie in ihrem Schuppen mit Pasteten und Tee, marschierte Elliot in den Wald. Er hatte sich die alte Donnerbüchse über die Schulter gehängt, für den Fall, dass die Gnolle wieder auftauchten. Aber Gerry meinte, dass sie weitaus friedlicher geworden wären. Er führte ihre Unruhe auf einen quer sitzenden Knochensplitter im Verdauungstrakt des Oberhaupts zurück. Zumindest, so betonte Gerry, hatte er so einen Splitter in den Hinterlassenschaften eines Gnolls gefunden. Die dadurch entstandenen Schmerzen hatten den Anführer wohl schlecht schlafen lassen, was er dann seinen Artgenossen weitergab. Gerry verglich es mit Zahnschmerzen, die einem den letzten Nerv raubten.

Elliot wusste nicht, wie viel sich sein Chef davon zusammenfabulierte und wie viel den Tatsachen entsprach.

Er fand den Pegasus und den Mantikor auf einer Lichtung liegen. Sie schienen das Sonnenbad und die gegenseitige Gesellschaft zu genießen.

»Hallo«, sagte Elliot, um sein Erscheinen anzukündigen. Er wollte die beiden nicht überraschen oder sich wie ein Raubtier anschleichen.

Beide drehten ihren Kopf zu ihm, blieben aber liegen. Sie nahmen Elliot nicht als Bedrohung wahr. Der Pegasus wieherte zur Begrüßung. Gerry hatte recht. Das Tier sah wesentlich gesünder aus. Die Mähne glänzte im Sonnenschein, von den Rippen war nicht mehr viel zu sehen. Auch der Hüftknochen lag unter einer gesunden Speckschicht versteckt.

Elliot sagte nichts weiter, sondern setzte sich einen Meter von den beiden entfernt ins Gras. Interessiert schnupperten sie an seiner ausgestreckten Hand. Schnell zupfte er ein paar Grashalme und ließ sie aus seiner flachen Hand fressen. Es freute ihn, dass Brontos nicht mehr alleine und Olly endlich zur Ruhe gekommen war.

Die Begegnung mit den Nixen hatte Elliot verunsichert. Sie schienen überhaupt nicht froh über ihren Aufenthalt im Merlin-Center zu sein. Er würde mit Theodore und Gerry darüber sprechen, sobald die ganze Geschichte vorbei war. Vorher war es schwierig, den beiden zu verklickern, was er am Boden des Aquariums gewollt hatte. Er müsste beiden zwangsweise vom Avalon-Kompass erzählen. Er konnte nicht alle Probleme der magischen Völker gleichzeitig lösen.

Gemeinsam lagen sie im Gras, und Elliot genoss den Moment der Ruhe. Das war Arbeit nach seinem Geschmack, und er war froh darüber, heute mehr Zeit mit den beiden, statt mit den Seebären zu verbringen. Nach einem kurzen Mittagsschlaf, den er nach der Nacht mehr als nötig hatte, kam er seinem eigentlichen Arbeitsauftrag nach.

Elliot checkte den Pegasus durch, zählte alle Hufe – es waren vier Stück – und inspizierte das Fell und die Flügel. Ein paar Federn fehlten, ansonsten sah das Tier aber prächtig aus. Er tätschelte es zufrieden am Hals, und Olly genoss die Aufmerksamkeit sichtlich. Weil er Zeit hatte, wiederholte er die Prozedur bei Brontos. Das dümmliche Gesicht hechelte zufrieden, als Elliot ihn abtastete und nach Verletzungen oder Veränderungen im Fell suchte.

Alles in bester Ordnung.

Die Schatten wurden länger, und für Elliot war es ein klares Zeichen, dass er die Heimreise antreten musste. Er schulterte das Gewehr und verließ die beiden, die auf der anderen Seite der Lichtung im Wald verschwanden. Ein unzertrennliches Team, stellte Elliot zufrieden fest.

Als er am Schuppen ankam, hackte Gerry Holz. Die Axt sah wie ein Zahnstocher in seiner Hand aus, und Elliot fragte sich, ob er die Scheite nicht auch mit der bloßen Pranke zerkleinern konnte.

»Wie geht es dem Gaul?«, wollte Gerry wissen, als er seinen Schützling sah.

»Ging ihm nie besser, denke ich«, erwiderte Elliot. Er sah auf die Uhr. Eine halbe Stunde, dann war Geschäftsschluss. »Die beiden sind beste Freunde. Sag mal, hast du nach Feierabend vielleicht noch Zeit für mich? Wir, also ich«, Elliot spürte, wie er rot anlief, »muss mit dir über etwas sprechen.«

Der Büffel hielt in der Ausholbewegung inne, ließ seinen Arm sinken und sah Elliot an. »Stimmt was nicht? Bist du unzufrieden?«

»Ganz und gar nicht, ich brauch bloß deinen Rat. Soleil auch, sie wird dazukommen.«

»Deine Freundin?«, fragte Gerry.

»Nicht *meine* Freundin, eine *gute* Freundin«, korrigierte ihn Elliot.

»Ist sie schwanger?«

»Hä, was?«, fragte Elliot entsetzt. »Nein!«

»Gut, dann hätte ich euch nämlich nicht helfen können. Davon habe ich keine Ahnung.«

Elliot war perplex. Das Gespräch war schneller unangenehm geworden als Aerobic-Turnen im Sportunterricht.

»Wir haben bloß ein paar Fragen zu den Bewohnern hier«, murmelte er verdutzt.

»Sag das doch gleich. Da kann ich natürlich helfen. Ich mach das hier noch schnell fertig, dann komm ich rein«, sagte er und ließ die Axt runtersausen. Das Holzscheit spaltete sich in zwei Teile.

Elliot marschierte nach drinnen. Er wunderte sich nicht, dass andere dachten, dass zwischen Soleil und ihm etwas lief. Aber Gerry hatte den Bogen überspannt.

Elliot setzte einen Kessel Wasser auf und brachte es zum Kochen. Ein paar Minuten später kam der Buffaloman rein und gesellte sich zu ihm. Gemeinsam tranken sie eine Tasse Birnenfruchttee und warteten auf Soleil. Elliot sagte nichts mehr, er hatte Angst vor weiteren unangenehmen Momenten.

Soleil kam wie immer zu spät.

Weit nach Ladenschluss wurde plötzlich die Tür geöffnet, und die Elfe kam herein. Sie hatte noch ihre Arbeitsklamotten an.

»Hallo zusammen«, sagte sie und setzte sich auf einen der Stühle.

»Tee?«, fragte Gerry und schenkte, ohne abzuwarten, einen Krug für sie ein.

»Danke schön«, sagte sie und sah zu Elliot herüber. Dem steckte das Gespräch von vorhin noch so in den Knochen, dass er wenig Lust hatte, das Thema endlich auf den Tisch zu bringen.

»Also, worum geht es? Elliot sagte schon, dass du nicht schwanger bist«, durchbrach Gerry die Stille und schlürfte an seiner Tasse.

Soleil sah erst irritiert von Gerry zu Elliot und dann wieder zurück. »Keine Angst, ich verhüte.«

Gerry spuckte einen Teil des Tees vor Überraschung wieder aus.

»Alles gut, Großer«, sagte Soleil und klopfte ihm auf die Schulter. »Du bist auf dem völlig falschen Dampfer.«

Elliot wünschte sich, dass sich ein Loch unter ihm öffnete, in dem ein paar Seebären warteten und seiner Existenz ein Ende bereiteten. Dann wäre das Elend zumindest schnell vorbei.

»Okay, also wollt ihr wirklich über unsere Fabelwesen reden? Dachte, Elliot verschaukelt mich. Kann er ja immer mit mir machen und braucht keinen extra Termin dafür.«

»Wenn wir ehrlich sind, geht es uns vor allem um eine Bewohnerin: Gertrude«, sagte Soleil. Elliot kommunizierte klar und deutlich, durch seinen zu Boden gesenkten Blick und in den Händen versteckten Kopf, dass er nicht weiter am Gespräch teilnehmen wollte.

Gerry schnaubte. »Warum gerade sie?«

»Sie ist der letzte lebende Drache, oder?«

»Der letzte lebende bekannte Drache«, korrigierte Gerry sie. »Aber ich befürchte, dass sie uns auch bald verlassen wird. Ist schon eine betagte Dame.«

»Wir brauchen die Hilfe dieser betagten Dame«, antwortete Soleil und brachte das Thema behutsam auf den Punkt. »Genauer gesagt, brauchen wir ihr Drachenfeuer.«

»Ihr Drachenfeuer?«, fragte Gerry überrascht.

»Wir wollen einen Kompass bauen, der uns den Weg nach Avalon zeigt«, platzte es aus Elliot heraus. Er hatte keine Lust mehr, um den heißen Brei herumzureden. Er legte alle Karten auf den Tisch und erzählte Gerry davon, wie er in dem Kinderbuch seiner Mutter auf die Geschichte vom Drachen Rhegad gestoßen war. Wie sie ins La Flamenc-Anwesen eingebrochen und in das Becken hinabgetaucht waren.

Er ließ keine Details aus, und die Augen des Büffels drohten vor lauter Überraschung aus den Höhlen zu fallen.

»Ihr habt einen Tauchgang mit den Seebären überlebt?«

»Mehr oder weniger«, antwortete Soleil. »Zwischendurch hatten wir auch unsere Bedenken, aber es hat geklappt.«

»Deswegen also die Fragen, Elliot«, sagte Gerry und klang, als hätte er ein besonders schweres Kreuzworträtsel gelöst. Sein großer Zeigefinger zeigte auf den Jungen. »Du hast mich reingelegt. Ich dachte, du hast ein ernsthaftes Interesse an unseren Meeresbewohnern. Dabei wolltest du nur wissen, was dich da unten erwartet!«

Elliot fühlte sich ertappt. »Hätten wir dir erzählt, was wir vorhaben, hättest du es bestimmt verhindert.«

»Natürlich hätte ich das. Totaler Selbstmord. Die Leute, die eine Begegnung im Wasser mit einem Seebären überlebt haben, kannst du an einer Hand abzählen. Und mindestens drei von denen können auch nur Sachen an einer Hand abzählen. Ihr seid doch bekloppt!«

Da mussten Elliot und Soleil ihm recht geben. Hätten sie vorher gewusst, worauf sie sich einließen, hätten sie es gelassen.

»Es hat ja geklappt«, warf Soleil ein. »Auf jeden Fall müssen wir jetzt mit dem Nixenhaar und dem avalonischen Gold zu Gertrude, damit sie einen Kompass daraus macht.«

»Was sagt Theodore dazu?«, fragte Gerry.

»Wir … also … nichts«, stotterte Elliot.

»Er weiß nichts davon«, sagte Soleil und kam ihm zur Hilfe.

»Ihr plant so etwas in seinem Haus und erzählt ihm nichts davon?« Empörung schwang in Gerrys bebender Stimme mit.

»Umso weniger beteiligt sind, desto besser«, sagte Soleil.

»Am liebsten hätten wir dich da auch rausgelassen, zu deiner eigenen Sicherheit. Du kannst dir vorstellen, wie die Inquisition mit allen verfahren wird, die daran beteiligt waren.«

Gerrys Augenbrauen zogen sich zusammen und entspannten sich nach ein paar Sekunden wieder. »Hast recht.«

»Wir ziehen das im Zweifelsfall auch alleine durch«, sagte Elliot. »Aber wir hatten jetzt schon zweimal Glück. Auch wenn aller guter Dinge drei sind, wollen wir uns lieber nicht darauf verlassen.«

»Und ihr seid sicher, dass es klappt?«

Soleil und Elliot tauschten einen kurzen Blick. »Natürlich«, sagte die Elfe. »Es muss klappen.«

Wieder schnaubte Gerry und kratzte sich am Kinn. »Ein ganz schöner Hammer, mit dem ihr da ankommt. Ich kenne Avalon auch nur aus Geschichten. Schön soll es da sein. Wenn es aber stimmt, was ihr erzählt, hängt mein Kopf bereits mit in der Schlinge, nur weil ich davon weiß.«

»Wie gesagt: Wir hätten darauf verzichtet, dich einzuweihen, hätten wir eine Möglichkeit gesehen«, sagte Elliot entschuldigend.

»Und ihr glaubt, dass die Inquisition endlich mit ihrem Terror aufhören wird, wenn der Weg nach Avalon erst offen ist?«

»Auf jeden Fall werden wir mehr Verbündete haben«, antwortete Soleil zuversichtlich. Elliot fragte sich, woher sie diese Zuversicht nahm. Es war möglich, dass Avalon nicht mehr als ein kleiner Wald mit ein paar Hasen und Eichhörnchen war.

»Hochverrat verlangt ihr von mir«, schlussfolgerte der Büffel.

Niemand wagte, ihm zu widersprechen.

»Theodore wird ganz schön Probleme bekommen.« Der Buffaloman stand von seinem Hocker auf und lief zum Fenster. Er sah hinaus. »Aber vielleicht ist es das wert.«

Elliot fiel ein Stein vom Herzen.

»Hab schon so einiges gesehen, was die Inquisition mit Fabelwesen anstellt. Sie kommen in Fabriken und werden geschlachtet. Aus ihren Körperteilen werden Tränke und Rezepturen hergestellt, die sie dann auf magischen Schwarzmärkten teuer verkaufen. Ist das nicht absurd?«

Soleil und Elliot nickten, blieben aber stumm.

»Es reicht ihnen nicht, sie auszurotten, sie wollen auch noch Profit daraus schlagen. Sie zerstören die Natur für ein paar Taler. Eines müsst ihr mir versprechen: Ihr müsst erfolgreich sein. Denn wenn ihr scheitert, ist auch dieses kleine, letzte Paradies hier in Gefahr. Dann gibt es keinen Rückzugsort mehr.«

Die Last, die eben von Elliots Schultern gefallen war, wurde plötzlich wieder schwerer. »Ich verspreche dir, dass wir alles in unserer Macht Liegende tun«, sagte Elliot ernst.

»Du verstehst nicht, Elliot. Ihr dürft nicht scheitern. Ich hab selbst schon erfahren müssen, was es bedeutet, wenn die eigene Spezies ausgerottet wird. Du weißt bestimmt, was der weiße Mann mit dem Büffel gemacht hat, als er nach Amerika kam. Nichts anderes würde passieren, wenn ihr die Inquisition nicht besiegt. Theodore könnte sie sicherlich eine Zeitlang aus dem Merlin-Center raushalten, aber irgendwann würden sie einen Weg finden.«

»Das tut mir leid, Gerry. Auch ich habe schon geliebte Familienmitglieder verloren, die von der Inquisition entführt und eingekerkert wurden. Auch wir Elfen sind eine aussterbende Spezies, wenn sich nicht bald etwas ändert. Die Kirche spielt auf Zeit. Sie wissen, dass wir nicht mehr genug sind, um uns entsprechend fortzupflanzen. So geht es auch den Zwergen. Wenn wir jetzt nicht das Schicksal in die Hand nehmen, wird es bald niemanden mehr geben, der im Merlin-Center einkauft. Also hilfst du uns, auch auf die Gefahr hin, dass wir scheitern?« Ihre Stimme wurde brüchig, und ihre Augen glänzten.

Gerry drehte sich vom Fenster weg. Seine Augen waren feuchter als sonst. Erst jetzt wurde Elliot das ganze Ausmaß ihrer Unternehmung klar. Was es für die nicht menschlichen Wesen wirklich bedeuten würde, sollte sich das Tor nach Avalon öffnen. Für Elliot war es nur die Gelegenheit, jenen Leuten eines auszuwischen, die ihm seine Mutter geraubt hatten. Aber für Soleil war es die Erhaltung ihrer Spezies. Für Gerry war es die Rettung seiner geliebten Fabelwesen.

Die Verantwortung schnürte ihm die Luft ab.

»Ja, ich bin dabei«, donnerte Gerry. »Meine Eltern haben keinen Feigling großgezogen.«

Soleil jauchzte vor Freude, Elliot atmete erleichtert aus. Sie waren zu dritt.

»Wann legen wir los?«, fragte Gerry.

»Am besten jetzt gleich«, erwiderte Soleil. »Wir sollten keine weitere Zeit verlieren.«

Gerry sah auf die Uhr. »Ihr wollt jetzt noch hoch zu Gertrude? Der Weg ist auf dem Hinweg steinig und steil. Auf dem Rückweg wird er das auch sein, aber auch noch dunkel.«

»Dann packen wir ein paar Feenkugeln ein«, schlug Soleil vor.

»Okay, ihr kümmert euch um die Feenkugeln und ein bisschen Proviant, ich erledige den Rest«, sagte der Büffel und stapfte aus der Hütte.

Soleil und Elliot sahen sich an. Aus der Skepsis wurde

pure Freude. Sie hatten es geschafft. Der größte Stein war aus dem Weg. Nun konnte nicht mehr viel schiefgehen.

»Auf zum Lebensmittelladen«, sagte Soleil und lief los. Gemeinsam durchquerten sie die Waffenkammer und blieben im Fahrstuhl stehen. Für einen Sekundenbruchteil, gerade als sich die Tür schloss, glaubte Elliot, zwei grüne Lichter in der Ferne zu sehen. In der Waffenkammer sollte nichts grün leuchten. Er rieb sich die Augenlider und schob es auf seinen übermüdeten Zustand.

Die Tür schloss sich, und der Fahrstuhl sprang sofort wieder auf. Soleil probierte gar nicht, ob die Tür noch offen war. Sie nahm den Griff, drückte die Tür nach oben und verpasste ihr einen kräftigen Tritt. Elliot runzelte die Stirn. Das sah geübt aus.

»Ich habe so schon den einen oder anderen schlechten Monat überbrückt. Allerdings habe ich immer alles zurückgezahlt«, sagte sie verteidigend.

Sie stopften Rüben, Riesenpilze und ein paar Trauben in den Rucksack. In der Auslage lagen Pasteten in allen Formen und Farben. Kleine runde, goldbraun gebacken. Aber auch dreieckige, die einen ungesunden Grünstich hatten. Elliot vertraute auf das, was er kannte. Besser kein Risiko eingehen. Soleil füllte drei Trinkschläuche mit einer Limonade aus einem Glasbehältnis.

»Das dürfte reichen«, sagte sie zufrieden und sah auf ihre Ausbeute. »Wir sind ja höchstens nur die Nacht unterwegs.«

Feenkugeln hatte die Elfe in ihrem Spind genug. Als sie auf dem Rückweg durch die Waffenkammer liefen, blieb sie vor einem Regal mit Schwertern stehen. »Kannst du damit umgehen?«

»Ich habe genug Filme gesehen, um zu wissen, an welchem Ende ich das halten muss«, antwortete Elliot.

Soleil nickte. »Warte hier.«

Sie verschwand in den zahllosen Gängen der Waffenkammer und ließ Elliot stehen. Er stemmte beide Hände in die Hüfte und wartete. Grundsätzlich fand er gut, dass sie dieses Mal nicht unbewaffnet loszogen. Zwar bezweifelte er, dass ein Schwert viel gegen einen Gargoyle oder ein Seebärenrudel ausgerichtet hätte, aber es suggerierte zumindest ein Gefühl von Sicherheit wie Anschnallgurte im Flugzeug. Wenn der Vogel wirklich abstürzte, brachten die Dinger nämlich auch nichts mehr.

Soleil kündigte sich mit schnellen Schritten wieder an. Über ihrer Schulter hatte sie einen kleinen Bogen und einen Köcher mit Pfeilen hängen. In ihrer Hand hielt sie eine Keule. Es war ein kurzer Stock mit einer dicken Eisenkugel. Sie überreichte ihm den Totschläger.

»Damit kannst du nicht viel falsch machen«, sagte sie und konnte sich ein Grinsen nicht verkneifen.

»Und der Bogen?«

»Der ist für mich«, sagte sie.

Mit den Waffen, dem Proviant und den Feenkugeln marschierten sie zurück zur Hütte. Gerry wartete schon auf sie, er hatte einen großen Rucksack gepackt und die Flinte geschultert.

»Können wir?«, fragte er ungeduldig. Jetzt, wo die Entscheidung gefallen war, schien er das Ganze möglichst schnell hinter sich bringen zu wollen. Elliot wusste genau, wie er sich fühlte.

»Wir sind bereit«, sagte Soleil. »Was ist in dem Rucksack?«

»Ein paar Geschenke für Gertrude. Ohne taucht man bei einem Drachen lieber nicht auf, wenn man nicht als Mahlzeit enden will.«

Sie marschierten zum Ende des Feldweges hinter dem Schuppen. Hier öffnete Gerry eine versteckte Tür, die in das Gebirge führte. Zu Beginn ihrer Wanderung war das Terrain nicht groß anders als im Waldgebiet. Eine grüne, saftige Wiese, die aber schnell in eine hügelige Landschaft überging. Das Gras musste hier ums Überleben kämpfen, quetschte sich zwischen Steinen und Felsen hervor. Einen Wanderweg gab es nicht, sie liefen querfeldein in Richtung des Gebirges, das überall in der Fabelwesenabteilung zu sehen war.

Elliot würde einem echten Drachen gegenüberstehen. Der Gedanke elektrisierte ihn. Während er auf die überraschende Begegnung mit dem Gargoyle hätte verzichten können und der Begegnung mit den Seebären gerne aus dem Weg gegangen wäre, freute er sich auf Gertrude. Das lag zu einem großen Teil auch an Gerry.

Es war das erste Mal, dass er nicht das Gefühl hatte, dass sie eine riesige Dummheit begangen. Denn der Buffaloman wusste, was er tat.

Nach gut einer Stunde Marsch hatten sie das Tal hinter sich gelassen und machten sich an den Aufstieg, nachdem sie eine kleine Pause mit Limonade und Pasteten eingelegt hatten. Gerry bestand darauf, auch wenn Soleil zur Eile drängte.

»Mit leerem Magen macht man Fehler, sagte meine Mutter immer«, erwiderte er, und damit war die Sache entschieden.

Elliot erwischte eine Pastete mit Pilzragout-Füllung. »Was leben hier noch für Tiere?«, fragte er und sah den großen schroffen Berg hinauf, der wie ein Obelisk über allem thronte.

»Nicht viele«, sagte Gerry. »Es ist eine raue Gegend. Ein

paar Doppelkopfziegen und Bergklammeraffen. Ich zeige sie dir, wenn wir welche sehen. Aber in Nachbarschaft zu einem Drachen ist ihre Lebensdauer in der Regel eher kurz. Deswegen haben wir versucht, Gertrude möglichst weit hinten im Terrain anzusiedeln.«

Wie Gerry das sagte, klang es so, als hätten sie einen Bären ausgewildert, dachte Elliot.

Sie liefen weiter. Eine in den Fels geschlagene Treppe ließ keinen Zweifel daran, wo die Route hinführte. Die Luft wurde zunehmend kälter, und ein kräftiger Wind wehte. Elliot, der immer noch das Arbeitshemd und die Weste trug, fluchte. Das würde eine dicke Erkältung geben. Gerry lief voran, seine großen Hufe hatten Probleme, auf den schmalen Treppenstufen einen richtigen Halt zu finden. Soleil folgte ihm, dann kam Elliot.

Plötzlich blieb der Bulle stehen und zeigte mit seiner Pranke hundert Meter in die Tiefe. »Da, Doppelkopfziegen!«

Elliot sah genau hin, sah aber nichts. Erst als sich eines der Tiere bewegte, fing sein Auge an, das Bild zu entschlüsseln. Die Ziegen hatten ein graues Fell, was sie im Gebirge perfekt tarnte. Wie der Name schon vermuten ließ, hatten sie zwei Köpfe. Einer mit Hörnern, der andere ohne.

»Ihre vier Augen ermöglichen ihnen, sich im steilen Gelände zu orientieren und Gefahren und Abhänge richtig einzuschätzen. Eine Doppelkopfziege ist in der Lage, eine nahezu senkrechte Wand hochzulaufen. Vorausgesetzt, es gibt ein paar Vorsprünge. Dank ihres Fells werden sie von Gertrude nicht im Gebirge entdeckt und können überleben«, erklärte Gerry. »Früher haben die Menschen Jagd auf Doppelkopfziegen gemacht, weil sie sie für Vertreter des Teufels hielten. Kein Wunder, zwei Köpfe, ist schon eine komische Erscheinung. Leider waren die Menschen ziemlich erfolgreich. Will nicht ausschließen, dass es in ein paar einsamen Schluchten noch ein paar Exemplare gibt, aber vermutlich steht ihr vor den Letzten ihrer Art.«

Elliot versuchte zu zählen, wie viele Ziegen es waren. Das war aufgrund der zahlreichen Köpfe und der perfekten Tarnung aber kaum zu sagen.

»Kommt, wir gehen weiter«, rief Gerry, der schon wieder ein paar Stufen genommen hatte. Soleil und Elliot lösten ihren Blick und folgten der Aufforderung.

Die Stufen wollten nicht mehr aufhören, und in Elliots Körper erwachte der Muskelkater wieder zum Leben. Seine Oberschenkel erzitterten unter jedem Schritt. Er biss sich auf die Lippen und lief weiter, um den Anschluss an die Truppe nicht zu verlieren. Nach einer halben Stunde waren sie so weit in das Gebirge vorgedrungen, dass das Tal und die kleine Hütte nicht mehr zu sehen waren. Die Stufen wanden sich durch den Fels wie eine Schlange durch Sand. Hin und wieder gingen Abzweigungen ab, aber Gerry blieb gar nicht erst stehen. Mal liefen sie die Stufen hoch, mal gingen sie runter. Elliot hatte jede Orientierung hier oben verloren und wusste, warum der Büffel ihn noch nicht alleine geschickt hatte. Er hätte sich sofort verlaufen.

»Passt hier ein bisschen auf«, sagte der Buffaloman, bevor er um eine Ecke bog. Elliot wollte nachfragen, sah die Antwort aber, als er selbst um die Ecke bog. Die Treppe war hier nicht durch das Massiv gehauen, sondern am Hang längs. Rechts ging es tief hinab, und die Stufen waren einen Meter breit. Es gab kein Geländer und keine Schnur zum Festhalten.

Elliots Höhenangst hätte schon gereicht. Aber mit dem Muskelkater in seinen Beinen fühlte er sich wie ein Elefant mit Gleichgewichtsstörungen auf einem dünnen Drahtseil. Er zögerte kurz, wollte eine Pause vorschlagen, aber die Distanz zu Soleil und Gerry wurde bereits größer. Die beiden waren in einer weitaus besseren körperlichen Verfassung und hatten offensichtlich keine Höhenangst.

Er atmete aus. »Du schaffst das«, flüsterte er und machte dann den ersten Schritt. »Einfach nicht nach unten schauen.«

Vorsichtig nahm er Stufe um Stufe. Der Wind zerrte an seinen Klamotten und wollte ihn in die Tiefe reißen. Er versuchte, das auszublenden. Der Abstand zu den beiden anderen wurde immer größer, aber er hetzte sich nicht. Wenn er sich stresste, würde er auf jeden Fall irgendeinen Fehler begehen. Ein Fuß vor den anderen, wie er es als Kind mal gelernt hatte. Immer wieder wanderten seine Augen über die Stufen und starrten in die Tiefe. Eigentlich war es albern. Er hatte die letzten Tage und Wochen ganz andere Bedrohungen überlebt. Und nun verlangte das Schicksal nicht mehr von ihm, als einfach nicht zu stolpern. Aber stolpern war etwas, was man ohnehin nicht mit Absicht tat. Es passierte in den dümmsten Momenten: auf dem Weg zum Hochzeitsaltar oder mit einem Tablett in der Hand. Aber an diesem Tag stolperte Elliot nicht.

Mittlerweile waren Soleil und Gerry komplett aus seinem Sichtfeld verschwunden und schon hinter irgendwelchen Abzweigungen und Kurven weitermarschiert. Vorsichtig nahm er zwei Stufen und kam an eine Stelle, an der sich die Treppe um einen Vorsprung schlängelte. Er nahm die Kurve und sah etwas auf dem Weg stehen.

Elliot hielt inne.

Auf den ersten Blick hätte es Gerry sein können. Statur und das dichte, dunkle Fell passten. Aber Gerry trug zu Elliots Erleichterung Klamotten. Was auch immer da vor ihm stand, war komplett nackt. Auf den zweiten Blick erinnerte es mehr an einen Affen als an ein Bison. Der tief sitzende Hintern, die kurzen Beine und das breite Kreuz gehörten zu einem Gorilla. Es stützte sich aber nicht auf den Armen ab, sondern stand aufrecht. Das Tier sah Gerry und Soleil hinterher.

Verdammt, hatte sein Chef vorhin nicht irgendwas von Affen gesagt? Elliot versuchte, sich in Erinnerung zu rufen, was genau, aber es fiel ihm nicht mehr ein.

Noch hatte der Primat ihn nicht bemerkt. Er könnte umdrehen. Aber aufgeben war keine Option. Sie waren schon so weit gekommen. Seine Hand, die den Totschläger umgriff, verkrampfte sich. Der Affe war mindestens drei Köpfe größer als er. Er konnte hier keinen Kampf beginnen. Es war eine Frage von Sekunden, bis er in die Tiefe stürzen würde. Selbst auf ebener Fläche war ihm das Tier haushoch überlegen. Seine einzige Hoffnung war, dass der Affe beim Anblick eines Menschen die Flucht ergriff.

»Hey, weg da!«, brüllte er laut und wedelte mit den Armen. Gegenüber Wildtieren sollte man sich möglichst großmachen und laut werden, hatte ihn eine der Wildtierdokus gelehrt, die sein Vater immer sah.

Der Affe drehte sich um und legte den Kopf zur Seite.

Das Tier kam langsam näher. Sein Mund formte sich zu einem großen Grinsen. Abwehrend hob Elliot wieder den Totschläger. »Bleib wo du bist!«, rief er, aber der Affe kam immer näher. Elliot wich ein paar Schritte zurück und wäre fast ins Straucheln geraten.

Der Affe war keinen Meter mehr von ihm entfernt und schob vorsichtig das Gesicht nach vorne. Elliot hätte zuschlagen können, aber das Tier war keineswegs aggressiv. Also ließ er den Affen machen. Das Tier schnupperte an ihm, fasste seine Klamotten an und inspizierte den Totschläger. Dann nahm es ihn in den Arm. Elliot deutete es als freundliche Geste zur Begrüßung oder zur Verabschiedung. Etwas, was es sich von den Menschen abgeschaut hatte.

Die Umarmung hörte nicht auf, und die Umklammerung wurde immer stärker.

Bergklammeraffen!

Elliot fiel wieder ein, was Gerry gesagt hatte. Er sprach von Bergklammeraffen. Leider kam die Erkenntnis zu spät, denn das Tier hatte ihn bereits fest im Griff. »Hör auf«, brüllte er, aber der Affe zeigte sich unbeeindruckt, gluckste und lachte. Der Druck auf seinem Brustkorb war unerträglich. Er schlug mit dem Totschläger nach dem Tier, was aber keinen Erfolg brachte. Sein Gegner ließ sich nicht mal etwas anmerken, falls er es überhaupt spürte. Als würde er Elliot verhöhnen, lachte der Primat laut.

Schmerzen breiteten sich im Brustkorb aus, als würde ein Lastwagen drüberfahren. Der freundliche Affe zerdrückte seine Beute wie eine Würgeschlange. Elliot bäumte sich auf, sammelte alle Kraft, die er noch in sich hatte, aber der Affe war zu stark.

Die Luft wurde aus Elliot gepresst wie aus einem Luftballon, als Elliot ein weiteres Tier sah. Es kam auf sie zu. Der Affe bemerkte es nicht. Wieder eine pelzige, muskulöse Kreatur – dieses Mal trug sie allerdings Kleider.

»Verschwinde«, brüllte die vertraute Stimme und schwang etwas, das wie eine Fackel aussah. Der Druck auf Elliots Brustkorb ließ nach, und der Affe sah erschrocken nach hinten. Das Tier ließ Elliot auf die Stufen fallen, machte einen Satz nach oben und verschwand in den Felsen.

»Elliot, alles in Ordnung?«, fragte Gerry besorgt.

Elliot wollte etwas erwidern, aber er kämpfte mit der

Ohnmacht. Er lehnte sich gegen die Felswand und setzte sich hin. »Was, warum …«, stotterte er.

»Ein Bergklammeraffe. Keine sympathischen Zeitgenossen.«

Elliot seufzte. Das hatte er gemerkt.

»Dachten schon, du bist runtergefallen. Bin zurückgegangen um zu schauen, wo du bleibst. Hätte ich gewusst, dass die Viecher sich auch hier schon herumtreiben, hätte ich dich nicht allein gelassen. Mit deinem Knüppel tust du denen nicht weh, du brauchst eine Flamme. Also ein richtiges Feuer, keine Feenkugel. Davor haben sie Angst.«

Elliot nickte. Er hatte nicht vor, so einem Affen wieder zu begegnen, und wenn doch, würde er gleich die Abkürzung in die Schlucht nehmen.

»Können wir weiter? Es wird bald dunkel«, sagte Gerry und reichte ihm eine Hand. Elliot atmete tief ein, griff dann zu und ließ sich hochziehen.

Soleil wartete nur zwei Abbiegungen weiter auf sie. »Da seid ihr ja endlich!« Sie sah zu Elliot. »Alles in Ordnung?«

Der schüttelte den Kopf. »Zu viele Nahtoderfahrungen in letzter Zeit.« Gerry erzählte von dem Klammeraffen und briefte die Elfe, was sie gegen die Viecher unternehmen konnte, sollte auch sie jemals das Pech haben, mit ihnen Bekanntschaft zu machen.

»Passt auf, dass sie euch nicht von oben pflücken. Sie verstecken sich gerne in Felsspalten und ziehen ihre Beute dann hoch. Besser ist, wenn ihr alle eine Fackel nehmt«, beschied ihnen Gerry und holte zwei Holzstöcke aus seinem Rucksack. Die Enden waren mit in Öl getränkten Lederlappen umwickelt. Gerry entzündete sie an der anderen Fackel und überreichte ihnen jeweils eine. »Jetzt seid ihr sicher. Kommt!«

Elliot wollte gerne eine Pause machen. Durchschnaufen, etwas essen. Aber er wusste, dass sie sich beeilen sollten. Der Rückweg im Dunkeln würde weitaus schwieriger werden.

Gerry legte einen Zahn zu. Der Weg wurde immer beschwerlicher, die Treppenstufen schmaler und die Luft dünner. Der Wind zehrte jetzt mit aller Kraft an ihnen.

»Wir haben es bald geschafft!«, rief Gerry über seine Schulter.

»Wie bald?«, fragte Soleil, wurde aber ignoriert.

Wenn es nach Elliot ging, war es möglichst bald. Seine Beine schmerzten, und sein ganzer Körper jammerte nach einer Pause. Er war sich sicher, dass der Bergklammeraffe ein paar Rippen angeknackst hatte.

Stufe um Stufe schleppte sich Elliot voran. Er hoffte, dass Gertrude keinen Hunger hatte. Denn Elliot würde sich nicht wehren. Er würde nicht davonlaufen, auch nicht seinen Totschläger schwingen oder auch nur schreien. Er würde dasitzen und es akzeptieren. Denn er war völlig erschöpft. Soleil und Gerry schien die Wanderung nichts anzuhaben.

»Da!«, rief Gerry. Elliot holte auf und sah, worauf er zeigte. Es war eine große Höhle über ihnen. Sie war ein schwarzes Loch im grauen Felsmassiv, groß genug, damit ein Flugzeugträger darin Platz fand.

»Da wohnt Gertrude?«, fragte Soleil.

»Jau. Schaffst du den Rest noch, Elliot?«

Der zuckte nur müde mit den Schultern. »Muss ja.«

Sie liefen die letzten Treppenstufen hoch zur Höhle. Als Elliot auf dem Plateau vor dem Loch ankam, brach er erschöpft zusammen. Er ließ sich auf den Boden fallen, starrte in den Himmel und versuchte, seine Atmung wieder unter Kontrolle zu bringen. Soleil reichte ihm einen der Trinkschläuche. Gierig, als hätte er einen Marathon durch eine Wüste absolviert, trank er den Schlauch aus. Seine Arbeitsklamotten waren komplett durchgeschwitzt. Damit sollte er am nächsten Tag besser nicht wieder zur Arbeit erscheinen.

»Ist das alles verbrannt?«, hörte er Soleil fragen.

Er folgte ihrem Blick und sah, was sie meinte. Der Höhleneingang war komplett verrußt. Die Felsen waren karg. Keine Pflanze, nicht mal Unkraut, wuchs in den Spalten.

»Klar, Drachen müssen mindestens dreimal am Tag Feuer speien, sonst verbrennen sie von innen heraus. Das ist wie bei Verstopfungen. Wenn die zu lange dauern, wird es sehr schmerzhaft«, sagte Gerry trocken. »Oft geht die alte Dame dafür nicht mehr vor die Tür. Hoffentlich haben wir kein Pech und sie entscheidet, gleich eine Flamme rauszuschicken.«

Elliot hoffte, dass es sich um einen Scherz des Büffels handelte, befürchtete aber, dass es keiner war. Er hatte gelernt, dass Gerry selten Scherze machte. Zwar hatte der Buffaloman durchaus einen verschrobenen Humor, aber platte Witze gehörten nicht dazu.

»Wie ist der Plan?«, fragte Elliot.

»Wir sagen mal Hallo, würde ich vorschlagen«, erwiderte der Büffel. Er formte die Hände zu einem Sprachrohr. »Hallo Gertrude, du hast Besuch!« Der Hall der Wörter schallte von den umliegenden Klippen zurück, blieb sonst aber unbeantwortet. Elliot wusste nicht, was er erwartet hatte. »Sekunde, ich muss noch schnell den Kuchen aus dem Ofen holen« oder »Moment, ich zieh mir noch eben etwas an« hätte ihn auf jeden Fall überrascht. Noch überraschender war aber die einkehrende Stille. Gerry schien das nicht zu stören. Er setzte sich auf den Boden und holte eine Pastete aus seinem Rucksack.

»Kann einen Moment dauern«, murmelte er, und Krümel fielen ihm aus den Mundwinkeln. »Diese Höhle ist ziemlich tief. Macht es euch bequem und esst was.«

Sie kamen der Aufforderung nach. Elliot und Soleil teilten sich eine Pastete, ließen aber beide den Blick vom Höhleneingang nicht ab. Sie horchten auf ein Grollen oder suchten einen Funken in dem schwarzen Loch. Etwas, was auf die Anwesenheit eines Drachens hinwies. Eine Viertelstunde verging. Elliot spürte schon, wie ihn die Müdigkeit zu übermannen drohte, da nahm er eine Veränderung in der Luft wahr. Es fühlte sich an, als hätte man zu lange an einem Lagerfeuer gesessen. Die Wangen wurden warm und rot, der Körper fing an zu glühen. Hatte er jetzt Fieber?

Soleil japste nach Luft.

Sofort wurde sein Geist wieder hellwach, und er starrte auf die Höhle. Zwei feuerrote Rubine, durchtrieben von gelben und orangenen Adern, beobachteten sie.

Gerry stand auf und putzte den Dreck von seiner Hose. »Hallo Gertrude, entschuldige die späte Störung. Ich hoffe, du hast noch nicht geschlafen.«

»Habe gerade darüber nachgedacht«, grollte eine Stimme so tief, dass sie mit dem Donner nach einem Blitzeinschlag zu verwechseln war. Das Augenpaar kam ein Stück näher, und Elliot wich einen Schritt zurück. Die Luft wurde noch wärmer.

»Tut mir schrecklich leid, aber es ist sehr wichtig«, erwiderte der Büffel.

Es klang, als hätte Gertrude genervt ausgeatmet, und unmittelbar darauf traf Elliot ein heißer Schwall Luft im Gesicht wie bei einem Saunaaufguss. Auch Soleil schien die Hitze bemerkt zu haben. Sie wischte sich mit ihrem Hemdärmel über die Stirn.

»Waf verfchafft mir die Ehre? Und wer find deine kleinen Freunde?«

Elliot fiel auf, dass der Drache lispelte.

»Das hier ist Soleil, sie arbeitet bei uns in der Waffenkammer«, sagte Gerry und zeigte auf die Elfe. »Das hier ist Elliot. Du hättest ihn früher oder später eh kennengelernt, er unterstützt mich seit einiger Zeit. Die beiden kommen, um dich um einen Gefallen zu bitten.«

Die feuerroten Augen wurden groß und kamen weiter aus der Höhle gekrochen. Elliot konnte nun die Spitze einer Schnauze ausmachen. Sie war kupferrot geschuppt und Fangzähne, so groß wie Elliots Arme, schauten zwischen dem Maul hervor. Durch zwei große Nüstern, in die er hätte reinkrabbeln können, sog Gertrude kalte Luft an und stieß warme wieder aus.

»Einen Gefallen?«, grollte sie. »Mich hat fchon fehr lange niemand mehr um einen Gefallen gebeten«, sagte sie.

Gerry sah erst auffordernd zu Elliot und dann zu Soleil, nachdem der schwieg. Also ergriff die Elfe das Wort. »Wir brauchen dein Feuer, um ein Artefakt zu schmieden«, sagte sie.

»Ein Artefakt?«

»Einen Kompass«, antwortete Soleil. Elliot hatte den Eindruck, dass sie nicht mehr verraten wollte als nötig.

»Für einen Kompaff braucht man doch kein Drachenfeuer, mein Kind«, sagte Gertrude und ließ das Gebirge erzittern. Ihr Kopf kam aus der Höhle hervor, langsam und vorsichtig. Er war spitz zulaufend, komplett geschuppt, und zwei kleine Hörner verliehen ihr etwas Teuflisches. Unter ihrem rechten Augen war eine dunkle Stelle, die wie eine Brandverletzung aussah. Der Rest ihres Körpers blieb in den Schatten, aber anhand des Halses vermutete Elliot, dass die alte Drachendame mindestens so groß wie ein Einfamilienhaus war. »Waf alfo habt ihr wirklich vor?«

Soleil schluckte.

»Ist in Ordnung, ihr könnt ihr vertrauen«, flüsterte Gerry.

Gertrude blinzelte, wobei ihre Augenlider aber von den Seiten kamen. »Alfo?«

»Wir bauen einen Kompass, der uns den Weg nach Avalon zeigen soll«, sagte die Elfe. Das Zittern in ihrer Stimme war wie weggefegt. Ihre Stimme war entschlossen und ließ keinen Zweifel an der Ernsthaftigkeit ihres Anliegens aufkommen.

Gertrude lachte, was wie Schluckauf klang. Sie gluckste und kicherte wie eine Cartoon-Figur. »Ihr Kinder wollt einen Weg nach Avalon finden?«

»Den Weg wird uns der Kompass schon zeigen«, erwiderte Elliot ernst. »Meine Mutter hat mir einen Hinweis hinterlassen, der vom Drachen Rhegad handelt.«

Gertrude kriegte sich langsam wieder ein. Vor seinem geistigen Auge konnte sich Elliot vorstellen, wie sie in der Höhle ihren Bauch vor Lachen hielt. »Ah, die Legende von Rhegad«, sagte sie.

»Du kennst die Geschichte?«, fragte Elliot.

»Natürlich, Menfchenkind. Rhegad ift der erfte von unf. Der Urvater aller Feuerechfen. Er flog rauf auff Meer und war nie wieder gefehen.«

Elliot hatte aufgrund des Sprachfehlers Probleme, den Ausführungen der Echse zu Folgen. »Also gab es Rhegad wirklich?«, fragte Elliot. »Die Geschichte ist wahr?«

»Fo wahr wie alle Überlieferungen. Waf wirklich dran ift, wiffen wir immer erft, wenn wir ef aufprobieren.« Sie kam ein Stück näher. Ihre Schultern und vorderen Beine waren zu sehen. Auch Flügel zeichneten sich im Dunkeln der

Höhle ab. Elliot musste seine Einschätzung korrigieren: Sie war mindestens zwei Einfamilienhäuser groß.

»Also hilfst du uns?«, fragte Soleil.

»Nicht fo forfch, kleine Elfe«, antwortete Gertrude und erntete verwirrte Blicke von Soleil und Elliot.

»Forsch«, übersetzte Gerry. »Wir haben dir übrigens noch etwas mitgebracht. Lass es dir schmecken, bevor du eine Entscheidung fällst.« Der Büffel kramte in seinem Rucksack und holte ein Bündel Karnickel heraus. Sie waren schon lange tot und an den Hinterläufen zusammengebunden.

»Oh, eine Delikateffe«, sagte Gertrude gierig, und ihr Kopf schnellte nach vorn, hielt aber respektvollen Abstand vor Gerry.

»Nicht alles auf einmal, sonst bekommst du wieder Bauchschmerzen«, sagte der Büffel und warf ihr die Karnickel hin.

Gierig schlang Gertrude ein Karnickel nach dem anderen runter. Sie waren im Vergleich zum Drachen winzig, trotzdem schien sie die Extraportion zu genießen. Elliot fühlte ein Unbehagen dabei. Es erinnerte ihn wieder, wie schnell der lispelnde Drache mit ihnen kurzen Prozess machen konnte, wenn er wollte. Sie waren der alten Dame komplett ausgeliefert. Aber Gerry schien zu wissen, was er tat.

Nach ein paar Sekunden hatte Gertrude alle Karnickel verdrückt. »Waf für eine Wohltat, danke, Gerry!«

»Sehr gerne«, sagte der Büffel. »Also, kannst du den beiden helfen?«

Gertrude schien einen Moment nachzudenken. »Klar, kann ich daf. Aber follte ich auch?«

»Was meinst du?«, fragte Elliot.

»Wir können viele Dinge tun, kleinef Menfchenkind. Vor allem alf Drache. Wenn ich wollte, könnte ich fogar daf

Merlin-Fenter ferftören. Ich könnte meinen alten Hintern jetft auf diefer Höhle bequemen und allef in Brand ftecken. Aber nur, weil ich etwaf kann, mache ich daf nicht auch. Wir Drachen haben viel Macht, und damit kommt auch grofe Verantwortung«, sagte sie staatstragend. »Wir müffen erft über die Aufwirkungen unferef Handelnf fprechen.«

Elliot bekam vor lauter Fs langsam Kopfschmerzen. Vielleicht lag das aber auch am erschöpfenden Marsch und der kurzen Nacht.

»Wenn wir nichts unternehmen, wird die Inquisition bald alle von uns ausgerottet haben«, warf Soleil energisch ein.

Gertrude fixierte sie. »Wäre daf fo fchlimm? Ein paar weniger von unf würden dem Planeten ganf guttun, oder nicht?«

Elliot überraschte die emotionale Kälte der Drachendame.

»Wir sind aber schon hier«, erwiderte Soleil. Ihre Hände ballten sich zu Fäusten. »Und meine Familie verdient ein gerechtes Leben. Nur weil wir Elfen sind, müssen wir uns verstecken. Angst haben vor der Inquisition, dass sie bei uns einfallen und alles wegnehmen. Vielleicht verträgt der Planet ein paar weniger Bewohner, aber wenn du uns nicht hilfst, wird es die falschen treffen.«

Gertrude dachte einen Augenblick nach, bevor sie antwortete. Sie schien die Argumente von Soleil abzuwägen. »Du gefällft mir, Elfe. Dein Einfatf ist lobenfwert. Aber waf find die Folgen, wenn ihr daf Portal nach Avalon öffnet?«

»Familien werden wiedervereinigt«, sagte Elliot, ließ es aber mehr wie eine Frage klingen.

»Richtig«, sagte Gertrude lobend. »Und?«

Elliot war sich nicht sicher, was sie hören wollte. Er fühlte sich in den Schulunterricht zurückversetzt, bei dem der

Lehrer ihn langsam zur Lösung einer Aufgabe führte. »Die Opfer der Inquisition können sich in Sicherheit bringen?« Dieses Mal war es eindeutig eine Frage.

»Ift dem fo?«, fragte Gertrude, wartete aber keine Antwort ab. »Die Familie der Elfe kann nach Avalon fliehen. Gerry kann daf, wenn er will. Ich ebenfallf. Aber wer noch?«

Da wurde Elliot klar, worauf sie hinauswollte. Ihm selbst war der Gedanke bereits einmal durch den Kopf gegangen, aber er hatte ihn wieder beiseitegeschoben. »Die Inquisition.«

»Genau, wir öffnen daf Portal nicht nur für euch, fondern auch für die Böfen. Der Weg nach Avalon ift womöglich keine Einbahnftrafe«, sagte sie tadelnd.

»Einbahnstraße«, murmelte Gerry.

»Möchtet ihr daf?«

Natürlich nicht. Aber sie waren schon so weit gekommen, und er wollte sich jetzt wegen so eines Gedankenspiels nicht von ihrem Ziel abbringen lassen. »Du hast selbst gesagt, dass wir vieles tun können, es aber trotzdem nicht machen. Wer sagt nicht, dass die Inquisition nicht froh darüber ist, wenn alles Magische zurück nach Avalon geht?«

»Fehr gut, fehr gut«, lobte ihn die Drachendame. »Du nutft meine eigenen Argumente gegen mich. Eine gute Ftrategie! Wenn ich dir jetft widerfprechen würde, würde ich mein eigenef Argument entkräften. Alfo muff ich dir recht geben. Niemand fagt, daff die Inquifition etwaf unternehmen würde.«

Damit hatte Elliot nicht gerechnet. Er schien einen Punkt ergattert zu haben, für ein K. o. reichte es aber nicht.

»Wir dürfen nicht schon wieder darüber nachdenken, was die Inquisition machen könnte und was nicht«, erwiderte Soleil wütend. »Mein ganzes, verdammtes Leben habe ich nach diesen Irren ausgerichtet. Mein Vater ist daran kaputtgegangen, wie sie mit uns umgesprungen sind. Einmal habe ich es in der Hand, etwas selbst zu entscheiden, und ich werde mir diese Entscheidung nicht wegnehmen lassen, nur weil die Inquisition dieses und jenes tun könnte. Sie haben lange genug über unser Schicksal entschieden.«

Elliot sah, wie ihr ganzer Körper zitterte. Sie hatte sichtlich Mühe, sich zu beherrschen.

»Du wirft einef Tagef eine tolle Kämpferin abgeben, Elfe. Ihr kennt jetft das Rifiko, alle Fakten find auf dem Tifch. Wollt ihr immer noch daf Portal nach Avalon öffnen?«

»Ja«, antworteten Elliot und Soleil gleichzeitig.

»Alfo gut«, erwiderte Gertrude. »Wir haben über daf Für und Wider gefprochen, und ihr haltet an eurem Fiel feft.« Sie wand sich Gerry zu. »Wir beide kennen unf fchon fehr lange. Warum hilfft du ihnen?«

»Nun, also«, stotterte Gerry. Er hatte sich bisher aus der Diskussion rausgehalten und hatte offensichtlich nicht damit gerechnet, daran teilzunehmen. »Soleil und Elliot haben da durchaus einen wichtigen Punkt. Die Inquisition möchte alles vernichten, wofür wir stehen. Sie möchte uns ausrotten. Vielleicht, und darüber habe ich auch schon nachgedacht, verschlechtern wir die Situation nur, wenn wir das Portal nach Avalon öffnen. Wir wissen nicht, was dahinter auf uns wartet. Im schlechtesten Fall schickt die Inquisition ein paar Bomben rüber, und das war es.«

Elliot und Soleil sahen sich irritiert an, das klang nicht wie eine Fürsprache. Stattdessen schien er mehr und mehr Bedenken zu Tage zu fördern.

»Aber, Gertrude, und das ist für mich der entscheidende Punkt, aktuell sind wir bereits alle dem Untergang geweiht. Für uns gibt es unter diesen Umständen keine Zukunft mehr auf diesem Planeten. Nicht für uns, nicht für den Pegasus, die Elfen, Zwerge und auch für dich nicht. Du weißt selbst, warum du hierhergekommen bist. Verschlechtern können wir unsere Situation nicht mehr.«

Die Drachendame fixierte ihn durch ihre feuerroten Augen. Die Pupillen sahen aus wie in sich implodierende Feuerbälle. Dann wanderte ihr Blick in den Himmel.

»Ef gab Feiten, da war ich ein freier Drache, Menfchenkinder. Die Herrin des Horifonts. Da oben war ich ficher vor der Kirche. Aber alf der Menfch daf Fliegen entdeckte, änderte fich meine Fituation. Fie kamen mit Hubfchraubern und Waffen, die in der Luft efplodierten. Ef war eine Frage der Feit, meine Tage auf diefer Welt gefählt. Jahrfehnte verfteckte ich mich in den Gebirgen des Himalayaf. Immer auf der Flucht. Bif Gerry und Theodore mich fanden und hierher brachten.« Sie seufzte, und ein heißer Schwall Luft klatschte Elliot gegen die Stirn. »Ihr habt recht. Ich werde euch nicht weiter aufhalten. Bringt daf Gold und daf Haar.«

Ungläubig sah Elliot zu Soleil hinüber. Auch in ihrem Gesicht sah er die Überraschung. Sie hatten es geschafft, einen uralten Drachen zu überzeugen. Mit Argumenten, nicht mit Waffen. Gertrude hatte, wie schon die Nixenkönigin, erkannt, dass es für alles Andersartige keine Zukunft mehr in dieser Welt gab. Eine Alternative musste her.

»Alfo?«, fragte die Drachendame.

»Ja, Sekunde«, stotterte Soleil und fing gleich an in ihrer Tasche zu kramen. Sie schüttete den Inhalt achtlos auf dem Boden aus, und Elliot hatte Angst, dass sie die Sachen verloren hatte. So hatte er Soleil nicht eingeschätzt. Die Feenkugel rollte weg und ein paar Pasteten gingen kaputt. Ein leises Klonk verriet den Kugelschreiber. Er lag im Dreck, der aufgehende Mond spiegelte sich leicht in der Oberfläche. »Das Haar habe ich hier, Moment«, sagte sie und holte ihre Geldbörse aus der Hosentasche. Sie faltete es auf und zog einen kleinen Umschlag raus, den sie öffnete. Mit der Präzision einer OP-Ärztin entfernte sie das Haar aus dem Papier und hielt es vorsichtig in die Luft. »Beides da.«

»Gut, fehr gut. Nicht daf erfte Artefakt, daf ich fchmiede, aber ficherlich daf wertvollfte. Leg ef übereinander.«

Soleil kam der Aufforderung nach. Sie suchte eine ebene Stelle, legte erst das Haar auf den Stein und beschwerte es mit dem Kugelschreiber. Ein Windstoß, und es würde davonfliegen. Vorsichtig entfernte sie sich, als könnte der Stift jeden Moment wie eine Handgranate hochgehen.

»Beffer, ihr wartet in der Höhle. Ftellt euch hinter meine Beine. Könnte warm werden hier draufen.«

Es ging in die Höhle des Löwen. Oder besser gesagt, in die Höhle des Drachen. Elliot behagte der Gedanke nicht, allerdings hatte sich Gertrude auch nicht als das ritterfressende Monster herausgestellt, das er aus Filmen und Büchern kannte. Sie machte einen netten und höflichen Eindruck. Gerry hatte überhaupt keine Zweifel und war schon am Höhleneingang angekommen, da gaben sich auch Soleil und Elliot einen Ruck. Gemeinsam postierten sie sich hinter dem rechten Vorderlauf der Drachendame. Die Schuppen fühlten sich kalt und wie getrocknetes Harz an. Jedoch nicht glatt, sondern rissig und mit Furchen übersät.

Elliot war aufgeregt. Gleich würde er einen echten Drachen Feuer speien sehen. So mussten sich die Leute gefühlt haben, die die erste Mondlandung im Fernsehen verfolgt hatten. Hiervon würde es allerdings keine Übertragung geben. Es war eine äußerst exklusive Vorstellung.

Als Erstes hörten sie ein Brodeln. Es kam aus dem Bauch des Drachen. Wie kochendes Wasser, das niemand vom

Herd nahm. Dann schoss Wärme über ihre Köpfe hinweg, und ein Feuerschwall bahnte sich den Weg nach draußen. Elliot musste den Blick abwenden. Die Helligkeit brannte in seinen Augen. Die Luft hatte sich schlagartig erhitzt, und er fühlte sich wie ein Hummer im kochenden Wasser. Schweiß trat auf seine Stirn, und er schirmte die Augen ab. Das Feuer ließ nicht nach. Gertrude schien genug Feuer zu haben, um eine ganze Stadt abzufackeln. Sein Mundinnenraum wurde trocken.

Dann, schlagartig, wurde es plötzlich wieder dunkel. Die Wärme war immer noch da, aber sie war wesentlich leichter zu ertragen.

»Ist es vorbei?«, fragte Soleil vorsichtig.

Gerry zuckte mit den Schultern. »Hab so etwas auch noch nie miterleben dürfen.«

Elliot schielte an dem Bein vorbei. Er sah Gertrude, die ihren Kopf über die Stelle gebeugt hatte, an der Soleil den Kugelschreiber und das Haar der Meerjungfrau zurückgelassen hatte. Der Platz darum war verkohlt und schwarz.

»Wartet noch ein biffchen. Die Fteine find noch fu heif für euch.«

»Hat es geklappt?«, fragte Elliot. Er wollte es unbedingt wissen.

»Bin keine Efpertin für Kompaffe. Aber könnte geklappt haben«, antwortete die Drachendame. Sie legte den Kopf zur Seite und inspizierte die Stelle genauer. Dann zog sie ihr anderes Bein nach vorne, und Elliot sah, wie sie vorsichtig mit einer Kralle im Dreck schabte. »Die Nadel dreht fich fumindeft.«

Elliot und Soleil fielen sich in die Arme, Gerry klopfte ihnen auf die Schulter, und fast wären sie unter der Pranke des Bisons in die Knie gegangen. Ein Freudenschrei drang aus Elliots trockener Kehle. Bisher war es nur eine Theorie gewesen, dass all das zusammen einen Kompass ergab. Nun konnten sie sich sicher sein, dass er ihnen den Weg nach Avalon zeigen würde.

Elliot und Soleil liefen in Richtung des Kompasses, blieben nach wenigen Schritten aber fluchend stehen und drehten wieder um. Der Boden war wirklich noch zu heiß.

»Wie lange dauert es, bis der Stein abgekühlt ist?«, fragte Soleil.

»Einen halben Tag«, schätzte Gertrude. »Drachenfeuer ift fehr heif.«

Einen halben Tag sollten sie hier warten?

»Aber ich denke, in einer halben Ftunde wird er foweit abgekühlt fein, daff ihr euch den Kompaff holen könnt.«

Die dreißig Minuten kamen Elliot wie eine Doppelstunde Matheunterricht an einem Freitagnachmittag vor. Ungeduldig testeten sie aus, ob das Gestein schon abgekühlt war, mussten aber immer wieder den Rückzug antreten.

Es war Gerry, der den Kompass holte. Mit seinen dicken Hufen machte ihm die Hitze nicht so viel aus – zumindest ließ er es sich nicht anmerken. Der Buffaloman marschierte aus der Höhle an die Stelle, an der der Kompass lag, kratzte sich kurz an der Stirn, hob ihn auf und kam dann zurückgetrottet.

Er sah verwirrt aus.

»Stimmt irgendwas nicht?«, fragte Soleil.

Wieder kratzte sich Gerry an der Stirn. »Werde nie verstehen, wie aus einem Kugelschreiber so ein Ding werden kann«, antwortete er und zeigte ihnen das Artefakt.

Der Kompass hatte die Größe einer Zwei-Euro-Münze, wirkte aber noch viel kleiner in der Pranke des Büffels. Elliot war unterwältigt, aber der Kugelschreiber gab auch nicht viel Gold her. Anders als in Rhegads Geschichte hatte sich das Gold nicht nur erhitzt, es war geschmolzen und hatte nun eine runde Form angenommen. Die Nadel war orange wie das Haar der Meerjungfrau und zeigte nach Osten. Die Buchstaben der Himmelsrichtungen waren verschnörkelt, auf dem weißen Hintergrund erkannte Elliot einen Baum.

»Avalon liegt also im Osten«, murmelte Elliot. »Darf ich?«

Gerry reichte ihm den Kompass. »Vorsichtig, ist noch heiß.«

Tatsächlich fühlte sich das Metall warm in seinen Händen an. Er schwenkte den Arm, aber die Nadel zeigte unveränderlich nach Osten. »Er funktioniert tatsächlich«, sagte Elliot, und ihm blieb fast die Luft weg. Sie hatten es geschafft. Sie wussten jetzt, wo sie das Portal nach Avalon fanden.

Er übergab den Kompass an Soleil, die ihn ehrfürchtig mit beiden Händen entgegennahm. Sie drehte sich und beobachtete die Nadel. »Unglaublich«, flüsterte sie. »Wir sind im Besitz des wertvollsten magischen Artefakts, das es in dieser Welt gibt.«

»Wie geht es weiter?«, fragte der Bison.

»Wir werden dem Kompass folgen«, sagte Elliot, der die Frage nicht verstand.

»Schon klar. Aber ihr könnt schlecht eure Reisetickets nutzen. Was ist, wenn ihr einmal quer durch Schottland müsst?«

Elliot fiel keine kluge Antwort ein. Hilflos sah er zu Soleil, die immer noch gefesselt von dem kleinen Kompass war. Sie war dem Gespräch gar nicht gefolgt. »Uns fällt schon noch was ein. Erst mal müssen wir unversehrt von diesem Berg runter«, erwiderte er. Daran würde ihre Mission jetzt nicht mehr scheitern.

»Ihr findet den Weg dann felbft?«, fragte die Drachendame.

»Aye«, sagte Gerry und klopfte ihr gegen das Bein. »Hast uns einen Bärendienst erwiesen. Ich komm dich bald mit einer Extraportion Karnickel besuchen.«

»Vielen Dank, Gerry, und euch beiden viel Glück. Ihr könnt ef gebrauchen. Ich hoffe, ihr findet, waf ihr fucht«, sagte sie.

»Danke, Gertrude«, antwortete Elliot.

»Sollen wir dich nach Avalon bringen, wenn das Portal offen ist?«, fragte Soleil. »Du könntest wieder über den Himmel herrschen.«

»Ach, Kindchen, ich bin fu alt für neue Abenteuer. Meine Heimat ift hier an der Feite von Gerry. Er ift ein toller Altenpfleger«, antwortete sie und gluckste. »Macht ef gut.«

Rückwärts verschwand sie wieder in der Höhle, aus der sie nie ganz rausgekommen war. Elliot hätte gerne einen Drachen in seiner ganzen Pracht gesehen. Das war ihm leider verwehrt geblieben. Dafür hatten sie endlich den Kompass.

»Abstieg?«, fragte Gerry.

»Abstieg«, antwortete Soleil.

»Wie machst du das jeden Tag? Hier rauf und wieder runter, meine ich«, keuchte Elliot, der nur bei dem Gedanken an den Abstieg wieder außer Atem war.

Gerry zuckte mit den Schultern. »Für jeden Schritt, den ich mache, musst du mindestens drei machen. Außerdem kann ich alleine ein viel schnelleres Tempo einlegen«, erwiderte der Hühne und ging voran.

Mittlerweile war es dunkel in der Fabelwesenabteilung, und sie hatten eine beschwerliche Rückreise vor sich. Der Hinweg war schon schwierig und hatte seine Herausforderungen, nun fehlte ihnen aber die Sicht, und Elliot mochte es nicht zugeben, aber er war kaum in der Lage, einen Meter zu laufen. Sie aktivierten ihre Feenkugeln, und Elliot verfluchte die Alchemisten und Ingenieure der Zauberwelt, dass sie keine Schnellreisetickets erfunden hatten, die innerhalb von Gebäuden funktionierten.

Sie legten viele Pausen ein. Nicht weil sie Hunger oder Durst hatten, sondern weil sie Fehler vermeiden wollten. Ein falscher Schritt, und einer von ihnen würde in die Tiefe stürzen. An der Stelle, an der der Pfad direkt an der Schlucht verlief, band Gerry ein Seil um seinen Gürtel und um Elliots Hüfte.

»Nur für alle Fälle«, versicherte der Büffel, und Elliot war ihm dankbar. Denn wenn er fiel, konnte Gerry sich mit seinem Gewicht dagegenstemmen. Schwer genug war er. Allerdings war das Seil alt und sah aus, als würde es unter jeder größeren Belastung reißen. Aber es gab ihm den Mut, diese Passage überhaupt zu wagen. Gerry blieb die ganze Zeit direkt hinter ihm, und Elliot spürte, dass seine Beine langsam nicht mehr gehorchten. Die Schritte wurden ungenau, und ihm wurde schwindelig. Die letzten Meter trug ihn Gerry.

Nachdem sie den schwierigsten Teil hinter sich gelassen hatten, entzündete der Büffel ein kleines Feuer. Sie legten eine Rast ein, und Elliot schlief. Wie lange, wusste er nicht, es musste aber mindestens eine Stunde gewesen sein. Gerry sagte, dass es keinen Grund mehr gäbe, sich zu stressen, und damit hatte er recht. Es war kein erholsamer Schlaf auf dem kalten Felsboden, aber Elliot kam wieder zu Sinnen.

»Wie spät ist es?«, fragte er, als er wach wurde.

»Kurz vor vier Uhr«, antwortete Soleil. Sie wärmte ihre

Hände an dem Feuer, das nur noch eine Glut war. Gerry saß daneben.

»Gute Stunde werden wir wohl noch brauchen«, sagte der Büffel. »Immerhin wird es langsam wieder heller.«

Elliot raffte sich auf. Zwar schmerzte alles, und er hatte einen steifen Nacken, aber immerhin dachte er wieder klar.

Die eine Stunde von Gerry war positiv geschätzt. Sie kamen nur langsam voran, aber irgendwann sahen sie in der Ferne den kleinen Schuppen. Als hätten sie eine Oase in der Wüste entdeckt, legten sie einen Zahn zu.

Elliot, der den Kompass bei sich trug, fixierte das Artefakt. Die Nadel stand immer noch auf Osten. Sein Plan war es, per Schnellreiseticket erst mal an den östlichsten Punkt von Schottland zu reisen, irgendwo an die Küste. Dann würden sie weitersehen, was der Kompass ihnen vorgab. Wenn die Nadel nach Westen zeigte, wussten sie, dass sich das Portal irgendwo zwischen dem Merlin-Center und dem Meer befand. Wenn der Kompass aber hinaus aufs Meer zeigte, mussten sie einen Fischkutter anmieten.

Sie liefen über die Wiese, Gerry öffnete das Tor des Geheges, und sie standen wieder im Besucherbereich. Sie hatten es geschafft.

Elliot wollte jubeln, aber Soleils Blick ließ ihn erstarren. Sie fixierte etwas in der Ferne mit angestrengter Miene. Er folgte ihren Augen und sah wieder die zwei grünen Punkte, die ihm am Abend zuvor schon im Fahrstuhl aufgefallen waren.

Sie waren smaragdgrün.

Nun wusste Elliot, wo er sie schon mal gesehen hatte. Sie gehörten Mr. Hurley, dem dicken Kater von Theodore.

Was machte das Tier hier? Seit er hier arbeitete, hatten sie nie Besuch von der Katze gehabt. Allerdings wusste er auch nicht, was Mr. Hurley trieb, wenn das Merlin-Center verlassen war. Gab es hier vielleicht Mäuse zu jagen?

Dann löste sich jemand aus dem Schatten des Schuppens. Die Person war klein, und Elliot entspannte sich. Es war Theodore. Aber er war nicht alleine. Hinter ihm erkannte Elliot einen Schemen, bei genauerem Hinsehen entpuppte er sich als eine große, hagere Person.

»Schön, euch so unversehrt wiederzusehen«, sagte er.

»Chef, was machst du hier?«, fragte Gerry verwundert.

»Nur nach meinen Mitarbeitern sehen. So ein Besuch bei Gertrude, mitten in der Nacht, ist ja nicht ganz ungefährlich, oder?«

»Kann viel schiefgehen«, stimmte ihm Gerry zu. »Aber ist alles glatt gelaufen.«

»Ach Gerry, du hattest schon immer ein wundervolles Händchen für unsere Bewohner. Allerdings hast du deine Fürsorgepflicht für deinen Angestellten etwas schweifen lassen«, tadelte ihn Theodore.

»Was meinst du?«, fragte ihn der Büffel.

Elliot gefiel die Richtung nicht, in die sich das Gespräch entwickelte.

»Er wäre fast von Seebären gefressen worden. Wie hätte ich das seinem Vater erklären sollen? Dann noch die Sache mit dem Einbruch bei den La Flamencs.« Theodore kam langsam näher. Mr. Hurley blieb ihm dicht auf den Fersen. »Aber was mich wirklich interessiert: Habt ihr den Kompass bekommen?«

Elliot griff nach dem Artefakt in seiner Tasche.

»Rückt es einfach raus, okay?«

Die Erkenntnis traf Elliot wie ein Eimer kaltes Wasser. »Du hast uns verraten, als wir bei Jonna waren?«

Theodore winkte ab. »Nur ein kleiner Einschüchterungsversuch. Du solltest wirklich wütend auf die Inquisition werden. Natürlich wussten sie die ganze Zeit, dass du dich versteckt hattest. Das mit dem Gargoyle tut mir übrigens leid, der war nicht Teil des Plans.«

»Warum?«, fragte Elliot wütend.

»Weil wir uns sicher waren, dass deine Mutter dir eine Botschaft hinterlassen hatte. Eine Anleitung, das wertvollste aller Artefakte herzustellen. Dir schien bloß die nötige Motivation zu fehlen. Die Wut, die einen antreibt. Verstehst du?«

Elliot verstand es nicht.

»Die Inquisition wusste die ganze Zeit, dass es da draußen noch eine Anleitung geben muss. Sie wollten verstehen, was deine Mutter damals gemacht hatte. Sie wussten grob, wie es funktionierte, dass Nixen und Drachen ihre Finger mit im Spiel hatten. Aber ihnen fehlte das Gesamtbild. Und sie haben mich damit beauftragt, diesen Schlüssel für sie zu besorgen.«

»Deswegen hattest du mich zu Soleil geschickt und behauptet, sie hätte sich nicht abgemeldet?«, fragte Elliot. Langsam fügte sich ein Puzzleteil an das nächste.

»Du brauchtest einen Schubser in die richtige Richtung. Alleine hättest du es nie hinbekommen, Elliot. Aber zusammen wart ihr ein ziemlich gutes Team. Mit den Seebären wäre es zwar fast danebengegangen, aber ein gewisses Restrisiko konnte ich nicht aus dem Weg räumen.«

»Du hast uns verraten?«, fragte Soleil. In ihrer Stimme klang eine Mischung aus Wut und Verzweiflung mit.

»Ein gutes Geschäft bleibt ein gutes Geschäft. Glaubt mir: Ihr wärt nie so einfach bei den La Flamencs eingebrochen, wenn wir es nicht zugelassen hätten.«

»Du verrätst alles, wofür das Merlin-Center steht!«, spie Soleil aus.

Theodore hob tadelnd einen Finger. »Nicht in dem Ton, Soleil. Sonst muss ich dich wohl abmahnen. Wobei das gar nicht mehr nötig ist. Denn die Inquisition wird alles vernichten, was in Verbindung mit dem Schlüssel steht. Jedes Schriftstück und jedes Lebewesen. Jeder, der davon weiß, muss verschwinden. Tut mir leid für euch. Mr. Hurley hat alles mitgehört, was ihr Gerry erzählt habt. Ein braves Tier«, sagte Theodore und strich dem Kater durchs Fell, der die Aufmerksamkeit seines Herrchens sichtlich genoss.

»Was soll das, Theodore? All die Jahre haben wir für die Erhaltung der Fabelwesen gekämpft, nun willst du sie für ein paar Groschen opfern?« Gerrys Stimme bebte. Er kämpfte mit den Tränen.

»Es geht nicht um ein paar Groschen, Gerry. Es geht um die Erhaltung und Weiterführung des Merlin-Centers. Du hast doch nicht geglaubt, dass die Inquisition uns hier einfach so in Ruhe lässt. Alles was sie wollten, war hin und wieder ein Name von jemandem, der querschoss. Der langfristig zur Gefahr werden konnte.«

»Wie meine Mutter«, murmelte Elliot.

»Deine Mutter war die Schlimmste von allen«, zischte die Person in Theodores Rücken und machte einen Schritt nach vorne ins Licht. Es war ein großgewachsener, dürrer Mann mit Nickelbrille und weinrotem Gewand. Um seinen Hals hing ein Kreuz, und die wenigen grauen Haare waren streng nach hinten gekämmt. Er stützte sich auf einen mit Gold verzierten Gehstock. Er hinkte, als er auf die Gruppe zuging. »Das hier«, er zeigte auf sein kaputtes Bein, »habe ich deiner Mutter zu verdanken.« Er schien auf eine Reaktion von Elliot zu warten, aber der schwieg nur, also fuhr er fort. »Ihr könnt euch gar nicht vorstellen, was so ein viele Zentner schwerer Aktenschrank mit einem Bein anrichtet. Die Ärzte wollten es abnehmen, aber ich habe zu Gott gebetet und ihm geschworen, all das unreine Gesocks und Gesindel auf diesem Planeten noch unerbittlicher zu bekämpfen, wenn er mir nur mein Bein lässt. Und hier stehe ich nun vor euch, um mein Versprechen einzulösen, so wahr mein Name Salazar Montanari ist«, sagte er, und ein Lächeln huschte über das raue Gesicht.

»Was hat meine Mutter?«, stammelte Elliot.

»Sie hat einfach keine Ruhe gegeben!«, dröhnte die Stimme von Salazar wie bei einer Predigt. »Es reichte ihr nicht, dass wir das Merlin-Center verschont haben. Immer weiter geforscht hat sie, einen Weg nach Avalon gesucht, um dieser Teufelsbrut«, er zeigte auf Gerry und Soleil, »zu ermöglichen, ihre Familien in unsere Welt nachzuholen. Sei froh, dass sie dich verlassen hat, Junge.«

Elliot ballte seine Hände zu Fäusten und wollte auf den gebrechlichen Mann zustürmen, aber Gerry hielt ihn zurück. »Ich mach euch fertig«, brüllte er, jetzt völlig außer sich.

»Genau wie deine Mutter«, sagte Theodore und fuhr fort. »Sie wollte einfach nicht verstehen, dass die Inquisition am längeren Hebel sitzt. Seid ihr wirklich so naiv?«

»Wir wollen einfach nur leben!«, schrie Soleil. Elliot konnte sehen, wie ihre Hand langsam zum Bogen wanderte, der über ihrer Schulter hing.

»Das würde ich lieber nicht machen«, sagte Theodore. »In der Waffenkammer wartet ein gutes Dutzend Männer der Inquisition. Ich habe ihnen angeboten, dass ich die Situation unblutig zu Ende bringe. Ihr habt zwei Optionen: Ihr übergebt Salazar den Kompass und lasst euch von der Inquisition abführen, oder ihr behaltet den Kompass, und die Inquisition wird ihn sich nehmen.«

»Du bist eine Schande für deine Vorfahren und unsere Gemeinschaft«, sagte Gerry.

»Selbst meine Urahnen erkannten schon einen guten Deal, wenn er sich ihnen anbot, Gerry. Das liegt uns Gnomen im Blut! Ihr zettelt einen Krieg an, den wir nicht gewinnen können, und ich stehe lieber auf der Seite der Gewinner.«

Ein Gnom also, das erklärte die Körpergröße, dachte Elliot.

»Was will die Kirche mit dem Kompass?«, fragte der Buffaloman. Seine Stimme war dünn und brüchig.

»Das ist Angelegenheit der Kirche und soll euch nicht kümmern«, erwiderte Salazar sachlich.

»Theodore, bitte. Wir können das Leben Tausender verändern. Zum Positiven. Wir können doch nicht zulassen, dass die Kirche einen Kreuzzug nach Avalon beginnt und wer weiß wie viele Unschuldige tötet. Und ich kann meine Mutter endlich rächen.« Elliot versuchte, an Theodores Vernunft zu appellieren.

Theodore lachte. »Du kennst diese Frau doch nicht einmal. Warum die Sentimentalität?«

»Genug«, sagte Soleil. Sie hatte einen Pfeil im Bogen eingelegt und zielte auf ihren Chef. »Wir werden das Merlin-Center jetzt verlassen, und du wirst uns nicht aufhalten.«

Theodore legte den Kopf zur Seite. »Ihr wollt also wirklich die zweite Option? Dann kann ich für eure Sicherheit nicht mehr garantieren.«

»Auf dein Wort gebe ich nichts mehr«, sagte Elliot trotzig.

»Wie ihr wollt«, antwortete Theodore. »Ihr könnt kommen«, rief er.

Elliot hatte gehofft, dass der Gnom nur bluffte, aber die große Flügeltür schwang auf, und zwölf Männer in schwarzen Roben traten ein. Sie sahen wie Mönche aus, wenn man die Schwerter in ihren Händen ignorierte. Im Stechschritt liefen sie auf die drei Verschwörer und den Verräter zu.

»Keine Dummheiten oder Heldentaten, bitte«, sagte Theodore. Er bückte sich und nahm Mr. Hurley die Halskette ab. Der Kater wuchs plötzlich zur Größe eines Tigers an. Die dicken Hautlappen verwandelten sich in angsteinflößende Muskeln. Der Kater, der nun eine monströse Raubkatze war, brüllte laut.

Gerry drehte sich zu Elliot und Soleil um. »Ihr müsst entkommen. Sucht Olly, er kann euch hier vielleicht rausbringen. Los, lauft!«

Elliot wollte sich weigern, aber Soleil zog ihn mit. Gemeinsam liefen sie in Richtung des Waldgeländes. Er sah über seine Schulter. Die Katze wollte sie verfolgen, aber sofort war der Büffel zur Stelle und fing das Tier aus der Luft. Sie rollten in einem Knäuel über den Boden. Das Fauchen der Katze ging im Brüllen des Buffaloman unter. Elliot wendete sein Blick ab.

Sie stießen die Tür zum Waldgelände auf und liefen über die Wiese. Hinter ihnen konnten sie die Schritte der Inquisition hören.

»Im Namen Gottes, bleibt stehen«, riefen sie. Aber Soleil und Elliot gehorchten nicht.

»Wo finden wir den Pegasus?«, fragte Soleil und zog Elliot weiter hinter sich her. Sie hatten den Rand des Waldes mittlerweile erreicht.

»Weiß nicht«, keuchte er. »Tagsüber habe ich ihn oft auf einer Lichtung gefunden. Keine Ahnung, wo er schläft.«

»Verdammt«, fluchte Soleil. Ziellos liefen sie immer weiter in den Wald hinein. Wenn sie den Pegasus nicht fanden, konnten sie so vielleicht zumindest ihre Verfolger abschütteln. Zum zweiten Mal flüchtete Elliot vor der Inquisition in einen Wald. Dieses Mal standen die Chancen aber nicht so gut.

Es dämmerte, trotzdem fiel nur wenig Licht durch die Baumkronen. Sie mussten aufpassen, nicht über eine Wurzel oder in ein Loch zu stolpern.

Als er das letzte Mal vor der Inquisition geflohen war, war Elliot im Training. Aber jetzt hatte er zwei Nächte am Stück kaum geschlafen und sich körperlich völlig verausgabt. Er spürte, dass er nicht mehr konnte. Die Inquisition hatte ihre besten Leute geschickt, und sie waren ihnen dicht auf den Fersen.

Soleil und Elliot stolperten durch einen Busch und fanden sich auf einer Lichtung wieder.

»Sie hatten nur Schwerter, oder?«, fragte sie und lief weiter.

»Ich, äh, weiß nicht. Glaube schon«, stammelte Elliot.

»Gut«, antwortete Soleil und blieb plötzlich stehen. Sie standen genau in der Mitte der Lichtung. »Mach es dir bequem«, sagte sie und kniete sich hin. Sie steckte die Pfeile aus ihrem Köcher vor sich in den Boden, legte einen in die Sehne und wartete. Die Männer der Inquisition mussten jeden Moment aus dem Unterholz brechen.

Es war für einen kurzen Augenblick still im Wald. Nur das Atmen von Soleil und Elliot, der sich hinter der Elfe versteckte, war zu hören.

Dann brachen die Inquisitoren aus dem Schutz des Waldes hervor. Sie stolperten auf die Lichtung und blieben stehen, als sie den Bogen sahen. Es waren zwölf.

»Du kannst uns nicht alle erschießen«, sagte einer der Männer. Elliot erkannte die Stimme sofort wieder. Es war Mondea, der Inquisitor, der Gerry geohrfeigt hatte, als sie bei Jonna waren. Er sah genau so schmierig aus, wie Elliot ihn sich vorgestellt hatte. Lange schwarze Haare, mit Pomade nach hinten gegelt, und ein glatt rasiertes Gesicht. Hätte er nicht Karriere bei der Kirche gemacht, wäre er Jurist oder Betriebswirt geworden.

»Richtig, aber für die Hälfte wird es reichen. Mit wem soll ich anfangen?«

»Ganz ruhig, Mädchen. Wir wollen nur den Kompass, dann könnt ihr wieder gehen«, rief Mondea. Sie kamen langsam näher.

»Stehen bleiben«, sagte Soleil und schoss einen Warnpfeil ab. Er flog dem Inquisitor am rechten Ohr vorbei. Sofort spannte sie den Bogen neu. Das passierte in einer Geschwindigkeit, dass Elliot ihren Bewegungen gar nicht folgen konnte.

Mondea hob beschwichtigend die Hände, das Schwert hatte er in die Scheide gesteckt. »Du kannst mich töten und ein paar meiner Brüder, aber du wirst uns nicht aufhalten. Also sparen wir uns das Blutvergießen und klären es wie zivilisierte Menschen.«

»Ich bin kein Mensch«, schrie Soleil. »Ich bin eine Elfe, und ich möchte endlich leben!«

Die Männer teilten sich auf und bildeten einen großen Ring um sie. Elliot wusste, dass sie keine Chance mehr hatten. Sie waren umzingelt, und Soleil konnte sie nicht alle töten. Er überlegte, den Kompass herunterzuschlucken, wusste aber, dass das die Inquisition nicht aufhielt. Sie würden sich des Artefakts trotzdem bemächtigen. Und er würde bei dem Versuch vermutlich ersticken.

»Ich glaube, wir haben verloren, Soleil«, flüsterte Elliot und sah, dass sie weinte. Auch ihm war danach zumute, aber er war zu schwach dafür.

Sie schüttelte den Kopf. »Das ist nicht fair«, wimmerte sie. »Wir hatten es fast geschafft.«

Der Ring wurde immer enger. Elliot umklammerte seinen Totschläger und war zu allem bereit.

Soleil ließ die Sehne ihres Pfeils los, und das Geschoss flog durch die Luft. Ein Aufschrei und Fluchen kündigte von einem erfolgreichen Treffer. Der Pfeil war dem Mann neben Mondea direkt ins Knie geflogen.

»Du Elfenschlampe«, knurrte er und gab seinen Männern das Zeichen, den Ring enger zu schließen. Elliot ging alle Möglichkeiten durch. Soleil könnte zwei von ihnen erschießen und sie die Lücke zur Flucht nutzen. Klang nach einem sicheren Selbstmord.

Aber Elliot wurde die Entscheidung abgenommen. Denn der Lärm und das Gefluche hatten etwas angelockt. Er erkannte das Gegacker sofort. Bisher hatte er es immer gehasst. Sie waren ihm die, mit kurzem Abstand zu den Seebären, unsympathischsten Bewohner der Fabelwesenabteilung. Zum ersten Mal freute er sich über den Krach der Viecher.

Die Gnolle hatten endlich jemanden zum Streiten gefunden. Zwar war ihre Streitsucht nach dem ausgeschiedenen Knochensplitter weniger geworden, aber sie waren kriegerische Wesen.

Die Unholde kündigten sich mit lautem Getrampel an. Äste zerbrachen, und das hyänenhafte Lachen schwoll zu einem ohrenbetäubenden Lärm an.

Die Inquisitoren drehten sich um und starrten in den dunklen Wald. Irritierte Blicke wurden ausgetauscht, Verunsicherung breitete sich in den Reihen der Gläubigen aus. Dann erwischte sie der Ansturm der Gnolle wie eine Welle. Sie fluteten auf die Lichtung und gingen gleich in den Kampf über. Mit ihren improvisierten Keulen schlugen sie wild auf die Gottesdiener ein. Einen erwischte ein Knüppel gleich am Kopf, und er ging zu Boden. Ein Getümmel brach aus, Schwerter schlugen gegen Keulen und Klauen, es wurde gebrüllt. Elliot und Soleil waren plötzlich vergessen.

»Komm«, rief Soleil gegen das Kampfgetümmel an. Sie zog Elliot hinter sich her und versuchte, die allgemeine Unruhe zu nutzen, um sich von der Lichtung zu schleichen. Sie mussten einigen Schwerthieben ausweichen, und ein Gnoll, der sich ihnen in den Weg stellte, wurde von Soleil mit einem Pfeil aus dem Verkehr gezogen. Sie schafften es zur Böschung und verschwanden im Unterholz.

»Und nun?«, flüsterte Elliot.

»Nur weg hier«, wisperte Soleil und lief voran.

Wieder waren sie auf der Flucht. »Doch irgendeine Idee, wo wir Olly finden?«, fragte Soleil über die Schulter.

Elliot dachte nach. Bisher hatte er ihn und seinen neuen besten Freund immer auf irgendwelchen grünen Wiesen entdeckt. Nicht im Dickicht des Waldes. Also waren sie hier völlig falsch.

»Ich brauche eine Pause«, sagte er und atmete schwer, »zum Nachdenken.«

Soleil warf einen Blick nach hinten. Sie konnte keinen Verfolger sehen. »Gut, fünf Minuten.«

Sie lehnten sich gegen einen Baumstamm. Soleil spannte ihren Bogen und ließ die Richtung, aus der sie gekommen waren, nicht aus den Augen.

Wo schlafen ein Pegasus und ein Mantikor? Elliot waren keine Höhlen im Wald bekannt, kein Unterschlupf und auch kein Stall.

Noch immer hörten sie den Kampflärm. Elliot versuchte,

es auszublenden, denn es half ihm nicht, seine Gedanken zu sortieren. Der Pegasus hatte die letzten Jahre auf Feldern gelebt und den Bauern dort die Ernte weggefressen.

Elliot verwarf den Gedanken, das half ihnen nicht. Es gab hier kein angebautes Gemüse, und der Gaul hatte nicht auf den Äckern genächtigt.

Gerade war ihm alles egal, er wollte nur weiter weg von den Inquisitoren. Man hörte vereinzelte Schreie der Gnolle, aber der Lärm wurde leiser, und Elliot wusste, was das bedeutete. Die Kirche gewann die Oberhand.

»Wir müssen weiter«, sagte er. Sein Herz raste und hämmerte gegen seinen Brustkorb. Er fühlte sich wie ein Fuchs bei der Hetzjagd.

Soleil nickte. »Sofort, sie sind uns schon wieder auf den Fersen.«

Elliot brauchte keine weitere Aufforderung. Sie stolperten immer tiefer in den Wald hinein. Gelegentlich blieb Soleil stehen und feuerte einen Pfeil durch das Unterholz. Manchmal wurde sie mit einem Aufschrei belohnt.

»Nur noch zwei Pfeile«, sagte sie. »Wir müssen uns etwas einfallen lassen.«

Elliot gingen aber die Ideen aus. Der Pegasus konnte überall sein. Er war ihr einziges Ticket aus dieser Hölle und nach Avalon. Ohne ihn war eine Flucht unmöglich.

Er spürte das kalte Metall des Kompasses in seiner Hose.

Ihm kam eine Idee. Es war die Tat eines Verzweifelten. Er holte den Kompass aus seiner Hosentasche. Die Nadel zeigte nicht mehr nach Osten, sondern hatte sich auf Nord-West eingeschlagen. Elliot blieb stehen, dachte kurz einen Moment nach. Was hatten sie zu verlieren?

»Komm, hier lang«, rief er und wechselte die Richtung.

Soleil stellte keine Fragen. Elliot wusste auch nicht, was

er hätte antworten sollen. Er hatte einen Verdacht. Ein kleiner Funken Hoffnung, der in ihm glühte und den er nicht erlöschen lassen wollte.

Er folgte der Nadel immer tiefer in den Wald. Einmal stolperte er über eine Wurzel, und Soleil musste ihn wieder hochheben. Hinter sich, in sicherer Entfernung, hörten sie das Knacken und Brechen von Ästen. Dieses Mal waren die Inquisitoren dafür verantwortlich, keine Gnolle.

»Wo laufen wir hin?«, rief Soleil.

»Immer der Nadel nach.«

Sie sprangen über einen kleinen Bach und standen plötzlich vor einer Höhle. Sie war weitaus nicht so ausufernd wie Gertrudes Unterschlupf, aber der Eingang war genauso finster. Es gab zwei Optionen: Entweder wurden sie gleich von einem Bären angefallen, der darin Winterschlaf hielt, oder der Pegasus und der Mantikor verbrachten hier ihre Nächte.

»Hey, seid ihr da?«, fragte Elliot. Der Lärm hinter ihnen wurde immer lauter.

Nichts passierte, keine Augenpaare, die sie aus der Dunkelheit anstarrten.

Verdammt. Hatte er sich geirrt?

»Hallo?«

Keine Reaktion. Kein Schnauben, kein Knurren. Nur die pechschwarze Leere. Noch einmal schaute er auf das Artefakt. Die Kompassnadel zeigte eindeutig auf die Höhle.

»Schluss mit den Spielchen«, sagte eine Stimme hinter ihnen.

Soleil und Elliot drehten sich um. Sieben Männer der Inquisition standen vor ihnen. Manche hatten Schrammen im Gesicht, ihre Klingen waren blutdurchtränkt.

»Gebt uns den verdammten Kompass, und wir machen

es kurz und schmerzlos«, sagte Mondea. Sein Haar war nun nicht mehr so tadellos nach hinten gegelt.

Soleil legte einen Pfeil ein. Die Männer standen keine drei Meter entfernt von ihnen. Es war mehr eine symbolische Geste. Langsam wichen Elliot und die Elfe zurück in Richtung des Höhleneingangs.

»Dieses Mal können euch diese Ungeheuer nicht zur Hilfe kommen. Wir haben uns um sie gekümmert«, sagte ein anderer und lachte hämisch.

Noch einmal schaute Elliot auf den Kompass. Die Nadel zeigte eindeutig auf das Höhleninnere. Das war kein Zufall.

»Lasst den Jungen am Leben. Wir sollen ihn zum Verhör bringen. Für die Elfe haben wir keine weitere Verwendung«, sagte Mondea.

Soleil beantwortete den abfälligen Kommentar, der ihren Tod besiegeln sollte, mit einem Pfeil, der Mondea direkt in die Brust flog. Er sah ungläubig nach unten, packte mit beiden Händen das Geschoss und fiel dann nach hinten. Reglos blieb er liegen.

Die verbliebenen Inquisitoren betrachteten das als Signal zuzuschlagen. Als sie im Begriff waren, sich auf die beiden zu stürzen, segelte ein Schatten über Elliot hinweg. Er sah es nur aus dem Augenwinkel, aber es war kein Pegasus. Das Fell war zu dunkel.

Es war Brontos.

Mit einem Satz landete das Fabelwesen zwischen Elliot, Soleil und den Gottesdienern. Verblüfft wichen sie einen Schritt zurück. Die dümmliche Fratze knurrte wie ein Löwe, und der Skorpionschwanz peitschte hin und her. Schnell vergrößerte sich der Abstand wieder.

Die Männer waren verunsichert. Unter großen Verlusten

hatten sie die Gnolle zurückgeschlagen, nun standen sie einer Mischung aus Löwe und Skorpion gegenüber. Das menschenähnliche Gesicht tat sein Übriges.

Elliot atmete auf. Er hatte sich nicht geirrt. Wenn Brontos hier war, dann war auch der Pegasus nicht weit. Als hätte der Gaul auf sein Kommando gewartet, spürte Elliot einen warmen Luftzug in seinem Nacken. Er drehte sich um und sah in die Augen von Olly.

Er wieherte, und Elliot interpretierte es als Aufforderung, aufzusteigen. Er zog sich an der Mähne hoch und half dann Soleil, während der Mantikor mit seinem Stachel alle Versuche der Kirche, sie aufzuhalten, im Keim erstickte.

Elliot vergrub seine Hände in der vollen Mähne des Tieres. Von den einst strohigen Haaren war nichts mehr zu sehen. Olly tänzelte ein paar Schritte nach vorn und entfaltete dann seine Flügel.

»Sie versuchen zu fliehen«, brüllte einer der Inquisitoren und schien den Kampfesmut der Truppe noch mal zu entfachen. Mit erhobenen Schwertern gingen sie auf den Mantikor los, der ihren Versuch mit einem Brüllen quittierte. Einer der Männer wurde vom Skorpionstachel im Gesicht erwischt und fiel brüllend zu Boden. Damit war jeder Kampfeswille gebrochen.

Der Pegasus nahm Anlauf und segelte knapp über den Köpfen der Männer hinweg in die Lüfte.

Elliot war zu müde, um sich Sorgen wegen seiner Höhenangst zu machen. Er krallte die Finger in die Mähne und presste seine Oberschenkel gegen den Pegasus. Das musste reichen. Soleil saß direkt hinter ihm und klammerte sich an ihm fest.

Sie waren der Inquisition entkommen.

Der Pegasus flog hoch in die Lüfte, weg von der Gefahr.

Sie segelten über den Wald und entdeckten die Lichtung, auf der mehrere leblose Körper lagen.

Elliot sah weg und versuchte, nicht weiter drüber nachzudenken, was alles passiert war. Von jetzt auf gleich war es eskaliert, und das nur, weil Theodore sie für ein paar Taler an den Feind verkauft hatte. Wie ging es weiter? Die Antwort war klar: Sie mussten Avalon finden.

Der Pegasus flog in Richtung des Abteilungseingangs. Als sie den alten Schuppen überflogen, trieb es ihm die Tränen in die Augen. Er sah den massigen Körper von Gerry leblos in einer Pfütze liegen. Keine fünf Meter von dem kleinen Häuschen, in dem er jeden Tag seine Tasse Tee getrunken hatte. Theodore und Mr. Hurley, der wieder eine selbstgefällige Katze und kein gefährliches Raubtier mehr war, saßen auf der kleinen Veranda und verfolgten interessiert den Flug des Pferdes. Salazar war verschwunden.

»Scheint so, als hätte ich euch unterschätzt«, rief der Gnom ihnen zu.

Soleil schickte ihren letzten Pfeil los, der nur ein paar Zentimeter neben der Katze einschlug. Das Tier fauchte.

Elliot brüllte, verfluchte ihn, aber ihm fehlte die Kraft für echte Taten. Er wollte nur noch weg von hier. Tränen liefen seine Wangen hinab.

KAPITEL 14

Die Flucht aus dem Merlin-Center war ein Kinderspiel im Vergleich zu dem, was sie die letzten Stunden durchmachen mussten. Sie flogen mit dem Pegasus zum Fahrstuhl und fuhren in die Haupthalle. Elliot hatte mit einem Aufgebot der Inquisition gerechnet, aber nicht nur Theodore hatte sie unterschätzt. Das Dutzend Kirchendiener war alles gewesen. Keine Panzer oder Hubschrauber.

Sie stießen die Haupttür auf, bestiegen wieder Olly und verschwanden in Richtung der aufgehenden Sonne. Elliot fror. Er wusste nicht, ob es an der Erschöpfung lag oder daran, dass der Wind hier oben stärker war. Unter ihnen waren die Highlands. Grün und grau bis zum Horizont.

Soleil schluchzte nun auch. Gerry war gestorben, um sie zu beschützen. Sein Tod sollte nicht umsonst sein. Elliot griff nach dem Kompass, hielt ihn fest in der Hand, als wäre er der wertvollste Gegenstand auf dieser Erde. Wahrscheinlich war er das auch.

Er machte sich Gedanken um seinen Vater und Soleils Familie. Er wollte sich nicht ausmalen, wie es ihnen nach ihrem Verrat ergehen würde. Theodore würde seine schützende Hand vermutlich nicht länger über John Craig halten.

Elliot ging all die Gespräche mit seinem ehemaligen Chef in Gedanken durch. Wo hatte es Anzeichen gegeben für seinen Verrat? Es war müßig, darüber nachzudenken, aber es gab einige Begegnungen, die er nun in einem anderen Licht betrachtete. Wie sollte es weitergehen, wenn sie das Portal nach Avalon wirklich öffnen könnten? Er wusste es nicht. Die vergangenen Stunden hatten gezeigt, dass es sich nicht lohnte, Pläne zu machen.

Das kalte Metall in seinen Händen rüttelte ihn wach. Er sah auf die Nadel, die wieder nach Osten zeigte. Elliot schwor sich zurückzukommen. Für Gertrude, die Nixen, Brontos und Gerry. Er würde Theodore dafür büßen lassen. Erst mussten sie aber Avalon finden.

Elliot verstärkte den Druck auf seinem rechten Fuß und korrigierte damit die Flugbahn des Pegasus. Er warf einen Blick auf die Nadel. Sie flogen in die richtige Richtung. Nun konnten sie nicht viel mehr machen als warten.

Unter ihnen zogen Dörfer vorbei, und er sah Autos, die sich über Straßen kämpften. Sie wirkten wie Ameisen von hier oben. Dort unten saßen Menschen in ihren Fahrzeugen, die auf dem Weg zur Arbeit oder in die Schule waren. Die ihrem Alltag nachgingen, darauf warteten, dass endlich wieder Wochenende war. Er wusste nur zu gut, wie sich das anfühlte. Ein normales Leben ohne Drachen, Zauberei und eine mörderische Kirche. Wobei die Kirche schon immer Teil seines Lebens war, Religionsunterricht sei Dank. Aber seine Lehrerin war nie mit einem Schwert hinter ihm her gewesen – ein Maß an Kirche, dass er durchaus aushalten konnte. Die Inquisition hingegen war grausam. Auch sie würde dafür büßen, was heute Nacht passiert war und was sie unzähligen Familien in der Vergangenheit angetan hatte. Elliot wusste nicht, wie er seinen Rachefeldzug bewerkstelligen sollte. Er konnte weder ein Schwert führen noch einen Bogen abschießen. Eigentlich hatten sie die vergangenen achtundvierzig Stunden nur überlebt, weil das Glück wie eine Bärenmutter für sie gekämpft hatte. Und weil ein Freund an ihrer Seite gewesen war. Manchmal auch Feinde wie die Gnolle. Aber der Feind des Feindes ist ja bekanntlich auch ein Freund.

Sie durchflogen eine kleine Regenfront. Unter anderen Umständen hätte ihn das Wasser genervt, aber jetzt half es ihm, bei Sinnen zu bleiben.

»Was haben wir angerichtet?«, hörte er Soleil murmeln. Es war als Frage formuliert, aber Elliot war sich nicht sicher, ob sie eine Antwort wollte. »All die Toten. Das Blutvergießen. Gerry.«

Elliot hatte einen Kloß im Hals.

»Wir kommen zurück«, sagte er. »Das schulden wir ihnen.«

»Woher wusstest du, wo wir Olly finden?«

»Ich wusste es nicht wirklich. Ich habe es nur vermutet. Der Kompass hat seine Richtung geändert. Er schien bemerkt zu haben, dass der Pegasus in der misslichen Lage unsere einzige Chance war, nach Avalon zu finden.«

Olly hielt stur seine Route ein. Elliot hatte den Eindruck, dass er es genoss, wieder unter freiem Himmel und ohne Grenzen zu fliegen. Zwar war es ihm im Merlin-Center blendend ergangen, aber echte Freiheit war etwas anderes.

Sie ließen die Küste hinter sich, und unter ihnen war nur das Meer. Am Horizont sahen sie ein paar Containerschiffe, die auf Aberdeen zusteuerten. Die Luft wurde rauer und kälter. Elliot hielt die ganze Zeit den Kompass im Blick. Hier draußen sollte Avalon sein? Schwer vorstellbar, denn außer Wassermassen war hier nichts.

Aber in der Geschichte war auch der Drache Rhegad auf das Meer hinausgeflogen und nicht wiedergekommen. Wann wussten sie, dass sie an der richtigen Stelle waren? Sie würden es hoffentlich irgendwie merken.

Die Nadel zeigte weiterhin stur nach Osten, und langsam beschlich Elliot die Angst, dass sie irgendwann Dänemark oder Norwegen unter sich sahen. Ob sie auf den Radarschirmen des Militärs auftauchten? Er sah vor seinem inneren Auge schon, wie Abfangjäger der norwegischen Armee auf sie zuflogen, zum Abdrehen drängten und mit ihren Raketen drohten. Sie hatten nichts, um sich zu verteidigen. Ihren letzten Pfeil hatten sie an Theodore verschwendet. Er wischte den Gedanken beiseite. Sie waren dem Tod die letzten Tage so oft von der Schippe gesprungen, dass er ihm keine Angst mehr machte. Angst hatte er nur davor, dass sie Avalon nicht fanden. Dass sich das Tor nach Avalon nicht öffnen ließ und alles vergebens war.

»Sieh, da!«, rief Soleil und riss ihn aus seiner Sorgenwelt. Elliot sah etwas, aber war sich nicht sicher, ob er langsam anfing zu halluzinieren. Er war müde, hungrig, durstig, erschöpft, und er sah ein blaues Flirren über dem Meer. Es war nur zu sehen, wenn das Auge wusste, dass es nach etwas Ausschau halten musste. Unregelmäßig wie Flammen zuckte das blaue Leuchten hin und her. Zum Glück war Soleil aufmerksamer. Elliot wäre drüber hinweg geflogen und hätte es nicht bemerkt. Er schielte auf den Kompass. Die Nadel zeigte in Richtung des Flirrens.

Das musste das Portal nach Avalon sein.

Elliot gab dem Pegasus ein Zeichen, und das Tier fing an, über dem Flirren seine Runden zu drehen. Von oben sah es aus wie ein Tornado aus blauem Feuer, für das Auge aber immer noch kaum zu erkennen. Seemänner, die es zufällig nach langer Fahrt sahen, zweifelten sicher an ihrem Geisteszustand.

»Was machen wir jetzt?«, fragte Soleil.

»Keine Ahnung«, erwiderte Elliot resigniert. »Dazu stand leider nichts in der Geschichte.« Er streckte seine Hand mit dem Kompass in die Luft, direkt über das Flirren.

»Was soll das?«, fragte Soleil. Ihr Tonfall klang, als würde sie an Elliots psychischer Gesundheit zweifeln.

»Theodore hat es nicht nur als Kompass, sondern auch als Schlüssel bezeichnet«, antwortete er zögerlich. Er wusste selbst nicht, ob er so viel auf die Worte eines Fanatikers geben sollte. Aber er hatte wenig Zweifel, dass der Chef vom Merlin-Center tief in der Materie steckte. Wer bereit war, für so ein Artefakt zu töten, wusste, um was es sich handelte.

»Wir können den Kompass doch nicht einfach im Meer versenken«, widersprach Soleil.

»Aber er hat seinen Zweck doch erfüllt.«

»Freunde sind dafür gestorben.« In Soleils Stimme schwang Verzweiflung mit.

Elliot dachte an Gerry und Brontos. Er hatte wenig Zweifel, wie sein Schicksal aussah. Gertrude und die Nixen würde man auch zur Rechenschaft ziehen.

»Nein, sie sind nicht für den Kompass gestorben. Sie sind für Avalon gestorben«, sagte er und öffnete langsam seine Hand. Das Metall rutschte über seine Handfläche und sauste dann durch die Luft. Soleils Griff um seine Hüfte löste sich, und er hatte Angst, dass sie hinterherspringen würde, aber sie blieb sitzen.

»Was hast du …«, stammelte sie, brachte den Satz aber nicht zu Ende.

Als der Kompass im Wasser einschlug, wurde aus dem blauen Flirren ein wirbelnder Sturm, an dem kein Seemann mehr zweifeln würde. Was vorher wie eine Luftspiegelung wirkte, war nun ein wahrhaftig gewordener Strudel aus blauer Materie. Jede Anspannung wich aus Elliots Körper. Er hatte alles auf eine Karte gesetzt und nicht verloren.

Soleil stieß einen Freudenschrei aus, der aber gleich wieder erstickte. Denn in dem blauen Strudel waren Konturen zu erkennen. Konturen von etwas Großem und Dunklem. Da dämmerte ihnen, dass Portale immer in zwei Richtungen funktionierten.

»Verdammt«, schrie Elliot.

Die Konturen wurden klarer, ein Kopf formte sich aus dem Blau, und Flügel folgten.

Elliot gab dem Pegasus einen Tritt. Wenn es das war, was er in dem Strudel zu erkennen glaubte, wollte er einen Sicherheitsabstand zwischen ihnen und der Kreatur bringen. Olly schien darüber dankbar zu sein. Sie schafften ein paar Meter, bevor, unter lautem Knistern, das Geschöpf aus dem Portal flog.

Er hatte Mühe, das geflügelte Pferd unter Kontrolle zu halten. Soleil kam aus dem Staunen nicht mehr raus, und Elliot bekam endlich einen Drachen in ganzer Pracht zu sehen.

Die Echse war größer als Gertrude, ihre Schuppen von noch mehr Furchen und Rissen durchzogen. Der Panzer war kupferrot und glänzte im Sonnenlicht. Ein Auge fehlte, das andere glühte wie Lava.

Nachdem das Tier das Portal verlassen hatte, spannte es seine Flügel und fing an, in der Luft zu schlagen. Die Spannweite betrug mindestens die Länge zweier Lastkraftwagen.

»Elliot Craig, wie schön, dich zu sehen«, sagte der Drache. Die Stimme rollte wie Donner über das Meer. Elliot schluckte. Die Kreatur kannte seinen Namen, und er wusste nicht, wie er das finden sollte.

Er hob eine Hand zur Begrüßung. Das war nicht die höflichste Begrüßungsformel, aber ermöglichte eine gewisse Distanz im Gegensatz zum Händeschütteln, die er bei einem Drachen bevorzugte.

»Deine Mutter sagte, dass wir auf dein Erscheinen warten sollen. Wie ich sehe, hat sie sich nicht geirrt, und du hast sogar Verstärkung mitgebracht«, sagte der Drache, und das Lavaauge fixierte Soleil. Ihr Griff um Elliots Hüfte wurde fester. »Besser, wir verlieren keine Zeit.«

Elliot fand seine Stimme wieder. »Ihr kennt meine Mutter?«

»Natürlich kenne ich deine Mutter. Jeder Avalonier kennt sie!«

»Wer bist du?«, stammelte Soleil.

»Ich habe viele Namen«, antwortete der Drache. »Schrecken von Wales. Tyrann der Lüfte. Der Erste meiner Art. Der Dämon mit dem einen Auge. Die Menschen waren nicht sehr kreativ. Auch ein Grund, warum ich sie verließ«, sagte die Echse und seufzte. »Aber in Avalon kennt man mich unter dem Namen Rhegad.«

Elliot blieb die Luft weg, aber Soleil fand ihre Stimme wieder. »Von dir haben wir gelesen?«

»Korrekt, ich war der Erste, der das Portal nach Avalon fand, das von der Inquisition nie ganz geschlossen werden konnte. Und deine Mutter war die zweite Person, der das gelang.«

Elliot verstand nicht, was der Drache ihm erzählte. »Aber meine Mutter wurde doch festgenommen?«

Der Drache zog die Augenbraue seines funktionierenden Auges hoch. »Das Leben in Avalon ist manchmal entbehrlich, aber ich würde es nicht mit einer Haft vergleichen.«

»Meine Mutter ist in Avalon?«

»Schon seit vielen Jahren«, antwortete Rhegad. »Und sie wartet auf dich. Also folgt mir!« Rhegad schwang sich in die Luft, machte einen Salto und stürzte in den blauen Strudel. Es blitzte kurz, dann war er verschwunden.

»Wir haben es geschafft«, stammelte die Elfe. »Wir haben Avalon gefunden. Lass uns durch das Portal fliegen«, sagte sie ungeduldig.

Elliot nickte. »Wir werden aber zurückkommen. Das schulden wir unseren Freunden.«

»Die Inquisition wird sich noch wünschen, sie hätte uns im Wald erschlagen«, antwortete Soleil.

Elliot gab dem Pegasus einen Klaps und steuerte das Tier direkt in das Portal.

DANKSAGUNG

Am Anfang war da die Idee von einem Kaufhaus für alles Phantastische. Das alleine hätte genug Stoff für ein gutes Buch geliefert. Aber Elliot, Soleil und Gerry hatten andere Pläne mit meiner Geschichte, und ich habe mich ihnen gefügt. Manchmal ist es gut, wenn man zuhört und mitschreibt – das haben mir schon immer meine Lehrer erzählt. Leider habe ich das damals nicht so ernst genommen.

Es gibt ein paar Menschen, denen ich hier gerne danken möchte. Auch wenn mein Name auf dem Buchdeckel steht, ist so ein Roman immer Teamwork. Ich erwähne sie jetzt einfach in der Reihenfolge, wie sie mit meiner Geschichte in Berührung kamen: Falko, dessen Twitter-Postfach immer für mich offenstand und der mich mit seiner jahrelangen Erfahrung in der Buchbranche unterstützt hat. Es ist gut zu wissen, dass da jemand ist, dem man auch die dummen Fragen stellen darf. Boris, der für dieses Buch einen Verlag gefunden und auch keinen Moment daran gezweifelt hat, dass es klappt (zumindest ließ er es sich nicht anmerken). Alexander, der für das wunderschöne Cover verantwortlich ist. Ganz ehrlich: Ich würde auch Bücher schreiben, nur um zu schauen, was Alexander sich dazu ausdenkt. Wenn es dann noch jemand kauft und liest, umso besser! Jacqueline, die als Lektorin dieses Projekt begleitet und das volle Potenzial herausgeholt hat. Danke für die tolle Zusammenarbeit, Jacqueline!

Und nun hoffe ich, dass ich schon bald wieder eine Danksagung schreiben darf. Der ganze Prozess, von der ersten geschriebenen Seite bis zu dem Moment, in dem ich diese Zeilen hier tippe, ist wunderschön. Vielen Dank.